CAY WINTER

**Babel**

Hexenwut

CAY WINTER

# babel

## HEXENWUT

Roman

LYX EGMONT

Originalausgabe Oktober 2010 bei LYX
verlegt durch EGMONT Verlagsgesellschaften mbH,
Gertrudenstraße 30–36, 50667 Köln


1. Auflage
Redaktion: Catherine Beck
Satz: Greiner & Reichel, Köln
Druck: Bercker Graphischer Betrieb, Kevelaer
ISBN 978-3-8025-8295-0

www.egmont-lyx.de

*DAMALS*

# *Babels 4. Geburtstag*

Ihr kleines Mädchen saß auf einem hässlichen blauen Plastikstuhl am Fenster, und die hereinfallende Sonne brachte Babels helles Haar zum Leuchten. Die kleinen Füße in den gelb-rot gestreiften Sandalen baumelten eine Handbreit über dem Boden, und die blonden Locken fielen wie ein Vorhang vor das Gesicht. Die schmalen Schultern zitterten, als würde das Kind trotz der Wärme frieren.

»Es tut mir wirklich leid, aber wir sehen uns außerstande, Ihre Tochter weiterhin zu betreuen.«

Maria wandte den Blick von Babel ab und drehte sich der älteren Frau auf der anderen Seite des Schreibtischs zu. Mit überheblicher Miene musterte die Kindergartenleiterin Maria über den Rand einer goldenen Brille hinweg.

»Ich fürchte, ich verstehe nicht ganz«, erwiderte Maria. »Ich dachte, bisher hätte meine Tochter alle Voraussetzungen erfüllt, die der Kindergarten verlangt.« Sie lehnte sich auf dem Stuhl zurück und verschränkte die Finger im Schoß. »Sie hat ordentliche Tischmanieren, sie hält ihren Mittagsschlaf, meine Tochter beteiligt sich an den Spielen, und es ist mir nicht zu Ohren gekommen, dass sie andere Kinder schlägt. Worin genau besteht also die Zumutung?«

Unter ihrem Blick hob die Leiterin abwehrend die Hände. »Sie haben recht, das alles beherrscht Ihre Tochter sehr gut, darum geht es nicht …« Sie stockte und warf dann hektische Blicke zwischen Mutter und Kind hin und her, als überlege sie, wie sie die nächsten Sätze formulieren sollte. »Wissen Sie, es ist vielmehr so, dass Babel einen sehr lebhaften Drang hat, Geschichten zu erzählen. Sie tut es praktisch pausenlos. Während der Mahlzeiten und auch in der Spielzeit. Sie sitzt irgendwo und beginnt, den anderen Kindern Märchen zu erzählen.«

»Sie wollen mir also sagen, dass meine Tochter ein Problem für Ihre Einrichtung ist, weil sie eine lebhafte Phantasie besitzt?«

»Nun, das wäre wohl eher wünschenswert – nein, das Problem ist die *Art* von Geschichten, die Babel erzählt.« Jetzt ruhte der Blick der Frau ausschließlich auf Maria, und es lag etwas wie leise Anklage darin. Die Haltung der Erzieherin drückte Abneigung aus.

Dieses Verhalten überraschte Maria nicht; die Leute hegten häufig gewisse Vorbehalte gegen sie. Wie Tiere, die instinktiv Gefahr witterten, hielten sie Abstand zu ihr und konnten dabei nicht einmal genau sagen, was sie eigentlich störte. Maria sah aus wie viele Frauen dieser Zeit. Die dunkelblonden Haare hingen ihr weit über die Schultern hinab und wurden durch ein gestricktes Band zusammengehalten. Sie trug eine weiße, schulterfreie Bluse und eine dieser Schlaghosen, die gerade in Mode waren. An den Füßen mit den rot lackierten Nägeln saßen weiße Plateauschuhe, deren Riemchen sich um die gebräunten Knöchel schlangen. Maria war eine schöne Frau, aber das war nicht der Grund, warum die Leute ihr misstrauische Blicke zuwarfen. Sie spürten, dass etwas an ihr anders war, denn alle Wesen fühlten die Magie – aber nur wenige konnten sie auch beeinflussen. Die meisten Menschen wussten ja nicht einmal, was sie da eigentlich wahrnahmen, weil es ihnen nie jemand gesagt hatte. Wenn sie mitten auf einer belebten Hauptstraße plötzlich ein kalter Schauer überlief und sich die Härchen an ihren Armen aufstellten, hielten sie es für Intuition und Instinkt. Dabei lief vielleicht gerade eine Hexe an ihnen vorbei und wirkte einen Zauber.

»Sehen Sie, Babel erzählt sehr düstere Märchen, es kommen fürchterliche Kreaturen darin vor, Dämonen, wie sie es nennt … und Hexen.« Die Frau nickte mehrfach und wartete offenbar auf eine Reaktion, aber Maria zuckte nur unbeeindruckt mit den Schultern. »Das Problem ist auch, dass sich viele Kinder vor ihr fürchten. Es gibt einige, die unter Schlafstörungen leiden, seit sie Babels Schauergeschichten gehört haben. Wir bekommen deswegen schon Ärger mit den anderen Eltern, das müssen Sie verstehen.« Der Ton war schärfer geworden, offensichtlich zeigte Maria zu wenig Reue über das merkwürdige Verhalten ihrer Tochter. »Es ist ja gut und schön, wenn Kinder Phantasie besitzen, aber es geht doch nun wirklich nicht, dass Babel den anderen erzählt, wie man einen Liebestrank braut und dazu das Blut von Küken verwendet!«

»Genau genommen benötigt man ihre Leber, aber was sind schon Details«, erwiderte Maria und lächelte die Kindergartenleiterin an, die erbost die Augen zusammenkniff.

»Verstehen Sie mich nicht falsch, ich möchte mich keineswegs in Ihre Erziehungsmethoden einmischen, aber ich halte es für äußerst gefährlich, das Kind weiterhin diesen Dingen auszusetzen. Das kann sich erheblich auf eine so zarte Kinderseele auswirken. Babel hat mir berichtet, dass Sie ihr Reime zum Schutz vor den Toten beibringen.«

»Ja, sie hatte ein paar Probleme mit ihnen. Die Toten fühlen sich von ihr angezogen, sie konnte deswegen nicht schlafen. Aber jetzt ist es besser.«

Die Frau ihr gegenüber lehnte sich nach vorn und hob abwehrend die Hand. »Es ist mir gleichgültig, welchem Glauben Sie angehören. Allerdings möchte ich Sie eindringlich davor warnen, Ihrem Kind solche Sachen zu erzählen, Sie können damit erheblichen Schaden bei Babel anrichten. Ist Ihnen nicht bewusst, welche Verantwortung Sie tragen?«

Ungeduldig schnalzte Maria mit der Zunge und winkte Babel zu sich. »Komm her, Kleine, ich glaube, es wird Zeit zu gehen.«

Zum ersten Mal während des Gesprächs sah Babel auf und schaute ihre Mutter mit dunklen, grauen Augen an. Sie wirkte unsicher, aber nicht ängstlich. Ihr Gesicht erinnerte Maria an die Kinderporträts alter Meister, auf denen die runden Gesichter immer ernst blickten und älter wirkten, als sie waren. Maria konnte die magischen Energien, die Babel umgaben, als Prickeln auf der Haut spüren, und sie sah, wie sich die gelb-roten Schuhe langsam blau färbten, weil Babel unbewusst Magie wirkte. Sie merkte es nicht einmal.

Nach kurzem Zögern kam sie auf Maria zu und stellte sich neben den Stuhl. Ihre Stimme besaß diese merkwürdige Überbetonung, die viele Kinder besitzen, die in einem Chor singen oder versuchen, Erwachsene zu imitieren. Sie sprach deutlich, aber mit der hohen Tonlage eines Kleinkinds.

»In der Küche lebt eine alte Frau … Sie war Köchin, als es noch keinen Fernseher gab, sagt sie … Sie hat die Kinder beobachtet, und manchmal hat sie ihr Schreien nicht mehr ertragen. Dann hat sie ihnen etwas ins Essen getan, und deswegen hat man sie weggesperrt … Und das hat sie ein bisschen verrückt gemacht.« Babel verschluckte sich, so schnell sprach sie.

Die Kindergärtnerin keuchte und starrte Babel entsetzt an, die aber nicht aufhörte zu reden, als wäre plötzlich ein Damm gebrochen, während die Magie um sie herumwirbelte wie eine unsichtbare Sturmwolke.

»Ich hab ihr gesagt, sie soll weggehen, weil ich sie nicht mag, aber sie ist jeden Tag da. Also hab ich den anderen Kindern gesagt, dass sie nicht zu dem Geist gehen sollen, weil sie dann ganz traurig werden. Es drückt immer so hier drin, wenn ich in die Küche gehe.« Babel legte die kurzen Finger auf Marias Muschelanhänger, der zwischen ihren Brüsten baumelte, und

Maria konnte spüren, wie die kleine Hand zitterte. »War das schlimm, Mama?«

»Nein, mein Schatz, das hast du richtig gemacht.« Maria strich ihr eine Haarsträhne hinters Ohr und streichelte ihr über den Kopf, dann blickte sie zu der anderen Frau, die sie verwirrt betrachtete und ganz offensichtlich nicht wusste, was sie zu dieser grauenvollen Geschichte sagen sollte.

»Da sehen Sie es selbst – Babel erzählt den anderen Kindern immerfort solche Sachen. Kein Wunder, dass sie sich vor ihr fürchten. Ich muss Ihnen wirklich raten, bei Babel ...«

Maria unterbrach sie. »Ich glaube, Sie haben vollkommen recht, ich werde sie aus dieser Einrichtung nehmen. Man ist hier offensichtlich überfordert mit einem Kind mit solchen Talenten.« Sie erhob sich und nahm ihr Mädchen auf die Arme. »Es wird Zeit, nach Hause zu gehen.« Ohne auf ein weiteres Wort der Erzieherin zu warten, verließ Maria mit Babel das Büro und trat in den Flur. Nachdrücklich zog sie die Tür hinter sich ins Schloss.

Sie hatte gedacht, es würde Babel guttun, auch mit anderen Kindern Kontakt zu haben, aber ihre besonderen Fähigkeiten trennten sie von einem normalen Leben. Maria hätte zwar die Kindergartenleiterin magisch beeinflussen können, aber sie konnte nicht eine ganze Herde Kinder verzaubern, um ihnen die Angst zu nehmen.

»Was ist mit dem Geist in der Küche, Mama?«, fragte Babel leise und sah ihre Mutter erwartungsvoll an, während ihre Finger mit den dicken Strähnen ihres blonden Haars spielten.

»Keine Bange, mein Schatz, ich kümmere mich darum. Aber zuerst fahren wir heim und schneiden deinen Geburtstagskuchen an. Die Toten können auch noch einen Tag warten.«

Während sie den Gang entlanglief, Babel fest im Arm und quietschendes Linoleum unter den Füßen, fragte sich Maria beunruhigt, wie groß Babels Fähigkeiten eines Tages sein würden. Die Toten zu sehen, war für eine Hexe nie ein gutes Zeichen. Es bedeutete, dass Babel zu leicht die Grenzen zwischen den Magieebenen durchdringen konnte. Oft war es ihr gar nicht bewusst, es passierte einfach. Das war bei magisch aktiven Kindern keine Seltenheit. Es fiel ihnen leichter, Kontakt zu den Toten aufzunehmen, denn ihre Magie suchte sich ganz intuitiv einen Weg in die andere Ebene. Doch wenn sie älter wurden und der Verstand die dominierende Rolle übernahm, wurden ihre Instinkte schwächer, und der Übergang konnte nur noch mit Hilfe von Ritualen erfolgen.

Deshalb hatte sich Maria am Anfang nichts dabei gedacht, als Babel ihr von den Toten erzählt hatte, die sie sah. Inzwischen jedoch konnte Babel auch mit ziemlicher Genauigkeit sagen, wann ein Dämon auf den anderen Ebenen an ihnen vorüberzog, und das war wirklich ein Grund, beunruhigt zu sein. Babel benötigte weder Bilder noch Sprüche, um Magie zu wirken. Sie war eine intuitive Hexe. Zwar war das ein Zeichen der Macht, aber es barg auch Gefahr in sich.

Die Ebenen der Toten und Dämonen waren für magisch aktive Menschen verlockend, denn die Energien, die darin herrschten, vergrößerten die Macht einer Hexe. Doch wie die meisten Sachen besaß auch diese eine Kehrseite: Es konnte passieren, dass sich die Hexe zu sehr an die anderen Ebenen gewöhnte und eines Tages vielleicht nicht mehr davon lassen konnte. Vor vielen Jahren hatte Maria einmal gesehen, was passierte, wenn eine Hexe die Kontrolle über ihre Kräfte verlor, weil sie zu erschöpft war. Der Dämon, den sie beschworen hatte, hatte dauerhaft von ihr Besitz ergriffen und drei Menschen getötet, bevor der Wirtskörper von der Polizei erschossen worden war und der Dämon in seine Ebene zurückkehren musste. Das war kein schöner Anblick gewesen, und Maria wollte nicht, dass es ihrer Tochter genauso erging.

Nachdenklich verließ sie das Gebäude, aber auch als sie in den Sonnenschein trat, verschwanden die düsteren Gedanken nicht. Sie ängstigten Maria stärker, als sie zugegeben hätte, und wäre Babel älter, hätte sie sich ebenfalls gefürchtet – noch mehr als vor den Schatten, von denen Kinder glaubten, dass sie unter ihren Betten lauerten …

# *Babels 17. Geburtstag*

»Komm schon, Babel, das wird super, du wirst sehen. Freibier und Chips!«

Sam führte sich auf, als hätte er die Party eigens für sie organisiert, dabei gingen sie zu der Feier eines Freundes. Irgendwo im Osten der Stadt, in einem Viertel, in dem Babel sonst nicht unterwegs war, weil es ewig weit weg von ihrem Unterschlupf lag. Genervt dachte sie an den Heimweg. Wenn die Party vorbei war, fuhr garantiert keine Bahn mehr, und das bedeutete Fußmarsch.

»Ich will trotzdem noch ein Geschenk, nur damit wir uns verstehen, mein Freund.« Sie schlang den Arm um Sams Hüfte, der sie lachend an sich zog.

Sein Kumpel hatte die sturmfreie Bude übers Wochenende dazu genutzt, Freunde einzuladen – oder zumindest Leute, die er dafür hielt. Wie Sam. Dass der jetzt versuchte, Babel eine fremde Party als ihr Geburtstagsgeschenk zu verkaufen, war zwar dreist, aber irgendwie auch charmant. Sie fand ohnehin vieles an ihm charmant. Besonders das Grinsen, mit dem er sie in diesem Moment bedachte, als sie die Straße überquerten.

Sein Grinsen war auch das Erste gewesen, was sie von ihm gesehen hatte, als er sie vor zwei Monaten in einem Club angesprochen hatte. Zwischen zwei Songs hatte sie von ihrer Cola aufgeschaut, und da war es gewesen: Sexy und unverschämt lud es einen ein, Dinge auszuprobieren, an die man vorher noch nicht einmal gedacht hatte. Und plötzlich konnte man kaum noch an etwas anderes denken als daran, diesen Mund zu küssen. Jedenfalls ging es ihr so.

Als Nächstes waren ihr dann seine Augen aufgefallen. Sie waren von einem so hellen Blau, dass sie fast weiß wirkten, wenn das Licht wie jetzt seitlich auf sie fiel. Dann konnte man die Iris nur durch den dunklen Rand und den Schatten, den die Wimpern warfen, erkennen. Auf jeden Fall waren es schöne Augen.

Auch der Rest von Sam war nicht zu verachten. Er war muskulös, und auf der Hüfte prangte ein kunstvolles, auf den Kopf gestelltes Kreuz, das Babels Blick immer wieder magisch anzog, wenn er ohne T-Shirt herumlief und die Tätowierung über den Hosenbund ragte. Er hatte einfach etwas an sich, das es schwer machte, ihn nicht ständig anzuschauen. Er zog die Blicke auf sich, ganz gleich, wo er war und wem er begegnete. Menschen reagierten auf ihn wie Motten auf Licht.

Sam war nicht ihr erster Freund, aber noch nie war sie einem Jungen so verfallen wie diesem. Ständig hatte er neue Ideen, zeigte ihr verborgene Plätze, die fast verwunschen wirkten, wie das alte Stellwerk, dessen Mauern schon eingestürzt und vom Moos überwuchert waren. Einmal war er mit Babel sogar auf einen Wasserturm geklettert, zwanzig Meter in die Höhe auf schmalen Sprossen an der Außenwand entlang. Als sie ganz oben gesessen hatten, der Wind an ihren Haaren zerrte und ihre Beine über dem Abgrund baumelten, da hatte er ihre Hand genommen, und sie hatte sich so lebendig gefühlt wie nie zuvor, während unter ihren Füßen die Lichter der Stadt glühwürmchengleich geblinkt hatten.

Sie erinnerte sich noch genau an die ersten Worte, die er zu ihr gesprochen hatte. »Ich weiß, was du bist, Hexe«, hatte er geflüstert, und seine Lippen hatten ganz leicht ihr Ohr berührt. »Ich kann es riechen.« Dabei waren seine Energiewellen wie kleine Blitze auf ihre Haut getroffen und hatten dort einen Flächenbrand entfacht, der verriet, dass er kein Mensch war.

Irritiert hatte sie gefragt: »Was bist du?«, aber er hatte nicht geantwortet, nur gelächelt und sie auf die Tanzfläche gezogen, hinein in das zuckende Licht der Scheinwerfer …

Später, im Schatten einer Häuserwand, an die er sie presste, hatte er ihr dann dieses eine Wort zugeflüstert, das ihr unter die Haut gedrungen war: *Dämonenkind*.

Aber sie war nicht davongerannt, wie sie es hätte tun sollen, sondern hatte nur die Hände in die Gürtelschlaufen seiner Jeans gesteckt und ihn näher zu sich gezogen. In seinem Gesicht hatte sie nach Spuren seiner Herkunft gesucht, aber alles, was sie sah, war das Feuer in seinen Augen.

Ihre Mutter hatte sie mehr als einmal vor Dämonen gewarnt, weil man sie so schlecht beherrschen konnte. Doch im Schatten dieser Mauer hatte Babel Sam geküsst. Während durch die halb geöffnete Clubtür die hämmernden Bässe nach draußen drangen, hatte sie zugelassen, dass er sie ganz eng an sich zog und ihr sanft ins Ohrläppchen biss. Seit diesem Abend waren sie zusammen.

Ein Paar.

Wie Napoleon und Josephine! Cäsar und Kleopatra! Batman und Catwoman!

Vor diesem Treffen im Club war sie noch nie einem Dämonenkind begegnet – die waren schließlich so selten wie Albinos und liefen einem nicht jeden Tag über den Weg. Fasziniert hatte sie ihn beobachtet und war sich dabei vorgekommen wie ein Forscher, der unentdecktes Land kartografiert. Mit jedem Mal, wenn ihre Finger oder ihre Lippen über seine Haut strichen, verschwanden die weißen Flecken auf der Landkarte, die sein Körper war. Die dämonische Energie, die in seinen Zellen steckte, konnte Babel als Wärme spüren, die sich auf sie übertrug. Und die meiste Zeit war Babel in Sams Nähe so glücklich, dass sie platzen könnte.

Nur manchmal gab es da dieses kleine Problem mit ihm …

»Hör mal, ich will heute Abend aber keinen Ärger, Sam, okay? Keine Prügeleien. Keine Wetten. Kein Unsinn, der damit endet, dass wir fluchtartig das Haus verlassen müssen, ja?«

Er riss die Augen auf und legte die Hand aufs Herz. »Was? Ich? Ich bin der reinste Chorknabe.«

»Ich mein's ernst.«

»Schon klar, Süße.« Übermütig küsste er sie auf den Scheitel, und sie seufzte.

Das war das Problem mit Dämonenkindern: ihr überschäumendes Temperament. Ständig musste etwas passieren, denn Sam schien nie müde zu werden. Eine Herausforderung jagte die nächste, und es verging keine Woche, in der er nicht mit Schrammen und aufgeschürften Fingerknöcheln bei ihr auftauchte, weil er sich mal wieder geprügelt hatte. Dass er meist als Sieger aus den Schlägereien hervorging, schürte nur seinen Appetit. Am Anfang hatte sie das noch rebellisch gefunden, inzwischen wusste sie, dass er einfach gern auf Ärger aus war, um sich mit anderen zu messen. Es spielte keine Rolle, ob sie älter waren oder zwanzig Kilo mehr auf die Waage brachten. Je größer die Herausforderung, desto besser. *Ich lass mich von niemandem verarschen! Von niemandem!* Das war sein Motto.

Als kleines Kind hatte sich Babel vor den Dämonen gefürchtet und den Geschichten, die ihre Mutter über sie erzählt hatte. Es waren düstere Märchen gewesen. Wenn ein Mensch von einem Dämon besessen war, konnte er ein Kind zeugen, das seine dämonische Signatur in sich trug. Diese Kinder sahen vielleicht aus wie Menschen, aber ihr Energiemuster unterschied sich von anderen. Sie waren Unruhestifter, aggressiv, launisch und unberechenbar. Stets darauf bedacht, ihre Bedürfnisse zu stillen. Sie konnten erkennen, wenn jemand magisch aktiv war, obwohl sie selbst keinen Einfluss auf die Magie nehmen konnten. Sie waren wie ein loderndes Feuer, das einen einschloss und verzehrte.

Aber diese Geschichten hatten nie erwähnt, wie verlockend dieses Feuer sein konnte. Wenn Sam sie küsste oder mit ihr schlief, dann vergaß sie, dass er nur dem Anschein nach ein richtiger Mensch war.

Babel hoffte, dass sie Sam zähmen konnte. Dass er ihretwegen auf den Ärger verzichtete. Manchmal ging diese Rechnung auf, manchmal aber auch nicht. Bei Sam konnte man nie genau vorhersagen, welcher dieser Tage es gerade sein würde, und genau das machte das Leben mit ihm anstrengend, wenn auch nicht langweilig.

»Dort ist es«, sagte er plötzlich und zeigte auf ein Mehrfamilienhaus, das sich mit einer rosafarbenen Fassade an der Straßenecke erhob und dessen Fenster im Erdgeschoss vergittert waren.

Im Eingang standen ein paar Jungs, höchstens dreizehn Jahre alt, die sie schweigend musterten und keinen Hehl daraus machten, dass sie Sam und Babel einzuschätzen versuchten. Ihre Blicke waren herausfordernd, und als Babel zu Sam hochsah, hatte er seinen Tollwutblick aufgesetzt, den er im Jugendknast gelernt hatte. Ein aggressives Starren unter dem blonden Pony, das sagte: Trau dich!

Nach ein paar Sekunden sahen die Jungs in die entgegengesetzte Richtung, als wären die beiden Neuankömmlinge vollkommen uninteressant.

»Jungs«, murmelte Babel und schüttelte den Kopf. Irgendwie ging es ständig darum, anderen etwas zu beweisen.

Schon im Erdgeschoss war der Partylärm zu hören. Sie folgten der Geräuschkulisse in den dritten Stock und drängten sich durch die Gruppe Leute, die auf dem Flur standen und saßen, während der Zigarettenqualm schon dick wie Nebel durch die Räume waberte. Hier und da klopfte Sam jemandem auf die Schulter, aber Babel erkannte kein einziges Gesicht. Sie kannte seine Freunde nicht, weil er die meiste Zeit bei ihr rumhing. In dem besetzten Haus, in dem sie zurzeit lebte, interessierte es niemanden, ob er über Nacht blieb oder nicht. Ihn mit anderen zu sehen, war eine neue Erfahrung für sie. Wo genau er selbst wohnte, wusste sie nicht. Wie ein Geist kam und ging er, ganz so, wie es ihm passte.

»Da ist ja der Gastgeber«, rief er auf einmal und bugsierte Babel zu einem kleinen Kerl mit gefärbtem schwarzem Haar, der ein DANZIG-T-Shirt trug und in einer Tour nickte, als wäre er ein Wackeldackel auf der Hutablage eines Autos. Breit grinsend kam der Kerl auf sie zu und schwenkte seine Bierflasche.

»He, Johann!« Freundschaftlich boxte ihn Sam gegen die Schulter und nahm ihm die Flasche ab. Er trank einen Schluck und bot die Flasche dann Babel an, doch die winkte ab. Wer wusste schon, wie viele Leute daraus getrunken hatten?

»Cool, dass du gekommen bist«, nuschelte Johann und nickte wieder enthusiastisch. »Wen hast du mitgebracht?« Sein Blick wanderte neugierig über Babel, aber Sam drückte sie enger an sich.

»Vergiss es. Das ist mein Mädchen, und du lässt besser die Finger von ihr.«

»Ich bin nicht *dein* Mädchen«, erwiderte Babel und schob seinen Arm von ihrer Schulter. »Glaubst du, ich bin wie das alte Paar Schuhe, das du da trägst?«

»Sie ist süß, was?« Lachend zog Sam sie weiter. »Wir sehen uns noch, Jo.«

Im Wohnzimmer folgte ein Wirbel an Begrüßungen, Gesprächen und Witzen, bis Babel der Kopf schwirrte. Sam erzählte Geschichten, lachte und sang laut zu den Songs mit, die aus der kratzenden Anlage drangen. In null Komma nichts hatte er die Gruppe fest im Griff, die sich fasziniert zeigte von seinem Übermut. Wenn er wollte, konnte Sam so charmant sein, dass es einem die Schuhe auszog.

Er war die Sonne, um die sie alle kreisten.

Babel merkte, wie das eine oder andere Mädchen sie kritisch musterte. Wahrscheinlich fragten sie sich, was ein Typ wie Sam mit jemandem wie ihr wollte, weil sie die meiste Zeit stumm wie ein Fisch neben ihm stand. Dabei war es nicht so, dass sie schüchtern war – sie war nur vorsichtig. Babel war es nicht gewohnt, viel über sich zu erzählen, denn das Wichtigste verschwieg sie sowieso meistens, weil sie nicht dumm angemacht werden wollte.

Manchmal fragte sie sich, ob sie Sam nicht auch deswegen so mochte, weil er ganz genau wusste, wen er da vor sich hatte. Mit ihm gab es kein Verstellen und keine Lügen. Wenn sie zu ihm sagte: »Hier gibt es schlechtes Karma«, dann sah er sie nicht an, als hätte sie nicht mehr alle Tassen im Schrank, sondern wechselte einfach kommentarlos mit ihr die Straßenseite. Sie musste ihm nicht erklären, dass jedes Ding sein eigenes magisches Energiefeld besaß, auf das man Einfluss nehmen konnte, wenn man magisch aktiv war wie sie. Dass es neben ihrer eigenen Existenzebene auch noch andere Ebenen gab. Die der Toten, der Geister und Dämonen. All die Erklärungen, die ihr bei den Jungs vor ihm so schwergefallen waren – unnötig.

Es hatte seine Vorteile, mit jemandem zusammen zu sein, der wusste, dass Hexen keine Erfindung der Esoteriker waren. Daher nahm sie Sams provokantes Verhalten manchmal in Kauf.

Während er im Wohnzimmer Hof hielt und sich dabei prächtig zu amüsieren schien, organisierte sich Babel in der Küche ein eigenes Bier. Nach den ersten Schlucken entspannte sie sich allmählich. Anfangs war die Party wie all die Partys davor, auf denen sie schon gewesen war: Bier in Massen, hier und da ein Joint, und aus den Boxen klang so laut *Joy Division*, dass die Nachbarn irgendwann die Polizei alarmierten.

Nachdem die Polizisten wieder verschwunden waren, wurde es dann ruhiger. Gegen drei Uhr morgens war nur noch ein

Dutzend Leute da, die im Wohnzimmer auf dem Fußboden lungerten und über irgendwelche Fernsehserien debattierten, die Babel nicht kannte, weil es in ihrer Bude keinen Fernseher gab. Ein schmächtiger, kleiner Kerl versuchte ausdauernd, sie von den Vorzügen einer Wasserpfeife zu überzeugen, und auch ihre einsilbigen Antworten brachten ihn nicht dazu, sie in Ruhe zu lassen. Als sie Sam das nächste Mal sah, hatte er sein T-Shirt verloren und war reichlich betrunken. Den Oberkörper bedeckte ein leichter Schweißfilm, als wäre er gerannt, und im Licht der Wohnzimmerlampe glänzte seine Haut. In seinen Augen lag dieses Glitzern, das ihr eine Warnung war, und sein Blick huschte unruhig über die Menge. Er setzte sich ins Zentrum der Gruppe und grinste Babel an, während alle anderen ihn anstarrten.

»Was ist?«, fragte sie irritiert.

»Mir ist langweilig.«

»Du wolltest doch hierher.«

Er zuckte mit den Schultern, und eine Weile saßen sie schweigend da und lauschten den Gesprächen. Eigentlich wollte Babel am liebsten gehen. Die Gespräche waren nicht besonders interessant, und die Musik wurde auch immer schlechter. Außerdem konnte sie Sam ansehen, dass er nur darauf wartete, dass etwas Spektakuläres passieren würde. Von ihm ging eine vibrierende Energie aus, die ihr in den Fingerspitzen brannte.

Als die anderen begannen, sich über Fantasy-Rollenspiele zu unterhalten und Worte wie *Zauberer* und *Flüche* fielen, wuchs ihre Unruhe. Bald kreiste das Gespräch um das Thema Magie, aber an der Art, wie die Leute darüber sprachen, erkannte Babel, dass kein Einziger von ihnen wusste, wovon er redete. Dabei waren sie sicher alle schon mal mit Magie in Kontakt gekommen, Babel müsste nur die richtigen Fragen stellen …

*Schon mal nachts schweißgebadet aufgewacht, mit dem Gefühl, beobachtet zu werden? Und dabei ist dir der Brustkorb so eng geworden, dass du kaum noch atmen konntest, und eine Traurigkeit hat von dir Besitz ergriffen, für die es gar keinen Grund gab? Schon mal ganz plötzlich daran gedacht, wie es wäre, den Hals dieser niedlichen kleinen Katze zuzudrücken, die so hilflos in deiner Hand liegt? Einfach weil du die Macht dazu hast?*

*Dann streift dich vielleicht gerade ein Dämon. Oder das Bedauern eines Toten hüllt dich ein, der dich um deine Wärme beneidet. Und vielleicht liegt das Flüstern eines Dämons in der Luft, das dir Gedanken in den Kopf setzt, auf die du selbst niemals gekommen wärst.*

Das tun sie gern, die Bastarde.

Dämonen und Toten fehlte auf dieser Existenzebene der Körper, daher konnten sie keinen direkten Einfluss auf Menschen nehmen. Sie existierten auf einer Ebene parallel zu dieser, von der aus sie auf die Energien der Menschen zugriffen, die in ihre Nähe kamen. Ihre Macht reichte aus, um winzige Veränderungen in den Energiemustern der Lebenden zu verursachen, die diese dann als Angst, Erschöpfung oder Wut spürten. Sie waren eine unsichtbare Bedrohung, von der nur wenige wussten.

Babels Blick wanderte zu Sam, der damit beschäftigt war, die anderen zu beobachten. In seinem Blick lag etwas Lauerndes, und sie verspürte den Drang, aufzuspringen und davonzulaufen. In diesem Moment konnte sie auf einmal ganz deutlich fühlen, was er war – als wäre ihm sein dämonischer Anteil ganz dicht unter die Haut gekrochen und hätte sein Äußeres verformt. Er sah immer noch aus wie ein Siebzehnjähriger, aber unter der Oberfläche lauerte etwas, das nie auf diese Ebene hätte gelangen dürfen. Da war dieses Fremde, das sich von den Menschen unterschied und Babel dieselbe Gänsehaut bescherte wie der Anblick von Haien und Gottesanbeterinnen.

Es dauerte einige Herzschläge, bis sie merkte, dass er ihren Blick erwiderte und seine Aufmerksamkeit nun ihr galt. Ein wissendes Lächeln zeigte sich auf seinem Gesicht, und sie fühlte sich ertappt, weil sie ihn angestarrt hatte.

Sam war zweifellos gefährlicher als ein Hai, denn er war schön, und deshalb konnte sie nicht von ihm lassen. Beschämt senkte sie den Blick. Sie sollte wirklich gehen.

Doch als sie aufstehen wollte, hörte sie ihn auch schon sagen: »Das ist doch alles Kinderkacke. Wenn ihr richtige Magie erleben wollt, dann müsst ihr mal Babel hier fragen. Die ist nämlich eine Hexe.«

Die anderen brüllten vor Lachen.

»Ich mein's ernst, Leute«, sagte er gelassen und zündete sich eine Zigarette an.

»Kann sie sich auch in einen Wolf verwandeln?«, fragte Johann spöttisch und schlug sich fast einen Zahn aus, weil er so heftig lachte, dass der Flaschenhals gegen die Schneidezähne krachte.

»Frag doch nicht solchen Scheiß!«, erwiderte Sam. »So eine Verwandlung benötigt viel zu viel Energie, außerdem brichst du dir jeden Knochen im Leib, und deine Organe verschieben sich. Die Schmerzen müssen unerträglich sein. Da macht dein Kreislauf vorher schlapp, und du kippst einfach tot um. Hast du in Bio nie aufgepasst?«

Beleidigt zog Johann die Schultern hoch, während Sam Babel auffordernd anschaute. Sie hatte das Gefühl, dass er ihre Gedanken lesen konnte, auch wenn sie wusste, dass das unmöglich war.

»Wie wär's mit was Aufregenderem, Schatz. Beschwör doch einen Dämon.«

Sie sah ihn finster an, aber das schien ihn nicht zu stören. Stattdessen formten seine Lippen das Wort *Feigling*.

Er wusste, dass sie nicht gern in Gegenwart normaler Menschen Magie anwandte. Auch wenn die meisten Leute glaubten, es wären Tricks im Spiel, sahen sie Babel danach immer an, als wäre sie ein Freak. Sie spürten, dass etwas an ihr anders war als an ihnen, und Babel hatte noch nicht gelernt, damit umzugehen, wenn sie sich von ihr zurückzogen. Es tat immer noch weh.

*Du musst dir ein dickeres Fell zulegen*, mahnte ihre Mutter ein ums andere Mal, doch Babel besaß noch keine Elefantenhaut.

»Was ist, Prinzessin?«

»Hör auf, Sam! Du hast versprochen, keinen Ärger zu machen.«

»Ich mach keinen Ärger. Ich bring diesen Nappsülzen hier nur was bei. Damit die was lernen.«

»Ich werde sicher keinen Dämon beschwören.«

Wieder lachte die Runde – und auch wenn Babel es nicht öffentlich zugegeben hätte, so ärgerte sie diese Reaktion doch. Schließlich konnte sie das alles tatsächlich. Sie war keine Aufschneiderin. Sie war mächtig. Andere Hexen benötigten in den Ritualen viel mehr Kraft und erlitten größere Schmerzen, um zu tun, was Babel scheinbar mühelos gelang. Keine Hexe, die sie kannte, konnte so leicht zwischen den Ebenen wechseln wie sie.

Aber manchmal nagte diese leise Angst an ihr, eine unbestimmte Warnung in ihren Eingeweiden, denn der Kontakt mit der Dämonenenergie war wie ein Cocktail. Süß und klebrig. Ein Rausch. Und manchmal war es verlockend, sich diesem Rausch einfach hinzugeben, sich fallen zu lassen und alles andere zu vergessen. Das war das Gefährliche daran, denn dann konnte sie leicht die Kontrolle verlieren – und wer wusste schon, was dann mit ihr passierte. Sam kannte ihre Zweifel.

Eine hitzige Debatte entbrannte, in der er versuchte, die anderen davon zu überzeugen, dass er keinen Unsinn erzählte. »Ich bin vielleicht betrunken, aber das könnt ihr mir glauben: Mein Mädchen kann Sachen, da braucht ihr keine Tüte, um abzuheben.«

Es folgten zwei, drei anstößige Kommentare und jede Menge zweifelnde Blicke, die Babel zu sezieren schienen, gefolgt von

Sams aufforderndem »Komm schon, Babel«, das sie drängte und lockte.

»Das glaub ich keine Sekunde, dass die da zaubern kann«, sagte jemand, und plötzlich wurde Babel so zornig, dass ihre Hände heiß wurden, weil sich die Magie in ihnen sammelte.

Vielleicht war es das Bier, vielleicht auch die Nacht und der Mond, aber auf einmal hatte sie es satt, dass die Leute immer nur an das glaubten, was sie sahen. In ihrem Fall ein dünnes, zu schnell in die Höhe geschossenes Mädchen in zerrissenen Jeans und mit wildem blondem Haar, das mit sechzehn zu Hause ausgezogen war, weil es nicht länger mit seiner Mutter und seiner Schwester unter einem Dach leben konnte, und seitdem in einem besetzten Haus wohnte.

In ihren Augen sah sie deutlich, was sie dachten: Wenn hier einer wirklich Magie wirken konnte, dann sicher nicht dieses seltsame Mädchen, das die meiste Zeit schwieg und an dem das einzig Coole sein Freund war.

Aber sie würde es ihnen beweisen!

In ihrem Kopf hörte Babel die deutliche Warnung ihrer Mutter: *Halt dich von den anderen Ebenen fern!*

Doch Babel hatte es satt, sich gängeln zu lassen. Noch mehr, als Angst zu haben. Deshalb war sie doch zu Hause ausgezogen! Um der Überwachung zu entkommen. Immer wieder hatte sie ihre Mutter und ihre Schwester Judith dabei ertappt, wie sie sie anstarrten – als wäre Babel eine gefährliche Waffe, die irgendwie losgehen konnte. Und das nur, weil sie als Kind die Toten gesehen hatte und die meiste Zeit intuitiv zauberte.

*Oder seid ihr neidisch, weil ich etwas kann, das ihr nicht könnt?*

Babel erinnerte sich daran, wie der Übergang in die andere Ebene auf ihrer Zunge schmeckte. Wie er in ihren Körper und Geist eindrang und alles zum Gleißen brachte – wie eine ganze Galaxie ... Die Magie der anderen Ebenen war mächtig. Sie war für Hexen, was Doping für Spitzensportler war. Und genauso verlockend.

Sam musste ihr Schwanken bemerkt haben, denn er klatschte laut Beifall und rief: »Na bitte, ich wusste doch, dass du kein Feigling bist! Wir brauchen einen Hund! Hat wer einen Hund mitgebracht?«

Kopfschütteln folgte. »Die sind alle schon gegangen.«

»Aber es geht nicht ohne ein Tier! Schließlich muss der Dämon in irgendwas hineinfahren.«

Ein Mädchen mit rotem Haar mischte sich ein, das Sam schon den ganzen Abend lang schöne Augen gemacht hatte. »Wozu brauchst du ein Tier? Ich denke, deine Freundin kann einen Dämon beschwören? Bringt der keinen eigenen Körper mit?«

»Hör mal, wenn du keine Ahnung hast, wovon du redest, solltest du lieber die Klappe halten!« Sam warf ihr einen geringschätzigen Blick zu. »Dämonen haben keinen Körper. Sie können auf unserer Ebene nur existieren, indem sie einen Körper übernehmen. Sind ja schließlich Dämonen, Energiewesen, klar?«

Seine harschen Worte gegen das andere Mädchen taten Babel gut, und der Stolz wärmte sie, obwohl die warnende Stimme in ihrem Hinterkopf nicht verstummt war.

*Lass mich zufrieden, das ist mein Leben.*

»Johanns Eltern haben einen Papagei, geht das auch?«, fragte ein anderer Junge, aber der Gastgeber hob abwehrend die Hände.

»Vergesst es, den hab ich extra ins Schlafzimmer geschafft, damit er keinen Schock kriegt. Ich lass euch sicher nicht unseren Papagei massakrieren.«

»Quatsch, der wird doch nicht massakriert. Der Dämon geht kurz in seinen Körper, und dann schickt ihn Babel wieder dorthin zurück, woher er gekommen ist. Alles ganz easy.«

»Und woher wissen wir, dass da ein Dämon drinsteckt?«

»Das wirst du merken, glaub mir.« Sam lachte, und Babel bekam eine Gänsehaut.

Er hatte recht. Der Dämon würde versuchen zu sprechen und sich auch sonst nicht aufführen wie ein Papagei. Der Übergang ins Fleisch war für Dämonen eine verwirrende Angelegenheit. Sie kreischten viel und schüttelten sich und versuchten zunächst, die neue Haut buchstäblich abzustreifen. Man musste warten, bis sie sich beruhigt hatten, bevor man mit ihnen sprechen konnte, und wenn man Pech hatte, bedienten sie sich einer Sprache, die man nicht verstand.

Der letzte Dämon, den Babel beschworen hatte, war in die Ratte eines Mitbewohners gefahren und hatte das ganze Ritual über Russisch geredet. Verstanden hatte sie lediglich, dass er Schmerzen hatte und zum Bahnhof wollte. Wobei sie Letzteres möglicherweise falsch übersetzt hatte. In Russisch war sie nie besonders gut gewesen.

»Ein Papagei tut's auch.« Sam lief aus dem Zimmer, um das Tier zu holen, während Johann ihm zweifelnd hinterhersah, sich aber nicht traute, etwas dagegen zu sagen.

Die Runde wurde plötzlich von einer hektischen, aufgeregten Energie ergriffen, in Vorfreude auf ein Abenteuer. Während die anderen die Möbel beiseiteschoben, trank Babel weiter ihr Bier. Der Alkohol beruhigte ihre Gedanken. So würde es ihr leichter fallen, sich auf die Energieströme einzustellen. Zu viel Denken lenkte nur ab.

»Brauchst du noch was für das Ritual?«, fragte Johann, und sie antwortete: »Handtuch und Kreide.«

Fragend sahen sich die anderen an, und Johann schüttelte den Kopf. »Kreide haben wir nicht.«

»Mehl geht auch.«

»Dann müssen wir den Teppich zusammenrollen. Meine Mutter bringt mich um, wenn sie Mehl in ihrem Teppich findet.«

Aus der Küche brachte er ihr eine Dose und ein Handtuch. Während die anderen einen Kreis um sie bildeten, setzte sich Babel auf die Dielen.

»Wozu brauchst du das Handtuch?«

»Um das Blut abzuwischen.«

Erschrockenes Schweigen antwortete ihr. Es dauerte einige Herzschläge, bis Johann rief: »Ihr habt gesagt, dem Papagei passiert nichts!«, worauf Babel lachen musste.

»Beruhig dich, Jo, deinem Scheißpapagei passiert schon nichts«, sagte Sam. »Babel benutzt ihr eigenes Blut, schließlich gibt's hier keine weiteren Tiere, oder?« Er reichte ihr sein Taschenmesser und stellte den Käfig neben ihr ab. Der Vogel flatterte aufgeregt.

Die Unruhe übertrug sich auf die Gruppe. Der Spaß nahm bizarre Formen an. Babel sah, wie sie nervös hin und her rutschten, und musste lächeln. Sie hatten es ja so gewollt.

Noch ein letztes Mal hörte sie die warnende Stimme im Hintergrund, aber der Übermut war auch in ihr erwacht, als wäre ein Funken von Sam auf sie übergesprungen. Sie spürte, dass alle Augen nur auf sie gerichtet waren. Gleich würde sie etwas tun, das niemand sonst in diesem Raum vermochte. Wahrscheinlich sogar in diesem Haus und sogar in dieser Straße. Sie war etwas Besonderes, und sie würde es beweisen! Der Gedanke berauschte sie.

Vorsichtig öffnete sie die Dose und griff hinein. Mit einer Handvoll Mehl zog sie einen Kreis um sich und den Käfig und blies den Rest in die Luft. Dann konzentrierte sie sich darauf, das Energiemuster, das sie umgab, sichtbar zu machen. Es entstanden wabernde Fäden und Wellen, die das Mehl einfärbte, das noch in der Luft schwebte und sich im Raum verteilte. Babel sah die anderen und auch Sam, wie immer eingehüllt in sein leuchtendes Graublau. Sie visualisierte die Energie, die sie bereits als Wärme spüren konnte, und kurz darauf umgab sie das Magienetz in schimmernden Regenbogenfarben.

Die Energie, die von ihr selbst ausging, pulste jetzt in einem tiefen Blau. Ihr Herzschlag gab den Rhythmus vor, und mit jedem Schlag dehnte sich das Blau weiter aus, erfasste den Käfig und das Tier darin. Kroch an dem Bannkreis empor, den sie als Grenze gesetzt hatte, und baute eine Energiewand, hinter der sie nur noch Sam wahrnahm, der wie Schieferstein glänzte.

Sie konnte seinen Hunger spüren, ihrem eigenen so ähnlich, und sie hätte ihn gern geküsst. In seinen Augen las sie Bewunderung und Leidenschaft für sie, aber auch seinen Stolz und seine Gier nach dem Leben.

Wie Wasser suchten sich ihre Energien den Weg durch winzige Risse in den Ebenen, glitten einfach hinüber in eine andere Dimension, in der es kein Denken mehr gab, in der sie schwerelos schwebte wie in einem Meer. Sie konnte ihn wieder schmecken, den Honig, die klebrige Süße, wie sie ihr die Kehle hinunterrann und sich in ihrem Gehirn festsetzte. Das reine Entzücken.

*So schmeckt das Paradies.*

Aber kein Paradies ohne Schlange.

Wo waren sie nur, die Dämonen?

Noch einmal schaute sie zu Sam. Alles an ihm, was dämonisch war, glühte. Sie wusste, wenn sie jetzt seine Haut küssen würde, würde er nach dieser anderen Ebene schmecken. Nach Honig und Vergessen.

Schweiß brach ihr aus den Poren, ihr Herzschlag verdoppelte sich, und ihre Atmung wurde hektisch. Als sie das Messer hob, rutschte es ihr fast aus der Hand.

Dämonen waren wie Haie, sie mussten angelockt werden, und es gab keinen besseren magischen Energieleiter als Blut, daher wurde es bei so vielen Ritualen eingesetzt. Sie hob das

Messer und schnitt sich in die Hand. Der Schnitt war gerade tief genug, um zu bluten, ohne eine ernsthafte Verletzung zu sein. Inzwischen war sie eine Meisterin darin, das abzuschätzen. Sie verrieb das Blut zwischen den Handflächen und schmierte es sich ins Gesicht.

*Ich bin hier. Ein Mensch. Fleisch.*

Kein Dämon konnte dem widerstehen, denn es war das, was sie alle wollten: einen Körper besitzen.

Nach einigen Augenblicken spürte sie die Präsenz eines kleineren Dämons, der am Rande ihrer Wahrnehmung lauerte. Er war schwach. Eine sich windende türkisfarbene Wolke mit einem gehässigen burgunderroten Kern.

*Was machst du, kleiner Kerl? Bringst du den Kindern Albträume? Bist du schon einmal nachts durch mein Zimmer geflogen, und ich bin keuchend aufgewacht? Hast du dich daran erfreut, wenn ich im Dunkeln gelegen und in den Schatten Monster vermutet habe, wo doch nichts anderes lag als altes Spielzeug und das dreckige Turnzeug vom Vortag? Freut dich mein Schmerz?*

*Dann komm!*

Ein zweiter Schnitt folgte und dann ein dritter. In dicken Tropfen fiel das Blut in den Bannkreis. Wie im Fieber zitterte Babel am ganzen Leib.

Der Dämon konnte sich nicht zurückhalten, er kroch näher.

*Es ist ganz einfach. Du musst es nur wollen. Sieh! Da ist ein Körper für dich. Warmes Fleisch …*

Sie zog den Dämon zu sich herüber, die Gegenwehr war schwach. Zu verlockend war für ihn der pochende Herzschlag des Papageis. Babels Energien griffen nach dem Dämon und leiteten ihn hinüber in die stoffliche Welt. Banden ihn an den Vogel, der wild mit den Flügeln schlug.

*Es sollte nicht so einfach sein*, hörte sie die Stimme ihrer Mutter flüstern, aber das war nur Einbildung.

Es *war* einfach. Sie hörte das Keuchen der anderen, Rufe und umstürzende Stühle, als jemand panisch aufsprang, aber das interessierte sie nicht mehr.

*Was ist, war es nicht das, was ihr wolltet? Echte Magie. Wer hat euch nur erzählt, sie hätte keinen Preis?*

Das Blut tropfte noch immer auf die Dielen, aber der Dämon war bereits in das Tier gefahren, und sein Kreischen erfüllte den Raum. Hoch, als würde Metall über Metall schrammen.

*Geschafft*, dachte sie, und eine Welle der Euphorie überrollte sie. Rasender Herzschlag und Blutrauschen in den Ohren, wie die Musik im Club, wenn sie mit Sam tanzte. Auch das hier war ein Tanz, und sie drehte sich immer schneller. Es war geschafft, und die aufgestaute Energie in ihrem Innern suchte sich einen Weg nach draußen.

Ihre Hand durchstieß den Bannkreis und wurde sofort ergriffen. Das Grau hüllte sie ein, und sie schmeckte Sams Süße auf ihrer Zunge, als er sie küsste. Seine Hände packten sie, drückten sie auf die Dielen, er biss ihr in die Schulter, und sie verschränkten die Finger ineinander, sodass sich das Blut von ihrer Hand auf seine übertrug. Mit den Fingerspitzen fuhr er über ihren Mund und hinterließ blutige Abdrücke auf ihren Lippen, als wolle er sie kennzeichnen. Unter ihren Händen brannte seine Haut. Auch ihn hatte das Fieber gepackt, und auf einmal war es ihr gleichgültig, was um sie herum passierte. Sie hörte entsetzte Rufe, aber das interessierte sie nicht. Sie vergaß alles außer Samuel, während im Hintergrund noch der Dämon schrie …

Lange bevor sie die Augen aufschlug, war Babel schon wach. Die Morgensonne brannte ihr auf den Lidern, und in der Luft hing der Geruch rohen Fleischs. Sie fürchtete sich davor, die Augen zu öffnen, denn in ihrem Kopf fanden sich nur noch Bruchstücke der vorangegangenen Nacht.

Es gab Hinweise auf das, was geschehen war: die Nachwehen der Krämpfe in den Oberschenkeln und der Schmerz in den Handflächen, dort, wo sie mit dem Messer angesetzt hatte. Ihr Magen schien sich von innen nach außen gedreht zu haben, und der bloße Gedanke an Essen jagte Wellen der Übelkeit durch ihren Körper. Obwohl sie sich wie zerschlagen fühlte, war ihr Geist unruhig und rückte den ersehnten Schlaf in weite Ferne. Sie wusste, dass sie nicht ewig hier liegen bleiben konnte. Irgendwann musste sie die Augen öffnen und sich dem stellen, was zweifellos um sie herum zu finden war.

Irgendwo neben ihr waren Würggeräusche zu hören, jemand stürzte aus dem Zimmer. Das war kein gutes Zeichen. Langsam schlug sie die Augen auf und blinzelte ins Zwielicht. Das Erste, was sie sah, war ein umgestürzter Stuhl, der in den Scherben einer Bierflasche lag. Als sie sich umschaute, entdeckte sie weitere umgekippte Möbel, Essensreste, Bierflecken, Zigarettenkippen, und über allem lag eine feine Mehlschicht. Doch das war es nicht, was das Szenario von anderen Morgen nach Partys unterschied.

Nein, der Unterschied, der ihr den Magen umdrehte, war das getrocknete Blut auf dem Fußboden, dessen Geruch wie Schweiß an ihrer Haut klebte.

Langsam richtete sie sich auf. Nicht weit von ihr entfernt lag Sam, halb nackt und mit ihren blutigen Handabdrücken beschmiert. Im Licht der Sonne, die durch die halb geschlossenen Jalousien fiel, glänzte sein Körper noch immer wie Stein, doch die graue Farbe hatte einem hellen Bernsteingelb Platz gemacht. Er war so schön, dass es ihr den Atem verschlug. Ein Ziehen machte sich in ihrer Brust breit, und es war fast schmerzhaft, ihn anzusehen und zu wissen, dass in ihm dieses *Ding* steckte, das sich erst dann lebendig fühlte, wenn es inmitten des Schreckens stand.

Als wäre er unter ihrem Blick erwacht, drehte er sich plötzlich um und sah sie unter träge gesenkten Wimpern an.

*Küss mich!* dachte sie, und vielleicht sprach sie es auch aus, denn er kroch auf sie zu, und das Grinsen zupfte schon wieder an seinen Mundwinkeln. Langsam beugte er sich zu ihr herab und küsste sie. Dann sagte er: »He«, und setzte sich im Schneidersitz vor sie hin. Unter dem Tisch angelte er eine Packung Zigaretten und das Feuerzeug hervor und zündete sich eine Kippe an. Dabei spannten sich seine Muskeln wie bei einer Katze, die sich streckte.

Als Babel schwieg, zogen sich seine Brauen irritiert zusammen. »Hat's dir die Sprache verschlagen, Prinzessin?«

Sie deutete auf das Chaos um sie herum. »Was ist passiert?«

»Was schon? Wir haben deinen Geburtstag gefeiert.«

»Sam, ich mein's ernst.«

»Es war großartig, sag ich dir.« Bewundernd sah er sie an, doch unter diesem Blick kroch das schlechte Gewissen über sie wie eine Spinne, deren lange Beine sie auf ihrer Haut fühlen konnte.

»Was ist mit dem Dämon?«

»Es war doch nur ein kleiner.«

»Was ist mit ihm?«

Gelangweilt zeigte er in eine Ecke, in der der Käfig mit dem Papagei stand. Ein Papagei, der sich selbst die Federn am Bauch ausgerissen hatte, der gelbe Augen besaß und in dem eindeutig ein Dämon steckte. Babel fühlte die dämonische Energie, die in Wellen von dem Käfig fortrollte. Entsetzt starrte sie das Tier an.

»Keine Bange, es ist nur ein ganz kleiner Dämon.«

»Wieso habe ich ihn nicht wieder zurückgeschickt?«

»Dafür hat das Blut nicht gereicht. Der Dämon war wohl stärker, als du dachtest.«

Deshalb hatte sie auch die Kontrolle über das Ritual verloren.

Sie konnte froh sein, dass kein anderer Dämon den Übergang zwischen den Ebenen genutzt hatte, um in *sie* zu fahren.

*Ich Idiotin*, dachte sie.

Ihr Blick flackerte zu den getrockneten Blutlachen, und Übelkeit stieg in ihr hoch, aber Sam zuckte nur mit den Schultern. Seine Gleichgültigkeit beunruhigte sie, und sie erschrak über sich selbst. Vor wildfremden Menschen hatte sie ihre Magie benutzt. Wenn das ihre Mutter erfuhr, würde sie ihr den Kopf abreißen. Wie hatte sie nur so unvorsichtig werden können? War es der Alkohol gewesen?

»Wo sind die anderen?«

»Ein paar haben die Flucht ergriffen, als der Dämon aus dem Papagei gesprochen hat. Er hat sie ziemlich unflätig beschimpft. Manche auch schon vorher, als sie gesehen haben, wie du dir die Hände aufgeschlitzt hast. Alles Feiglinge, wenn du mich fragst. Da tönen sie groß rum, dass sie mal was erleben wollen, haben *Dracula* im Schrank stehen und wollen von Werwölfen gebissen werden, und wenn man ihnen dann echte Magie und einen Dämon präsentiert, machen sie sich in die Hose.« Sein Gesicht zeigte Abscheu. Wenn er etwas hasste, dann Feiglinge, und auf einmal kam ihr der Gedanke, dass er sie nur benutzt hatte, um den anderen eins auszuwischen.

Und sie hatte es zugelassen. Sie war wirklich *sein* Mädchen, seine Marionette, deren Fäden er zog.

»Wir müssen den Dämon loswerden, Sam.«

»Dafür ist es zu spät.« Er deutete mit der Hand auf den Käfig, die Zigarette noch zwischen den Fingern. »Der Dämon hat sich schon mit dem Tier verbunden. Er steckt jetzt in seinem Körper. Wenn du den Dämon loswerden willst, musst du dem Vogel den Hals umdrehen.«

Empört schnappte sie nach Luft. »Ich kann doch nicht den Papagei umbringen!«

»Ich kann's tun, wenn du willst.« Er stand auf, aber sie griff nach seinem Knöchel.

»Nein! Lass ihn.«

»Warum hast du dich so? Ist doch nicht das erste Tier, das du tötest.«

Nein, aber sie wollte es nicht. Sie hatte geglaubt, ihr Blut würde ausreichen, aber wie sich herausstellte, gab es gute Gründe, warum bei Blutritualen Tiere verwendet wurden.

Fieberhaft suchte sie nach einer Lösung. Der Dämon konnte in dem Körper des Papageis nicht viel anfangen, er würde den Bewohnern der Wohnung jedoch nach und nach die Lebensfreude aussaugen, bis sie sich immerfort müde und schwach fühlten. Sie würden glauben, es läge an Allergien, und vielleicht zu dem Schluss kommen, dass in dem Haus schädliche Baustoffe verwendet wurden. Dabei hatten sie sich einen Dämon eingefangen, der von ihren Energien lebte.

»Wir nehmen ihn mit«, sagte sie bestimmt. »Ich behalte ihn. Wenn ich einen Bannkreis um den Käfig ziehe, kann er niemandem schaden.«

Einen Moment lang sah Sam sie überrascht an, dann zuckte er erneut mit den Schultern. »Wenn du meinst.« Es war offensichtlich, dass er sich nicht dafür interessierte, wie sie die Konsequenzen der letzten Nacht beseitigte. Stattdessen sagte er: »Wir müssen jetzt gehen«, und zog sich gelassen ein T-Shirt über, das in der Nähe lag, aber nicht seines war. »Wir sollten weg sein, wenn die Eltern von ihrem Wochenendtrip zurückkommen.«

Wie betäubt erhob sich Babel und suchte nach ihrer Jacke. Sie fand sie hinter dem Sofa, genau wie den Gastgeber, der entweder ohnmächtig war oder seinen Rausch ausschlief. Wenn er erwachte, würde er den Schreck seines Lebens bekommen, so wie die Wohnung aussah.

»Tut mir leid«, flüsterte sie, als sie ihm ein Kissen unter den Kopf schob, damit er ein bisschen bequemer lag.

Sie griff sich den Käfig und folgte Sam ins Treppenhaus. Die Sonnenstrahlen, die durch die schmutzigen Fenster fielen, tauchten den Hausflur in ein seltsames nebliges Licht. Während sie erschöpft hinter ihm die Treppen hinunterlief, nagte die Frage an ihr, ob sie vielleicht schon zu weit gegangen war. Hatte sie ihre Magie etwa nicht mehr im Griff?

Viel zu leicht ließ sie sich von Sam zu diesen Ritualen überreden. Immer weiter hatte sie ihre Grenzen verschoben, bis der Übergang von ihrer eigenen Magieebene in die der Dämonen ihr so leichtfiel wie einkaufen. Zu leicht. Sie sah auf ihre Hände hinab, die aussahen, als wären sie in einen Fleischwolf geraten, und begann zu zittern.

Plötzlich begann der Papagei zu schimpfen, seine Stimme war ein zerhacktes Krächzen. *»Fleisch … Bluuut … Bluut …«*

Babel lief schneller. Hoffentlich hörten die Nachbarn nichts. In diesem Viertel konnte sie sich jedenfalls eine ganze Weile nicht mehr blicken lassen, so viel stand fest.

Während Sam vor ihr die Treppe hinuntersprang und rief: »Was für eine Party! Was für ein Geburtstag!«, überkam sie auf einmal das beängstigende Gefühl, dass ihre Liebe zu ihm keine Zukunft besaß. Er war wie ein Abgrund, in den man so lange hineinstarrt, bis man hinunterspringen will.

Dabei wusste sie doch, warum er so versessen darauf war, dass sie in seiner Gegenwart Dämonen beschwor. Er wollte wissen, was genau sein Vater war. Was er selbst zu einem Teil war. Die andere Ebene faszinierte ihn. Nicht alle Dämonenkinder erfuhren je, was sie wirklich waren, wenn es ihnen niemand sagte. Dann verbrachten sie ihr Leben damit, sich zu wundern, warum sie tief in ihrem Inneren immer wieder diesen Drang verspürten, etwas zu zerstören oder anderen Schmerzen zuzufügen. Manchen gelang es, diesen Drang zu unterdrücken, andere dagegen schrieben mit ihren blutigen Taten Geschichte.

Sam wusste, wer er war. Er war während eines Rituals gezeugt worden, bei dem ein Hexer einen Dämon beschworen hatte, um ihn etwas zu fragen. Pech nur, dass der Hexer die Kontrolle über den Dämon verloren hatte und dieser sich eine Zeit lang dessen Körpers bemächtigt hatte. So hatte der Dämon mit Sams Mutter ein Kind gezeugt, das weder ganz menschlich noch ganz dämonisch war. Der Hexer hatte Sam zwar aufgezogen, aber nie vergessen, wessen Sohn er war. Kein Wunder also, dass Sam schon mit dreizehn von zu Hause abgehauen war und sich seitdem durchs Leben schlug.

Babel kannte seine Geschichte und hatte ihn deshalb bewundert. Seinen Einfallsreichtum, seine Zähigkeit, seinen unermüdlichen Überlebenswillen und ja, auch seine Härte, wenn es darum ging zu bekommen, was er wollte, und es gegen alle Widrigkeiten zu verteidigen. Er war wie Prince Charmings böser Zwilling, der Junge, vor dem Mütter ihre Töchter warnten, und Babel begriff zum ersten Mal, warum.

Es schien, als könne Sam all die düsteren Gedanken lesen, die ihr in den dunklen Stunden des Tages in den Sinn kamen. Er kannte sie wie niemand zuvor – und hatte sie sich das nicht immer gewünscht? Jemanden, der sie so liebte, wie sie war? Der keine Forderungen an sie stellte, sie nicht verändern wollte? Wenn er sie ansah, als könne sie alles erreichen, was sie sich vornahm, dann konnte sie fast selbst daran glauben. Nie zeigte er Angst, wenn sie ein neues Ritual ausprobierte, und stundenlang konnte er Anweisungen aus alten Texten für sie herausschreiben. Mit ihm schien es keine Grenzen zu geben, nichts, was verboten war. Als hätte er all die Ängste, die andere Menschen befielen, schon längst hinter sich gelassen – und um diese Furchtlosigkeit hatte sie ihn beneidet.

Aber zum ersten Mal fragte sie sich, ob sie wirklich so werden wollte wie er. Waren sein Geruch und seine Küsse so verlockend, dass sie alle Warnungen in den Wind schoss?

*Halte dich von Dämonen fern!*

Und auch von ihren Kindern.

Aber sie war nicht nur verliebt in diesen Jungen, es war viel schlimmer. Er war ihr unter die Haut gekrochen und hatte sich dort festgesetzt – und allein bei dem Gedanken daran, nicht mehr in seiner Nähe zu sein, wurde ihr erneut übel.

Aber auch dagegen musste es ein Heilmittel geben. Vielleicht sollte sie Judith um einen Trank bitten. Ihre Schwester war gut in solchen Dingen. Sie hatten sich zwar seit vier Monaten nicht mehr gesehen, aber das hieß nichts. Wenn es hart auf hart ging, würde Judith ihr beistehen. Und wenn das nichts half, dann musste sich Babel eben häuten, um Sam loszuwerden – und mit ihm all die Gefühle, die sie an ihn banden …

# *Babels 26. Geburtstag*

Der Mann bekam einen Schlag. Er schrie auf und zog die Hand von der Autotür zurück. Dabei fiel ihm die Tüte, die er auf dem Arm trug, herunter, und die Einkäufe verteilten sich auf dem Asphalt. Das Fluchen war über den ganzen Parkplatz zu hören, und die Leute drehten neugierig die Köpfe.

Der Mann tat Babel leid, denn schon von Weitem hatte sie sein Problem gespürt. Seine Energiewellen schlingerten hin und her und zuckten wie Aale. Sie war sicher, wenn sie sich seine Aura ansehen würde, könnte sie darin schlangengrüne Schlieren sehen, die sich wie Würmer in einem Kürbis wanden, den man nach Halloween auf dem Fensterbrett vergessen hatte. Der Fluch war gut in ihm verankert worden und würde ihn noch eine ganze Weile quälen.

Trotzdem lief sie weiter. Die Absätze ihrer Stiefel knallten laut auf den Asphalt, aber der Mann drehte sich nicht nach ihr um.

Das war in Ordnung. Babel wollte es gar nicht anders. Er würde ihr ohnehin nicht glauben, wenn sie ihm erzählte, worin genau sein Problem bestand. Wahrscheinlich würde er ihr nur sagen, dass sie verschwinden solle, und darauf hatte sie heute wirklich keine Lust mehr, denn schon der Vormittag war eine einzige Katastrophe gewesen.

Ihr Vermieter hatte mit Zwangsräumung gedroht, wenn sie nicht bald die fällige Miete überwies, und den Job als Bibliotheksaufsicht hatte sie an einen Studenten verloren, der glaubte, ein Laptop würde ihm beim *Denken* helfen. Mit nur einem Teilzeitjob konnte sich Babel aber nicht über Wasser halten.

Für ihre Mutter und Judith war es ein völliges Rätsel, wie Babel immer in Geldnot stecken konnte, immerhin konnte sie *zaubern*. Aber Maria verdiente ihren Unterhalt als Buchmacherin, deren Sportwetten zu überraschenden Ausgängen neigten. Pferde, die bis dato kein einziges Rennen gewonnen hatten, wurden über Nacht zu Champions mit einer Traumquote. Und Judith verkaufte überteuerte Immobilien an Leute, die nicht wussten, wohin mit ihrem Geld, und plötzlich das Bedürfnis verspürten, noch ein weiteres Haus zu besitzen. In derselben Stadt. Aber Babel hatte weder Ahnung vom Sportgeschäft (und es interessierte sie auch nicht) noch konnte sie sich vorstellen, den ganzen Tag in engen Kostümen über Parkettfußböden zu stöckeln und permanent zu lächeln.

*Deine magische Begabung ist an dich vollkommen verschwendet*, pflegte ihre Schwester zu sagen. *Du bist wie ein 1-a-Rennpferd, das zu blöd ist zu begreifen, dass es einfach nur* laufen *muss.*

Möglicherweise waren Babels kriminelle Energien auch einfach nicht so ausgeprägt wie bei den restlichen weiblichen Familienmitgliedern. Ihr Vater jedenfalls fand es nicht schlimm, dass sie ihre magischen Fähigkeiten nicht zum Geldverdienen einsetzte. Offenbar glaubte er, dass sie diese Entscheidung bewusst getroffen hatte. In Wirklichkeit war es eher so, dass sie einfach nicht genau wusste, *wie*.

Aber sie war fest entschlossen, länger in dieser Stadt zu bleiben, denn es gefiel ihr hier. Die Leute waren ein bisschen forsch, aber auch offen und unkompliziert. Der Krieg hatte hier nur wenig gewütet, weite Straßen mit sanierten Altbauten reihten sich aneinander, und es gab viel Grün, das im Sommer die Atmosphäre aufheiterte. Es war eine alte Stadt mit Seele, deren magisches Netz sich über die Jahrhunderte einem Aderngeflecht gleich verzweigt hatte, und Babels Energien fügten sich darin ein, als hätte sie schon immer hierher gehört. Außerdem lag die Stadt weit genug von dem Ort entfernt, in dem Babel aufgewachsen war und in dem ihre Mutter noch immer lebte. Auch Judith musste gute vierhundert Kilometer fahren, wenn sie Babel besuchen wollte – weshalb sie es nicht tat.

Entschlossen lief sie weiter zu ihrem Motorrad, einer MZ 250, die sie einem Sammler abgekauft hatte, der alte Maschinen aufmotzte und wiederherstellte. Babel liebte das Motorrad heiß und innig, obwohl das Ding inzwischen klapprig und alt war und bei jeder Fahrt auseinanderzufallen drohte.

Sie schloss den Reißverschluss ihrer Lederjacke und zog den Pferdeschwanz aus dem Kragen. Nachdem sie den Motor angelassen hatte, sah sie sich noch einmal nach dem Kerl mit dem Fluch um, der noch immer mit den widrigen Umständen kämpfte. Inzwischen hatte er seine Einkäufe aufgesammelt und erneut versucht, die Tür zu öffnen. Wieder hatte er einen Schlag bekommen, aber wenigstens gelang es ihm dieses Mal, das Auto endlich zu öffnen. Damit war das Drama jedoch noch nicht beendet. Als er den Motor anließ, machte der Wagen einen Sprung nach vorn und rammte den Pfeiler, der den Parkplatz von der Straße trennte. Es krachte und schepperte – und der folgende Schrei ließ Babel auf ihrer Maschine innehalten.

Sie seufzte. Einen Moment lang zögerte sie noch, dann fuhr sie langsam aus der Parklücke und lenkte die Maschine neben das Auto.

*Dir ist nicht zu helfen.*

Sie nahm den Helm ab und klopfte an die Autoscheibe.

Mit wutverzerrtem Gesicht ließ der Mann die Scheibe herunter und blaffte: »Was?« Blass sah er aus, und die dunklen Ringe unter den Augen hätten einem Zombie zur Ehre gereicht.

Babel stützte sich auf den Lenker und blickte dem Mann fest in die Augen, bevor sie fast mitleidig sagte: »Das passiert nicht zum ersten Mal, oder? Lassen Sie mich raten. Sie bekommen Dutzende Male am Tag einen Schlag, ganz gleich, was Sie anfassen. Ihre technischen Geräte spielen verrückt, das Auto springt nicht an, und Ihre motorischen Fähigkeiten lassen sehr zu wünschen übrig, denn seit Tagen fallen Ihnen ständig Sachen runter. Mittlerweile überlegen Sie, ob Sie zum Arzt gehen sollen, weil mit Ihren Nerven etwas nicht stimmen kann. Hab ich recht?«

Wie vom Donner gerührt starrte der Mann sie an. »Was?«, fragte er noch einmal, aber Babel wiederholte sich nicht. Sie war ziemlich sicher, den Nagel auf den Kopf getroffen zu haben.

»Wer sind Sie?«

»Spielt keine Rolle. Die Frage ist, ob ich recht habe und ob Sie etwas dagegen tun wollen.«

»Wogegen?«

»Gegen die unglaubliche Pechsträhne, die Sie seit ein paar Tagen haben.«

Misstrauisch beobachtete der Mann sie. Ihm war anzusehen, dass er ihr am liebsten gesagt hätte, sie solle ihn in Ruhe lassen, aber etwas an ihren Worten hatte ihn stutzig gemacht.

»Wie wollen Sie mir helfen?«

»Ganz einfach, ich behebe Ihr Problem.«

»Und das wäre?«

Das war der schwierige Teil. »Sie sind verflucht worden.«

Der Mann lachte.

Babel nicht.

Da hörte der Mann auf zu lachen. »Sie meinen das ernst.«

»Irgendeine Hexe hat Sie mit einem Fluch belegt. Ihre eigene Körperenergie ist aus dem Gleichgewicht geraten, und deshalb laden sich die Dinge, die Sie anfassen, auf. Deswegen funktionieren auch Ihre motorischen Fähigkeiten nicht richtig. Man könnte sagen, durch Ihre Steckdose fließt der falsche Strom.

Können Sie sich vielleicht daran erinnern, wen Sie in letzter Zeit so richtig verärgert haben?«

Ungläubig schüttelte der Mann den Kopf. Sie kannte den Kampf, der sich in seinem Inneren abspielte. Bisher war er nie einer echten Hexe begegnet. In seiner Vorstellung sah eine Hexe aus wie die Baba Jaga in russischen Märchen oder zumindest wie die Verkäuferin in einem Kristall-Laden. Jedenfalls sicher nicht wie eine Blondine mit Lederjacke und Schnürstiefeln, die ein altes Motorrad fuhr. Deshalb kam ihm das, was sie sagte, verrückt vor. Auf der anderen Seite hatte er auch noch nie eine so ungewöhnliche Pechsträhne erlebt. Als würde er ihn laut aussprechen, konnte sie diesen einen Gedanken hören: *Ich glaub das zwar nicht, aber man kann ja nie wissen.*

Seine Überlegungen spiegelten sich so deutlich in seinem Gesicht, dass Babel genau den Zeitpunkt erkannte, an dem er sich dachte: *Ach, was soll's.*

»Was können Sie dagegen machen?«

»Ich breche den Fluch.«

»Und was wollen Sie dafür?«

»So viel Sie geben möchten.«

Zögerlich nickte er. »Und was muss ich tun?«

»Gar nichts.« Sie stieg von der Maschine und betrachtete den silbernen Ring an ihrem Mittelfinger. Er war schlicht, aber aufgeladen mit ihrer Energie. Sie besaß viele solcher Ringe, denn für den Alltag einer Hexe waren sie recht praktisch. Silber lud sich schnell mit der Energie seines Trägers auf, Gold schloss sie dafür länger ein. Bei Ritualen konnte man auf die gespeicherte Energie zurückgreifen und musste nicht an die eigenen Reserven gehen. Das ließ einen weniger erschöpft zurück. Es gab eine Reihe Schmuckstücke, die Babel vor allem aus diesem Grund trug. Manchmal die breiten, silbernen Armreife, manchmal die goldenen Kreolen, die ihr halfen, sich zu konzentrieren. Da sie an diesem Tag nicht mit einem improvisierten Ritual auf dem Parkplatz eines Einkaufszentrums gerechnet hatte, war der Ring alle Unterstützung, die sie kriegen konnte.

Sie sah sich kurz um, aber niemand nahm von ihnen Notiz, denn die Leute waren zu sehr mit ihren Abendeinkäufen beschäftigt. Babel streckte die Hand aus und legte sie dem Mann auf den Arm, der sich noch immer auf die Autotür stützte. Die Hitze in ihrem Körper stieg an. Seine Aura flackerte kurz, dann beruhigten sich die Ströme, und Babel konnte ihre eigene Energie aus dem Ring auf die fremde Energie übertragen. Mit der anderen Hand fischte sie eine kleine Plastiktüte aus der Innentasche ihrer Jacke, in der sich ein weißes Pulver befand. Der Mann sah sie irritiert an.

»Nicht das, was sie denken. Das ist Holzasche.« Sie pustete etwas davon in die Luft und wartete, bis die Asche die Energiewellen einfärbte. Ihr Blick verschob sich, die Muster wurden sichtbar.

Die Hexe, die den Fluch gewirkt hatte, war nicht besonders stark, ihre Energien hatten Babel nicht viel entgegenzusetzen. Wahrscheinlich benutzte sie hauptsächlich Sprüche oder Runen für ihre Zauber.

Sie griff nach dem sich windenden Grün und zog daran. Die Energiefelder wanden sich um ihre Finger, und sie verstärkte den Druck. Wie Metall an einen Magneten heftete sich das Grün an ihre Finger, und langsam zog sie die Hand zurück.

Als sie die Haut des Mannes nicht mehr berührte, wurde das Lila in seiner Aura kräftiger und das Grün um ihre Finger schwächer. Der Erfolg ließ Babels Herz schneller schlagen. Obwohl es nur ein kleiner Zauber war, gemessen an der Kraft, die sie benötigte, so war das Eintauchen in die Magie einer anderen Hexe doch jedes Mal aufregend. Babel hatte gespürt, dass sie nicht die einzige Hexe in dieser Stadt war, aber noch hatte sie aus den Energiemustern nicht abgelesen, wie viele es waren und über welche Macht sie verfügten. Doch das würde sie sicher bald erfahren, denn auch die anderen Hexen mussten fühlen, dass Babel aufgetaucht war, und die Auseinandersetzung um Territorien würde nicht lange auf sich warten lassen. Diese Hexe hier stellte jedenfalls keine Gefahr für Babel dar. Zu wenig Bumms hinter der Magie.

*Alles ist Vorstellung. Was du dir vorstellst, kann auch geschehen. Das ist das ganze Geheimnis der Magie. Du musst es nur* sehen. *Verstehst du das?*

*Ja, Mama.*

Babel stellte sich vor, wie sie den Fluch von ihren Fingern schüttelte. Wie die Magie des Rings gegen das Grün drückte, und langsam löste sich der Fluch auf. Als sie die Hand vors Gesicht hob, spürte sie nur noch die Kühle des Metalls an ihrem Finger. Der Ring war kein Amulett mehr, nur noch Schmuck, denn seine Energie hatte sich aufgebraucht. Ihre Hand schmerzte ein bisschen, als hätte sie zu lange am Rechner getippt, aber sonst war sie nicht erschöpft.

»Das war's«, sagte sie.

»Mehr nicht?« Zweifelnd blickte der Mann sie an. Für ihn hatte das ganze Ritual nur ein paar Augenblicke gedauert, in denen er nichts weiter gespürt hatte als eine diffuse Wärme.

»Probieren Sie es aus.« Sie deutete auf die Wagentür.

Nach einigem Zögern streckte er die Hand nach dem Griff aus, und als sich seine Finger darum schlossen, bekam er keinen Schlag, und auch der Motor ließ sich problemlos starten.

»Unglaublich«, flüsterte er und sah sie an, als wäre sie das achte Weltwunder. Erleichterung und Schreck hielten sich in seinem Blick jedoch die Waage.

Sie konnte es ihm nachfühlen. Plötzlich hatte sich seine ganze Welt auf den Kopf gestellt, und wer gab schon gern zu, dass er plötzlich an Magie glaubte, wenn er jahrzehntelang eingetrichtert bekommen hatte, solchen Unsinn als vernünftiger Mensch nicht zu glauben?

»Kann das wirklich sein?«, flüsterte er. »Wollen Sie mir wirklich erklären, dass Sie eine Hexe sind?«

»Ich will Ihnen gar nichts erklären. Sie können glauben, was Sie wollen. Wenn Sie noch eine andere Erklärung für das hier finden, bitte sehr. Ich bin nicht hier, um zu missionieren.«

Der Mann schüttelte den Kopf und griff nach seiner Brieftasche, zögerte, langte noch einmal hinein und streckte ihr schließlich fünfzig Euro entgegen.

»Ist das angemessen?«

*Woher soll ich das wissen?*

»Danke!« Sie steckte das Geld ein und wollte den Motor starten, aber der Mann griff plötzlich nach ihrer Hand.

»Sagen Sie mal, machen Sie das eigentlich oft? Menschen helfen, die verflucht worden sind, meine ich?«

»Nein.«

»Weil es nicht oft vorkommt oder weil Sie es nicht wollen?«

»Letzteres.«

»Interessant.«

»Finden Sie?«

Seine Augen wurden schmaler, und zum ersten Mal stahl sich so etwas wie ein Lächeln in sein Gesicht. Er hielt ihr die Hand entgegen. »Mein Name ist Karl. Sie und ich, wir sollten uns unterhalten. Ich denke, wir könnten da ins Geschäft kommen.«

# *HEUTE*

# 1

124 Montage, genauso viele staubtrockene Kuchen und noch mehr bittere Kaffees in Pappbechern – das war die Bilanz, die Babel nach all diesen Jahren zog. Freude tauchte in dieser Statistik nicht auf. Montage waren einfach nicht dafür geschaffen, um glücklich zu machen, obwohl auf diesen sogar ihr Geburtstag fiel. Ein runder. Doch seit ihrem zwanzigsten hatte sie keinen Geburtstag mehr gefeiert – warum also heute damit anfangen?

An diesem Abend verspürte sie noch dazu das unangenehme Gefühl, verfolgt zu werden. Das Erschreckende daran war, dass ihr auf Anhieb ein halbes Dutzend Leute einfiel, die womöglich einen Grund dafür hätten. Angefangen mit den anderen Hexen der Stadt, die genau wie Babel darauf hofften, dass ein mysteriöses Virus alle magisch Aktiven dahinraffen würde – außer ihnen selbst. Ja, Hexen waren schon gesellige Wesen. Und dann waren da natürlich noch die Leute, denen sie im Laufe der letzten vier Jahre im Zuge ihrer Arbeit mit Karl auf den Schlips getreten war: ein illustrer Kreis aus Kleinkriminellen, Ehebrechern und Blendern.

Möglichst unauffällig sah sie sich um, aber auf der Straße hinter ihr war niemand zu sehen. Trotzdem ballte sich die Kälte in ihrem Magen zu einem Eisklumpen zusammen, der nicht verschwinden wollte. Vielleicht lag es aber auch nur am Wetter. Der Nieselregen beschwerte ihre Haare, lief am Kragen vorbei unter das T-Shirt und hing ihr in den Wimpern, so dass sie nur noch verschwommen sah. Nicht gerade ideale Bedingungen für einen Kampf.

Das Kitzeln an den Fußsohlen wurde stärker, als sie sich darauf konzentrierte. Sie konnte das magische Muster dieses Ortes und seine Energielinien, die sich netzförmig durch die Erde zogen, deutlich spüren. Einen Moment lang schloss sie die Augen und forschte den Energieströmen in ihrem Inneren nach, die sich mit dem Muster der Straße verbanden. Alles war so, wie es sein sollte; in den Fingerspitzen spürte sie die Hitze, die entstand, wenn sie die Magie aktivierte.

In vielerlei Hinsicht war Babel wie ein Mensch, der mit einer geladenen Waffe im Gürtel auf die Straße ging. Die Magie war ein Radar im Stand-by-Modus, das sich automatisch anschaltete, sobald sich die Magiemuster in ihrer Umgebung veränderten. Das verhinderte, dass sich jemand anschlich und sie mit einem Fluch belegte, und ein bisschen Paranoia war in ihren Kreisen durchaus angebracht. Schließlich begannen alle Geschichten ihrer Kindheit mit: *Hüte dich vor …* Was meistens beinhaltete, dass sie niemandem trauen und so wenig wie möglich erzählen sollte. Man ging nicht damit hausieren, dass man im Notfall Dämonen beschwören konnte, das kam auf den meisten Kindergeburtstagen schlecht an.

Noch einmal schaute sie sich um, aber sie konnte keinen magisch Aktiven in der Nähe spüren, auch keine künstlichen Energiemuster, die auf einen Zauber hindeuteten. Was sie spürte, musste demnach altmodische Unruhe sein. Verärgert über ihre eigene Nervosität lief sie weiter.

Ihr Ziel, ein Haus im Stadtzentrum, war ein schlichter Neubau mit blauen Fensterverkleidungen, in dem Montagabend nur ihre Gruppe zu finden war. Das machte es den Neuen leichter, die man immer schon von Weitem erkannte, weil sie sich erst eine halbe Stunde vor der Tür herumdrückten, bevor sie es wagten, einzutreten. Wenn sie nicht wieder umkehrten. Auch dieses Mal stand ein Mann vor der Eingangstür, die Schultern hochgezogen und der Blick unruhig zwischen dem erleuchteten Treppenhaus und der anderen Straßenseite hin- und herhuschend. Babel nickte ihm im Vorbeigehen zu und sah sich ein letztes Mal um, aber noch immer war niemand hinter ihr zu sehen. Vielleicht lag ihr auch nur der Schellfisch vom Mittag quer.

Sie betrat das Gebäude, in dem es nach Zitrusreiniger und Beton roch, und versuchte, das ungute Gefühl abzuschütteln, das sie verfolgte, seit sie ihr Haus im Norden der Stadt verlassen hatte. Doch es ließ sich nicht vertreiben.

In der ersten Etage bog sie in einen Gang ein. Vor Zimmer 104 stand der Tisch mit den Thermoskannen und den trockenen Kuchen. Dieses Mal gab es Streusel mit Apfelstücken. Daneben lagen Servietten, die in schreiendem Pink verkündeten: SEI EINE PRINZESSIN JEDEN TAG!

Unschlüssig blickte Babel auf den Serviettenstapel hinab, dessen Farbe sich in ihre Retina brannte, während sich um ihre Füße eine kleine Pfütze bildete. Im Moment fühlte sie sich weniger wie eine Prinzessin, sondern mehr wie deren weniger glamourös gekleidete, halb nasse Stiefschwester.

»Maike hat sie für dich mitgebracht. Zum Geburtstag. Ich werde sie zwingen, sich nachher öffentlich dafür zu entschuldigen«, sagte auf einmal eine tiefe Stimme mit angenehmem Timbre hinter ihr. An den Türrahmen gelehnt stand eine Gestalt, die das auf den Flur fallende Licht fast vollständig verdeckte.

»Hallo, Tamy«, erwiderte Babel und musste unwillkürlich grinsen. »Irgendwann musst du mir mal verraten, wie du immer weißt, wann ich hier auftauche.«

»Du bist pünktlich, das ist kein Kunststück.«

Tamy war fast eins neunzig groß, und ihr Kreuz hätte jedem Preisboxer zur Ehre gereicht. Sie trug eine ausgeblichene Jeans, Springerstiefel, und über ihre Schultern spannte sich eine schwarze Lederjacke, Babels nicht unähnlich, nur war ihre abgetragen und an den Ellbogen brüchig. Der lange Pferdeschwanz reichte Tamy in dicken Wellen bis zum Hintern, und das Licht der Neonröhren ließ die Nieten an ihren Armbändern aufblitzen. Sie trug ein T-Shirt der Band *Scary Bitches*, das gut zu ihr passte, denn sie sah nicht nur gefährlich aus, sie war es auch – und es war schlichtweg unmöglich, sie zu übersehen.

Nachdem sie neben Babel getreten war, griff sie sich, ohne mit der Wimper zu zucken, die Servietten und warf sie in den Mülleimer, der unter dem Tisch stand. Mit der Stiefelspitze schob sie ihn weit nach hinten an die Wand. »Pinke Servietten lösen Brechreiz in mir aus«, erklärte sie und verschränkte die Arme vor der Brust.

»Verstehe.«

Kritisch blickte sie auf Babel herab. »Geht's dir gut?«

»Aber ja.«

»Bist du sicher? Du siehst blass aus.«

»Das ist das Kunstlicht.«

Tamy schnaufte und schaute dabei drein, als wolle sie Babel jeden Moment wie eine junge Katze am Nacken packen und schütteln. Sie hatten alle ihre Schwächen, und Tamy schien jede einzelne zu riechen. Vielleicht weil sie sich mit ihren eigenen so gut auskannte.

»Babel?«

»Es geht mir gut.« Sie nahm ein Stück Kuchen, aber auf den Kaffee verzichtete sie dieses Mal; sie war schon aufgedreht genug.

Als sie den Raum betraten, in dem das Treffen stattfand, nickte Babel einigen bekannten Gesichtern zu. Doch bevor sie sich setzen konnten, kam Maike, die Gruppenleiterin, auch schon auf sie zugestürmt. Ihr Blick war ein einziger Vorwurf.

»Weißt du, Babel, wir haben auch Servietten. Man muss ja nicht den ganzen Raum vollkrümeln.« Tadelnd sah sie erst Babel und dann den Kuchen in ihrer Hand an, während sich Tamy hinter Maikes Rücken ins Fäustchen lachte.

Babel warf ihr einen finsteren Blick zu, bevor sie zähneknirschend zu Maike sagte: »Entschuldige, ich werde das nächste Mal daran denken.«

Mit säuerlicher Miene drehte sich Maike um und ließ sie stehen. Sie suchten sich in der letzten Stuhlreihe einen Platz und saßen eine Weile schweigend nebeneinander, während Babel den Kuchen in sich hineinstopfte und nach dem zweiten Bissen fast an einem Krümel erstickte. Mit ihrer großen Hand schlug ihr Tamy auf den Rücken, aber das machte es nur schlimmer.

»Willst du mich umbringen?«, fragte Babel empört und hochrot im Gesicht. Manchmal konnte Tamy ihre Kraft einfach nicht richtig einschätzen. Vermutlich war das einer der Gründe, warum sie nicht mit kleinen Hunden arbeitete.

Entschuldigend hob Tamy die Hände, und nach einer Weile sagte sie: »Willst du mir jetzt endlich erzählen, was los ist?«

Unter ihrem inquisitorischen Blick fühlte sich Babel ertappt. Langsam legte sie den angebissenen Kuchen auf den Nachbarstuhl, wischte sich die Hände an der Hose ab und zog den blutroten Umschlag aus der Innentasche ihrer Jacke. Er hatte am Morgen in der Post gesteckt und war noch ungeöffnet.

Vielleicht kam das ungute Gefühl doch nicht vom Schellfisch.

Vorsichtig drehte sie den Brief zwischen den Fingern, als wäre er eine Kapsel Zyankali. »Kannst du das riechen?«, flüsterte sie. »Das ist der Geruch der Verführung.«

»Er riecht nach Bier?«

Babel lachte, und einige Köpfe drehten sich nach ihnen um. »So etwas in der Art.«

*Er riecht nach Dämon. Und Macht.*

»Soll ich ihn für dich öffnen?«

»Nein. Das ist nicht nötig. Ich meine … ich werde ihn sowieso nicht öffnen. Ich weiß ja, was drinsteht. Es ist immer dasselbe.«

*Babel, Liebling … da du nicht … erinnerst du dich noch, als wir … du weißt, wie sehr ich dich … blabla …*

Oder so etwas in der Art.

Stirnrunzelnd betrachtete Tamy sie. »Hast du das im Griff, Babel?«

»Ja. Wahrscheinlich.« Sie nickte. »Ich hab das im Griff.«

»Na schön, wie du meinst. Aber ruf mich an, wenn du … Du weißt schon …«

»Ja, ich weiß.« Wenn sie den Drang verspürte, etwas Unvernünftiges zu tun.

In Tamys Fall wäre das, nach einem Glas Martini zu greifen, in ihrem, einem Huhn den Kopf abzuschlagen und mit seinem Blut Runen auf den Boden zu zeichnen.

Plötzlich musste sie an ihre Mutter denken, und wie sie Judith und Babel als Teenager nie vorgeschrieben hatte, wann sie zu Hause sein sollten. Nie hatte sie ihre Töchter gewarnt, auf Partys nicht zu viel zu trinken. Sogar als sie Babel mit ihrer ersten Zigarette und Judith mit ihrem ersten Freund erwischt hatte, waren ihre Worte nur gewesen: »Ich hoffe, du weißt, was du da tust.« Die einzige Sorge ihrer Mutter hatte immer nur den anderen Ebenen gegolten.

Pech nur, dass Babel wie die meisten Teenager durch eine rebellische Phase gegangen war und geglaubt hatte, ihre Mutter wolle sie von etwas fernhalten, nur weil sie es nicht *mochte*. Als Babels Klassenkameraden also in ihrer rebellischen Phase Joints gedreht hatten, hatte sie Dämonen beschworen. Während andere Teenager jedoch unbeschadet aus ihrer Rebellion herausgekommen waren, hatte sie ihre mit Anfang zwanzig zu AA geführt, weil sie völlig die Kontrolle über ihr Leben verloren hatte.

*Hi, ich bin Babel, und ich bin ein Dämonenjunkie.*

Natürlich hatte sie das damals nicht ausgesprochen – die meisten Leute glaubten nicht an Magie, und wenn man ihnen sagte, dass man ihr Blut zum Kochen bringen konnte, nahmen sie das nicht wörtlich. Aber das Problem war genau das gleiche. Den quälenden Sog der Versuchung verspürte Tamy genauso wie sie, und als Babel vor zehn Jahren den Boden unter den Füßen verloren hatte, hatte sie Hilfe in dieser Gruppe gefunden, die sich mit Versuchung und Angst so gut auskannte. Tamy war ihr sogenannter Sponsor geworden – ein Pate, den man anrufen konnte, wenn man außerhalb der Treffen Hilfe brauchte – und passte seitdem auf sie auf. Oder versuchte es zumindest. Manchmal überlegte Babel, ob sie Tamy nicht in ihr Geheimnis einweihen sollte, aber bis jetzt hatte sie noch nicht den Mut dazu gefunden.

»Willst du, dass ich ihn für dich nehme?«, fragte Tamy in ihre Gedanken hinein und deutete auf den Umschlag, aber Babel schüttelte den Kopf.

»Schon in Ordnung, jeder muss mit seinen Dämonen selbst fertig werden, nicht wahr?«

Tamy sah sie skeptisch von der Seite an, fragte aber nicht weiter, wofür sie ihr dankbar war. Babel tat eben, was sie so tat – und Tamy tat, was sie so tat. Was meistens mit blauen Flecken und manchmal mit gebrochenen Nasenbeinen einherging. Sie war Türsteherin im *Smash*, einem angesagten Club im Süden der Stadt – und wer einmal erlebt hatte, wie sie gestandene Kerle in die Knie zwang, wusste, dass dies nicht nur ein Job für Männer war.

Babel steckte den Brief zurück in die Innentasche der Jacke, wo er ein Loch in das Leder zu brennen schien.

*Warum kannst du mich nicht einfach in Ruhe lassen, Sam?*

Wenn sie nach Hause käme, würde sie den Brief verbrennen, nahm sie sich vor. Nichts würde sie dazu bringen, ihn zu behalten. Mit seinem schwachen Geruch nach Dämon und Sam war er für sie wie eine tickende Zeitbombe, und so etwas stellt man sich nicht auf den Kaminsims. Nicht als Hexe mit einem Magieproblem. Seit vier Jahren hatte sie Sam nicht mehr gesehen, und das war auch besser so. Der Bruch, der durch Hilmars Tod vor zehn Jahren zwischen ihnen entstanden war, konnte nie wieder richtig gekittet werden.

Nachdenklich sah sie auf ihre Hände, auf denen die blassen Narben der Ritualschnitte noch immer zu sehen waren. Die meisten Leute glaubten, sie würde sich ritzen, daher steckte sie die Hände oft in die Hosentasche.

Als hinter ihnen geräuschvoll die Tür geschlossen wurde, blickte Babel auf. Maike ging nach vorn, um die Gruppe zu begrüßen, wie sie es jeden Montag tat. Neugierig sah sich Babel um, aber der Mann vom Eingang war nicht hereingekommen. Das wunderte sie nicht. Die wenigsten schafften es beim ersten Mal. Sie selbst hatte drei Anläufe gebraucht.

Sie atmete tief durch und überlegte, ob sie etwas sagen wollte. Immerhin war heute trotz allem irgendwie ein Tag, an dem man Bilanz ziehen konnte. In dieser Bilanz fand sich weder eine funktionierende Beziehung noch ein liebevolles Familienleben. Dafür aber ein Kredit, der Babel die Haare vom Kopf fraß, eine zweifelhafte Vergangenheit, ein besessenes Haustier und Probleme mit den Magieebenen. Ein paar positive Dinge gab es dennoch zu verbuchen: Das Geschäft mit Karl lief gut, und sie hatte sogar Freunde (na gut, einen Geschäftspartner und eine AA-Sponsorin). Außerdem war da auch der Fakt, dass sie noch am Leben war, und der wog schließlich einiges auf, oder?

Sie spürte, wie die Unruhe langsam von ihr abfiel, obwohl ihr das Gefühl, beobachtet zu werden, noch immer im Nacken saß.

Nach ein paar Minuten stieß Tamy sie mit der Schulter an und flüsterte ihr ins Ohr: »Happy Birthday, Babel!«

In der Tat.

# 2

TRAIN AND CARE stand in altmodischen Lettern an der Tür, hinter der Dolly Parton laut *Your beauty is beyond compare, with flaming locks of auburn hair* sang. Unterstützt wurde sie dabei von einer Männerstimme, die keinen einzigen Ton traf – das aber laut und entschieden. Der Geruch nach Zigarillo drang auf den dämmrigen Hausflur des alten, dreigeschossigen Wohnhauses, in dem außer ihrem Büro, Karls Wohnung und dem Geschäft der Hutmacherin im Erdgeschoss niemand zu finden war. Hinter der Milchglasscheibe erhoben sich die stumpfen Schatten der Büromöbel, und Humphrey Bogart wäre von der Mischung aus Schäbigkeit und Professionalität, die das Büro ausstrahlte, wahrscheinlich ganz angetan gewesen.

Das Haus lag unweit vom Zentrum in einer der wenigen Straßen, die noch nicht saniert worden waren. Bis Mitte der achtziger Jahre war sie eine belebte Einkaufsstraße gewesen, in der die Bewohner der umliegenden Häuser sich zum Plausch vor den Geschäften getroffen hatten. Inzwischen waren die Leute jedoch in bessere Viertel gezogen, und die meisten Häuser standen leer. Die Ladengeschäfte waren fast alle geschlossen und ihre Fensterscheiben mit Plakaten beklebt. Nur der Spätimbiss an der Ecke und der Zeitungsladen vier Häuser weiter behaupteten stoisch ihre Plätze. Die Straße schlief einen Dornröschenschlaf, in den sie nach der Wende gefallen war, und wartete darauf, dass die Stadtverwaltung sie wach küsste.

Es war der ideale Platz, um als Hexe unbemerkt seinen Geschäften nachzugehen.

Als Babel die Messingklinke nach unten drückte, brach der Männergesang ab, und Dolly wurde ein paar Dezibel heruntergedreht, obwohl sie sich gerade zum Höhepunkt des Liedes emporschwang.

*Jolene, Jolene …*

»Es ist grauenvoll«, schallte es Babel entgegen.

Mit einem Tequila Sunrise in der einen und einem Zigarillo in der anderen Hand saß Karl am Schreibtisch, die Füße auf der Tischplatte, und sah dabei aus wie der ältere, weniger zurückhaltende Cousin von Asterix. Für einen Mann war er klein, dafür zierte ein beachtlicher Schnurrbart sein Gesicht, dessen Enden bis zu seinem Kinn reichten und der so weizenblond war wie Babels eigenes Haar.

Hinter ihm stand die uralte Anlage, auf der sich in schiefer Höhe Dollys Platten stapelten, und darüber war ein Bord befestigt, das Babel nicht ganz unberechtigt den *Schrein* nannte. Dollys gerahmtes Bild stand in der Mitte, umgeben von Kerzen, einem Autogramm und einem benutzten Taschentuch, das angeblich ihr gehört hatte.

Karl bildete sich gern ein, dass Babel ohne ihn nicht überleben konnte, und behauptete, die zwanzig Jahre Altersunterschied berechtigten ihn dazu, sie *Mädel* zu nennen. Die Wahrheit war, dass sie sich gegenseitig brauchten, denn die Firma lief auf seinen Namen, und er hatte sie offiziell als *Personal Trainer* angestellt. So erhielten sie beide eine Steuernummer, und solange sie pünktlich ihre Steuern zahlten, interessierte es niemanden, worin genau die von ihnen angebotene *Hilfe in allen Lebenslagen* eigentlich bestand. Seit sie Partner geworden waren, war die notorische Geldknappheit aus Babels Leben verschwunden, wofür sie dankbar war. Karl hatte einfach ein gutes Gespür fürs Geschäft.

Er hatte die Wohnung über ihrem Büro gemietet, angeblich, weil er kurze Wege mochte. Babel hatte aber den Verdacht, dass er die Wohnung nur deshalb genommen hatte, weil es keine Nachbarn gab, die sich darüber beschweren konnten, wenn er die Musik zu laut aufdrehte. Dass das Haus kurz davorstand, in sich zusammenzufallen, schien ihn nicht zu stören.

»Es ist zehn Uhr morgens, Karl.«

»Könnte stimmen.«

Sie deutete auf den Tequila.

Er sah auf das Glas in seiner Hand, als wüsste er selbst nicht genau, wie es dort hingekommen war. »Ich mache heute unsere Buchhaltung. Die Vorsteuer ist fällig.«

»Und deswegen musst du dich betrinken?«

Er nickte gewichtig und zeigte auf die Blechkiste mit Quittungen, die ihm als Ablagesystem diente und in den Albträumen eines jeden Finanzbeamten mit Sicherheit eine Hauptrolle spielte.

»Das Grauen hat einen Namen«, flüsterte er.

»Und es heißt Steuererklärung?«, flüsterte sie zurück.

Wieder nickte er, während Babel den Kopf schüttelte und ihre Jacke an die Garderobe hing. Auf dem Weg in die winzige Küche, die sich an das Büro anschloss, kam sie an einer Nische vorbei, in der ein riesiger Vogelkäfig stand, dessen Bewohner ein Bein angezogen hatte und vortäuschte zu schlafen. Als sie an ihm vorüberging, kribbelte es in ihren Fingerspitzen, wie immer, wenn sie in die Nähe des Käfigs kam.

Kaum befand sich der Käfig in ihrem Rücken, krakelte es auch schon los: *»Es riekt nach Dääämonn.«*

Sie versuchte, den Vogel zu ignorieren.

*»Dääämonn! Dääämonn! Dääämonn!«*

Seufzend goss sie Kaffee in einen Pott. Sie hätte wissen müssen, dass Xotl eine feine Nase hatte.

Auf dem Rückweg krächzte es erneut: *»Dääämonn!«*

»Ja, das sagtest du schon.« Sie blieb stehen und sah auf den

Vogel hinab, der die Flügel spreizte und sie mit kleinen, gelben Augen vorwurfsvoll anschaute. Dabei entblößte er die kahlen Stellen an seinem Bauch. Er war ein ziemlich hässlicher Vogel, so viel stand fest.

*»Es riekt nach Dääämonn!«*

»Schon mal überlegt, dass das vielleicht du sein könntest, der hier so stinkt?«

Xotl legte den Kopf schief und schien darüber nachzudenken, doch dann riss er nur den Schnabel auf und rief ein weiteres Mal: *»Däääämonn!«* Dabei rannte er auf der Stange aufgeregt hin und her.

Mit dem Zeigefinger stupste Babel gegen den Käfig. »Willst du, dass ich dir den Hals umdrehe?«

*»... krik ...«*

Karl lugte um die Ecke und zwirbelte an seinem Bart. »Warum sagt der Papagei, dass du nach Dämon riechst, Babel?«

»Keine Ahnung.« Erhobenen Hauptes ging sie weiter und ignorierte Xotl, der sich beleidigt umdrehte.

Der Papagei war das einzige Überbleibsel ihrer Vergangenheit, das sie nicht entsorgt hatte, weil ihr das Tier irgendwie leidgetan hatte – schließlich war es nicht seine Schuld, dass es von einem Dämon besessen war. Allerdings wurde ihr Mitleid immer wieder auf eine harte Probe gestellt, denn Xotl besaß die Angewohnheit, alles und jeden zu beschimpfen, und es hatte sich herausgestellt, dass der Dämon eine besonders garstige und mitteilsame Natur besaß. Zwar war er schon so lange in dem Tier verankert, dass sich seine dämonischen Energiemuster nur noch schwach zeigten, trotzdem hatte sie ihn nie mit zu sich nach Hause genommen. Babel glaubte nicht, dass er sie in Versuchung führen würde, aber Vorsicht war besser als Nachsicht, und so konnte Karl zur Not ein Auge auf sie haben. Im Grunde hatte sie Xotl als mahnendes Beispiel behalten.

Mit dem Pott Kaffee setzte sie sich auf ihren Platz auf der anderen Seite des Schreibtischs und legte ebenfalls die Füße auf die Tischplatte. Von dort aus blickte sie hinüber zu ihrer Jacke, in deren Innentasche sich noch immer der rote Brief befand – der Grund, warum Xotl so verrückt spielte.

Im hellen Licht des Tages war es ihr ein Rätsel, warum sie ihn noch immer bei sich trug. Dabei war sie am Abend zuvor doch so fest entschlossen gewesen, ihn zu vernichten. Aber irgendwie …

Schon konnte sie wieder Sams schmeichelnde Stimme in ihrem Kopf hören, sein Flüstern im Dunkeln, das sie lockte: *Interessiert es dich gar nicht, was auf der anderen Seite geschieht … Stell dir nur vor, all diese Macht … Komm schon, Babel, nur dieses eine Mal …*

Natürlich war es nie bei diesem einen Mal geblieben, und Babel hatte ihre Lektion gelernt: Um Leute, die solche Sätze sagen, sollte man grundsätzlich und immer einen riesigen Bogen machen! Am Morgen hatte sie außerdem erneut das Gefühl beschlichen, beobachtet zu werden, und langsam bekam sie den Verdacht, dass mehr dahintersteckte als nervöse Unruhe.

*Wenn dein Bauchgefühl dir sagt, es riecht nach Ärger, dann meistens, weil Ärger stinkt und immer dann an deinen Fersen klebt, wenn du ihn am wenigstens gebrauchen kannst.*

»Wie soll ich bitte schön dem Finanzamt erklären, dass Granatapfelmus eine notwendige Betriebsausgabe ist?« Wedelnd hielt Karl eine Quittung in die Höhe und unterbrach damit ihre düsteren Gedanken.

»Erklär ihnen, es sei Bestandteil einer jahrtausendealten chinesischen Heilkunst, die du manchmal bei unseren Klienten anwendest. Irgendwas, wofür man keine medizinische Ausbildung braucht, das aber so verrückt klingt, dass sie nicht mit dir darüber diskutieren wollen, weil du ihnen sonst die Gewerkschaft der Kristallverkäufer auf den Hals hetzt.«

Er runzelte die Stirn und machte: »Mphf.«

Schulterzuckend trank Babel einen Schluck Kaffee. In Wirklichkeit hatte sie die Granatäpfel für ein Aphrodisiakum benötigt. Hin und wieder ließ sich das Problem eines Klienten mit einem Trank besser lösen als mit einem direkten Zauber. Das Problem war nur, dass Babel nicht besonders gut im Zubereiten von Tränken und Salben war – vor allem, weil sie nie die nötige Geduld aufbrachte. Einmal hatte sie den Hund eines Klienten aus Versehen ins Koma versetzt, weil der Sud nicht lange genug gezogen und der blöde Köter ihn aus Versehen getrunken hatte. Das war eine unschöne Geschichte gewesen, in deren Verlauf ihr nichts anderes übrig geblieben war, als die Erinnerungen des Klienten zu verändern. Eine Woche hatte Karl kein Wort mit ihr gesprochen, so sauer war er gewesen. Die Granatapfelgeschichte dagegen war eine einfache Sache gewesen. Nur als der Klient voller Begeisterung angeboten hatte, ihnen das Ergebnis vorzuführen, hatten sie dankend abgelehnt.

»Hast du etwas Neues für mich?«, fragte sie nach einer Weile, und ohne hinzusehen, wühlte Karl in einem Papierstapel nach einem Fax.

»Die harte Tour ist mal wieder gefragt.«

»Wen soll ich erschrecken?«

»Erinnerst du dich an die Bankdirektorin, deren Mann mit dem gemeinsamen Boot verschwunden war?«

»Der dann ganz überraschend auf den Caimaninseln aufgetaucht ist, zusammen mit seiner Geliebten?«

Karl nickte. »Die Dame war so begeistert von deiner Arbeit, dass sie dich an einen Freund weiterempfohlen hat. Der Typ ist irgendeine große Nummer im Musikgeschäft. Lavander oder Lamiur oder … Larilu?«

»Äh … Bist du sicher, was den Namen betrifft?«

Entschuldigend sah er sie an. »Pop interessiert mich nicht.«

Karls ganze Liebe galt der Countrymusic und natürlich Dolly Parton, deren Foto er sogar in einem kleinen, goldenen Herzen um den Hals trug. Manchmal glaubte Babel, dass er Dolly für eine Art Göttin hielt und heimlich zu ihr betete.

»Und diesem Typ steigt also ein Mädchen nach …«

»Ich soll ein Groupie bearbeiten?« Entgeistert sah sie ihn an.

»Ja, aber ein Groupie aus der Hölle, wenn du mich fragst. Das Mädel schickt seiner Freundin Pakete mit sehr hässlichem Inhalt. Abgehackte Rattenköpfe und so. Die Polizei kann nichts machen, weil man dem Mädchen noch nichts Handfestes nachweisen konnte. Aber wer hat schon gern einen Stalker?«

Skeptisch runzelte sie die Stirn. Das klang zwar nach wenig Arbeit, aber auch nach Arbeit, die keinen Spaß machte.

»Überleg es dir, der Bursche zahlt gut, fünf sofort und fünf danach.«

Das war eine Menge, auch noch nach Abzug der Steuern und fälligen Raten für den Kredit des Hauses. »Entfernung?«

»Zwei Stunden Autofahrt.« Sein Blick wurde eindringlich. »Wir können die Geschichte schnell erledigen.«

»Warum hast du es so eilig?«

»Bargeld lacht?«

»Sag bloß, du bist pleite?« Sie musste grinsen.

»Nicht pleite, nur knapp mit Bargeld. Passiert eben manchmal. Ich hatte Ausgaben.«

»Dolly-Parton-Plakate zweifellos.«

»Jedenfalls kommt mir der Auftrag gerade recht. Wäre also überaus nett von dir, wenn du es einrichten könntest.«

»In Ordnung.«

»Ich dank dir, Mädel.«

Wie Karl an ihre Aufträge kam, wollte sie gar nicht so genau wissen. Er trieb sich in Kneipen herum, in Videotheken und auf städtischen Veranstaltungen. Er schien einfach jeden zu kennen und hatte ein Händchen dafür, Menschen zu finden, die nicht nur willens waren, der Magie eine Chance bei der Lösung ihres Problems zu geben, sondern auch noch dafür bezahlten. Ein verschwundener Gegenstand hier, ein unliebsamer Geschäftskonkurrent dort, eine untreue Ehefrau und noch viel öfter ein untreuer Ehemann – Karl erfuhr die Probleme eines jeden, der an einer Lösung interessiert war, und brachte irgendwann im Laufe des Gesprächs eine neue Idee ein.

*Glauben Sie an Magie?*

Es war erstaunlich, was die Leute bereit waren zu glauben, wenn sie sich nicht zu helfen wussten. Die Kunden fragten nie, wie sie ihr Problem genau lösten, sie waren einfach froh, dass sie es taten. Gesetzestreue spielte dabei keine so große Rolle, Karl und Babel zogen jedoch die Grenze bei Kapitaldelikten – dafür waren sie nicht zu haben, ansonsten allerdings für fast alles. Es hatte sich herausgestellt, dass Babels kriminelle Ader ebenso stark ausgeprägt war wie die ihrer Mutter und ihrer Schwester, sie hatte nur eine Hilfestellung benötigt.

Während sie sich das Fax durchlas (der Sänger hieß Lomar, was es aber nicht besser machte), nahm sie plötzlich im Augenwinkel eine Bewegung wahr. An der Tür war ein Schatten aufgetaucht, und die Härchen auf ihren Armen stellten sich auf. Das Energiemuster im Raum veränderte sich.

Hastig nahm sie die Füße vom Tisch und drehte den Ring mit der Metallspitze nach innen, damit sie auf ihr Blut zugreifen konnte, sollte es nötig sein. In wenigen Sekunden hatte sie ein Energienetz aufgebaut, das Karl und sie einhüllte, ohne dass er es merkte, und das die üblichen Flüche auffangen würde.

Die Klinke wurde langsam nach unten gedrückt, nun sah auch Karl auf. Als die Tür aufschwang, verschwanden seine Hände unter der Tischplatte, unter der eine Schreckschusspistole klebte. Seit er von seiner Exgeliebten verflucht worden war, die sich nach der Trennung an eine Hexe namens Madam Vendome gewandt hatte, war er vorsichtig geworden. Aber der Schatten entpuppte sich nicht als Hexe, sondern als Teenager.

Der kleine Kerl trug eine rot-schwarz gestreifte Hose mit Hosenträgern, offene Springerstiefel ohne Schnürsenkel, und auf seinem Kapuzenshirt stand in schrägen Lettern STAATSFEIND. Seine Ohren waren von oben bis unten mit Ringen geschmückt, und auch durch seine rechte Augenbraue zog sich ein Ring. Die Nase wurde von Sommersprossen geziert. Er war höchstens fünfzehn und sah aus wie ein Punk.

Das war er aber nicht. Genau genommen war er nicht einmal ein richtiger Mensch.

Selbst wenn sich das Energiemuster nicht verändert hätte, hätte Babel ihn an seinen Augen erkannt. In dem kindlichen Gesicht wirkten sie auffällig. Groß und von einem Goldbraun wie kristallisierter Honig. Lange, dunkle Wimpern warfen Schatten auf die Wangen. Es fiel einem nicht leicht, sich wieder von ihnen zu lösen, denn sie besaßen eine seltsame Wirkung – sie waren wie Magneten, die den Blick anzogen und festhielten. Unwissende Beobachter mochten glauben, es läge daran, dass diese Augen so schön waren. In Wirklichkeit gab es dafür jedoch einen anderen Grund. Sein Energiemuster erreichte Babel wie Nieselregen, während die Energiewellen von normalen Menschen stromlinienförmiger und energischer waren.

»Ein Plag«, stellte sie überrascht fest, als Karl gleichzeitig fragte: »Hast du dich verirrt?«

Aber der Junge antwortete nicht, sondern starrte Babel nur an. Sie starrte zurück.

»He, Bursche, bist du taub?«

»Das ist kein Junge, Karl. Das ist ein Plag.«

Jetzt war es an Karl, die Stirn zu runzeln.

Er hörte nicht zum ersten Mal von den Plags. Er war nur noch nie einem begegnet.

»Das soll ein Elf sein?«

Der Junge warf ihm einen finsteren Blick zu. »Alb, Alter. Wenn's schon sein muss.« Für einen Jungen war die Stimme tief, und es fiel nicht schwer, sich vorzustellen, wie sie am Lagerfeuer die Nacht durchdrang und die Zuhörer fesselte.

Babel lachte leise. »*Sie* nennen sich selbst Plags.«

»Von Plage?«

Der Junge trat einen Schritt ins Büro und sah sich neugierig um. »Genau.«

Karl schüttelte den Kopf. Er wirkte enttäuscht. Anscheinend hatte er sich einen inkarnierten Naturgeist anders vorgestellt. Wer konnte es ihm verübeln? Zart war an diesem Burschen hier höchstens sein Taktgefühl, ansonsten sah er genauso aus wie die Jugendlichen, von denen ältere Leute immer behaupteten: »So was gab's zu unseren Zeiten nicht!«

Als die Naturgeister der alten Zeit in dieser Ebene Fleisch geworden waren, hatten sie ihre magischen Fähigkeiten eingebüßt. Im Gegensatz zu den meisten Menschen besaßen ihre Nachkommen jedoch ein feines Gespür für Magie. Das lag an ihrer Herkunft und dem alten Wissen, das unter ihnen noch immer weitergegeben wurde. Zu Beginn waren die Albennachkommen noch in den Wäldern geblieben, aber mit der Ausdehnung der Städte wurden sie immer weiter daraus verdrängt. Irgendwann war ihnen nichts anderes mehr übrig geblieben, als den Schritt in die Städte selbst zu wagen, genauso wie Füchse und Marder. Aber wie hieß es so schön: *Du kannst den Alb aus dem Wald holen, aber nicht den Wald aus dem Alb*. Es war also nicht verwunderlich, dass ihre Manieren manchmal zu wünschen übrig ließen, ganz gleich, was Hollywood über sie behauptete. Trotzdem waren sie noch immer so naturverbunden wie die letzten Nomadenstämme. Sie mochten keine Hochhaussiedlungen und lebten häufig auf der Straße. Das Konzept von *Wänden* war ihnen fremd geblieben.

Doch nicht nur diese Eigenschaft blieb ihnen. Schon die Alben hatten Menschen mit ihren Blicken und Stimmen in die dunklen Wälder gelockt, um sie an sich zu binden. Diese Kunst der Verführung beherrschten die Plags auch noch nach Jahrtausenden, obwohl sich ihr Blut immer stärker mit dem von Menschen mischte. Es war diese eine Fähigkeit, die ihnen allen zu eigen war, ebenso wie das besondere Energiemuster, das sie ausstrahlten. Von klein auf trainierten sie Stimme, Mimik und Gestik und konnten sie so einsetzen, dass man ihnen einen Zwanziger zusteckte und es für Kleingeld hielt. Das war ihre beste Waffe.

Der Junge schlenderte durch das Büro, während Karl und Babel darauf warteten, dass er erklärte, warum er hier war. In den vier Jahren, die sie das Büro nun schon betrieben, hatte sich nicht ein einziger Plag zu ihnen verirrt, wofür es einen einfachen Grund gab: Plags mochten Hexen ebenso wenig wie Tretminen auf dem Gehweg und Herpes. Hinter jeder Hexe vermuteten sie einen Nekromanten, der nichts Besseres zu tun hatte, als die Toten zurückzuholen. Es erschien ihnen widernatürlich, dass Hexen mit Hilfe der Magie die Natur veränderten und solche Macht darüber ausüben konnten.

Daher war es nicht verwunderlich, dass sie einen großen Bogen um Babel machten. Mit schöner Regelmäßigkeit fand sie zwar neue Schmierereien an der Häuserwand, die besagten: ƀ^W^ITCH, GO HOME!, aber weiter hatte sich noch keiner von ihnen vorgetraut – schließlich wussten sie, wozu eine Hexe fähig war.

»Was ist das?«, fragte der Junge, als er Xotl entdeckte, der wie aufs Stichwort krakeelte: »Drääägspatz! Drääägspatz!«

»Ein Papagei«, antwortete Babel im selben Moment, als der Junge zu dem Vogel sagte: »Spinnst wohl!«

Dann beugte er den Kopf vor und besah sich Xotl genauer. »Das ist kein Papagei.«

»Doch, ist es.«

»Nein, ist es nicht.«

»Klar. Es ist bunt und spricht, was soll es sonst sein?«

Er betrachtete Xotl misstrauisch. »Die Papageien im Zoo sehen anders aus.«

»Das liegt daran, dass der hier exotisch ist.«

»Alle Papageien sind exotisch, die kommen ja schließlich nicht aus Garmisch.«

Ihr linkes Auge begann zu zucken.

»Und warum ist ein Bannkreis um den Käfig gezeichnet?«

»Das ist kein Bannkreis, nur Dreck. Wir müssen bald Frühjahrsputz machen.«

Plötzlich hielt der Plag die Luft an, und sie tat es ihm gleich.

»Da steckt 'n Dämon drin!«

»Nein, tut es nicht.«

»Na klar. Ich seh's doch.« Entsetzt sah er sie an. »Du hast einen Dämonenpapagei?« Er stellte die Frage, als würde er sagen: *Bist du irre?*

Sie seufzte. »Es war ein Missgeschick. Und weiter wollen wir das Thema auch nicht vertiefen. Sag mir lieber, was du hier willst.«

Es dauerte noch einen Moment, bis sich der Junge von Xotl losreißen konnte, dann kam er herübergeschlendert, blieb jedoch einige Schritte von ihr entfernt stehen. Die Tür behielt er im Blick.

Schlaues Bürschchen.

»Ich soll eine Nachricht überbringen.«

»Ich kann mich vor Spannung kaum halten.«

»Du sollst mit mir kommen. Tom muss mit dir reden.«

Sie wartete, aber mehr schien nicht zu kommen. »Das ist alles? Tom muss mit mir reden?«

Er nickte.

»Dann schlage ich vor, dass dieser Tom seinen Hintern hierher bewegt, wenn er etwas von mir will. Wir haben geöffnet von jetzt bis …« Fragend sah sie Karl an.

»18 Uhr?«

Sie nickte zustimmend und blickte wieder zu dem Jungen. »18 Uhr.«

Die Antwort schien ihm nicht zu gefallen. Stirnrunzelnd steckte er die Hände in die Hosentaschen. »Du kommst nicht mit?«

»Zu den Plags, die Hexen nicht leiden können? Zu einem Tom, den ich nicht kenne und der sich nicht mal die Mühe macht, selbst vorbeizukommen? Passe.«

»Mhm.« Er sah sie noch einen Augenblick an, dann drehte er sich um und verließ ohne Abschied und ebenso überraschend, wie er aufgetaucht war, das Büro.

Irritiert hob Karl die Hände. »Was zum Henker war das?«

»Ganz ehrlich, ich hab nicht die geringste Ahnung. Eine Mutprobe? So nach dem Motto: Wer traut sich, der Hexe einen Besuch abzustatten? Was weiß ich, die Jugend von heute eben.«

»Also zu meiner Zeit gab's so was nicht.«

»Selbstverständlich nicht.«

Karl stand auf und trat ans Fenster, um seinen Zigarillostummel in den Vorgarten zu schnippen, wo er wie seine zahllosen Vorgänger zweifellos verrotten und der Dame aus dem Erdgeschoss Anlass sein würde, Karl einen Vortrag über gesunde Lebensweise zu halten.

Einen Moment stand er regungslos am Fenster, dann stemmte er die Arme in die Hüfte. »Äh, Babel …«

»Ja?« Ihr Interesse galt inzwischen der Frage, warum kalter Kaffee immer aussah wie Schmieröl.

»Der Plag klaut dein Motorrad.«

»Was?«

»Der Plag klaut dein Motorrad.«

Sie sprang auf und zum Fenster und verschüttete dabei den Kaffee über den Boden und ihre Hose. Fluchend beugte sie sich aus dem Fenster.

In der Tat saß der Kerl schon auf ihrer Maschine und winkte mit einem breiten Grinsen zu ihnen herauf, bevor er Gas gab und davonfuhr.

»So ein kleiner Mistkerl! Der kann was erleben.« Wütend drehte sie sich um und stapfte hinüber zu dem blauen Regal, in dem sie Utensilien aufbewahrte, die sie für die Arbeit brauchte. Vom obersten Brett nahm sie die Dose mit der Holzasche und setzte sich damit einen Meter neben die Stelle, an der der Plag noch kurz zuvor gestanden hatte. Schnappend sprang der Verschluss auf, und sofort erfüllte der Geruch nach verbranntem Holz ihre Nase.

Langsam pustete Babel eine Handvoll Asche von ihrer Handfläche in die Luft. Dann konzentrierte sie sich auf den Energiefluss in ihrem Körper und visualisierte den schwachen Schein, der ihre Hände umgab. Als ihr Blick erst einmal das blasse Hellblau erfasst hatte, war es ein Leichtes, auch die anderen Energien im Raum sichtbar zu machen, die die Asche bunt färbte.

Karl verströmte wie immer sein kräftiges Rot, das einen weiteren Klecks um Dollys Bild auf dem Schrein bildete. Wahrscheinlich berührte er das Bild mehrmals am Tag … nun ja.

Ihr Blick wanderte durch den Raum und sortierte die wirbelnden Farben Pflanzen und Gegenständen zu. An der Stelle, an der der Plag gestanden hatte, hing noch eine schwache orangefarbene Wolke in der Luft, die eine menschenähnliche Form besaß. Ein Energiegolem.

»Hab dich«, flüsterte sie und bildete einen dünnen blauen Faden, der sich von der Spitze ihres rechten Mittelfingers auf die Wolke zubewegte und dort zu einem lilafarbenen, verzwirbelten

Aschestrang wurde, der über den Fußboden hinaus zur Tür lief. Sie übertrug den Faden von ihrem Finger auf den Ring, der den Faden eine Weile mit Energie füttern würde, damit sie sich nicht mehr auf das Ritual konzentrieren musste, sondern nur der Spur zu folgen brauchte. Entschlossen stand sie auf und klopfte sich die Hände ab.

»Okay, ich hab ihn. Der kann sich schon mal warm anziehen.«

Karl grinste und deutete auf seine Autoschlüssel, die auf dem Schreibtisch lagen und deren Anhänger, wie könnte es anders sein, ein Dolly-Parton-Bild zierte. Dann nahm er wieder Platz und nuckelte friedlich an seinem Tequila, als käme es jeden Tag vor, dass ein Plag in ihr Büro spazierte und Babels MZ klaute. Die Sache schien ihn nicht besonders aufzuregen.

Entschlossen, den Dieb zu stellen, holte sie ihre Jacke, was Xotl dazu veranlasste, erneut zu kreischen: *»Dämooon!«*

»Ja, ja, später! Jetzt muss ich mich erst mal um diesen kleinen Punk kümmern. Dem versohl ich den …«

»Babel.«

»Mhm?«

»Pass auf dich auf!« Nachdrücklich sah Karl sie an, aber sie winkte nur ab, während sie schon durch die Tür verschwand, und rief: »Wie immer.«

Im Treppenhaus hörte sie noch sein gebrummeltes »Eben«, während sie die Stufen hinuntersprang und vor lauter Wut mit den Zähnen knirschte. So weit kam es noch, dass sie sich von einem Plag vorführen ließ. Wenn sie ihn hatte, würde sie ihm einen solchen Schmerz in den Hintern hexen, dass er eine Woche lang nicht sitzen konnte!

# 3

Die Aschespur führte sie am Bahnhof vorbei, stadtauswärts, bis hin zu dem großen Waldgebiet, das sich am Südrand wie ein Band um die Stadt schloss. Die Spur war gut zu erkennen, und es war ihr ein Leichtes, dem Plag zu folgen. Je weiter sie die dichten Straßenzüge hinter sich ließen, desto klarer nahm sie die Spur im magischen Netz der Stadt wahr.

Natürlich gab es ausgerechnet an diesem Tag keine Polizeikontrolle, die den Plag anhielt – nur eine ältere Frau, die Babel erschrocken ansah, als sie an einer Ampelkreuzung stehen bleiben musste und wie ein Fischweib vor sich hin fluchte. Bei offenem Fenster.

Babel hatte angenommen, der Plag würde einen Treffpunkt anfahren, an dem seine Kumpel ungeduldig auf seine Rückkehr warteten. Vielleicht das alte Messegelände mit seinen weiträumigen Plätzen oder den Bunker im Stadtpark, der Jugendlichen als Treffpunkt diente. Stattdessen schien der kleine Kerl nach Hause zu fahren, denn als er sich dem großen Baggersee am Stadtrand näherte, fiel ihr ein, dass dort schon seit Jahren Plags lebten. Auch wenn die Albennachkommen in die Städte gezogen waren, so schlugen sie ihre Lager doch meistens an deren Rändern auf. Dort, wo Verkehr und Lärm nicht so dicht und die Harmonien durch eine große Anzahl Menschen nicht gestört waren.

Tatsächlich steuerte der Junge eine Wagenburg an, die schon von weitem gut zu erkennen war. Auf dem abgesperrten Gelände endete die Spur.

*Großartig*, dachte Babel, *noch mehr von der Sorte.*

Sie parkte auf der anderen Straßenseite und stieg aus, zögerte aber, dem Jungen hinterherzustürzen. Mit einer Handvoll Teenager hätte sie leicht umgehen können, aber das hier war etwas anderes. Magisch gesehen waren die Plags zwar keine Gefahr, das hieß aber nicht, dass sie nicht versuchen konnten, ihr eine Abreibung zu verpassen, indem sie ihre Hunde auf sie hetzten. Einen oder zwei konnte Babel ablenken, aber bei einer Meute wurde es schwieriger, denn Tiere zu beeinflussen, war nie eine ihrer Stärken gewesen.

Den ersten Hamster, den sie besessen hatte, hatte sie beim Versuch, das Fell schwarz zu färben, aus Versehen in Flammen aufgehen lassen. Danach hatte es kein Haustier mehr für sie gegeben, bis sie acht gewesen war und mehr Verantwortungsbewusstsein im Umgang mit Zaubern an den Tag legte.

*Nein, Babel, dein Vater möchte keinen Zombiehamster im Haus, wir werden ihn nicht wiederbeleben!*

Ihr tägliches Zusammenleben mit Xotl hatte das Verhältnis zu Tieren auch nicht gerade verbessert.

Misstrauisch beäugte sie den Platz. Im Moment waren keine Hunde zu sehen, aber das bedeutete gar nichts. Vielleicht lauerten sie in irgendeinem Wagen auf ihren Einsatz. Die Plags hatten eine fast unheimliche Beziehung zu ihren Tieren, ganz gleich, ob es sich um Hunde, Katzen oder Ratten handelte. Die Tiere spürten instinktiv, dass die Plags eine große Nähe zur Natur besaßen, also auch zu ihnen. Ein Plag mit Hund war nicht zu unterschätzen.

Babel hatte aber keine Lust, den Plags ihre MZ zu überlassen. Daher nahm sie die Autoschlüssel fest in die Hand, um sie im Notfall über eine Hundeschnauze ziehen zu können, und überquerte die Straße. Als sie an den Eingang der Wagenburg trat, konnte sie die Muster der Plags im Energienetz des Platzes spüren. Wie Fingerabdrücke waren sie überall verteilt. In den letzten Jahren war die Wagenburg stark gewachsen, ohne dass Babel es gemerkt hatte. Die Plags hatten sie einfach nie besonders interessiert. Sie waren keine Konkurrenz um die magische Energie der Stadt.

Doch irgendetwas war eigenartig am Netz des Platzes – Babel konnte nur nicht genau sagen, was. Als wären die Fingerabdrücke irgendwie verschmiert. Erstaunt hielt sie inne.

Das Gelände war von einem einfachen Drahtzaun umgeben, der wohl verhindern sollte, dass Anwohner alte Möbel darauf abstellten. Zwei Dutzend Bau- und Zirkuswagen waren zu sehen. Hier mochten gut und gern siebzig Leute leben. Jede der Flächen um die Wagen war mindestens hundert Quadratmeter groß, durch einige Wagen wuchsen sogar Bäume. Auch Hecken und Kräuterbeete umschlossen die Hütten. Das alles erinnerte Babel an die Unterkünfte, in denen sie selbst noch vor über zehn Jahren gelebt hatte. Damals, als sie noch mit Sam zusammen gewesen war und bevor Hilmar sie bei sich aufgenommen hatte.

Entschlossen verdrängte sie die Gedanken an Hilmar.

Sie beobachtete ein paar Kinder, die zwischen den Wagen umherrannten, aber sofort im Inneren eines Wagens verschwanden, als sie ihrer ansichtig wurden.

Auf diese Entfernung konnten sie sicher nicht spüren, dass sie magisch aktiv war, auch wenn sie feine Antennen für solche Dinge besaßen. Das musste heißen, jemand hatte ihnen Babels Bild gezeigt. Die Frage war nur, wozu? Bisher hatte sie keinen Streit mit den Plags gehabt.

Am Fenster eines Wagens tauchte ein Schatten auf, der jedoch gleich wieder verschwand. Ihr Kommen war nicht unbemerkt geblieben, aber es schien, als hätten die Plags kein Interesse daran, mit ihr zu sprechen.

Vorsichtshalber drehte sie die Spitze des Rings wieder nach innen und visualisierte eine Wand, die sie vor plötzlichen Geschossen schützte. Eiern zum Beispiel. Sie war wie ein Netz, in dem sich Sachen verfingen.

Babels Blick wanderte weiter, während sie langsam vorwärtsging. Auf dem Dach des Wagens, der ihr am nächsten stand, saß ein junger Mann und rauchte. Sein Blick folgte ihr aufmerksam, als sie näher kam, aber er sagte nichts. Als sie auf der Suche nach ihrem Motorrad an den Wagen vorüberlief, begegnete sie einigen Plags, die das Gelände hastig verlassen wollten, aber keiner von ihnen machte Anstalten, sie anzusprechen. Nur ihre feindseligen Blicke folgten ihr.

»Ja, ihr mich auch«, murmelte sie.

Am anderen Ende der Wagenburg fiel ihr ein quietschgrün gestrichener alter Zirkuswagen mit ausstellbarer Terrasse auf. Der Wagen war fast zehn Meter lang und drei breit. Sein Fahrgestell sah zwar rostig, aber fahrbereit aus. Unter dem Wagen waren Kästen angebracht, die in leuchtendem Himmelblau gestrichen waren. Neben dem Wagen standen ein Hühnerstall und eine bunt bemalte Hundehütte, nur der Hund war nicht zu sehen. Auf der anderen Seite war die Pflanzenkläranlage für das Abwasser aufgebaut, ebenso wie eine Komposttoilette und eine eingemauerte Wanne, unter der Feuer gemacht werden konnte. Auf diese Weise konnte man auch im Winter baden. Durchaus faszinierend, sich vorzustellen, dass über einem die Sterne leuchten, während man badet, und der Nebel aufsteigt. Der Besitzer dieser Parzelle war offenbar ein Romantiker.

Neben der Badewanne stand ihr Motorrad, und der Plag, den sie suchte, saß grinsend auf den Stufen des Zirkuswagens daneben. Als sie ihn fast erreicht hatte, hämmerte er mit der Faust gegen die Tür hinter sich.

War das Ganze eine Falle? Sie blieb stehen.

In dem Augenblick, in dem sich die Tür öffnete, erfasste Babel eine Energiewelle. Aus dem Nieselregen, der von dem Jungen ausging, wurde ein peitschender Gewitterguss, der zwar immer noch einen Plag kennzeichnete, aber einen mit ordentlich Kraft. Die albische Energie war in diesem Muster noch stark. Abrupt ging Babel einen Schritt zurück.

Das Erste, was sie sah, war eine nackte Brust unter einer offenen Lederweste, und dann ein Sixpack, dessen Seiten von Tätowierungen geschmückt waren, die vermutlich keltische Tierbilder darstellten. Auch auf den Oberarmen fanden sich Tätowierungen. Bei jedem Atemzug bewegten sich die Muskeln, wodurch die Tiere lebendig erschienen.

Viele Plags waren tätowiert oder trugen verschiedene Arten von Körperschmuck. Auf diese Weise zollten sie der Fleischwerdung ihrer Vorfahren Respekt und erinnerten sich daran. Aber selten hatte Babel so schöne Bilder gesehen.

Als es ihr endlich gelang, den Blick davon abzuwenden und nach oben zu richten, sah sie einen Mund, der sich zu einem Grinsen verzogen hatte, und Haare, die dem Mann in weichen, braunen Wellen über die Schultern fielen. Der Typ sah aus wie einer, dem man locker einen Ironman zugetraut hätte. Sportlich und zäh.

Ihr Blick blieb an seinen Augen hängen. Er besaß die grünen Iriden seines vergehenden Volkes, die einen in Sekundenbruchteilen hypnotisieren konnten, wenn sein Sixpack aus irgendeinem Grund versagen sollte, und dazu ein Lächeln, für das man barfuß über zugefrorene Seen laufen würde.

Sie machte: »Mpf«, und es war ihr durchaus peinlich.

»Ich bin froh, dass du gekommen bist«, erwiderte eine einschmeichelnde Stimme, bei der Alan Rickman vor Neid erblasst wäre, und es war schwierig zu sagen, womit der Kerl schneller hypnotisieren konnte: den Augen oder der Stimme.

»Mein Motorrad«, sagte Babel bestimmt, weil sie nicht »Oh Gott, dieses Sixpack« stammeln wollte.

»Was ist damit?«

*Kann ich das mal anfassen?*

»Dein Kumpel hat es geklaut.«

Der Mann sah den kleinen Plag an und fragte spöttisch: »Hast du das Motorrad gestohlen, Mo?«

»Geborgt.«

Der Mann hob die Hand, als wolle er sagen: *Na siehst du, halb so wild*, und sie schnaubte.

»Aber wenn du schon mal hier bist, warum kommst du nicht rein, und wir reden ein bisschen?«

»Nein.«

»Gib dir einen Ruck. Wir beißen nicht.«

»Lass mich raten – du bist Tom.«

Das Grinsen wurde breiter, und sie fragte sich, wie sie nur so dumm gewesen sein konnte, dem Plag zu folgen? Sie war in die einfachste Falle getappt, die man sich denken konnte. Sie sollte ihr Motorrad nehmen und verschwinden.

Unschlüssig stand sie vor dem Zirkuswagen, bis Tom einen Schritt zur Seite trat und mit einladender Handbewegung auf das Innere des Wagens zeigte, das im Halbdunkel nur schemenhaft zu erkennen war. Von der gewohnten Feindseligkeit der Plags war bei ihm nichts zu erkennen, woraus sie schloss, dass er etwas von ihr wollte.

Nur was, war unklar.

Vorsichtig schob sie den Fuß auf die erste Stufe, während die Stimme der Vernunft in ihrem Kopf schrie: *Was tust du da?* Leider fragte sich gleichzeitig die Stimme der Unvernunft, wo in diesem Wagen das Bett stehen mochte. Das Ganze ergab ein ziemliches Durcheinander zwischen Gehirn und Unterleib. Es war schon eine Weile her, dass sie mit jemandem geschlafen hatte, kein Wunder also, dass ihre Hormone ein bisschen verrücktspielten.

Mo sprang auf und verschwand wie ein Wiesel im Inneren, offenbar überzeugt davon, dass sie folgen würde. Als sie sich an Tom vorbeidrückte, roch sie den schwachen Duft nach Moos, der viele Plags kennzeichnete. Noch immer grinsend sah er auf sie herab, und Babel schaute finster nach oben. Es schien ihn nicht besonders zu beeindrucken.

Schnell verschaffte sie sich einen Überblick. Der Innenraum des Wagens war durch Trennwände geteilt. Er machte einen gemütlichen Eindruck. Überall lagen Bücher und CDs herum, und im Fenster stand eine alte Gaslampe. An einer Wand hingen unzählige Fotos, vermutlich von Freunden und Familie. In einer Ecke stand eine Gitarre neben einem Herd mit Backofen, und unter dem Tisch lag der Bewohner der Hundehütte. Eine riesige dänische Dogge, die zu schlafen schien und unter deren Maul sich eine Sabberpfütze bildete. Sie befand offenbar, dass Babel keine Gefahr darstellte.

»Das ist Urd, lass dich durch die Hündin nicht stören, die ist harmlos.« Tom zeigte auf die Sitzecke, und Babel nahm auf dem einzigen Stuhl Platz, während sie Urd misstrauisch beäugte. Irgendjemand hatte das bestimmt auch mal über den Hund von Baskerville gesagt – natürlich bevor er von dem Biest zerfleischt worden war.

An der anderen Seite des Tischs nahmen die beiden anderen Platz, und zusammen ergaben sie ein hübsches Stillleben mit dem Titel: die Plags, der Hund und die Hexe mit dem Hormonproblem.

Tom angelte aus einem Kasten unter dem Tisch eine Flasche Bier und ließ sie zischend aufspringen. Dabei konnte Babel das silberne Armband bewundern, das er ums Handgelenk trug und das seine gebräunte Haut betonte. Er besaß schöne, kräftige

Hände, die die eine oder andere Schramme zeigten, vermutlich von der Arbeit an der Wagenburg. Langsam schob er die Flasche über den Tisch, vermutlich als eine Art Friedensangebot, und obwohl sie keine Steuererklärung vor sich hatte, griff Babel danach. Immerhin war die bloße Tatsache, mit den Plags am Tisch zu sitzen, schon etwas Außergewöhnliches. Da konnte man schon mal vormittags einen drauf trinken. Außerdem gab es so etwas wie eine Regel in gewissen Kreisen: *Trau keinem, der dein Bier ablehnt* – oder so ähnlich.

Als sie nach der Flasche griff, berührten sich ihre Finger, und sie bekam einen elektrischen Schlag.

»Du bist geladen«, stellte Tom amüsiert und zweideutig fest.

»Das ist das T-Shirt.«

»Wenn du es sagst.« Er grinste wieder, und sie fühlte sich ertappt.

Mo begann, unruhig auf seinem Platz hin und her zu rutschen. Offenbar war es für ihn auch neu, dass sein Kumpel mit einer Hexe schäkerte.

*Vorsicht, altes Mädchen*, ermahnte sie sich. *Plags sind kein harmloser Zeitvertreib, auch wenn sie aussehen, als könnten sie keiner Fliege etwas zuleide tun. Ehe du dich versiehst, hockst du wie das Kaninchen vor der Schlange und glaubst, dass du nie wieder froh werden kannst, wenn du ihnen nicht jeden Wunsch von den Augen abliest. Verdammte Augen!*

»Sie hat einen Dämonenpapagei«, platzte es plötzlich aus Mo heraus, gerade als Babel der erste kühle Schluck Bier den Hals herunterrann. Wütend setzte sie die Flasche wieder ab.

»Würdest du mal damit aufhören!«

Doch er dachte gar nicht daran. »Ich mein's ernst. Sie hat einen Papagei, in dem steckt ein Dämon!«

»Was machst du mit einem Dämonenpapagei?« Tom zog eine Augenbraue hoch.

»Ich mache gar nichts mit ihm. Er ist eben einfach …« Hilflos hob sie die Hände. »… da.«

Daraufhin sahen beide Babel an, als hätte sie nicht mehr alle Tassen im Schrank.

»Wolltest du deswegen, dass ich herkomme? Um über meine Haustiere zu reden?«

Einen Moment lang musterte Tom sie prüfend, dann lehnte er sich zurück, wobei Babel wieder einen guten Ausblick auf seine nackte Brust erhaschte, was sicher Absicht war.

»Nein. So interessant das auch sein mag, deswegen habe ich nicht um das Treffen gebeten.«

»Gebeten ist gut …«, murmelte sie.

»Was?«

»Nichts.«

»Hör zu.« Jäh war alle Heiterkeit aus seinem Gesicht verschwunden, und er sah sie ernst an. »Lass uns nicht um den heißen Brei herumreden, okay? Wir wissen ziemlich genau, wer du bist und was du tust. Genauso wie du weißt, was wir sind.« Er machte eine Pause und schien darauf zu warten, dass sie etwas erwiderte, aber was sollte sie schon sagen? »Wir würden gern deine Dienste in Anspruch nehmen.«

Unwillkürlich fiel ihr Blick auf seinen Hosenbund, bis ihr einfiel, dass er das wahrscheinlich nicht gemeint hatte. Aber die Idee, dass ein Plag sie als Hexe engagieren wollte, erschien ihr zu absurd. »Oh«, sagte sie und schaute wieder auf. »Wer ist *wir*?«

»Die Plags der Wagenburg.«

»Aber die sitzen nicht hier. Nur du.«

Er zögerte einen Augenblick. »Die anderen sind vorsichtig.«

»Du meinst, sie trauen keiner Hexe.«

Er zuckte mit der Schulter, gleichzeitig entschuldigend und herausfordernd.

»Aber du sprichst für alle.«

Er nickte, und Mo fühlte sich genötigt, für ihn in die Bresche zu springen, und erklärte: »Er ist cool.«

Was so viel hieß wie: *Er ist unser Anführer* … oder aber auch: *Er lässt mich von seinem Bier trinken*. In dem Alter war das schwierig zu sagen.

»Worum geht's?«

»Mord.«

Babel zuckte zusammen, und ihr Herz begann, heftig zu schlagen. Eine jähe Kälte kroch ihr über die Haut. »Ganz gleich, was du gehört hast, aber solche Sachen mache ich nicht. Und diese Unterhaltung ist hiermit beendet.« Wütend stand sie auf, aber Tom griff über den Tisch nach ihrem Arm. Trotz Lederjacke spürte sie die Hitze, die von ihm ausging.

»Ich meine nicht, dass du jemanden umbringen sollst. Du sollst herausfinden, wer einen Mord begangen hat.«

Zögernd nahm sie wieder Platz und sah, wie er erleichtert ausatmete. Er strich sich die Haare hinters Ohr, und genau wie bei Mo war es mit zahlreichen Ringen geschmückt. Es schien ihm schwerzufallen, einen Anfang zu finden, denn immer wieder griff er nach dem größten Ohrring und drehte ihn zwischen den langen Fingern. Der Anblick seiner Hand lenkte Babel so stark ab, dass sie gar nicht zuhörte, als er endlich weitersprach. Erst als er die Hand auf die Tischplatte legte, konnte sie ihm folgen.

»… es begann vor fast fünf Wochen. Die erste Leiche fanden wir nicht weit von hier im Wald. Hansen war ein Einzelgänger, er hatte zwar seinen Wagen bei uns stehen, aber manchmal verschwand er wochenlang. Er hatte keine so enge Bindung an irgendwen, daher dachten wir zuerst, er hätte einfach aufgehört … zu existieren.«

Das passierte manchmal bei Plags. Wenn die Verankerung in ihrem Körper nicht fest genug war, ließen sie davon los. Ihre Vorfahren waren ursprünglich Naturgeister gewesen, Energieformen, die keinen Körper besaßen. Der Übergang ins Fleisch lag zwar schon ewig zurück, aber das änderte nichts an dem Ursprung ihrer Existenz. Sie besaßen noch immer eine enge Bindung an die Natur und die Umgebung, in der sie lebten. Geriet diese zu sehr aus dem Gleichgewicht, hatte das manchmal Auswirkungen auf den Geistes- und Gefühlszustand der Plags. Für Außenstehende sah es dann so aus, als hätten sie einfach aufgehört zu atmen. Herzstillstand von einem Moment auf den anderen. Nach dem Alterstod war das die zweithäufigste Todesursache bei ihnen.

»Die Polizei hat den Fall untersucht und ziemlich schnell festgestellt, dass es keine natürliche Todesursache war. Das hat uns beunruhigt, aber bei Hansen auch nicht überrascht, ich meine, er hat ja nie mit jemandem geredet, und wir wussten nicht, ob er mit irgendwem Streit hatte. Er war nicht unbedingt der einfachste Zeitgenosse ...« Betreten sah er zur Seite, und sie begriff, dass er nicht schlecht über einen Toten reden wollte.

»Aber dabei blieb es nicht?«

»Nein. Der zweite Todesfall war die Tochter von Emmi und Friedrich, die den roten Bauwagen in der Mitte haben.« Er deutete mit dem Daumen aufs Fenster. »Carla war neunzehn. Sie wurde auf dem Heimweg überfallen, als sie aus einem Club kam.«

Mo, der schweigend danebengesessen hatte, griff sich plötzlich die Bierflasche und nahm einen ordentlichen Schluck. Tom ließ ihn gewähren und legte dem Jungen den Arm um die Schulter, der mit halb zusammengekniffenen Augen aus dem Fenster starrte. Babel richtete den Blick auf die Tischplatte, bis sich Mo räusperte und wieder gefangen hatte. Offenbar war er mit dem Mädchen befreundet gewesen.

»Der Dritte war Uli«, sprach Tom weiter. »Den hat's in seinem Bauwagen erwischt, allerdings nicht hier, sondern auf dem Weg nach Dresden.« Er schüttelte den Kopf. »Irgendwie erwarte ich immer noch, dass er eines Tages mit seinem Wagen hier auftaucht und fragt, warum wir alle solche langen Gesichter ziehen …«

Gern hätte sie etwas Tröstendes gesagt, aber ihr fiel nichts ein. Angesichts des Schmerzes in seinen Augen verstummte sie.

»Das vierte Opfer war eine Frau um die vierzig. Annabelle, sie hat nicht auf dem Gelände der Wagenburg gelebt, sondern ein paar Straßen weiter von hier in einer Wohnung. Aber sie war oft bei uns …«

Erneut trat eine Pause ein, und so überzeugend wie möglich sagte sie: »Das tut mir leid.«

Er nickte, aber was konnten ihm die Worte einer Fremden schon bedeuten?

Mo stellte die Flasche ab und fixierte Babel mit einem flammenden Blick, dessen Zorn nicht ihr galt. »Wenn ich das Schwein erwische, das sie auf dem Gewissen hat, bring ich es um.«

»Mo …« Tom schüttelte den Kopf, aber der Junge wandte sich trotzig ab.

»Das sind alles Leute, die mit euch in Verbindung standen. Plags«, stellte sie fest.

»Ja, und etwas ist immer gleich: Am Hals finden sich Würgemale. Daher hat die Polizei auch die Verbindung hergestellt, aber sie verdächtigen wahrscheinlich jemand von uns, weil alle vier Opfer mit der Wagenburg zu tun hatten.«

»Aber das schließt ihr natürlich aus.«

Das war keine Frage gewesen. Es war sehr unwahrscheinlich, dass die Plags einen der ihren umbrachten, geschweige denn vier. Ihre gemeinsame Herkunft schweißte sie stärker zusammen als jedes Familienband. Da es nicht viele von ihnen gab, war jedes einzelne Leben wichtig für das Überleben der Gruppe, ob man sich nun mochte oder nicht. Den Verlust spürten sie körperlich.

»Möglich, dass es irgendjemand wegen des Baugrunds auf uns abgesehen hat oder ihm unsere Lebensweise nicht gefällt, aber wir können auch nicht ausschließen, dass jemand Jagd auf Plags macht.«

Nervös klopfte Mo mit den Fingernägeln gegen die Tischplatte. Die beiden wirkten angespannt. In den letzten Wochen waren nicht nur Leute gestorben, denen sie mehr oder weniger nah gestanden hatten, es sah auch noch so aus, als wäre ihre Gruppe weiterhin in Gefahr. Das konnte einem schon schlaflose Nächte bereiten.

»Habt ihr einen Verdacht?«

»Es gibt einige Menschen, die um die Herkunft der Plags wissen. Das alte Wissen ist über die Jahrhunderte nicht vollkommen verschwunden. In einigen Familien wird es noch weitergegeben, genau wie bei euch Hexen. Und nicht alle, die davon wissen, sind gut auf uns zu sprechen. Rechte Idioten, konservative Fanatiker, Verrückte und Kranke, eben die üblichen Verdächtigen, mit denen wir immer mal wieder Ärger haben.«

»Nun, abgesehen von denen.«

Tom zeigte zum Fenster. »Die Wagenburg ist vielen Leuten ein Dorn im Auge. Aber nicht nur, weil sie der Meinung sind, wir stören das ästhetische Bild, sondern auch, weil wir Baugrund blockieren.«

»Ihr glaubt, jemand hat es auf euer Land abgesehen?«

»Das glauben wir nicht nur, das wissen wir. Wir haben in den letzten Jahren mehr als ein Angebot bekommen und auch die eine oder andere Drohung. Einer von uns ist nachts immer wach, und das nicht ohne Grund.«

»Ihr schiebt Wache.«

Er nickte. »Seit den Vorfällen sogar tagsüber. Die mögliche Rechtswidrigkeit der Wagenburg ist ein permanentes Problem. Leben im Wagen gibt es offiziell als Nutzungsform nicht. Außerdem gibt es da noch den *Beseitigungsanspruch der Nachbarn*. Wir entwerten angeblich die Nachbargrundstücke, weil ja keiner neben so was wie uns wohnen will. Die Fronten sind seit Jahren verhärtet.«

»Warum habt ihr nicht …« Vor Mo wollte Babel nicht aussprechen, was sie dachte, aber Tom schien keine Probleme damit zu haben. Auch in dieser Hinsicht waren die Plags recht locker drauf.

»Mit dem Richter vom Verwaltungsgericht geschlafen, damit die Sache ein für alle Mal entschieden wird?«

Sie nickte. Mit den hypnotischen Fähigkeiten, die die Plags besaßen, dürfte es ihnen nicht schwerfallen, einen Richter zu becircen.

»Haben wir versucht. Es hat nicht funktioniert. Der Typ ist im Schachverein und daher gewohnt, sich bis aufs Äußerste zu konzentrieren. Unsere Methode hat nicht gefruchtet. Jedes Mal, wenn einer von uns versucht hat, ihm tief in die Augen zu schauen, hat er einfach die Verbindung gekappt.«

»Beeindruckend.«

»Ziemlich.« Frustriert fuhr er sich über die Augen. »Die Polizei hält uns für Punks und sucht in Kreisen nach Spuren, mit denen die sonst so Schwierigkeiten haben. Wie sollen wir ihnen erklären, dass für uns die offensichtlichste Gemeinsamkeit der Opfer ihre Herkunft ist? Die halten uns doch für total durchgedreht.«

Ja, so mancher Plag hatte schon Ärger mit dem Jugendamt bekommen, wenn er erklärte, dass seine Lebensweise keinen schädlichen Einfluss auf seine Kinder hatte, weil sie doch alle Nachfahren von Naturgeistern waren.

»Wer steht noch auf eurer Liste?«

Er zögerte und sah sie dabei fast entschuldigend an. »Das Land war in früheren Zeiten Ritualboden.«

Und da hatten sie ihn endlich, den wirklichen Grund, warum er sie engagieren wollte. Um die offensichtlichen Verdächtigen kümmerte sich die Polizei – aber die hatte eine Gruppe natürlich nicht auf dem Schirm.

»Ihr glaubt, eine Hexe könnte etwas damit zu tun haben. Dass sie das Land will, um ihre Magie zu stärken.«

»Könnte doch sein. Möglich, dass man uns auf diese Art vertreiben will. Der Boden ist magisch aufgeladen, das musst du gespürt haben.«

»Ich dachte, das liegt an eurer Energie.«

»Nicht nur. Dieser Ort hat schon allen möglichen Leuten als Heimstatt gedient. Alben, Plags, Hexen und Zigeunern, sie alle haben ihre Muster hinterlassen. Das macht es für eine Hexe interessant, oder?«

In der Tat, das war wie eine Hochleistungsbatterie, an der sich die Hexe bedienen konnte, wenn die Plags erst mal das Feld geräumt hätten. Aber würde jemand dafür wirklich töten?

Babel dachte an die anderen Hexen, die in der Stadt lebten. Drei von ihnen besaßen ihres Wissens nicht einmal annähernd die Fähigkeiten, sich einen solchen Platz wie diesen hier zunutze zu machen. Aber vielleicht ging es ja genau darum: ihre Macht zu vergrößern. Die fähigste Hexe in der Stadt war Clarissa, das Oberhaupt einer Hexenfamilie, die seit Jahrzehnten in dieser Stadt ansässig war. In Babels Augen war Clarissa eine herrschsüchtige alte Frau, die mit eiserner Hand die Mitglieder ihrer Familie regierte. Sowohl Sohn als auch Tochter lebten noch unter ihrem Dach und waren in die Familiengeschäfte integriert. Die anderen Hexen ließ Clarissa nur in der Stadt wohnen, weil sie kleine Fische waren. Die einzige echte Konkurrenz für Clarissa war Babel. Als sie in die Stadt gezogen war, hatte Clarissa ihr ziemlich schnell nahegelegt weiterzuziehen. Zwei Wochen lang hatte sie versucht, Babel zu verfluchen, aber als das nichts nützte, hatten sie eine Art Waffenstillstand vereinbart. Trotzdem bestand kein Zweifel daran, dass es sich lediglich um eine Verschnaufpause in der Auseinandersetzung handelte, die irgendwann zu Ende geführt werden würde.

Obwohl Babel Clarissa und ihre Brut nicht mochte, traute sie ihr auch nicht unbedingt eine Mordserie zu. Die Hand hätte sie dafür allerdings nicht ins Feuer gelegt.

»Warum bittest du ausgerechnet mich um Hilfe, wenn ihr denkt, dass es eine Hexe sein könnte?«

»Weil ich weiß, dass du es nicht warst. Als der zweite Mord passierte, hat dich einer der Jungs in deinem Büro gesehen.«

Sie warf Mo einen Blick zu, der sich nach hinten an die Lehne drückte und sie schon wieder trotzig ansah.

»Du meinst, dieser Zeuge hat gerade Parolen an die Hauswand meines Büros geschmiert.«

Als sie wieder einen tiefen Schluck aus der Flasche nahm, beugte er sich nach vorn, die Ellbogen auf die Tischplatte gestützt. Sein Blick wurde ernst und eindringlich – er erinnerte Babel daran, dass die Plags nicht nur eine schöne Hülle besaßen, sondern auch gefährlich waren.

*»Von den Elben wird verzaubert mancher Mann,*
*So ist mir's durch Liebesmacht geschehn …«*

»Du musst uns helfen, Babel. Der Grund, warum wir uns an dich wenden, ist vor allem einer: Uns läuft die Zeit davon, denn es gibt auch noch ein anderes Problem. Die Polizei hat DNA-Spuren bei den Opfern gefunden. Natürlich nützt ihnen das nichts, wenn sie nicht das passende Gegenstück finden. Es ist üblich, im Umfeld des Opfers um Speichelproben zu bitten, weil der Täter nun mal oft im Umfeld zu finden ist – und genau das haben sie getan. Wir würden ungern sehen, dass unsere DNA-Proben untersucht werden.«

»Soweit ich weiß, können die bei einer solchen einfachen

Analyse noch keine Aussagen über genetische Besonderheiten machen, dazu müssten sie die Proben viel genauer untersuchen.«

»Trotzdem, es wäre uns lieber, wir müssten keine Proben abgeben. Sollte die doch jemand genauer unter die Lupe nehmen, könnte das zu der unangenehmen Frage führen, an welcher Stelle der Evolution wir plötzlich aufgetaucht sind. Im Moment haben wir uns alle geweigert. Die Polizei hält das für ein politisches Statement. Sie muss sich also erst einen richterlichen Beschluss holen, vorher können sie keine Proben nehmen. Das kann ein bisschen dauern, aber nicht ewig.«

»Ich soll also den Täter finden, bevor sie bei euch mit den Wattestäbchen anrücken.«

Er nickte und sah aus dem Fenster. »Weißt du, was das Beängstigende ist: Dass sich anscheinend keiner gegen dieses Monster verteidigen kann. Ich meine, Uli war ein Typ, der über eins neunzig groß war und Schultern wie ein Schrank hatte. Ich bin dem mal bei einem Fest begegnet, da hat er an jedem Arm ein Kind hängen gehabt und sie ohne Mühe über seinen Kopf gehoben, verstehst du? Und da war nichts, absolut nichts in seiner Nähe, was darauf hingedeutet hätte, dass er dem Angreifer oder den Angreifern auch nur den Hauch einer Verletzung zugefügt hat, bevor er erwürgt wurde.« Ungläubig schüttelte er den Kopf und wirkte plötzlich müde. Seine Schultern sackten ein Stück nach vorn wie unter einer Last, und sie fragte sich, ob er zu einem der Toten vielleicht ein enges Verhältnis gehabt hatte. Die Erschöpfung, die ihn umgab, übertrug sich auf Babel und weckte in ihr den Wunsch, ihn zu trösten. Eine gefährliche Reaktion.

»Es tut mir leid um deine Leute, aber weißt du eigentlich, was du da von mir verlangst?«, fragte sie. »Lass uns doch mal die Karten auf den Tisch legen. Ihr wisst, dass die Polizei mit ziemlicher Sicherheit den Täter finden wird, wenn er irgend so ein Bekloppter ist, der gar nicht weiß, was ihr in Wirklichkeit seid. Von mir wollt ihr, dass ich herausfinde, ob der Täter eine Hexe oder irgendjemand ist, der sich mit Plags auskennt. Wie habt ihr euch das vorgestellt? Hexen pflegen untereinander keinen besonders engen Kontakt, wenn sie nicht gerade zur Familie gehören. Du weißt doch, wie das mit der Magie eines Ortes funktioniert: Wir teilen nicht gern. Das verringert unsere Kraft. Wie glaubst du also, werden die anderen Hexen reagieren, wenn ich anfange, ihnen hinterherzuschnüffeln? Sie werden es als Kriegserklärung auffassen.«

»Ich weiß, dass es keine einfache Sache ist.«

»Es ist vor allem eine gefährliche Sache. Soll ich mich gleichzeitig mit allen anlegen? Und was ist mit dem Mörder? Dem, wie du sagst, niemand etwas entgegenzusetzen hat? Ich hänge an meinem Leben.«

Mo schnaubte. »Hör mal ...«, begann er, aber Tom unterbrach ihn, indem er ihm die Hand auf den Arm legte, wie er es bei Babel auch getan hatte. Sofort beruhigte sich der Kleine wieder, sah sie aber weiter finster an.

»Du bist nicht allein. Ich werde dir helfen«, sagte Tom. »Und außerdem bezahlen wir dich.« Er stand auf und verschwand hinter dem Vorhang, der die Schlafkabine vom Rest des Wagens trennte.

Nachdenklich schaute sie ihm nach, bis Mo die Arme verschränkte und blaffte: »Es ist also wahr, was man über euch Hexen sagt.«

»Was sagt man denn?«

»Dass euch alles am Arsch vorbeigeht und ihr euch nur für euren Profit interessiert.«

»Das verwechselst du mit Politikern.«

»Dann willst du nicht für deine Hilfe bezahlt werden?«

»Doch. Vom Bäcker erwartest du doch auch nicht, dass er dir das Brot umsonst gibt, oder?«

Mos Unterlippe schob sich trotzig vor. Der Bäcker stand eindeutig höher in seiner Gunst als sie.

Diesen Moment ihrer Pattsituation wählte Tom, um zurückzukehren. In den Händen hielt er ein ledergebundenes Buch, das er vor sie hinlegte. Der Einband war schlicht, fleckig und brüchig. Wahrscheinlich ein Notizbuch. Alt. Als sie danach greifen wollte, spürte sie die Magie, die buchstäblich in dem Buch steckte. Es war alte Magie, vermutlich vor hundert Jahren gewirkt. Dass sie immer noch spürbar war, lag an ihrer Stärke. Sie knisterte unter Babels Fingerspitzen wie Pergament.

Vorsichtig schlug sie die erste Seite auf und sah den Namen, der mit Tinte auf die Innenseite gekritzelt war. *Charles G. Leland.*

»Du willst mich veralbern«, flüsterte sie gebannt.

»Keineswegs.«

Mit angehaltenem Atem blätterte sie durch die ersten Seiten, auf denen in einer kleinen, sorgfältigen Handschrift auf Englisch Notizen gemacht waren. Sie konnte die Schrift nicht lesen, dazu war sie zu alt, aber es würde sich sicher jemand finden, der es ihr übersetzte.

»Das sind seine Notizen zum *Aradia*, die nie veröffentlicht wurden. Zaubersprüche, Rituale.« Ehrfürchtig strich sie über die Seiten. Das *Aradia* hatte bei seinem Erscheinen 1899 einigen Wirbel in Hexenkreisen ausgelöst. Eine Zeit lang hatte Leland gefährlich gelebt, doch zum Glück war es wie mit den meisten Geschichten über Hexerei: Am Ende nahm es keiner ernst. Niemand hatte je herausgefunden, warum die Hexe Maddalena einem Menschen so viel über sich erzählt hatte. Zwar hatte sie die Wahrheit in interessante Geschichten verpackt, aber wer zwischen den Zeilen lesen konnte und sich ein bisschen mit Magie auskannte, konnte durchaus erfahren, wie Magie funktionierte. Es hatte immer Gerüchte darüber gegeben, dass Leland von Maddalena weit mehr erfahren hatte, als in seinem Buch zu finden war, aber Babel war nie auf etwas Konkretes gestoßen. Mit jeder Seite, die sie umblätterte, schlug ihr Herz schneller. Das war nicht irgendeine Sammlung. Das war für Babel, was ein verschollenes Evangelium für einen Universitätsprofessor war. Zwischen ihren Fingerspitzen knisterte das Papier genauso wie die Magie.

»Wo hast du das her? Das ist unglaublich wertvoll, ich meine, nicht nur für Hexen, auch für Antiquare.«

Tom zuckte mit der Schulter. »Beziehungen.«

Sie wartete darauf, dass er mehr erklärte, aber das tat er nicht. Sein Blick ruhte auf dem Buch, als wäre es etwas, das Urd von draußen hereingeschleppt hätte. Er musste die Magie spüren, die davon ausging.

»Es gehört dir. Wenn du uns hilfst.«

Gierig blickte sie auf das Buch hinab. Es war wie ein Buffet, an dem man sich bedienen konnte. Obwohl Babel die meiste Zeit intuitiv zauberte, so gab es doch einige Rituale, die mit Sprüchen besser funktionierten, und dieses Buch war randvoll mit Ritualanweisungen, so viel konnte sie erkennen. Am liebsten hätte sie es sofort eingesteckt.

Vielleicht konnte sie den Plags ja doch helfen …

Vorläufig.

An Informationen für sie kommen. Nichts Auffälliges. Nichts, was sie in die Schusslinie brachte.

Von einem früheren Erbrechtstreit wusste sie, wie bei einem unnatürlichen Todesfall seitens der Polizei vorgegangen wurde. Der entscheidende Mann war immer der Staatsanwalt, bei dem alle Fäden zusammenliefen und der darüber entschied, ob eine Obduktion angeordnet wurde oder nicht. Den Kerl konnte sie sich mal vornehmen, das war keine schwere Arbeit.

»Na schön«, sagte sie. »Wie ist der Name des verantwortlichen Staatsanwalts?«

»Soll das heißen, du übernimmst den Fall?«

Ihr Blick hing noch immer an der Sammlung, die Magie wärmte ihre Hand. Diese Gelegenheit konnte sie sich nicht entgehen lassen, und vermutlich wusste er das auch. Bedauernd verabschiedete sie sich von der Vorstellung, unberechenbar zu sein. Als die Plags überlegt hatten, wen sie um Hilfe baten, hatten sie ihre Hausaufgaben gut gemacht. Wahrscheinlich war Mo ihr schon eine ganze Weile gefolgt, ohne dass sie es bemerkt hatte.

Langsam nickte Babel. »Wie lange ist der letzte Mord her?«

»Vier Tage.«

Überrascht sah sie auf. Diese Wunde war frisch. »Wer hat die Leichen gefunden?«

»Das ist unterschiedlich. Mal wir, mal irgendjemand. Die ersten beiden wurden im Freien getötet, die beiden letzten in Räumen.«

»Okay, ich will, dass du mir eine Liste machst, mit allen, die dir einfallen, die etwas gegen deine Leute haben könnten.«

Er stand noch einmal auf und nahm eine Mappe aus einem Regal. Als Babel sie aufschlug, erkannte sie, dass er bereits detailliert niedergeschrieben hatte, was er selbst zu den Vorfällen wusste. Name der Opfer, Alter, Beruf, Umfeld. Außerdem die Umstände des Todes und die Entdeckung der Leichen.

»Das ist alles, was wir wissen. Natürlich hat die Polizei noch mehr, aber an die Details kommen wir nicht ran.«

Es gab auch bereits eine Liste mit Verdächtigen. Ganz oben fanden sich die Hexennamen. Der Rest waren städtische Politiker, ein paar Faschos und ein Baulöwe, dessen Name ihr aus der Zeitung bekannt war. Mit seiner aggressiven Aufkaufpolitik durch überregionale Investoren hatte er sich in der Stadt nicht nur Freunde gemacht.

Ihr Blick wanderte weiter und stieß auf einen bekannten Namen.

Erbost schaute sie auf. »Was soll das?«

»Es gibt Gründe, warum dieser Name dort steht, Babel.« Seine Stimme klang unnachgiebig, und wütend erhob sie sich zum zweiten Mal.

»Ich lass mich nicht manipulieren.«

Versehentlich musste sie die Hündin unterm Tisch getreten haben, denn Urd hob den Kopf und verteilte den Sabber noch weiträumiger über den Boden. Mühsam richtete sich das Tier auf und trottete aus seinem Versteck. Es blinzelte sie der Reihe nach an, bellte einmal und verzog sich dann in den Schlafbereich. Babel atmete weiter. Der Hund von Baskerville verspürte offenbar noch keinen Hunger.

Tom hob beruhigend die Hände, aber sie ließ ihn nicht zu Wort kommen. »Wenn du glaubst, du kannst mich dazu benutzen, mit ihm eine Rechnung zu begleichen, hast du dich getäuscht.«

Dass sich Sams Name auf dieser Liste fand, war sicher kein Zufall. Die Plags hatten gut recherchiert, und die Stadt war schlichtweg zu klein, um ein Dämonenkind zu übersehen. Sie glaubte auch keine Minute daran, dass Sam nicht dafür gesorgt hatte, dass alle Plags von seiner Anwesenheit wussten. Wahrscheinlich hatte er sie mehr als nur einmal provoziert.

Seine tiefe Abneigung gegen die Plags kannte Babel nur zu gut. Sie war irrational und fand ihre Wurzeln in der Tatsache, dass den Naturgeistern gelungen war, was die Dämonen allein nicht schafften: in der menschlichen Dimension Fleisch zu werden. Obwohl Sam kein reiner Dämon war und einen Körper besaß, so teilte er doch die instinktive Abneigung, die jeder Dämon gegen Albennachkommen verspürte.

Aber reichte diese Abneigung dazu, sich die Plags vorzunehmen? War sie in den Jahren, in denen sie sich nicht gesehen hatten, so stark gewachsen, dass er Jagd auf sie machte?

Babel hätte gern behauptet, dass sie es bezweifelte, aber wenn es um Sam ging, war es besser, erst einmal das Schlechteste anzunehmen. Schließlich wusste sie nur zu gut, wozu er fähig war, wenn er in Rage geriet. Außerdem wäre es nicht die erste Auseinandersetzung zwischen Plags und einem Dämonenkind. In den Zeitungen las man immer wieder von plötzlichen Messerstechereien, deren Ursachen sich niemand erklären konnte, obwohl Eingeweihte den Grund dafür sehr gut kannten. Die Tatsache, dass beide Gruppen ihre wahre Identität vor den Menschen verbargen, konnte die Unterschiede zwischen ihnen jedoch nicht überwinden. In diesem Fall galt eben nicht: *Der Feind meines Feindes ist mein Freund.*

Seit Sam vor zwei Jahren ebenfalls in diese Stadt gezogen war, hatte er sich nicht bei ihr blicken lassen. Aber das hieß gar nichts. Seine Briefe hatten sie zu jedem Geburtstag erreicht, ganz gleich, wo sie gewohnt hatte. Es war seine Art, ihr zu sagen: *Siehst du, ich habe dich nicht vergessen.* Glaubten die Plags wirklich, sie würde nach vier Jahren auf seiner Türschwelle auftauchen und fragen: *He, wie geht's so? Ach, und sag mal, hast du zufällig in letzter Zeit jemanden umgebracht?* Das war nicht unbedingt ein guter Einstieg in ein Gespräch – falls sie überhaupt den Mund aufbekam.

Vielleicht irrte sie sich aber auch, und es würde ihr gar nicht mehr so viel ausmachen, ihn zu sehen. Vielleicht würden ihre Hände ja nicht mehr zittern, und sie könnte endlich aufhören, Stadtteile zu meiden, in denen er sich herumtrieb. Doch wollte sie das wirklich herausfinden?

»Hilf uns, Babel! Du hast die Fähigkeiten dazu. Die Polizei nicht.« Eindringlich sah Tom sie an. Das Grün seiner Augen wurde dunkler, und es war ihr unmöglich wegzusehen. »Es kann dir doch nicht gleichgültig sein, ob hier ein Mörder frei rumläuft. Das sind nicht nur Opfer in irgendeiner Statistik oder Statisten in einem Film. Diese Leute hatten Familie, Menschen, denen etwas an ihnen lag. Du kannst dir nicht vorstellen, welchen Schmerz dieser Mörder über uns gebracht hat …« Seine Stimme brach, er musste sich räuspern. »In ein paar Wochen wird die Trauer diesen Ort hier ertränken. Schon jetzt riecht für uns alles nach Verfall.«

Das war es also gewesen, was sie beim Betreten des Grundstücks gespürt hatte: die Verschiebung der Energien. Die Trauer überdeckte alles andere. Sie war wie ein Nebel, der alles verschlang und in dem man sich nicht mehr zurechtfand. Die Plags waren solchen Dingen gegenüber empfindlich, sie waren darauf angewiesen, dass in ihrer Umgebung ein harmonisches Gleichgewicht der Energien herrschte. Tom hatte recht, wenn die Trauer weiter zunahm, würde es für sie unmöglich werden hierzubleiben.

»Ich bin keine Polizistin«, antwortete sie lahm, sein Blick hielt sie immer noch fest.

»Nein, aber dir stehen andere Mittel zur Verfügung. Wir wissen nicht, worauf es der Mörder abgesehen hat, und ich habe Angst um meine Leute. Sie zählen auf mich, aber dieses Mal lässt sich das Problem nicht durch Muskelkraft lösen. Ich weiß, dass Hexen oft Einzelgänger sind, aber auch ihr habt Familie. Stell dir vor, ihnen würde jemand nachstellen.«

Wollte er ihr ein schlechtes Gewissen machen?

Es funktionierte.

Sie spürte, wie das *Nein* ihr wieder von der Zunge kroch und in den dunkleren Ecken ihres Verstands verschwand und sich stattdessen ein leuchtendes *Okay* nach vorne schob.

»Okay. Komm morgen früh um neun zur Staatsanwaltschaft, dann sehen wir, was die Polizei bisher hat. Außerdem muss ich mir den letzten Tatort ansehen. Möglicherweise lässt sich da noch eine magische Spur finden.« Sie griff nach der Mappe, und Tom streckte ihr die Hand entgegen.

Wo er sie berührte, wurde ihre Haut warm. Sie sah auf die gebräunten Finger, die ihre Hand umschlossen, und spürte die Kraft in ihnen. Als er den Blick nicht von ihren Händen abwandte, ahnte sie, was er betrachtete. Im Gegensatz zu normalen Menschen wusste er, wie die Narben entstanden waren. Die hohe Anzahl zeugte davon, dass Babel Blutrituale nicht fremd waren. Für einen Plag musste der Anblick verstörend sein, aber er ließ sich nichts anmerken.

Aus irgendeinem Grund entzog sie ihm ihre Hand nicht. Sie war nicht stolz auf ihre Vergangenheit, und sie bedauerte vieles, aber sie schämte sich auch nicht für sie.

Nach einer Weile sah er auf und lächelte. »Danke!«

»Kein Problem.«

*Du musst jetzt wegschauen, Babel.*

*Leichter gesagt als getan.*

Die Luft zwischen ihnen war auf einmal aufgeladen mit einer Spannung, die nichts mit ihrem Gespräch zu tun hatte. Das war eine ziemliche Überraschung – für ihn wahrscheinlich noch mehr als für Babel. Sie spürten beide diese Faszination, auf die man manchmal unverhofft trifft, wenn man einem Fremden begegnet, und die nicht danach fragt, ob man etwas gemeinsam hat. Plötzlich ist da dieser Funke, der überspringt und einen Flächenbrand unter der Haut verursacht.

Für ihn musste Babel die verbotene Frucht sein, die Frau, vor der ihn sein Vater und seine Mutter gleichermaßen gewarnt hatten. Und auch sie war nicht immun gegen die Anziehungskraft, die er verströmte. Sie hoffte sehr, dass es nur an ihrer Schwäche für Tätowierungen lag und sie den Flächenbrand irgendwie wieder löschen konnte.

Nur schwer löste sie sich von ihm, aber sie hatte sich geschworen, nie wieder etwas Kompliziertes anzufangen. Und sich in einen Plag zu vergucken, fiel eindeutig in die Kategorie kompliziert. *Kompliziert* hatte sie hinter sich, und jetzt war sie ein großes Mädchen. Sie begann nicht mehr mit jedem Typen eine Romanze, der nach Ärger aussah. Inzwischen wusste sie es besser. Babel wollte einen Netten. Genau das wollte sie: einen netten, unlangweiligen Kerl, der dasselbe glaubte wie ihr Finanzamt, nämlich, dass sie als Personal Trainer arbeitete.

Hastig nickte sie und stürzte aus dem Wagen, als sei der Teufel hinter ihr her. Nachdem sich die Tür hinter ihr geschlossen hatte, atmete sie erst einmal tief durch, bevor sie langsam die drei Stufen hinabstieg. Unter ihren Füßen knarrte das Holz. Mit jedem Schritt beruhigte sich ihr Herzschlag, wurden ihre Gedanken klarer. In der Luft lag nicht mehr der Geruch nach Moos, und ihr Atem verlor die Ähnlichkeit mit einer Dampflok. Irritiert blinzelte sie in den Himmel.

Hatte sie gerade zugesagt, für die Plags einen Mörder zu finden?

Außerhalb des Zwielichts des Wagens erschien ihr die Idee auf einmal gar nicht mehr so glänzend.

*Das ist eine Schnapsidee!*

*Aber diese Augen …*

Plötzlich kam ihr der Verdacht, dass Tom sie nicht ohne Grund so intensiv angesehen hatte.

*Mein Gott, wie peinlich!*

Der Plag hatte sie hypnotisiert.

Sie war so erbost über die Sache mit Sam gewesen, dass es ihr gar nicht aufgefallen war. Empört schnappte sie nach Luft. Dabei wusste sie nicht genau, ob sie wütend auf den Plag war, weil er mit ihr geflirtet hatte, oder auf sich selbst, weil sie sich hatte einwickeln lassen.

Sie überlegte, ob sie umdrehen und ihm sagen sollte, dass er die Sache vergessen konnte, aber dann fiel ihr Blick auf den roten Bauwagen in der Mitte der Wagenburg, dessen Fensterläden geschlossen waren. In den Pflanzkübeln davor steckten vertrocknete Büschel, und es lag allerlei Unrat vor den Stufen, als hätte schon länger niemand mehr gekehrt. Auf dem Hinweg war es ihr nicht aufgefallen, aber jetzt sah sie die Spuren der Trostlosigkeit.

Das war Emmis und Friedrichs Wagen, deren Tochter ermordet worden war …

*Carla, die ihr Leben noch vor sich gehabt hatte … die tanzen gewesen war und sich amüsiert hatte … die vielleicht verliebt gewesen war … die ungeduldig auf den Sommer gewartet hatte, damit sie im See baden konnte …*

… und die jetzt kalt und leblos in einer dunklen Box lag, ein Job für den Gerichtsmediziner, der nichts mehr von dem Mädchen zu sehen bekam, das Mo so gemocht hatte.

Obwohl Babel diese Leute nicht kannte, fühlte sie doch mit ihnen, und die Trauer, die diesen Platz einhüllte, übertrug sich auf sie. Sie konnte sie als ätzenden Schmerz im Brustkorb spüren. Die Toten wogen schwer, und nicht jeder Verlust wurde leichter mit der Zeit. Der gewaltsame Tod verlangte immer nach Sühne – wer wusste das besser als sie selbst? Hilmar hatte sie diese Sühne nie verschaffen können, sollte sie dann nicht wenigstens versuchen, jetzt zu helfen?

*Du kannst vergangenes Unrecht nicht auf diese Weise ungeschehen machen, Babel*, hörte sie die Stimme in ihrem Kopf, die in Wirklichkeit schon seit Jahren verklungen war.

*Nein, aber ich kann zeigen, dass es mir leidtut.*

*Indem du dich auf eine Mördersuche begibst, als wüsstest du, was du tust?*

*Ist es nicht besser, etwas zu versuchen, als gar nichts zu tun?*

*Es bleibt also dabei, du hilfst den Plags?*

Ja, es blieb dabei.

Sie sah sich um, ihr Motorrad stand noch dort, wo Mo es abgestellt hatte, nur saß jetzt ein schmächtiger Typ mit zotteligem, rot gefärbtem Haar und zerrissenen Hosen daneben. Zweifellos ein weiterer Plag. Als sie näher trat, roch sie den beißenden Geruch nach Zitrone. Der Kerl leckte nervös seinen rechten Mundwinkel, während er sie stechend anstarrte. Langsam trat sie neben das Motorrad.

Der Plag erhob sich und stellte sich so dicht an sie heran, dass sie zurückwich. »Mhm, eine Hexe«, sagte er und hob schnüffelnd die Nase. »Hexe … Hexe … ich erinnere mich … als ich klein war … Spinnenbein und Mitternachtsgrau … im kühlen Tal … und der Baum wiegte sich sanft …« Er stutzte und schien in Erinnerungen gefangen – oder auf einem schlechten Trip.

Babel stand nicht unbedingt der Sinn nach einem Gespräch mit einem durchgeknallten Plag, aber als sie die Maschine anschieben wollte, griff er nach dem Lenker und zog daran. Wieder leckte er sich den Mundwinkel.

*Na prima, genau das, was ich jetzt noch brauche!*

»Was willst du?«, fragte sie.

»Dein Geruch … du riechst nach Blau …«

Vermutlich meinte er die magischen Energien. Seine Augen waren blutunterlaufen, die Wangen eingefallen. Er sah aus, als hätte er seit Tagen keinen Schlaf mehr gefunden. Aber wahrscheinlich war er da hier nicht der Einzige. Die Energiewellen, die von ihm ausgingen, waren zittrig und schwach. Babel wusste nicht, was sie sagen sollte. Er machte einen verwirrten Eindruck.

Vorsichtig beugte er sich zu ihr und flüsterte: »Du musst aufpassen, Hexe … nach dem Tod … da ist nichts … nur Leere …«

»Interessant, aber ich hab jetzt wirklich keine Zeit, um über das Leben nach dem Tod zu diskutieren.« Sie wollte das Motorrad weiterschieben, aber der Plag rüttelte heftiger am Lenker.

»Du hörst nicht zu! Hexe, Hexe, Hexe … alles ist leer.«

Plötzlich verzog sich sein Gesicht, und er stieß wimmernde Laute aus. Nervös schaute sie sich um, aber die anderen Plags blieben in ihren Wagen.

Gerade wollte sie vorsichtig seine Hand vom Lenker lösen, als sich hinter ihr die Wagentür öffnete und Mo die Stufen herabsprang. Er klopfte dem Mann auf die Schulter und zog ihn sanft, aber nachdrücklich von ihr fort und hin zu den Stufen, wo er ihn nach unten drückte, bis sich der Plag wie ein nasser Sack fallen ließ und sitzen blieb. Er wiegte sich vor und zurück und stieß immer wieder das Wort »Leere« aus.

»Was ist mit ihm?«, fragte Babel.

Mo steckte die Hände in die Hosentaschen, sie konnte die Sorge von seinem Gesicht ablesen.

»Mit Peking geht's bergab. Er hat früher in Dresden gelebt. Seit sie die alte Eiche gefällt haben, um Messungen für die neue Waldschlösschenbrücke vorzunehmen ...« Er sprach nicht aus, was er dachte, blickte nur finster auf Peking. Doch seine Verärgerung galt anderen. »Seine Familie hat seit Jahrhunderten dort gelebt, wahrscheinlich stammt sie direkt von dem Alben ab, der in diesem Baum gelebt hat. Na ja, kein Wunder, dass Peking da durchdreht, wenn sie das Ding einfach so absägen, würde ich sagen, was?«

Nachdenklich betrachtete sie den Mann, der vor ihr saß. Das war der Fluch der Plags. Wenn sie zu sehr mit dem Ort verbunden waren, an dem sie lebten, überstanden sie eine Veränderung nur schlecht. Kein Wunder also, dass so viele in Wagenburgen wohnten. So konnten sie weiterziehen, wenn es sein musste, und vermieden eine allzu starke Bindung.

»Weißt du, wovon er redet?«

»Keine Ahnung. Seit Tagen führt er sich so auf, aber keiner versteht, was er will.« Mo wandte sich ihr zu. »Vergiss es einfach!«

»Na schön.« Als sie Mo so vor sich sah, fiel ihr plötzlich noch etwas anderes ein. »Sag mal, Kleiner, du bist mir nicht zufällig gestern Abend gefolgt, oder?«

Er antwortete nicht, grinste sie nur an und zuckte dann mit den Schultern.

»Das nächste Mal werde ich besser aufpassen«, versprach sie. »Was hält denn dein Vater davon, wenn du dich nachts draußen rumtreibst?«

Er prustete los. »Oh bitte. Das war nicht sehr elegant. Hör mal, Hexe, wenn du wissen willst, ob Tom mein Vater ist, warum fragst du nicht einfach?«

Vor Scham wäre sie gern im Boden versunken. Offenbar war sie nicht nur leicht berechenbar, sondern auch noch leicht zu durchschauen. Von einem Teenager.

»Ich weiß nicht, wovon du redest.«

»Klar.« Sein Gesicht zeigte unverhohlene Überheblichkeit, die mehr seinem Alter als seiner Herkunft geschuldet war. »Kann ich mal wieder vorbeikommen, um mir den Papagei anzusehen?«

»Vergiss es!« Sie schob die Maschine an, während er laut lachte und sich mit zwei Fingern an eine imaginäre Hutkrempe tippte, bevor er Richtung Ausgang davonrannte. Nach ein paar Metern blieb er jedoch stehen und drehte sich noch einmal zu ihr um. »Ach, Babel, er ist es übrigens nicht.«

»Was?«

»Mein Vater. Sonst hätte er ziemlich früh anfangen müssen, findest du nicht?« Ein letztes Grinsen, und weg war er.

Kopfschüttelnd sah sie ihm nach, aber sie hatte dringendere Probleme als den mangelnden Respekt eines Halbwüchsigen. Sie musste zum Beispiel überlegen, was genau sie Karl erzählen sollte.

Der arme Kerl musste seinen Wagen später abholen, denn sie würde sich an diesem Tag sicher nicht noch einmal in die Nähe der Wagenburg begeben. Vielleicht sollte sie ihn dafür zum

Essen einladen. Und nach dem dritten Glas Wein könnte sie ihm dann vorsichtig, sehr vorsichtig, beibringen, dass sie einen Auftrag angenommen hatte, der kein Geld, dafür aber ein Buch einbrachte und so etwas wie ihre gute Tat im Jahrzehnt darstellte. Sein begeistertes Gesicht konnte sie sich vorstellen.

Während sie die Maschine über das Gelände schob, tauchten noch an so manchem Fenster Schatten auf, aber niemand machte sich die Mühe, mit ihr zu reden. Im Gegensatz zu Tom und Mo waren die anderen Plags offenbar daran interessiert, weiterhin Abstand zu der Hexe zu halten.

Der junge Mann am Tor saß noch auf seinem Wagendach, und jetzt begriff Babel auch, dass er der Wachposten war. Bei seinem Anblick kehrte ein drückendes Gefühl in ihren Magen zurück, das sie nur zu gut kannte.

*Wo warst du zur Zeit der Morde, Sam?*, dachte sie, als sie die Maschine auf die Straße rollte und den Motor startete. Wieder wurde sie sich des Briefs bewusst, der nach wie vor in der Innentasche ihrer Jacke steckte.

Sie warf einen letzten Blick zurück. Es hätte ihr eine Genugtuung sein sollen, dass ausgerechnet die Plags ihre Hilfe suchten, aber beim Anblick der bunten Wagen überkam sie nur Bedauern und Wut. Sie war vielleicht kein Polizist, und mit Sicherheit war sie auch kein allzu guter Mensch, aber sie wollte diesen Toten ihre Sühne verschaffen.

*Was soll das werden? Sankt Babel?*

Die Stimme in ihrem Kopf hörte sich dieses Mal verdammt nach ihrer Schwester an. Sie hatte denselben irritierenden Tonfall.

*Was weißt du schon? Du glaubst immer noch, die Welt wäre ein einziger Süßwarenladen, der nur dazu da ist, dir schöne Dinge zu beschaffen.*

*Ist sie das nicht?*

Nein, und wenn Babel nicht aufpasste, dann verwandelte sie sich ganz schnell in ein Schlachtfeld. Sie musste sich überlegen, wie sie den anderen Hexen auf den Zahn fühlen konnte, ohne dass sie das Gefühl hatten, Babel würde einen Krieg beginnen. Wahrscheinlich sollte sie sich so etwas wie einen Plan zurechtlegen, damit sie nicht blindlings in einen Ärger hineinrannte, der ihr schnell über den Kopf wachsen und denselben kosten konnte.

Und wenn sie schon mal dabei war, sollte sie vielleicht auch ein bisschen meditieren, um sich besser konzentrieren zu können, damit so etwas wie mit der Hypnose nicht wieder passierte. Babel war sich nur nicht so sicher, wie die Meditation gegen den Anblick dieses Sixpacks helfen sollte.

Irritiert drehte sie den Motor hoch und fuhr davon.

# 4

Am nächsten Morgen wurde Babel durch das Gurren einer Taube vor ihrem Schlafzimmerfenster geweckt, noch bevor der Wecker klingelte. Das Tier legte eine solche Hartnäckigkeit an den Tag, dass Babel nach zehn Minuten entnervt aufstand und in die Küche tapste, weil es ihr unmöglich war, wieder einzuschlafen. Ein pochender Kopfschmerz hatte sich hinter ihrer linken Schläfe eingenistet, der durch das schwüler werdende Wetter noch verstärkt wurde. Seinen Ursprung fand er allerdings im Abend zuvor, denn irgendwie hatte das Essen mit Karl dazu geführt, dass sie in seiner Stammkneipe versackt waren. Noch bevor der Wirt mit einem Rausschmeißerschnaps auf Kosten des Hauses die letzte Runde eingeläutet hatte, waren sie von zwei Flaschen Rioja mehr als nur angeheitert gewesen. Babel glaubte sich zu erinnern, dass sie gemeinsam mit dem Wirt *Ein Bett im Kornfeld* gesungen hatte, während sich die Plastiksträuße auf den Tischen plötzlich in echte Mohnblumen verwandelt hatten, weil sich Babels Magie verselbständigte. Zum Glück waren die anderen Gäste in einer ähnlichen Verfassung gewesen, weshalb niemand panisch aufgesprungen war.

Der Kopfschmerz war also wirklich keine Überraschung.

Als sie Karl nach dem dritten Glas Wein von der Mordserie unter den Plags erzählt hatte, war nur ein barsches »Mhm« gekommen, das sowohl fragte: *Warum lassen wir uns da reinziehen?* als auch: *Wo genau liegt für mich der finanzielle Nutzen in einem verstaubten Buch*? Mit anderen Worten, Karl verstand nicht, warum Babel den Auftrag angenommen hatte, und auch ihre dahingestammelten Erklärungsversuche hatten daran nichts geändert. Am Ende der Diskussion hatte er die Arme verschränkt und gemurmelt: »Mach doch, was du willst.« Danach hatte er nichts mehr zu dem Thema gesagt und sie lediglich an ihren neuen Auftrag und das Groupie aus der Hölle erinnert.

Babel hatte gar nicht vorgehabt, so lange mit ihm in der Kneipe zu hocken, vor allem, da den ganzen Abend nur Country aus den Boxen schallte, aber irgendwie war einfach alles ein bisschen viel gewesen. Die toten Plags, Toms grüne Augen und Sams Brief, der wie ein Mühlstein um ihren Hals hing. Mittlerweile war der Umschlag ganz zerknittert und an einer Seite bereits eingerissen. Trotzdem schaffte sie es einfach nicht, ihn in Stücke zu reißen und im Klo runterzuspülen. Man sollte annehmen, dass eine Frau, die in der Lage war, die Ebenen zu beeinflussen, es auch schaffte, einen Brief zu entsorgen, aber offenbar war sie weniger rational veranlagt, als sie bisher geglaubt hatte.

Der Rest Selbsterhaltungstrieb, der noch zu ihr sprach, hatte sie wenigstens dazu gebracht, den Brief am Vorabend im Büro zu lassen und ihn nicht noch einmal mit nach Hause zu nehmen. Eine halbe Stunde hatte es gedauert, bis sich Xotl wieder beruhigte, nachdem er den Geruch nach Dämon wahrgenommen hatte. *Miststück* war noch das freundlichste Schimpfwort gewesen, mit dem er sie bedachte. Und während sich Karl gewundert hatte, warum der Papagei plötzlich ausfällig wurde, war Babel der Schweiß ausgebrochen. Mit zittrigen Fingern hatte sie hastig den Brief in einen Stapel Papiere geschoben.

Ihre Hoffnung, der Wein würde sie ein bisschen beruhigen, hatte sich jedoch nicht erfüllt. Lediglich einen Brummschädel hatte er ihr verpasst. Wie immer behielt Tamy also recht: Alkohol löste vielleicht ein Problem, brachte aber mit Sicherheit ein neues.

Auf wackligen Beinen ging Babel die Treppe hinunter in die Küche. Dort füllte sie die Kaffeemaschine, schluckte zwei

Schmerztabletten und starrte apathisch auf den Küchentisch, bis sich unter ihrem Blick die Tischdecke wellte, weil Babel aus Versehen Magie wirkte. Zum Glück merkte sie es, bevor sie ein Loch in den Stoff brannte.

*Himmel, jetzt reiß dich mal ein bisschen zusammen, sonst steckst du noch das Haus in Brand!*

Nach dem Klicken der alten Kaffeemaschine nahm der Morgen endlich eine freundlichere Wendung. Mit einer vollen Tasse in der Hand stellte sich Babel an die Spüle und schaute hinaus in den Garten. Die Luft roch nach feuchter Erde und Flieder, der sich in Büschen gegen die Hauswand drückte. Der Himmel war schon wieder grau, aber an diesem Morgen war das angenehm für die Augen.

Babels Haus lag im ältesten Teil der Stadt, in der Nähe des Flusses, daher roch es im Halbdunkel des langen, schmalen Flurs, von dem die Türen zur Küche und zum Wohnzimmer abgingen, stets ein wenig nach feuchtem Holz und Lehm. Eine Treppe führte jeweils in den Keller und das Obergeschoss, und auf der Garderobe lag eine feine Staubschicht. Das Haus war alt. Der Garten war auf drei Seiten von einer Backsteinmauer umgeben, nur die Vorderseite zur Straße besaß einen mannshohen Eisenzaun. Seit Jahren erkämpfte sich das Unkraut Meter für Meter Raum und blühte dankbar in den wunderbarsten Blau- und Rottönen. *Die Plags würden sich wohlfühlen*, dachte sie. In der hinteren Ecke des Gartens hatte sie Kräuterbeete angelegt, die sie für Tränke brauchte, außerdem einen einzelnen Tomatenstrauch. Der stammte noch aus der Phase, in der sie geglaubt hatte, sie wäre eine gute Gärtnerin, nur weil sie jetzt ein Haus besaß. Was nicht der Fall war.

Lange wohnte sie noch nicht hier – erst vor einem Jahr hatte das Geschäft mit Karl ihr erlaubt, die Anzahlung auf das Haus zu leisten. Es lag verborgen in einer kleinen Seitenstraße und wurde von den meisten Menschen ignoriert. Es war nicht so, dass sie es übersahen, vielmehr dachten sie nicht darüber nach. Kaum waren sie daran vorübergegangen, vergaßen sie die Fenstergitter im Erdgeschoss und die große, grün gestrichene Eichentür mit dem geschnitzten Bärenrelief in der Mitte, in dessen Maul ein Türklopfer steckte. Das lag an dem Zauber, der das Haus schützte. Und gegen all jene, die den Zauber durchschauten und womöglich auf dumme Gedanken kamen, hatte Babel eine Alarmanlage einbauen lassen. Immerhin hatte sie es im Laufe der letzten Jahre geschafft, den einen oder anderen gegen sich aufzubringen. Meistens die Leute, mit denen ihre Klienten im Clinch lagen.

Damals beim Kauf hatte ihr der Makler einreden wollen, das Haus hätte zur Zeit der Napoleonischen Kriege einem ranghohen Offizier als Quartier gedient. Dafür ließen sich jedoch keine Beweise finden. Stattdessen entdeckte sie beim Umbau des Kellers für ihre Zwecke einen toten Hund im Gemäuer. Offenbar war sie nicht die erste Hexe in diesen Mauern. Den Hund hatte sie während eines Rituals im Garten unter dem Apfelbaum begraben, das dieses Grundstück als ihr Territorium markierte. Im Gegensatz zu ihrem Vorgänger benutzte Babel dazu jedoch ihr eigenes Blut, weil es wirksamer war und sie schon seit Jahren keine Tieropfer mehr durchführte.

Allerdings führte sie die Taube, die noch immer ohne Unterlass gurrte, an diesem Morgen in Versuchung, wieder damit anzufangen.

Um dem Krach zu entgehen, verließ Babel mit der zweiten Tasse Kaffee die Küche und stieg hinunter in den Keller, der durch ein zusätzliches Schloss gesichert war. Auf die massive Eichentür hatte sie mit Ölfarbe einen roten Smiley gemalt, von dem ein zitterndes Flimmern ausging. In das Bild war ein Zauber eingebunden, der jedem die Luft abschnüren würde, der sich unbefugt Zutritt zum Keller verschaffen wollte. Die Energie des

Zaubers sandte ein Kribbeln durch ihre Arme, das sich anfühlte wie eingeschlafene Gliedmaßen.

Sie öffnete die Tür, und der Geruch nach feuchtem Putz schlug ihr entgegen, vermischt mit der Note einer Duftkerze vom letzten Ritual. Sie tastete nach dem Schalter und flutete den Keller mit grellem gelbem Licht.

Der Keller war in zwei Räume geteilt. Der erste sah ziemlich genau aus wie die Keller in anderen Haushalten auch. An den Wänden stapelten sich Kisten mit Dingen, die nach dem Umzug nie ausgeräumt worden waren. Erinnerungsstücke, alte Dokumente, verrostete Gartengeräte und auseinanderfallende Weihnachtsdekoration. Eben die Art von Kisten, bei deren Anblick man unwillkürlich ein schlechtes Gewissen verspürt, weil man sich schon längst um deren Entsorgung hatte kümmern wollen.

Mit großen Schritten durchquerte Babel den Raum. Leider erwischte sie das schlechte Gewissen trotzdem.

Der zweite Raum war mit einer weiteren Tür und einem weiteren Zauber gesichert. Dahinter lag ihr Magiezimmer.

Magiezimmer waren für Hexen Ritualplätze, es waren Arbeitsstätten, und keine Hexe mochte es, wenn sie darin jemand überraschte. Der Raum war eine intime Angelegenheit, in mancher Hinsicht sogar intimer als Sex, denn er war aufgeladen mit Babels magischen Energien.

An der gegenüberliegenden Wand standen drei Stahlschränke, die bis unter die Decke reichten und mit Hilfsmitteln für Zauber und Rituale gefüllt waren. Kräuter, verschiedene Tierschädel, Weine, Kreide und ein ganzer Sack voller Holzasche, die sie von einem Förster bekam. Der Fußboden des Magiezimmers bestand vollkommen aus Stahlemaille mit aufgetragener Grünfarbe. Im Grunde war es eine riesige Tafel, auf der Babel ihre Symbole aufzeichnete, wenn sie doch einmal mit Ritualen arbeitete. Daher gab es in einer Ecke auch einen Wasseranschluss, unter dem ein

Eimer mit Scheuerlappen stand. Nur wenige Meter daneben hatte Babel zwei hüfthohe schwarze Statuen Ägyptischer Mau aufgestellt, die sie auf einem Flohmarkt erstanden hatte und die als Energieleiter dienten. Sie waren mit Babels Energie aufgeladen, und ihre schwarzen Katzenaugen blickten als stumme Wächter starr auf das Geschehen.

An der vierten Wand hing ein riesiger Stadtplan, der fast die gesamte Fläche einnahm. Mit rotem Filzstift waren die Wohnorte der anderen Hexen eingezeichnet. Wo andere Karten Sehenswürdigkeiten auflisteten, hatte Babel Notizen zum magischen Netz der Stadt hingekritzelt.

*Ehemaliger Henkersplatz, viel Totenenergie.*

*Viertel mit hoher Mordrate, Geisteranteil hoch.*

*Vor dem Rathaus starke magische Impulse, möglicherweise früherer Ritualplatz.*

*Messegelände – fast magiefrei, Störung im magischen Feld.*

*»Ernies Imbiss« – beste Pommes der Stadt.*

Eine mit schwarzem Marker gezogene Grenze umriss das Viertel, in dem Sam wohnte. Nachdem er in die Stadt gezogen war, hatte sie es nie wieder betreten.

Babel öffnete den linken Schrank und blickte auf die unzähligen Schachteln, die die Regale füllten. Hexen waren bessere Tupperwareabnehmer als jede bayrische Hausfrau, und allein in diesem Schrank steckte ein kleines Vermögen in Plastik. Vom obersten Regal nahm sie das schwere, handbreite Silberarmband und legte es an. Außerdem stellte sie eine kleine Flasche mit dem Etikett *lose Zunge* auf den Fußboden, deren Inhalt nach Muskatnuss roch und genau das verursachte: eine lose Zunge. Dann füllte sie die Tüte Holzasche auf, die sie immer bei sich trug, wenn sie das Haus verließ.

Anschließend entrollte Babel den schmalen rechteckigen Teppich, der zusammengerollt auf dem Schrank gelegen hatte, in der Mitte des Raums und legte sich ausgestreckt darauf. Ein paarmal atmete sie tief ein und aus. Die Arme über den Kopf gestreckt, konnte sie unter ihren Händen den Boden fühlen und sich auf die Energien konzentrieren, die ihren Körper und den Raum durchströmten.

Sie schloss die Augen und dachte an das wichtigste Gesetz der Magie: *Du musst es dir vorstellen können!*

*Hier, Babel, warum malst du nicht ein paar Bilder?*

*Ich will aber lieber draußen spielen, Mama.*

*Komm schon, sei ein braves Kind und setz dich an den Küchentisch!*

Stundenlang hatte Maria mit ihren Töchtern Techniken trainiert, die die Vorstellung schulten, bis Babel eine Meisterin darin geworden war, sich tanzende Pinguine mit roten Partyhüten und Sonnenbrillen vorzustellen, die auf einem Seil zwischen zwei Palmen balancierten.

Eine Weile füllte sie eine ganze Menagerie in ihrem Kopf mit exotischen Hybridwesen, bevor sie dazu überging, sich das Flusssystem ihres Körpers vorzustellen. Sie verband die Bilder in ihrem Kopf mit dem Empfinden ihres Körpers. Die Energie besaß eine blassblaue Farbe, aber in ihrer Vorstellung war sie zähflüssiger und langsamer als Elektrizität. In den Nervenzentren spürte sie das Ansteigen der Magie, es kribbelte im Solarplexus, und die Kopfhaut juckte. Ihr rechtes Handgelenk wurde warm. Der Armreif lud sich mit ihrer Magie auf.

*Yoga für die magisch Aktiven und körperlich Faulen.*

Am Ende dieser Übungen pulsierte die Magie unter ihrer Haut wie ein Jagdhund, der darauf wartete, zum Einsatz zu kommen.

*Noch ist es nicht so weit. Hab Geduld!*

Sie stand auf und verließ den Keller. Nachdem sie ins Obergeschoss zurückgekehrt war, rief sie Karl im Büro an. Seine

Stimme klang wie Sandpapier, und sie konnte förmlich hören, wie er mit den Zähnen knirschte, weil ihm der Schädel brummte.

»Erinnere mich daran, dass ich nicht wieder mit dir trinken gehe. Du bringst mich vorzeitig ins Grab, Mädel.«

»Darf ich dich daran erinnern, dass es deine Stammkneipe war und du dem Wirt, ich zitiere wörtlich, gesagt hast: ›Wenn du nicht willst, dass wir dich verfluchen, dann machst du die Gläser besser voll!‹?«

Er grummelte und schaltete die Anlage an, offenbar in dem Glauben, dass Dolly seinen Kopfschmerz mit ihrer Stimme vertreiben konnte. Gerade als Dolly erneut über eine verlorene Liebe klagte, krakelte Xotl plötzlich dazwischen: *»Die Plaaage! Die Plaaage! … krik … krik … In den Tooopf!«*

»Nicht schon wieder«, brummte Babel. »Ich frage mich, woher er das weiß.«

»Vielleicht meint er noch immer den Jungen von gestern.«

*»Einsss, zwei, drei, vierrr … murrrksss … Kopp … hopp … in den Topp!«*

»Das bezweifle ich.«

*»Keiiin Verluuust, keiiin Verluuust … krik …«*

»Halt den Mund, du Stinkstiefel!«, brüllte Karl dem Papagei entgegen, dass Babel noch am anderen Ende die Ohren klingelten. Dann räusperte er sich und stellte fachmännisch fest: »Ich glaube, dein Papagei mag die Plags nicht besonders.«

»Vermutlich hat er sie zum Fressen gern.«

»Kann er das?«

»Jemanden auffressen?«

»Mhm …«

»Ich glaube nicht. Ich meine, keine Ahnung, sind Papageien Allesfresser?«

»Willst du mir sagen, du hast dich nie danach erkundigt, was Papageien eigentlich fressen?«

Sie suchte nach einer Ausrede. »Na ja, weißt du, ich glaube nicht, dass es Bücher über Dämonenpapageien gibt … und er hat sich ja nie beschwert …«

»*In den Tooopf … In den Tooopf … krik.*«

»Also wirklich, es hätte mich gleich stutzig machen sollen, als du ihm deine Dönerreste hineingelegt hast. Wahrscheinlich trinken Papageien in Wirklichkeit auch kein Bier …«, fügte er nachdenklich hinzu. Durch den Hörer hörte sie, wie er sich am Bart kratzte.

»Du hast Xotl Bier gegeben? Wann?«

»Mhm, erinnerst du dich noch, als ich Geburtstag hatte und er den ganzen Tag *Me and little Andy* gesungen hat?«

»Ja. *My name is Sandy, and this here is my puppy dog, his name is little Andy*«, sang sie vor sich hin, bis sie es merkte und den Kopf schüttelte. »Herrje, jetzt kriege ich das nicht wieder aus dem Kopf!«

»Möglicherweise hatte ich da selbst schon was getrunken und hielt es für eine gute Idee …«

»Du hast es für eine gute Idee gehalten, den Papagei mit Bier abzufüllen? Den Papagei, der ohnehin schon von einem Dämon besessen ist?«

An dieser Stelle wechselte Karl vollkommen unelegant das Thema und fragte nach ihrem Plan. Allerdings war der noch nicht weiter gediehen als bis zu ihrem Gespräch mit dem Staatsanwalt und einer möglichen Tatortbesichtigung. Worauf er sich genötigt fühlte anzumerken: »Sehr professionell, meine Liebe, sehr professionell.«

»Entschuldige bitte, aber sonst heißt es immer: Geh, finde meinen untreuen Ehemann und verpass ihm Genitalherpes! Oder: Sorg dafür, dass dieser Gangster aufhört, vor meinem Haus Koks zu verkaufen. Für so was sind nie ausgefeilte Pläne notwendig. Man geht einfach hin, und bang! Fertig.«

»Und genau deshalb hättest du dich nie auf diese Sache einlassen sollen. Es gibt Gründe, warum man nicht einfach Kriminalhauptkommissar wird, nur weil man ein paar Fernsehserien gesehen hat.«

Babel streckte dem Telefonhörer die Zunge raus, während sich Karl einen Zigarillo anzündete, wie das Klicken des Feuerzeugs vermuten ließ. Während sie im Wohnzimmer auf und ab tigerte und versuchte, ihm ihre ungefähre Vorstellung davon zu vermitteln, was sie als Nächstes tun wollte, fiel ihr Blick auf das einzige gerahmte Foto, das sich im ganzen Haus fand. Abrupt blieb sie stehen.

Es war ein zerknittertes, unscharfes Bild, das allmählich gelb wurde. Ein verwackelter Schnappschuss von Hilmar, wie er in seinem Lieblingssessel saß und ein Buch las. An jenem Tag hatte er eine helle Hose und ein grünes Hemd getragen. Die Zigarette lag halb aufgeraucht in einem Aschenbecher neben ihm, und zu seinen Füßen stapelten sich Bücher über Architektur. Sie erinnerte sich, dass irgendeine dieser furchtbaren Opern im Hintergrund gelaufen war, die er so gemocht hatte. Er war groß und mager gewesen, das Haar an den Schläfen schon weiß. Alles in allem sah er aus wie ein Universitätsprofessor, der er doch so wenig gewesen war.

Manchmal vermisste sie ihn so sehr, dass es schien, als wäre er erst gestern gestorben und nicht schon vor zehn Jahren.

»... und mach keinen Unsinn, hörst du?«

Sie konzentrierte sich wieder auf das Gespräch.

»Wenn du schon auf Mördersuche gehen musst, dann pass wenigstens auf dich auf, ja? Ich habe keine Lust, deine Stelle neu zu besetzen.« Karl klang besorgt, und Babel musste lächeln.

»Ich glaube kaum, dass ich dem Mörder bei der Staatsanwaltschaft über den Weg laufe. Ich passe auf, keine Angst! Ich melde mich, wenn ich dort raus bin.«

*»Plaaags in den Tooopf … Deckel drauuuf!«*

Amüsiert beendete sie das Gespräch und ging in die Küche, um ein paar Sachen in eine Tasche zu packen, die sie später noch brauchen würde. Sie wollte gerade nach oben gehen, um sich anzuziehen, als das Telefon erneut klingelte. In der Annahme, es sei noch einmal Karl, nahm sie ab und bereute es im selben Augenblick.

»Guten Morgen, Babel! Wie geht es dir, Schatz?«

»Judith.«

Der Kopfschmerz kehrte augenblicklich mit voller Stärke zurück, ebenso wie das Zucken im linken Auge. Familiengespräche am frühen Morgen waren ein schlechter Start in den Tag.

»Du hast nicht zurückgerufen«, sagte ihre Schwester vorwurfsvoll.

»Du hast angerufen?«

»Ja, zu deinem Geburtstag, wie du sehr wohl weißt. Das tun Schwestern, habe ich mir sagen lassen.«

Sie wartete auf eine Erwiderung, aber Babel schwieg in der Hoffnung, so das Gespräch abzukürzen. Diskussionen mit Judith waren selten erquicklich. Während dieses stummen Kräftemessens stieg sie die Treppe nach oben und öffnete den Kleiderschrank. Darin gab es ein Fach, das mit Kleidung gefüllt war, die sie privat nie getragen hätte. Arbeitskleidung, um die es nicht schade war, wenn sie bei den Aufträgen litt. Wie damals bei diesem Drogenhändler, der nicht begriffen hatte, dass einer seiner Stammkunden jetzt clean war und nichts mehr kaufen wollte. Wer hatte schon ahnen können, dass er sich genau in dem Moment bewegte, in dem Babel mit einem Zauber auf ihn zielte und statt seiner Brust den Schädel erwischte? Der Kerl hatte geblutet wie ein Schwein und Babel ihre besten Schuhe ruiniert.

Nach einer Minute Schweigen sagte Judith beleidigt: »Wie

du meinst. Ich wollte ja auch nur wissen, ob du Pfingsten nach Hause kommst.«

»Muss das sein?«

»Müssen muss gar nichts. Außer Sterben. Vielleicht. Ich werde dort jedenfalls nicht allein auftauchen. Mutter treibt mich mit ihren Fragen in den Wahnsinn. Wenn du da bist, verteilt sich der Wahnsinn auf zwei.«

»Ja, ich würde mich auch freuen, dich zu sehen.«

Judith schnaufte, aber dann vernahm Babel ihr leises Lachen, das so typisch für sie war und bei dem sich ihre rot geschminkten Lippen breit nach oben ziehen würden. Sie sah Judith vor sich, mit dem weißblonden Bob und dem schönen Gesicht, wie sie alle Blicke auf sich zog. Für Babel würde Judith immer das Mädchen bleiben, das sie alle beneideten, weil sie nie Zweifel zu kennen schien und so vollkommen von ihrer eigenen Großartigkeit überzeugt war, dass man es ihr nicht einmal übel nehmen konnte. Judith hatte nie mit ihrer Magie gehadert. Nie war es ihr schwergefallen, die Grenzen zwischen den Ebenen einzuhalten. Dafür war sie zu clever.

Judith besaß allerdings eine lästige Charakterschwäche, die den Umgang mit ihr erschwerte: Sie glaubte felsenfest daran, sich in Babels Leben einmischen zu müssen. Nicht etwa, weil sie sich so um sie sorgte, nein, sie tat es vor allem dann, wenn sie sich langweilte.

Von einer Ahnung getrieben trat Babel ans Fenster, zog die Gardine ein wenig zur Seite und sah in den Garten. In der Tat, auf dem Apfelbaum saß diese unselige, Krach machende Taube, die einen Ring am Fuß trug und sie blöde anglotzte. Sie hätte es sich gleich denken können. Kein Wunder, dass Judith genau gewusst hatte, wann sie Babel zu Hause erreichen konnte.

Im Gegensatz zu ihr hatte ihre Schwester nämlich ein Händchen für Tiere, viele ihrer Zauber nutzten Tiere. Tauben setzte sie besonders gern ein, um andere Menschen im Blick zu behalten, denn durch die Augen der Vögel sah sie, was die Tauben sahen. Diese Technik hatte Judith mit sechzehn entwickelt, um einem untreuen Freund hinterherzuspionieren, und seitdem perfektioniert.

Babel machte es sich auf dem Bett bequem. »Weißt du, Judith, du musst dir nicht die Mühe machen, eine deiner Tauben zu mir zu schicken. Außerdem sind sie laut und stören meinen Schlaf.«

»Wenn du nicht auf meine Anrufe reagierst, bleibt mir doch keine andere Wahl, als nachzuschauen, ob alles mit dir in Ordnung ist.«

»Du übertreibst.«

»Und du hattest Geburtstag.«

»Ich war bisher nicht der Annahme, dass das ein Grund wäre, betrübt zu sein.«

Judith antwortete nicht sofort, seufzte aber unüberhörbar dramatisch in den Hörer. »Post bekommen, Babel?«

Daher wehte also der Wind. Sie wusste, dass Sam ihr noch immer Briefe schrieb, und genau wie ihre Mutter befürchtete sie, dass Babel noch einmal so die Kontrolle über sich verlieren könnte wie vor über zehn Jahren, wenn sie ihm erneut nachgab.

»Ich habe ihn nicht geöffnet.«

»Gut.«

»Du musst mich nicht kontrollieren.«

»Ich weiß.«

»Okay.«

»Okay.«

Das Schweigen, das folgte, war aufgeladen mit Emotionen. Ihr Verhältnis war nie ganz frei von Spannungen gewesen, aber nachdem Babel mit achtzehn versucht hatte, während einer Dämonenbeschwörung Judiths Energien anzuzapfen, um zusätzliche Kraft zu gewinnen, war ihre Schwester das Misstrauen ihr gegenüber nie wieder ganz losgeworden. Selbst nach all diesen Jahren konnte Babel noch immer diese leise Angst in Judith spüren, obwohl sie ihr mehrfach versichert hatte, dass sie damals nicht Herrin ihrer Sinne gewesen war und sich so etwas nicht mehr wiederholen würde. Jedes Gespräch mit ihr kam irgendwann in seinem Verlauf einmal auf dieses Thema zu sprechen, direkt oder indirekt. Das war auch der Grund, warum Babel so selten mit ihr redete.

Nach ein paar Sekunden räusperte sich Judith und fragte, als wäre nichts gewesen: »Hast du denn in letzter Zeit einen Mann kennengelernt?«

Die Frage überraschte Babel allerdings nicht im Geringsten. Diesen Themenwechsel nahm Judith immer vor, wenn sie merkte, dass Babel nicht auf sie einging. Dann kam sie auf ihr zweitliebstes Thema neben der Magie zu sprechen: Männer. Sie liebte sie. In allen Formen: große, kleine, dicke, dünne, mit Grips und ohne, Hauptsache, sie waren bereit, Judith auf Händen zu tragen. Seit sie zwölf war, glaubte sie an die große Liebe – die sie seither alle paar Wochen traf.

Zumindest hatte ihre ausdauernde Suche sie nie pessimistisch werden lassen, auch wenn sich die meisten Männer als Vollidioten herausgestellt hatten. Manchmal kam Babel der Verdacht, dass Judiths große Liebe eigentlich darin bestand, dass sie *alle* Männer liebte. Jedenfalls war es Judith vollkommen schleierhaft, wie man sich *nicht* permanent verlieben konnte, schließlich liefen da draußen doch genug Männer herum. Die wiederholte Beteuerung ihrer Geschlechtsgenossinnen, dass sich ein Großteil davon nicht eignete, um sich zu verlieben, beantwortete sie regelmäßig mit einem irritierten Zwinkern.

Leider hatte ihre Liebe zur Männerwelt sie auch schon in die Arme von Halbkriminellen und Adrenalinjunkies geführt, was zu einem blauen Auge, zwei Knochenbrüchen und vier Anrufen bei der Polizei geführt hatte. Bei zwei dieser Auseinandersetzungen war sie später mit dem Polizeibeamten ausgegangen. Man konnte also durchaus von einer gewissen Unverbesserlichkeit ihrerseits ausgehen.

Aber wer war Babel, ihrer Schwester schlechten Männergeschmack vorzuwerfen? Wenigstens waren Judiths Liebhaber ausschließlich Menschen gewesen.

Sie dachte an Sam und bekam Bauchschmerzen, dann dachte sie an Tom und bekam glühende Wangen. Zum Glück gab es keinen Spiegel in der Nähe, der den Verdacht bestätigen könnte, dass sie wegen eines Plags rot geworden war.

»Dann wärst du sicher die Erste, der ich es erzählen würde«, beeilte sie sich zu sagen.

»Nein, wäre ich nicht, und deswegen muss ich zu solchen Maßnahmen greifen, sonst erfahre ich ja nichts. Aber bitte schön. Ich wollte ja auch nur wissen, ob du zu Pfingsten nach Hause kommst.«

Einen Moment lang erwog Babel abzusagen, aber dann würde ihre Mutter womöglich auch noch anrufen, und das war etwas, das sie zu diesem Zeitpunkt überhaupt nicht gebrauchen konnte – also sagte sie zu. Außerdem war ihr beim Anblick von Judiths Taube eine Idee gekommen, wie sie vielleicht herausfinden konnte, ob eine der anderen Hexen in letzter Zeit Kontakt mit Totenenergien gehabt hatte, ohne in deren Anwesenheit Magie anzuwenden.

»Sag mal, hast du noch immer deine Rabenkrähen?«

»Ja, warum?«

»Kannst du mir eine leihen?«

»Was willst du mit meinen Krähen?«

»Herausfinden, ob eine andere Hexe Kontakt mit Totenenergien hatte. Rabenkrähen sind Aasfresser, die eignen sich für solche Zauber.«

»Dafür gibt es einfachere Wege, als ein Tier abzurichten.«

»Nicht im Beisein einer Hexe. Wenn ich anfange, Holzasche zu verteilen, merken die das sofort.«

»Sag mal, woran arbeitest du da eigentlich genau?«

»Mord.«

»Du willst jemanden umbringen?«, kam es entsetzt durch den Hörer.

»Nein, ich will herausfinden, ob jemand einen Mord begangen hat.«

»Ich weiß nicht, ob mir das gefällt …«

Ging ihr genauso, aber wenn Judith gewusst hätte, worin ihre Bezahlung bestand, hätte sie sicher nicht gezögert, den Fall anzunehmen. »Es ist eine Gefälligkeit. Für einen Freund.«

»Einen guten?«

»Nicht *so* gut.«

»Mhm. Du hast also einen Freund, der in einen Mord verwickelt ist, den womöglich eine Hexe begangen hat, und jetzt überlegst du, wie du das herausfinden kannst, ohne dass diese andere Hexe glaubt, du willst ihr eins auswischen. Und du glaubst immer noch, dass ich mir keine Sorgen um dich machen muss, verstehe ich das richtig, ja?«

Es gab Fragen, auf die antwortete man besser nicht, wenn man das Loch, in das man freiwillig gestiegen war, nicht noch tiefer graben wollte.

»Aber du kannst nicht besonders gut mit Tieren umgehen, Babel.«

»Ich weiß.«

Eine Weile war es still am anderen Ende, dann seufzte Judith wieder theatralisch. »Na schön. Ich kann dir das Tier überlassen, aber den Zauber musst du selbst ausführen.«

»Danke!«

»Wann brauchst du sie?«

»So schnell wie möglich.«

»Dann muss ich sie mit dem Tiertransport schicken. Morgen früh dürfte sie bei dir sein. Aber sei ja vorsichtig mit ihr! Wenn sie nicht unbeschadet bei mir wieder ankommt, kannst du in Zukunft allein auf die Familienfeste gehen, klar?«

»Glasklar.«

Nach ein paar Anweisungen, wie Babel mit der Rabenkrähe umzugehen hatte (keine Dönerreste und auf keinen Fall Bier!) und für ihren plötzlich aufgetauchten guten Freund (»Zieh nicht die hellgrüne Bluse an, die macht dich so blass!«), beendete Judith das Gespräch.

Kaum hatte Babel aufgelegt, verschwand auch die Taube aus dem Garten. Das ließ sie für den Schlaf der kommenden Nacht hoffen.

Einen Moment lang starrte sie unschlüssig an die Zimmerdecke und dachte wieder an Hilmar. Er hätte gewusst, was in dieser Situation zu tun gewesen wäre. Sein Plan hätte nicht solche Lücken aufgewiesen und hauptsächlich darin bestanden, *mal zu sehen*. Aber er war immer der bessere Stratege gewesen. Sie hingegen war mehr der Probieren-wir's-aus-Typ.

*Wie konnte nur alles so aus dem Ruder laufen, Hilmar?*

*Weil du nur zugesehen hast, Babel.*

Wahrscheinlich.

Nach Hilmars Tod war sie nie wieder auf die Totenebene gewechselt. Das war der Zeitpunkt gewesen, als sie das erste Mal zu den Montagstreffen gegangen war. Seither war die Totenebene für sie ebenso tabu wie die Dämonenebene. An manchen Tagen verspürte sie deswegen einen unbestimmten Schmerz, wenn sie daran dachte, dass sie nie wirklich Abschied von Hilmar genommen hatte. Sie hätte die Möglichkeit gehabt, mit seinem Geist zu reden. Sich bei ihm zu entschuldigen und ihn um Verzeihung zu bitten, aber sie hatte zu viel Angst gehabt. Vor dem, was passieren würde, wenn sie wieder auf eine andere Ebene wechselte. Sie traute sich selbst nicht.

*Verstehst du das, Hilmar?*

Bedrückt schloss sie die Augen. Die Vergangenheit lenkte sie zu sehr ab. Das konnte sie sich nicht leisten. Ein Staatsanwalt wartete auf sie, und irgendwie war sie auch ein kleines bisschen nervös, Tom wiederzusehen. Daran änderten auch die unangenehmen Umstände nichts. Möglicherweise hatte Judith sogar recht, und es wurde Zeit, dass sie sich wieder verliebte. So schwierig konnte das doch nicht sein.

Vor zwei Jahren hatte sie schon einmal geglaubt, sie sei neu verliebt gewesen. Sechs Monate war sie mit einem Ingenieur zusammen gewesen, bis er ihr mitgeteilt hatte, dass er für ein Jahr nach Russland gehen musste, um dort mit seiner Firma neue Fabriken zu bauen. Der Trennungsschmerz hatte genau vier Tage angehalten, dann hatte sie begriffen, dass sie mehr an der Zweisamkeit als an ihm gehangen hatte. Dieses Kribbeln, das sie bei Tom gespürt hatte, hatte sie bei dem Ingenieur nie gehabt.

Skeptisch sah sie auf die bereitgelegten Sachen, die neben ihr auf dem Bett lagen. Nicht gerade das, was sie normalerweise angezogen hätte, aber es würde wohl seinen Zweck erfüllen. Wie lange mochte es her sein, dass sie Strumpfhosen getragen hatte? Ein Jahr? Länger? Finster lag ihr Blick auf diesem Teufelswerk, das einem den Bauch einschnürte und die grässliche Angewohnheit hatte, während des Tages nach unten zu rutschen, bis es einem gefühlt in den Kniekehlen hing.

*Folterinstrument.*

Aber es musste sein. Jeans und Lederjacke passten nicht zu der Tarnung, die sie sich überlegt hatte.

*Von wegen keinen Plan …*

Seufzend stand Babel auf und ging ins Badezimmer. Was tat man nicht alles für seinen Job.

# 5

Die Staatsanwaltschaft lag in einer kurzen Straße im Zentrum der Stadt, in einem vierstöckigen Haus gegenüber der Polizeidirektion. Von den beiden Gebäuden eingekesselt, verlief die Straße nur ein kurzes Stück, als wäre sie lediglich eine optische Trennlinie zwischen den Organen der Staatsmacht. Das Gebäude war im neoklassizistischen Stil errichtet. Hohe Rundbögen ließen jeden Besucher klein wirken, und die Gitter an den Fenstern waren weder einladend noch beruhigend. Die wenigen Stufen zum Eingang genügten, um jeden nervös zu machen, selbst wenn man sich gar keiner Schuld bewusst war. An der Straßenecke standen vier Polizeiwagen, die das Bild vervollständigten. Die Staatsmacht verschluckte einen Besucher nicht nur, sie trieb ihn auch von hinten an.

Babel sehnte sich nicht gerade danach, dieses Gebäude zu betreten. Im Laufe der Jahrzehnte hatte sich an dieser Stelle eine unangenehme Atmosphäre verbreitet, die verstärkt Dämonen anzog. Angesichts des täglichen Elends, das sich hier abspielte, war das allerdings kein Wunder. Sie ernährten sich von negativen Gefühlen und entzogen den Menschen Kraft.

Das Motorrad hatte sie zu Hause stehen lassen, weil der Rock es ihr unmöglich machte, richtig darauf zu sitzen. Stattdessen war sie Straßenbahn gefahren – gemeinsam mit gefühlten hundert Schulkindern mit Schwimmbeuteln, die nicht nur alle nach Chlor rochen, sondern auch wie taube Rockstars brüllten. Weder Babels Kopfschmerzen noch ihrer Geduld war die Fahrt besonders zuträglich.

Entsprechend erleichtert war sie, als sie die Bahn endlich verlassen konnte, aber diese Erleichterung hielt nicht lange vor, denn schon als sie den Fuß auf den Boden setzte, spürte sie, dass sich die Energien um sie herum verdichteten. Wie Haie, die ihre Beute erst streiften, um zu sehen, ob sie blutete, so umkreisten die Dämonen Babel. Sie konnte das Kratzen an ihrem Energienetz fühlen. Ihr Atem beschleunigte sich, und sie sandte Magiewellen aus wie Stromschläge. Zu ihrer Erleichterung zogen sich die Dämonen zurück. Sie schüttelte sich.

Als sie um die Ecke bog, sah sie Tom an der Hauswand lehnen, und sein Anblick traf sie wie ein Blitz.

Er trug eine dunkle Lederhose, die so eng anlag, dass sie ziemlich wenig der Phantasie überließ. Alles, was er besaß, wurde ansprechend verpackt präsentiert. Dazu ein grünes Leinenhemd mit V-Ausschnitt, der einen Ausblick auf die Brustmuskeln darunter freigab. Die Ärmel waren nach oben gerollt und betonten die sehnigen Unterarme, nur für den Fall, dass ein Betrachter irgendwie übersehen hatte, dass der Träger dieses Hemds aussah wie die fleischgewordene Anatomiestudie eines Leonardo da Vinci. Die Haare hatte er zum Pferdeschwanz gebunden, sodass man die Ringe in seinen Ohren sehen konnte, und am Handgelenk blitzte das Silberarmband.

Zu seinen Füßen lag der Hund von Baskerville, eifrig damit beschäftigt, den Gehweg vollzusabbern. Von Weitem konnte man Urd durchaus für ein Kalb halten.

Männer in Anzügen warfen Tom misstrauische Blicke zu, während sie an ihm vorübereilten, denn er passte nicht in ihre Welt der Statussymbole und teuren Anzüge. Das machte ihn per se verdächtig und seine Hündin gleich mit. Er aber lächelte nur, die Daumen lässig in den Gürtelschlaufen.

Für einen Moment verabschiedeten sich Babels Gedanken und machten einem Laut in ihrer Kehle Platz. Verbunden mit einem Ziehen zwischen Magen und Unterleib, das deutlich zeigte, wie Instinkte funktionierten. Kein Wunder also, dass der erste klare Gedanke, der sich wieder in ihrem Kopf formte, eine Frage war.

*Was spricht bitte schön dagegen, sich die Kleider vom Leib zu reißen und den Tag mit diesem Mann im Bett zu verbringen?*

Zum Glück stellte sich der Verstand aber recht schnell wieder vollständig ein, sonst wäre es mitten auf der Straße zu einem Tumult gekommen und die Polizei hätte sie wegen Erregung öffentlichen Ärgernisses verhaftet. Sie verbuchte das Ganze als emotionalen Ausrutscher und schob es auf ihre Gereiztheit, ausgelöst durch die rotäugigen, kreischenden Chlormonster in der Straßenbahn.

Als eine junge Frau an Tom vorüberging und stolperte, weil sein Anblick sie so aus dem Konzept gebracht hatte, griff er nach ihrem Arm und richtete sie auf. Ihr rotes Gesicht konnte Babel sogar noch auf der anderen Straßenseite sehen. Während die Frau weiterlief, sah sie sich noch ein paarmal nach ihm um, bis er den Arm hob und ihr winkte, worauf sie fluchtartig die Straßenseite wechselte.

Babel schämte sich ein bisschen für sie mit, weil sie sich so schlecht im Griff hatte.

»Ein bisschen unauffälliger ging's wohl nicht?«, zischte sie erbost, als sie bei ihm ankam, und deutete erst auf sein Outfit und dann auf Urd.

Unschuldig sah er an sich herab. »Was meinst du damit? Das ist doch ganz normale Kleidung.«

»Ja klar. Wir gehen in die Staatsanwaltschaft, und du hast nichts Besseres zu tun, als hier aufzutauchen wie ein Budenbesitzer auf dem Mittelaltermarkt!«

»Es gefällt dir, oder?«

Sie machte sich nicht die Mühe, darauf zu antworten. Amüsiert zuckte er mit den Schultern und ließ den Blick über sie wandern.

Trotz der frühen Uhrzeit war es doch schon ganz schön warm, fand sie, und zog am Kragen ihrer Bluse.

»Aber sag mal, was ist denn mit dir passiert, Babel? Ich muss gestehen, dass ich dein Outfit viel interessanter finde. Nicht gerade das, was ich an dir erwartet hätte.«

Sein Blick blieb an ihren Schuhen hängen. Hässlichen braunen Halbschuhen, weder Fisch noch Fleisch, weder sexy noch bequem. Dazu eine fleischfarbene Strumpfhose und ein so langweiliges Sekretärinnenkostüm, dass selbst Kanzleiangestellte das Ganze als bieder empfunden hätten.

»Das ist Tarnung.«

»Interessant.« Er grinste.

Irritiert schnappte sie: »Und was ist mit dem Hund?«

»Urd ist eine gute Beschützerin.«

Mit hochgezogenen Augenbrauen sah Babel auf den Hund hinab, der leise Schnarchgeräusche von sich gab.

»Der Anblick täuscht.«

»Sicher. Trotzdem bleibt Urd draußen.«

Er nickte und trat über seine Hündin hinweg, die an Ort und Stelle liegen blieb, als hätte sie jedes Wort verstanden. Babel fand trotzdem, dass Urd Ähnlichkeit mit der Bestie von Baskerville hatte. Punkt. Kopfschüttelnd betrat sie das Gebäude, Tom im Schlepptau, der sich gut zu unterhalten schien.

Im Eingangsbereich herrschte Dämmerlicht, durch die vergitterten Fenster fiel nur wenig Sonne. Die Farbe an den Wänden war brüchig, die Treppenstufen ausgetreten, und die schwarz-weißen Fußbodenfliesen hatten an so mancher Stelle einen Riss. Es roch nach Putzmittel und Papier. Alles in allem war es ein eher trauriger Anblick, der das Gefühl des Elends, das über allem lag, noch verstärkte.

Auch hier wimmelte es auf der anderen Ebene von Dämonen. Das Magienetz an diesem Ort schwankte und zitterte, belastet durch die heftigen Emotionen, die auf diesen Ort einströmten. Das Flackern übertrug sich auf Babels eigenes Muster, und es dauerte ein paar Augenblicke, bis sie die magischen Wellen stabilisiert und die Dämonen vertrieben hatte.

Gleich neben der Tür hing eine große Anzeigentafel, auf der die Abteilungen und ihre Mitarbeiter aufgelistet waren.

»Da! Herr Munzki.« Tom deutete auf das Schild. »Zweite Etage.«

Babel warf einen Blick auf die übrigen Namen, dann bedeutete sie Tom voranzugehen. Auf der Treppe kamen ihnen Leute mit hängenden Köpfen entgegen, und in der ersten Etage stritt sich lautstark ein Pärchen, dessen Stimmen von den Wänden widerhallten. In weiträumigen Abständen hingen Porträts längst vergessener Lokalberühmtheiten an der Wand.

In dem Haus herrschte eine eigenartige Stimmung, die Babel ein nervöses Kribbeln über den Rücken jagte. Sie mochte es nicht, in öffentlichen Gebäuden oder Parkanlagen zu zaubern. Inzwischen war die Wahrscheinlichkeit groß, dabei gefilmt zu werden. Und sie wollte keine Aufmerksamkeit auf sich ziehen. Für Hexen war es besser, unauffällig zu bleiben. Nicht nur wegen all jener Geschäfte, die jenseits des eindeutig Legalen lagen, sondern auch, um Erklärungen zu vermeiden, die womöglich direkt ins Irrenhaus führten. Den einen oder anderen Streifenpolizisten hatte Babel während ihrer Aufträge schon ablenken müssen. Darum hielt sie sich von staatlichen Einrichtungen fern, wenn es sich vermeiden ließ.

»Alles klar bei dir?«, fragte Tom auf dem zweiten Absatz und sah sie kritisch an.

»Ja. Das ist nur die Abneigung gegen solche Plätze. Ich hab dann immer das Gefühl, gleich hält mich jemand an, weil ich was ausgefressen habe.«

»Und hast du?«

Sie warf ihm einen spöttischen Blick zu. »Was glaubst du denn?«

»Schwierig zu sagen. Ich denke, ich warte mit der Antwort noch.«

»Wie erfrischend, wenn sich mal jemand nicht sofort eine Meinung bildet«, erwiderte sie und sah sich suchend auf dem Gang in der zweiten Etage um. »Munzkis Büro muss da hinten sein.« Sie zeigte auf das Ende des Gangs.

Tom grinste. »Der weiteste Weg. Das gibt den Besuchern Zeit, noch einmal genau über das nachzudenken, was sie später sagen wollen.«

Auf dieser Etage waren kaum Besucher unterwegs. Hin und wieder klappte eine Tür und entließ einen mürrisch aussehenden Mitarbeiter mit Aktenordnern unter dem Arm. Neben der Tür des Staatsanwaltsbüros war ein Messingschild angebracht, auf dem zu lesen war: *Frau Hohenlink, Sekretariat, bitte anklopfen*. Kein einziger Fingerabdruck war darauf zu sehen, als hätte erst kürzlich jemand mit einem Poliertuch darüber gewischt. Gegenüber der Tür stand eine alte Bank, wie sie oft in Rathäusern und Bibliotheken zu finden sind. Unbequeme Ungeheuer, auf denen einem schon nach drei Minuten der Hintern wehtut.

Argwöhnisch betrachtete Babel die Bank, setzte sich dann aber doch, bevor sie zu Tom sagte: »Zuerst müssen wir die Sekretärin loswerden. Wir haben keinen Termin, deshalb wird sie uns nicht zu Munzki durchlassen. Da musst du mir helfen. Du klopfst und musst unbedingt die Tür offen lassen, damit ich die Frau sehen kann. Wenn das von hier aus nicht geht, komme ich dir nach und tue so, als wären wir zusammen hier. Frag sie irgendwas, von mir aus, wie das Wetter ist, aber sorg dafür, dass sie sich ein bis zwei Minuten mit dir unterhält. Kriegst du das hin?«

»Kein Problem.«

*Nein, wahrscheinlich nicht.*

»Und was machst du in der Zwischenzeit?«

»Ich zaubere, huh-huh.« Sie fuhr mit den Händen durch die Luft, wie es die Theaterzauberer taten, aber Tom schien unbeeindruckt. Für einen kurzen Moment runzelte er die Stirn, aber er sagte nichts weiter dazu. Sicher hatte er nicht erwartet, dass sie einfach nur freundlich fragte, um etwas in Erfahrung zu bringen. Dass er in ihrer Nähe blieb, während sie Magie ausübte, war ihm anzurechnen, denn es musste ihn einige Überwindung kosten.

Entschlossen ging er zur Tür hinüber und klopfte. Nachdem ein barsches »Herein« ertönt war, öffnete er die Tür bis zum Anschlag und trat an einen Schreibtisch, der mit der Stirnseite zum Gang stand, sodass Babel freie Sicht auf eine ältere Dame hatte, die missmutig die Nase krauszog. Breitbeinig stellte er sich links von ihr auf, die Daumen in die Gürtelschlaufen gehakt. Es war nicht schwierig, sich vorzustellen, welchen Anblick er bot – und welche Ablenkung dieser Anblick darstellte. Aber genau deshalb hatte sie ihn ja mitgenommen; seine hypnotischen Fähigkeiten kamen hier gerade recht.

Babel hörte ihn nach einer anderen Abteilung fragen, dabei neigte er sich der Frau entgegen, und es dauerte nur wenige Sekunden, bis das Naserümpfen verschwunden war und einem unsicheren Lächeln Platz gemacht hatte. Ihr Blick huschte zwischen seinem Gesicht und seiner Körpermitte hin und her, immer schneller. Die Arme hatte nicht die geringste Chance.

*Würde Tom jetzt eine Flöte auspacken und damit durch die Gänge ziehen, würde sie fröhlich jubilierend hinter ihm hertanzen*, dachte Babel. Allerdings stand zu vermuten, dass sie selbst ähnlich jubilierend hinterhergelaufen wäre.

Es wurde Zeit, sich auf Wichtigeres als eine Flöte zu konzentrieren!

Den Blick auf die Sekretärin und ihr verzücktes Lächeln gerichtet, stellte sich Babel eine sanfte Welle vor, die von ihrer Hand fortrollte. Unauffällig richtete sie die rechte Handfläche gegen die Frau hinter dem Schreibtisch. Die Magie pulste durch ihre Finger und wärmte das Silberarmband. Durch leichte Bewegung der Finger setzte sie die Welle in Bewegung, die den Gang überquerte. Ein zufällig Vorbeigehender würde sie als warme Luft spüren. Hätte Babel die Magie sichtbar gemacht, wäre ihre Farbe ein intensives Grün wie von kleinen bitteren Äpfeln. Ihr Blick hielt an der Sekretärin fest, er gab den Weg vor, den die Welle nehmen sollte. Über den Hals, weiter nach unten bis hin zu der Stelle, wo der Magen liegen mochte. Dort sollte die Magie die Magensäure langsam zum Schaukeln bringen.

Als die erste Welle ihr Ziel erreicht hatte, verließ die nächste auch schon Babels Hand und nahm denselben Weg. Da sie der Frau keinen dauerhaften Schaden zufügen wollte, konzentrierte sie sich auf das Bild ihres Magens, um nicht versehentlich Herzrhythmusstörungen auszulösen. Babel begann zu schwitzen, sie spürte, wie sich die Magie des Armbands aufbrauchte. Gute zwei Dutzend Mal schickte sie eine Welle auf den Weg, bis sie sah, wie sich die Sekretärin die Hand auf den Bauch legte, während sie mit Tom sprach.

Erschöpft ließ Babel die Hand sinken, der Magiestrom versiegte. Der Zauber selbst war nicht anstrengend, nur seine Genauigkeit kostete Nerven. Viele unerfahrene Hexen kalkulierten ihre Zauber falsch, weil sie dachten, dass bloße Kraft reichte, um einen Zauber erfolgreich anzuwenden. Von ihren eigenen Fähigkeiten berauscht, wunderten sie sich, wenn ihren Ritualtieren die Köpfe explodierten. Auch Babel hatte das lernen müssen. Judith war nicht begeistert gewesen, als Babel eine ihrer Tauben, die eigentlich einen Türsteher ablenken sollte, gegen eine Hauswand gesteuert hatte. Er hatte sie nicht in einen Club gelassen, weil sie noch minderjährig gewesen waren.

Als sich Babel räusperte, warf Tom ihr einen Blick über die Schulter zu, bevor er sich verabschiedete und zurück auf den Gang kam. Er setzte sich neben sie, und gemeinsam starrten sie auf die geschlossene Holztür.

»Und nun?«, fragte er mit verschränkten Armen.

»Warten wir.«

»Worauf?«

»Dass das Wunder passiert.«

Gespannt lehnte sich Babel zurück, während Tom in einem unruhigen Rhythmus mit dem Fuß gegen das Bein der Bank stieß.

Keine fünf Minuten später stürmte die Sekretärin mit bleichem Gesicht an ihnen vorbei und hielt sich die Hand auf den Bauch. Das Rumoren darin war nicht zu überhören.

»Na bitte«, sagte Babel zufrieden.

»Ich hoffe, sie erholt sich wieder.«

»Aber ja, keine Bange, das ist nur ein vorübergehendes Unwohlsein.«

Sein Blick blieb skeptisch, aber Babel zuckte nur mit den Schultern.

»Was ist? Hast du gedacht, ich fange den Mörder, indem ich Blumen verteile?« Sie schaute sich kurz um, aber auf dem Gang war niemand zu sehen. Jetzt kam der schwierige Teil. Das Adrenalin ließ ihr Herz schneller schlagen. Die Magie vibrierte in ihrem ganzen Körper, und Babel konnte sie fast auf der Zunge schmecken. Als sie Tom ansah, wusste sie, dass er die Magie an ihr deutlich spüren konnte, aber was ihm die Nackenhaare aufstellte, bereitete ihr vor Vergnügen eine Gänsehaut.

Hastig betraten sie das Büro und schlossen die Tür hinter sich. Auf dem Fensterbrett lag neben einer Handtasche der Schlüssel der Sekretärin.

»Schließ ab!«, flüsterte Babel, während sie die Tür, hinter der Munzki saß, im Blick behielt. »Den Rest übernehme ich.«

Er gehorchte, dann stellte sich Tom mit dem Rücken an die Tür und verschränkte die Arme. So leise wie möglich nahm sie ihre Tasche, in der sich ein kleines Tablett, eine Thermoskanne und zwei Kaffeetassen befanden, und stellte alles auf den Schreibtisch. Nachdem die Tassen auf dem Tablett standen und sich Kaffeedampf zur Decke kräuselte, trat sie damit an die Tür, die das Vorzimmer mit dem Büro des Staatsanwalts verband, und klopfte. Das folgende »Herein« klang schon freundlicher.

Munzki war ein Mann Mitte fünfzig, der wohl gern und ausgiebig aß, aber keinen unfreundlichen Eindruck machte. Hinter seinem riesigen Schreibtisch und zwischen den Aktenordnern sah er jedoch beinahe klein aus.

Überrascht blickte er sie an. »Guten Morgen, was kann ich für Sie tun?«

»Frau Hohenlink war so freundlich, mich hereinzulassen. Sie musste dringend eine Akte wegbringen, meinte aber, es wäre kein Problem, Sie kurz zu stören.« Sie stellte das Tablett auf eine Schreibtischecke. »Mein Name ist Marianne Gruber, und ich beginne ein Referendariat bei Herrn Dr. Jansen.« Sie deutete auf den Kaffee. »Einstand. Ich dachte, Sie mögen vielleicht eine Tasse.«

Er wirkte ehrlich erfreut, runzelte dann aber nachdenklich die Stirn. »Ich wusste gar nicht, dass Dr. Jansen eine neue Referendariatsstelle hat.«

»Oh«, machte sie und versuchte möglichst unverdächtig auszusehen: also so nervös wie an einem ersten Arbeitstag.

»Ich sage ja immer, die Informationspolitik in diesem Haus muss verbessert werden … ja nun … Herzlich willkommen!«

Babel reichte ihm die Tasse, in die sie zwölf Tropfen des Lose-Zunge-Tranks getan hatte, und sah zu, wie er den ersten Schluck nahm. Dann noch einen und noch einen. Er schien nichts zu merken. Stattdessen stellte er ihr Fragen, während sie ungeduldig darauf wartete, dass das Mittel seine Wirkung tat. Ob sie schon lange in der Stadt wohne? Ob es ihr hier gefiele? Ob sie sich auf die Arbeit freue? Und so weiter und so weiter. Es vergingen Minuten, bis er die Tasse geleert hatte und sich seine Pupillen vergrößerten. Mit jeder Minute wurde Babel nervöser, denn die Gefahr, entdeckt zu werden, stieg.

Als Munzki endlich einen abwesenden Gesichtsausdruck bekam und sie verträumt anlächelte, atmete sie erleichtert aus. Sein Kopf rollte an der Stuhllehne langsam von einer Seite auf die andere, und plötzlich teilte er ihr mit, dass sie das schönste Haar der Welt und erstklassige Brüste hätte. Da wusste Babel, dass die Zeit gekommen war, um ihm ein paar Fragen zu stellen.

»Ich würde gern mit Ihnen über etwas reden, Herr Munzki.«

»Aber ja, Marianne, alles, was Sie wollen.«

»Sie sind zuständig für einen Fall, in den die Wagenburg am Baggersee verwickelt ist.«

»Oh ja, die Punks …«

Von der anderen Seite der Tür war ein empörtes Schnaufen zu hören. Herr Munzki runzelte kurz die Stirn, lächelte sie dann aber weiter an.

»Die riechen, wissen Sie …«

Das Schnaufen wurde lauter.

»Nein, tun sie nicht«, bemühte sich Babel schnell zu widersprechen.

»Nein?«

»Nein.«

»Na, wenn Sie es sagen, Marianne.«

Das nächste Mal würde sie einen anderen Decknamen nehmen.

»Die Polizei ermittelt. Können Sie mir davon erzählen? Ich meine, von den Ergebnissen. Wie weit ist die Mordkommission bisher?«

Der Mann beugte sich vor und stützte den Kopf in die Hände. Babel hoffte, dass er nicht vornüber auf die Tischplatte kippte. Ein bewusstloser Staatsanwalt nützte ihr nichts. Aber Munzki hielt sich aufrecht.

Als er sprach, klang seine Stimme jedoch belegt. »Mehr als drei … unabhängig voneinander statt… stattfindende Taten … Auf dieselbe Weise … Serientäter …«

»Das Erwürgen.«

Er nickte schwerfällig. »Aber kein Erstickungstod, sondern Reflextod …« Eine Pause setzte ein, in der Munzki sie verträumt anschaute, bis sie ungeduldig fragte: »Das heißt?«

»Herzstillstand durch Reflex … Reflex im vegetativen Nervensystem.« Er lächelte wie ein Schüler, der den Inhalt eines Lehrbuchs korrekt wiedergegeben hatte und nun gelobt werden wollte. Also lächelte sie ebenfalls. Dieses Wahrheitsserum machte die Leute zwar gesprächig, aber auch ein bisschen bekloppt.

»Vagusnerv am Hals … sagt dem Gehirn, dass zu viel Druck in der Halsschlagader ist … ordnet Verlangsamung des Herzschlags an.«

»Und das hat der Mörder gemacht? Er hat den Vagusnerv getroffen?«

»Mhm, wissen Sie, Marianne, Ihr Haar sieht so weich aus …«

Da war es wieder, das Schnaufen aus dem Nebenraum.

Ungeduldig wedelte Babel mit der Hand. »Das ist ja sehr schön. Kommen wir doch noch mal auf den Fall zurück. Herzstillstand.«

Einen Moment lang sah Munzki verwirrt aus, doch dann schien ihm wieder einzufallen, worüber sie geredet hatten. »Man muss genauen Reflexpunkt treffen, jawohl … ist nicht so leicht zu finden. Sehr, sehr schwierig zu treffen.« Jedes *sehr* wurde von einem Nicken begleitet, dem eine andächtige Pause folgte.

»Das ist also das Besondere an diesen Fällen?«

»Vier Mal hintereinander getroffen … Niemand hat so viel Glück. Die vier hatten nicht mal denselben Arzt.«

Es dauerte einen Augenblick, bis sie verstand, was er meinte. Jemand mit häufigem Zugang zu den Plags hätte möglicherweise ihre Physis gekannt. Der Reflextod war vermutlich auch der Grund dafür, dass sich die Opfer nicht gewehrt hatten, nicht einmal Uli, ein Mann wie ein Schrank. Der Täter musste die Opfer von hinten angefallen und sofort diesen Vagusnerv getroffen haben. Damit hatten sie keine Chance gehabt zu reagieren.

Eine gruselige Vorstellung.

»Noch etwas?«

Er dachte eine Weile nach, und Babel klopfte vor Ungeduld mit den Fingern von unten gegen die Tischplatte. Sie wusste nicht, wie lange die Sekretärin fortbleiben würde.

»Keine Raubmorde«, sagte er endlich. »Kein sexueller Hintergrund. Taten finden im Freien und in geschlossenen Räumen statt. Das ist untypisch.« Er blinzelte, als sei er selbst überrascht.

»Die unterschiedlichen Opfertypen auch?«

»Nein. Der bringt nicht bloß Blondinen um oder so.« Verärgert schüttelte er den Kopf. »Bloß im Fernsehen. Dem geht's um eine Vorstellung, die löst das Opfer aus. Muss aber nicht immer derselbe Typ sein.« Wieder sah er sie verträumt an, als würden sie gerade über den romantischsten Abend seines Lebens reden und nicht über vier Tote. Die Sache wurde allmählich anstrengend.

»Was hat die Spurensuche ergeben?«

»Gibt Spuren, Faserreste … wahrscheinlich Jeans. DNA-Material unter den Fingernägeln der Opfer.«

»Was hat die Obduktion erbracht?«

»Null Komma null, null nix.« Er grinste. »Keine Drogen bei den Opfern. Einer mit regelmäßigem Cannabiskonsum.«

Dieses Mal verlegenes Räuspern von der anderen Seite der Tür.

»Was hat die Kripo also?«

Erneut dauerte es einen Moment, bis er antwortete, so vertieft war er in den Anblick seines Stiftehalters. Als sie ihm auf die Schulter tippte, runzelte er die Stirn.

»Die Fallanalyse, guter Mann. Wie sieht der vermutliche Täter aus?«

»Oh, also … Einzeltäter, männlich … gewisse soziale Fähigkeiten.« Er hob die Hände. »Zwei der Opfer haben ihm die Tür geöffnet und ihn in die Wohnung gelassen. Wohnt vermutlich in der Stadt. Eher planender Typ. Das Warum fehlt … Das ist der Knackpunkt.«

»Was wird jetzt weiter unternommen?«

»Überprüfen Alibis … Gibt viele Leute, die die Punks nicht leiden können.«

»Erzähl mir was Neues.«

»Ich gehe morgen ins Theater.«

»Äh, das meinte ich nicht.«

Verwirrt sah er sie an. Das musste bald ein Ende finden, Babel hatte vergessen, warum das Mittel für die lose Zunge in ihrem Schrank Staub angesetzt hatte. Im Grunde war es gut, wenn man von den Leuten nicht alles erzählt bekam, was ihnen durch den Kopf ging.

»Manchmal kommen sie wieder«, sagte er plötzlich.

»Der Film?« Sie konnte ihm nicht folgen, ungehalten schüttelte er den Kopf. »Serientäter. Die kommen manchmal an den Tatort zurück.«

»Es könnte sein, dass man den Täter so erwischt?«

»Na ja … Der trägt ja kein Schild mit *Ich war's* …«

»Aber eine Möglichkeit wär's?«

Erneutes Nicken.

»Was ist Ihre persönliche Einschätzung?«

»Entdeckt sie nicht zufällig. Der kannte die bereits. Instinkt.« Er tippte sich an die Nase.

Unbewusst bekräftigte er damit, was Tom bereits gesagt hatte. Es gab ja eine Gemeinsamkeit zwischen den Opfern, nur kannte die Polizei sie nicht. Die Schlussfolgerung beunruhigte Babel, denn sie nahm Sam nicht von der Liste. Außerdem war es wahrscheinlich, dass das Töten weiterging, wenn es der Mörder wirklich auf die Plags abgesehen hatte. Die Frage war also tatsächlich: warum? Dort lag der Schlüssel.

Sie versuchte, sich an einige der Namen zu erinnern, die Tom auf seine Liste geschrieben hatte und die möglicherweise auch die Polizei kannte. »Was ist mit dem Investor, der Angebote für das Grundstück gemacht hat? Haben Sie den auch auf dem Schirm?«

»Ja.«

»Hat er ein Alibi?«

»Seine Geliebte.«

»Oh.«

Amüsiert wackelte Munzki mit dem Kopf. »Hat seine Aussage bestätigt ... seine Frau sitzt in Frankfurt ... Na ja, geht uns nix an, was? Kann ich Ihr Haar berühren, Marianne?«

»Okay, das reicht. Vielen Dank.« Babel erhob sich und griff nach dem Tablett. Mit einer Hand hielt sie es fest, die andere ballte sie zur Faust und sammelte Energie. Sie visierte seinen Solarplexus an und schickte einen solchen Energiestoß hindurch, dass Munzki nach Luft schnappend auf der Tischplatte zusammensank. Für ein paar Minuten würde er ohnmächtig sein und schließlich benommen erwachen. Er würde glauben, einen Schwächeanfall erlitten zu haben und alles für einen Traum halten. Möglicherweise würde er noch eine Weile das Bedürfnis verspüren, seiner Umgebung seine Gedanken mitzuteilen, aber das war nicht mehr Babels Problem.

Im Vorzimmer stand Tom noch immer mit verschränkten Armen vor der Tür. Hastig packte sie die Sachen zurück in die Tasche, und er sperrte die Tür auf. Kaum hatten sie das Büro verlassen, kam ihnen auf dem Gang bereits die Sekretärin entgegen, noch immer ganz weiß um die Nasenspitze, aber mit deutlich sichererem Schritt.

»Siehst du«, flüsterte Babel Tom zu, bevor sie mit gesenkten Köpfen an der Frau vorüberliefen und die Treppe hinuntereilten.

Auf der Straße atmete Babel erst einmal tief durch und konzentrierte sich darauf, ihre Magie zu beruhigen. Sie war noch immer so aufgedreht, dass sich die Farbe ihrer Schuhe von einem dunklen Braun in Schwarz veränderte, als sie hinsah. Zum Glück war es im Tageslicht kaum zu erkennen.

Urd war noch genau an der Stelle zu finden, an der sie die Hündin zurückgelassen hatten. Inzwischen hatte sich die Dogge aufgesetzt und sah sie mit ihren treudoofen Augen erwartungsvoll an. Als sie bei ihr ankamen, kraulte Tom sie hinter den Ohren und sagte: »Braves Mädchen.«

Fast hätte Babel Urd darum beneidet.

»Hast du alles gehört?«

»Ja«, sagte er. »Vor allem, wie er von deinem Haar geschwärmt hat.«

»Ja, das war besonders informativ.« Sie verzog das Gesicht, und Urd begann an ihrer Hand zu schnüffeln, die sie schnell in die Hosentasche steckte. »Ist es möglich, dass ihr Leute abstellt, die die Tatorte im Blick behalten? Für den Fall, dass der Täter zurückkommt?«

»Das ist gefährlich. Was, wenn der Täter darauf aufmerksam wird und sich den Nächsten vornimmt? Ich kann nicht überall gleichzeitig sein.«

»Schick sie zu zweit hin. Und gib ihnen meine Nummer.«

Er schien von der Idee nicht begeistert, aber es war einen Versuch wert. Im Moment konnten sie jede noch so kleine Spur gebrauchen.

»Wonach sollen wir Ausschau halten?«

»Das kann ich dir nicht so genau sagen. Nach jemandem, der sich auffällig verhält, vielleicht besondere Anteilnahme zeigt, Leute befragt oder der Polizei seine Hilfe angeboten hat.«

»Okay.«

»Noch etwas. Munzki sagte zwar, dass die Opfer nicht denselben Arzt hatten, aber ich nehme an, ihr habt ihm nur eure Allgemeinärzte genannt. Du weißt schon, bei denen ihr euch was gegen Schnupfen holt. Habt ihr einen Arzt, der sich um die schwierigeren Sachen kümmert? Der weiß, was ihr seid?«

»Ja, aber das kannst du ausschließen, der ist selbst ein Plag.«

»Hm, ich sollte mich trotzdem mit ihm unterhalten.«

»Das ist nicht nötig.«

Sie seufzte. »Hör mal, ich kann diesen Auftrag nicht ausführen, wenn du mir nicht freie Hand lässt. Kann doch sein, dass wir uns beide irren und es eine dieser berühmten Ausnahmen ist. Wir sollten den Arzt auf jeden Fall überprüfen.«

»Das ist nicht nötig, denn das habe ich schon.«

Das ließ sie aufhorchen. Die Loyalität unter den Plags wurde nicht oft auf die Probe gestellt. Wenn Tom einen anderen Plag überprüfte, hieß das, dass er gegen die Konventionen seines Volkes verstieß, das ein geradezu krankhaftes Vertrauen in die eigenen Angehörigen besaß.

»Du hast es den anderen nicht gesagt, oder?«

»Nein. Und es wäre mir auch lieb, wenn wir es dabei belassen könnten.« Er sah zur Seite, und sie begriff, dass er das immer dann tat, wenn er nicht über eine Sache reden wollte, genauso wie am Tag zuvor bei Hansen. Das Lügen fiel ihm schwer, stattdessen zog er es vor, lieber nichts zu sagen.

*Ehrlichkeit – auch so eine Eigenschaft, die bei euch Hexen nicht sehr weit verbreitet ist.*

Trotzdem war sein Verhalten für einen Plag eher untypisch, und es mochte viele Erklärungen dafür geben, aber im Hinblick auf sein geradezu entspanntes Verhalten gegenüber Hexen kam ihr ein Verdacht. »Du bist nicht bei den Plags aufgewachsen, deshalb hast du mit Hexen keine Schwierigkeiten, oder?«

Er zuckte mit den Schultern, widersprach aber nicht. Vermutlich hatte sie also recht.

Stattdessen sah er Babel fest in die Augen. »Nur damit hier keine Missverständnisse entstehen: Ich habe ein Problem mit Hexen, wie alle Plags. Aber ich habe kein Problem mit dir.« Mit diesen Worten ließ er sie stehen und ging die Straße hinab, während Urd ihm hinterhertrottete.

Was sollte sie mit dieser Feststellung anfangen? Irritiert schaute sie ihm nach. Es kam nicht selten vor, dass Plags bei ihren menschlichen Elternteilen aufwuchsen, besonders wenn sie ohnehin schon einen hohen menschlichen Anteil besaßen, sich die Alben also schon Generationen vor ihnen mit Menschen gemischt hatten. Erst später suchten sie dann den Kontakt zu anderen Plags, das war ein Drang, den sie nicht unterdrücken konnten. Sie hätte gleich darauf kommen können, dass es bei ihm ähnlich gewesen war, aber der albische Anteil in Toms Energiemuster war so stark, dass sie automatisch angenommen hatte, dass er eine enge Bindung an die albische Welt besaß. Vermutlich hatte sich aber in seinem Fall eine relativ unverdünnte albische Linie mit einem Menschen vermischt. Daher war zwar die albische Energie in ihm stark, aber wenn er bei seinem menschlichen Elternteil aufgewachsen war, besaß er eine andere Prägung.

Interessante Geschichte. Interessanter Mann.

*Oh bitte, du willst doch hoffentlich nicht behaupten, dass dein Interesse rein wissenschaftlicher Natur ist, oder?*

*Eine Untersuchung könnte nicht schaden …*

Nach ein paar Metern drehte sich Tom um und rief: »Was ist jetzt? Willst du den letzten Tatort sehen oder nicht?«

Der Mann, der gerade an ihm vorüberlief, warf ihm einen beunruhigten Blick zu, und sie beeilte sich aufzuholen. Urd wackelte zufrieden mit dem Kopf, während sie zwischen ihnen hin und her sprang.

Toms Wagen stand zwei Straßen weiter, ein alter Kombi, auf dessen Rückbank verstreut Kassetten lagen. Wer immer auf der Rückbank Platz nehmen wollte, musste sich erst durch Johnny Cash, The Clash und David Bowie wühlen, wie ihr ein Blick durch die Scheibe verriet.

»Du hörst noch Kassetten?«

Tom öffnete die Beifahrertür und hielt sie ihr auf. »Ich bin eben altmodisch.«

Sie warf einen Blick auf seine Ohrringe und zog die Augenbraue hoch. »Klar, das glaube ich dir sofort. Und sonntags geht's zum Tanztee.«

»Genau.«

Als Babel eingestiegen war, versicherte er sich, dass sich ihr Rock nicht in der Tür einklemmen würde, bevor er die Tür zuschlug, was sie für einen Mann seines Kalibers seltsam rührend fand.

Auf der Fahrt zur Wohnung des vierten Opfers sprachen sie wenig. Es war ihnen beiden nicht danach zumute. Bei dem Gedanken, dass sie eine Wohnung betreten würde, in der jemand getötet worden war, wurde Babel mulmig zumute.

Die Totenebene barg viel Macht in sich. Aber das Verlangen nach ihr war nie so groß gewesen wie das nach der Dämonenebene. Die Gefühle, die Babel verspürte, wenn sie mit den Toten in Kontakt trat, waren düsterer und schwerer. Obwohl die Verlockung nicht so stark war, hielt sie sich davon fern. Für Tamy spielte es auch keine Rolle, ob sie nur einen Prosecco oder einen Schnaps trank. Sich freiwillig in die Nähe eines Orts zu begeben, der mit frischer Totenenergie aufgeladen war, stellte für Babel eine Herausforderung dar. Aber das konnte sie Tom nicht sagen.

Am liebsten hätte sie darauf verzichtet, sich die Wohnung anzusehen, aber wenn jemand ein Ritual durchgeführt hatte oder auch nur jemand mit einer starken magischen Signatur dort gewesen war, würde sie vielleicht noch eine Spur aufnehmen können.

Als die Stille im Wagen unangenehm schwer wurde, stellte Tom die Musik an, und während irgendeine Indie-Band aus den Boxen plärrte, bellte Urd dazu – ähnlich schief, wie Karl zu Dolly Parton sang.

# 6

Annabelles Wohnung lag in einem sanierten Altbauhaus mit acht Parteien, nicht weit von der Wagenburg entfernt. Die Fassade war mit Graffitis beschmiert, und im Hausflur stand ein halbes Dutzend Kinderwagen. Irgendjemand hatte mit Klebeband Kinderzeichnungen an die Wand gepappt, während die großen Deckengemälde bereits verblassten. Auf den teilweise eingebeulten Briefkästen prangten Aufkleber, die in unterschiedlicher Form immer wieder dieselbe Botschaft verkündeten: *Keine Werbung erwünscht!* Nur ein einziges Schild verkündete: *Hier lebt Elvis.*

Die Stufen waren ausgetreten und knarrten, als sie die Treppe nach oben stiegen. In der dritten Etage deutete Tom auf eine blau gestrichene Tür, deren Schloss durch ein Polizeisiegel verklebt war. Sie lauschten, aber im Treppenhaus war nichts zu hören. Wahrscheinlich waren die Nachbarn arbeiten. Mit dem Handy machte Babel ein Foto vom Siegel an der Tür, um es später visualisieren und wiederherstellen zu können. Das Band rissen sie einfach ab – das würde sicher niemanden interessieren, solange das Siegel intakt war.

»Beeilen wir uns«, sagte Tom. »Wenn uns die Nachbarn erwischen, haben wir der Polizei einiges zu erklären.« Er stellte sich dicht vor die Tür und hatte in wenigen Minuten das Schloss geknackt. Eigentlich hatte sie angenommen, dass es ihre Aufgabe sein würde, die Tür zu öffnen.

Mit hochgezogener Augenbraue sah sie ihn an, aber er zuckte nur mit der Schulter und flüsterte: »Ich war mal mit einer Feinmechanikerin zusammen.«

»Das denkst du dir aus!«

Sein schiefes Grinsen war Antwort genug. Schnell schlüpften sie in die Wohnung und schlossen die Tür hinter sich. Einen Augenblick standen sie unschlüssig im Flur herum.

»Hör mal …«, begann Tom, aber Babel hob die Hand.

»Ich verstehe schon.«

Erleichtert nickte er. Es war nicht notwendig, ihr zu sagen, dass sie nichts anfassen sollte, was sie nicht unbedingt für den Zauber brauchte. Nicht wegen der Polizei, die Spurensicherung war ja abgeschlossen. Nein, es ging ihm um etwas anderes. Obwohl Annabelle tot war, so war es doch noch immer ihre Wohnung, und sie waren nur Gäste, die ungehindert Einblick in ein privates Leben erhielten. Wäre sie noch am Leben, hätte sie Babel sicher nicht hereingebeten. Es war eine Frage des Respekts.

Während sie durch den grün gestrichenen Flur liefen, vorbei an Küche und Bad, fielen Babel all die Kleinigkeiten auf, die zeigten, wer hier gelebt hatte. Bilder und Trockenpflanzen an den Wänden, Glasperlenvorhänge, durch die das Licht fiel, Kerzen in den Mauervorsprüngen. Vertrocknete Kräutertöpfe auf den Fensterbänken und ein bunt gestreifter Teppich auf dem Fußboden. Es sah gemütlich aus, Annabelle hatte Farben gemocht. Die Wohnung trug ihre ganz eigene Handschrift, kündete von Wünschen und Träumen, die sicher nicht beinhalteten, von einem Psychopathen umgebracht zu werden. Babel konnte sich des Bedauerns nicht erwehren, das ihr das Atmen schwer machte.

Als sie das Wohnzimmer betraten, verspannten sich ihre Schultern. Ein großes rotes Sofa dominierte den Raum, auf dem unzählige mit Pailletten bestickte Kissen lagen. Es lud Besucher dazu ein, sich niederzulassen. Babel konnte sich vorstellen, wie Annabelle mit Freunden dort gesessen hatte. Wie sie gelacht und Wein getrunken hatte, und fast kam es ihr vor, als könne sie dieses Lachen noch hören.

An der Wand war mit Reißzwecken ein A2-großes Foto befestigt, auf dem ein riesiges Lagerfeuer Funken in die Nacht spie. Das Bild war auf dem Gelände der Wagenburg aufgenommen worden. Über den Flammenspitzen funkelten die Sterne. Die Plags, die um das Feuer herumstanden, waren verschwommene Figuren, die nicht stillstehen konnten in einer Nacht voller Musik und Freude.

Während Babel das Bild betrachtete, trat Tom neben sie und zeigte auf eine Figur, die den Kopf in den Nacken geworfen hatte und deren Lachen blitzende Zähne zeigte. Die Frau besaß langes rotes Haar, das ihr in wirbelnden Dreadlocks den Rücken herabfiel.

»Das ist Annabelle.« Er lächelte. »Es war ihr vierzigster Geburtstag vor drei Jahren. Das war eine Nacht …« Er schüttelte den Kopf. »Sie war eine tolle Frau.«

»Das glaube ich auch.« Einen Moment lang standen sie noch nebeneinander, aber dann deutete sie auf die Zimmermitte. »Lass uns weitermachen!«

Entschlossen nahm sie die Dose Holzasche aus ihrer Tasche und setzte sich auf den Fußboden. Das gestaltete sich in ihrem Kostüm einigermaßen schwierig. Erst als sie den Rock über die Knie nach oben gezogen hatte, war es ihr möglich, bequem zu sitzen.

Tom trat zurück und lehnte sich mit verschränkten Armen an den Türrahmen. Sein Blick wurde finster; das Unwohlsein über ihre Zauberei konnte man ihm am Gesicht ablesen. Sie wusste ziemlich genau, was in seinem Kopf vorging. Es war eine Sache, ihr dabei zuzusehen, wenn sie in einer Behörde zauberte – in der Wohnung eines Plags war es eine ganz andere. Die jahrhundertealte Abneigung gegen Hexerei bahnte sich ihren Weg, auch wenn ihm sein Verstand mitteilte, dass Babel ihm nur helfen wollte. Dass er gegen dieses Unwohlsein ankämpfte, hielt sie ihm zugute.

Sie atmete ein paarmal tief durch, griff dann in die Dose und packte eine Handvoll Asche, die sie vor sich in die Luft blies. Die Energie sprang von ihren Händen auf die Umgebung über. Ihr Blick folgte der blau schimmernden Aschewolke, wie sie sich trennte und im Zimmer verteilte. Sie heftete sich an eine Palme, die in der Ecke stand, und an Gegenstände, die oft berührt worden waren. Darunter auch eine kleine Buddhastatue, die auf dem Fensterbrett stand.

Ein Großteil der Asche wurde von Tom angezogen, weil er der intensivste Energiespender war, und färbte sich in einem erstaunlich pulsierenden Orange. Er war aufgewühlt.

Babel wartete darauf, dass sich die Asche weiß färbte und an dem Platz niederließ, an dem Annabelle zu Boden gestürzt sein musste. Dort, wo sich ihre Lebensenergie in Totenenergie gewandelt hatte. Dieser Platz musste auch noch vier Tage nach ihrem Tod weiß strahlen, denn Totenenergie verflüchtigte sich nur langsam – das war auch der Grund, warum die meisten Menschen auf Friedhöfen ein seltsames Gefühl verspürten. Selbst magisch passive Menschen konnten die geballte Totenenergie wahrnehmen.

Die Sekunden verstrichen, die Aschewolken verteilten sich im Raum, aber sie färbten sich nicht weiß.

Beunruhigt wiederholte Babel den Vorgang – mit demselben Ergebnis. Noch immer konnte sie die wichtigeren Gegenstände und Toms pulsierendes Orange gut erkennen. Auch ihr eigenes Hellblau leuchtete stetig. Nur keine Spur Weiß.

Während sie auf die Energiewellen sah, versuchte ihr Verstand, eine Erklärung dafür zu finden, und in ihrem Hinterkopf formte sich eine Ungeheuerlichkeit, die sie sich nicht auszusprechen traute. Sie schloss die Augen und konzentrierte sich allein auf das, was sie fühlte. Manchmal war diese Art der Wahrnehmung noch sensibler als ihre Augen, wenn es darum ging, Magie zu erfassen. Ihr eigenes Energienetz verband sich mit den Energien des Raums, schwach pochte die in Wellen aufsteigende Magie des Bodens unter dem Haus, aber da war auch noch etwas anderes. Eine dünne Spur, eine Veränderung im Netz, die auf eine andere Hexe hindeutete. Aber die beißende Energie der Totenebene konnte sie nicht spüren.

Hier war eindeutig Magie ausgeübt worden, aber Totenenergie ließ sich nicht finden.

*Das kann nicht sein.*

Eine plötzliche Starre erfasste alle ihre Glieder.

»Babel?«

*Das ist unmöglich.*

»Babel!«

Sie sah auf, direkt in Toms besorgtes Gesicht.

»Was ist?«

Es fiel ihr schwer, die Worte auszusprechen, die mit einem Mal alles veränderten. »Hier ist nichts.«

»Was meinst du mit nichts?«

Verwirrt hob sie die Hände. »Ich meine, ich kann absolut keine Totenenergien spüren.«

»Das ist unmöglich. Alle Lebewesen geben bei ihrem Tod Energie an die Umwelt ab. Auch wir. Wir waren Energie, bevor wir Fleisch wurden, und dahin gehen wir auch zurück.«

Ungeduldig stand sie auf, schob den Rock nach unten und klopfte sich die Hände ab. »Ich brauche keine Vorträge über Magie, Tom, ich kenn mich damit aus. Und ich sage dir, hier ist nichts.«

»Du musst dich irren.«

»Das tue ich nicht. Ich bin keine Anfängerin.«

Sein Blick fiel auf ihre Hände, und auch dieses Mal ließ Babel ihn sie betrachten. Es stimmte – wenn es um Totenenergie ging, kannte sie sich aus. Damals mit Sam hatte sie so viele Tiere getötet, um Dämonen zu beschwören, dass sie eine Zeit lang geglaubt hatte, der Tod wäre ihr Parfum, so sehr hatte sie sich an seinen Geruch und seine weiße Farbe gewöhnt.

Beunruhigt sah sie sich um. So etwas hatte sie noch nie erlebt. Die Toten hinterließen immer Spuren. Plötzlich erinnerte sie sich an das, was Peking gesagt hatte. Er hatte über die Leere gesprochen, und sie hatte angenommen, er meine das Leben nach dem Tod. Aber vielleicht hatte er ja auch diese Leere gemeint, die Abwesenheit der Totenenergie.

Ihre Unruhe übertrug sich auf Tom, und sie sah ihm an, dass er am liebsten gegangen wäre. Nicht aus Angst, sondern weil ihm diese ganze Sache zutiefst zuwider war. Der magische Umgang mit Totenenergie war für die Plags wie ein rotes Tuch.

Babel ging es nicht besser.

*Ich bin nicht mehr die, die ich damals war.*

In ihrem Hinterkopf hörte sie Sams dunkles Lachen und wie er flüsterte: *Du Feigling.*

»Vielleicht wurde sie nicht hier … getötet.«

Tom schüttelte den Kopf. »Die Kerle von der Kriminaltechnik waren fit, und der Beamte von der Kripo hat mir gesagt, dass es hier passiert ist.« Er ging zum Sofa und ließ sich fallen. Vollkommen ratlos blickte er sich im Zimmer um, aber nichts gab darüber Aufschluss, was hier geschehen war. Seine Schultern waren angespannt nach oben gezogen, und Babel ahnte, was in ihm vorging. Was sollte er den anderen Plags erzählen? Er war es schließlich gewesen, der sich dafür eingesetzt hatte, eine Hexe zurate zu ziehen – und jetzt brachte ausgerechnet diese Hexe noch schlimmere Nachrichten. Aber Babel wollte ihn auch nicht anlügen, das wäre für ihn und seine Leute noch gefährlicher.

»Welche Erklärung könnte es dafür geben, dass du nichts siehst?«, fragte er nach einer Weile.

»Ich kann nicht ausschließen, dass es an mir liegt, aber das glaube ich nicht. Gestern hat dieser Zauber noch sehr gut funktioniert, und ich habe keine Schwierigkeiten, alle anderen Energien zu erkennen. Bei dem, was hier passiert ist, müsste ich irgendetwas sehen. Wenigstens eine winzige Spur Weiß. So schnell verflüchtigt sich Totenenergie nicht.« Sie setzte sich neben ihn, den Blick auf Annabelles Gestalt auf dem Foto gerichtet. »Ehrlich gesagt wirkt es, als hätte irgendwas die Energie abgesaugt, und zwar gründlich.«

»Wie? Mit einem Zauber?«

Nachdenklich nickte sie und wartete darauf, dass er den Zusammenhang herstellte.

»Dann war es wirklich eine Hexe.«

Die Vermutung stand zwischen ihnen und bereitete ihr Magenschmerzen. Babel war noch nie einer anderen Hexe begegnet, die die Ebenen so leicht beeinflussen konnte wie sie selbst. Totenenergie zu erzeugen, war einfach, sie zu lenken, allerdings schwierig. Wie Pech klebte sie an dem Ort, der mit ihr in Berührung gekommen war. Einen Ort vollständig von ihr zu reinigen, erforderte Kraft und Konzentration, die nur wenige Hexen aufbrachten. Gegen jemanden anzutreten, der das fertigbrachte, war eine düstere Aussicht, die Babel mehr beunruhigte, als sie vermutet hätte. Babel bediente sich dieser Fähigkeit nicht mehr. Wenn eine Hexe also über ausreichend Kraft verfügte, um kontrolliert Totenenergie aufzunehmen, und keine Skrupel hatte, das auch anzuwenden, war sie in vielerlei Hinsicht mächtiger als Babel, deren Zögern sie im entscheidenden Moment den Sieg kosten konnte. Allein bei dem Gedanken daran, welche Energien hier bewegt worden waren, wurde ihr schwindlig.

Tom musste ihre Beunruhigung gespürt haben. Er griff nach ihrer Hand.

Sie schaute ihm in die Augen. »Für einen solchen Stunt brauchst du Kraft, Tom. Das ist …«

»Wer könnte dafür infrage kommen?«

»Das kann ich nicht genau sagen. Bisher habe ich geglaubt, dass drei der anderen Hexen in dieser Stadt längst nicht die Fähigkeiten dazu hätten. Ich hab sie immer für kleine Fische gehalten. Sie haben weder die Kraft noch die Ausbildung, weil sie keiner Hexenfamilie entstammen. Clarissa allerdings schon. Der Grund, warum sie und ich stärker sind als die anderen, liegt auch darin, dass uns jemand das alte Wissen beigebracht hat. Als Hexe neu anzufangen, ist immer schwieriger. Das ist wie bei allen Sachen: Autodidakten haben's schwerer.«

»Aber unmöglich ist es nicht, oder?«

»Nein, unmöglich ist es nicht.«

»Und du denkst, es ist Clarissa?«

»Nicht unbedingt. Es könnte auch ein neuer Spieler sein, den wir gar nicht auf dem Schirm haben.«

»Hättest du nicht gemerkt, wenn sich eine mächtige Hexe in der Stadt niedergelassen hätte?«

»Vielleicht.«

Aber wenn eine Hexe Totenenergien kontrollieren konnte, konnte sie vielleicht auch ihr magisches Muster verbergen. Dann hätte Babel nicht gemerkt, dass ein neues Energienetz aufgetaucht war – und in letzter Zeit waren ihr einige Dinge entgangen.

»Clarissa ist eine harte Nuss und sicher nicht zimperlich, aber …«

»Aber?«

»Jemanden umbringen? Ich weiß nicht …« Nervös stand sie auf und begann im Zimmer auf und ab zu gehen.

»Wozu könnte eine Hexe die Energie nutzen?«

Das war eine Frage, die Babel ihm nicht gern beantwortete. »Eure Energie ist mächtig«, begann sie vorsichtig. »Ihr selbst habt die Fähigkeit, sie magisch zu nutzen, zwar verloren, das heißt aber nicht, dass sie für andere nicht nutzbar wäre. Hexen haben von Anfang an eine andere magische Grundlage. Wir können albische Magie gebrauchen, um unsere Batterien aufzuladen, wenn du so willst. Nicht für lange, aber für kurze Zeit sehr intensiv.«

»Ein zusätzlicher Booster.«

Sie nickte. »Eine praktische Sache für Rituale, die dich viel Kraft kosten. Wenn du während eines Rituals Kraft verlierst, kannst du auch leicht die Kontrolle verlieren. Das hat schon manche Hexe das Leben gekostet.«

Nachdenklich sah er sie an. »Aber müsste sie dann die Rituale nicht gleich hier vor Ort ausführen, wenn die Zeit begrenzt ist?«

»Nicht zwangsläufig. Eine Weile kann sie die Energie speichern, aber nicht sehr lange. Zwölf Stunden höchstens.«

Die Vorstellung, was Clarissa oder eine andere Hexe mit einer solchen Energie anstellen konnte, weckte in ihr ein Grauen, das sich durch ihre Eingeweide wühlte.

»Welche Art Rituale?«

Sie sah zur Seite.

»Babel?«

»Dämonenbeschwörung zum Beispiel«, antwortete sie leise. »Die Beschwörung selbst ist nicht das Problem, jede Hexe kann das. Das Schwierige daran ist, die Kontrolle über den Dämon zu behalten. Deshalb machen es so wenig Hexen. Die meisten wissen, dass ihnen die Kraft dazu fehlt. Das Risiko, von dem Dämon übernommen zu werden, ist einfach zu hoch. Aber wenn du durch die Totenenergie genügend Kraft entwickelst, kannst du die Dämonen in Menschen fahren lassen. Dann wären sie nichts weiter als Werkzeuge, die deinem Willen unterworfen sind. Diebstahl, Mord, die ganze Palette … Du hast immer einen Sündenbock, der für dich die Risiken übernimmt.« Ihre Worte klangen bitter. »Natürlich bleibt von den Seelen der Besessenen nicht viel übrig, wenn der Dämon dauerhaft in ihnen verankert wird. Sein Hunger frisst sich so lange durch die Seele, bis nichts mehr da ist.«

Entsetzte Stille breitete sich zwischen ihnen aus. Unter seinem Blick zuckte Babel zusammen.

*Sieh mich nicht so an, so bin ich nicht. Nicht mehr.*

Es dauerte eine Weile, bis Tom sich räusperte und sagte: »Dann konzentrieren wir uns bei der Suche nach dem Täter also wirklich auf eine Hexe?«

Sie nickte, dabei war sie sich gar nicht sicher, ob sie sich wirklich auf die Suche nach dieser Macht begeben wollte. Wäre es nicht cleverer, sich aus dem Fall zurückzuziehen?

Doch jetzt ging es nicht mehr nur um die Plags. Wenn eine Hexe dermaßen skrupellos vorging, würde es nicht lange dauern, bis sie versuchte, die Stadt von Konkurrenten um die magischen Energien zu säubern. Ein Hexenkrieg wäre nur eine Frage der Zeit – und inzwischen konnten bereits vier dämonische Diener durch die Stadt laufen.

Bei dem Gedanken lief es Babel eiskalt den Rücken hinunter, und das Grauen krampfte ihr das Herz zusammen. »Das kann ziemlich böse enden, Tom. Dieser Täter verfügt über Kraft, die ich nicht einschätzen und gegen die ich vielleicht auch nichts ausrichten kann …«

»Aber es hat doch schon böse angefangen, Babel.« Seine Antwort war nur ein Flüstern.

Noch einmal sah sie Annabelles Foto an, und plötzlich fühlte sie etwas, das sie den Tag zuvor nicht verspürt hatte: Schmerz. Über den Verlust. Und Angst. Über das, was noch kommen mochte.

»Niemand von uns ist sicher, Babel, solange dieser Mörder da draußen rumläuft. Das sollte es sein, was uns antreibt. Ich kann nicht noch jemanden von meinen Leuten verlieren, verstehst du?«

Sie drehte sich zu ihm um und sah den gleichen Schmerz, den sie spürte, in seinem Gesicht gespiegelt. Zögerlich stand er auf und kam auf sie zu. Mit jedem Schritt, den er sich ihr näherte, schlug ihr Herz schneller. In seinem Blick flammte etwas auf, etwas Dunkles, das auch in ihr schlummerte, und sie fragte sich, was er wohl mit dem Täter anstellen würde, wenn er ihn tatsächlich in die Finger bekam. Dieser Plag, der aussah, als würde er nichts weiter tun, als mit seiner Gitarre am Lagerfeuer zu sitzen, schien eine Seite zu besitzen, mit der sie nicht unbedingt Bekanntschaft schließen wollte.

Vielleicht war sie nicht die Einzige mit Geheimnissen, die besser unentdeckt blieben.

*Die Alben der alten Zeit waren keine netten Geister, vergiss das nicht, Babel! Wo sie hilfsbereit waren, forderten sie auch einen Preis. Wo sie treu waren, brachen sie ihr Wort, und ihr Blick brachte nicht nur Freude, sondern auch Verderben und Fieber, das alles verzehrt. Du tust gut daran, das nicht zu vergessen.*

»Wirst du mir helfen?«, hüllte sein Flüstern sie ein, doch dieses Mal war es frei von Hypnose. Er bat um ein Bündnis, das es in hundert Jahren nicht gegeben hatte: eine Hexe und ein Plag, gemeinsam.

Sie nickte. »Wir kriegen das Schwein«, versprach sie ihm, obwohl sie keine Ahnung hatte, wie sie das anstellen sollten. Aber sie meinte es ernst, und das war alles, was zählte.

Die Jagd hatte längst begonnen.

# 7

Nachdem sie Annabelles Wohnung verlassen und das Siegel erneuert hatten, fuhr Tom sie ins Büro. Stumm saßen sie im Auto vor dem Haus, und Babel überlegte, was sie sagen sollte. Aus den geöffneten Fenstern im ersten Stock ertönte zur Abwechslung der frühe Johnny Cash, und an der Hauswand fand sich ein neues Graffiti. TOD ALLEN BOSSEN! Vermutlich war es sogar echt und nicht von den Plags.

Toms Blick war finster, und seine Finger krampften sich um das Lenkrad, bis die Knöchel weiß wurden. Als sie ihre Hand auf seine legte, sah er überrascht auf, als wäre ihm erst jetzt wieder eingefallen, dass sie neben ihm saß.

»Ich werde mit den anderen in der Wagenburg reden müssen«, sagte er. »Wir müssen uns überlegen, wie wir uns schützen können. Wir können nicht so weitermachen wie bisher, das ist zu gefährlich.«

Babel nickte. »Hör zu, morgen will ich mit den anderen Hexen reden, und ich glaube, es ist besser, wenn du nicht dabei bist, das stiftet nur Verwirrung. Ihr müsst überlegen, wie ihr euch verteidigen könnt, und du kannst nicht überall gleichzeitig sein. Du nützt deinen Leuten mehr, wenn du bei ihnen bist.«

»Und wer deckt deinen hübschen Hintern, wenn's brenzlig wird?«

Unter seinem herausfordernden Blick stieg ihr die Hitze in die Wangen. »Wann hast du dir meinen Hintern angesehen?«

»Bei dem Kostüm hat man einen ziemlich guten Ausblick.«

»Aha.«

Stumm starrten sie sich an, bis er sagte: »Du weißt, dass ich dir dankbar bin, oder?«

Sie nickte.

»Gut.«

Urd bellte und unterbrach die Spannung, die sich zwischen ihnen aufgebaut hatte. Der Anblick des dicken Speichelfadens, der von ihren Lefzen nach unten und auf das Polster der Rückbank tropfte, genügte, um Babels Anspannung ein wenig zu lockern.

»Ganz ehrlich, ich verstehe nicht, wie du das erträgst«, sagte sie zu Tom und deutete auf die Sauerei.

Er warf einen Blick auf seine Hündin. »Na ja, wir haben alle unsere Schwächen.«

»Ja, aber wir sabbern nicht alle das Mobiliar voll.«

»Kommt noch, kommt noch.«

»Vorher erschieß ich mich«, murmelte sie beim Aussteigen, aber das schien er nicht mehr zu hören. Als der Wagen davonfuhr, sah sie ihm kopfschüttelnd nach, während Urd enthusiastisch die Rückscheibe ableckte. *Deine Probleme möchte ich haben*, dachte Babel und ging ins Haus.

Im Büro erlebte sie eine weitere Überraschung, denn als sie die Tür öffnete, saß Mo in ihrem Stuhl und stopfte sich die letzten Reste einer Bratwurst in den Mund. Gefolgt von Pommes rot-weiß. Heute verkündete sein T-Shirt BÖSARTIGER KOBOLD, was ja irgendwie fast wieder stimmte. Grinsend hob er die verschmierte Hand und winkte.

»Was machst du hier? Wo ist Karl?«

»Ich bin hier!«, kam es aus der Küche, und gleich darauf erschien Karl mit einem Teller, auf dem eine riesige Portion Glasnudeln dampfte. Der Geruch von Chilisoße hüllte den gesamten Raum ein.

»Was macht der hier?«, fragte Babel und zeigte mit dem Daumen auf den Plag, der es sich auf ihrem Platz gemütlich gemacht hatte. Durch den verschmierten Ketchup sah er aus wie das Opfer eines Splatterfilms.

»Er wollte sich den Papagei anschauen.«

»Ich hab dir doch gesagt, da gibt es nichts zu sehen. Außerdem ist Tom gerade mit dem Auto weg, du hättest mitfahren können.«

Mo zuckte mit den Schultern und verspeiste in aller Seelenruhe seine Pommes. »Tom ist nicht mein Babysitter.«

Ungehalten setzte sich Babel auf die Ecke des Schreibtischs und langte nach einer Pommes, die drohte, jeden Augenblick von Mos Pappschale zu fallen.

»Was'n mit dir passiert?«, nuschelte er und deutete auf ihre Kleidung.

»Das ist Tarnung.«

»Haste in 'ner Versicherung ermittelt?«

Undankbares Balg.

»Musst du nicht zur Schule oder so was?«, fragte sie.

»Die kommt auch mal ohne mich zurecht.«

»Sehr witzig. Weiß Tom, dass du hier bist?«

Er senkte den Blick, als er antwortete: »Kann sein.«

»Was ist mit deinen Eltern?«

Einen winzigen Augenblick stoppte er in der Bewegung, dann verschwand die Pommes in seiner Futterluke. Mit vollem Mund nuschelte er: »Sind mit einem Zirkus unterwegs. Keine Ahnung, wann die zurückkommen.«

Karl und Babel sahen einander an – sie wusste nicht, ob sie dem Jungen die Geschichte glauben sollte. Als er die Portion verdrückt hatte, wies sie auf die Küche. »Sieh zu, dass du deine Pfoten sauber kriegst. Wenn ich nachher auch nur einen einzigen Ketchupfleck auf unseren Unterlagen finde …«

Feixend erhob er sich und stapfte aus dem Raum. Als er an

Xotl vorbeiging, rief der Papagei: *»Mittaaagessen!«*, und Mo antwortete: »Träum weiter.«

Während das Wasser lief, beugte sich Babel zu Karl und flüsterte: »Warum hast du ihn reingelassen?«

Aber ihr Partner schien sich keine Sorgen zu machen. Stattdessen zuckte er nur mit den Schultern. »Was sollte ich machen? Die Tür absperren? Das ist doch nur ein Junge. Ich wollte ihn nicht wegschicken.«

»Warum nicht?«

Er warf einen Blick in Richtung Küche, in der Mo an der Spüle stand und sich die Hände wusch, als wäre er ein ordentlich erzogenes Kind. »Na ja, er ist extra hergekommen und dann … Ich dachte einfach, er macht vielleicht eine harte Zeit durch, wegen seinen Leuten und so.«

»Wir sind auch nicht seine Babysitter. Bei dem musst du aufpassen, dass er nichts mitgehen lässt.«

»Keine Bange, Babel, ich passe auf. Mit solchen Jungs kenne ich mich aus.«

»Das ist kein Junge, das ist ein Plag, vergiss das nicht. Die wachsen in dem Glauben auf, dass Hexen fast so schlimm sind wie die GEZ.«

Er lachte und verschluckte sich. Ein paar Nudeln lagen bereits neben dem Teller, und Babel verzog angewidert das Gesicht.

»Ich mein's ernst, Karl. Der Junge hat Freunde. Die Plags sind eine eingeschworene Gesellschaft und passen aufeinander auf. Warum sollte er ausgerechnet bei mir Zeit verbringen?«

»Manchmal bist du erstaunlich kurzsichtig, Babel«, erwiderte Karl und rührte mit schwungvollen Bewegungen die Chilisoße unter, wobei noch mehr Nudeln auf dem Tisch landeten. »Der Junge geht einfach dorthin, wo er sich am sichersten fühlt, das ist doch nicht schwierig zu verstehen.«

»Zu einer Hexe?«

Karl sah sie an, als sei sie begriffsstutzig. »Zu einer Frau, die mehr Macht hat als die Leute, die er kennt, und die mit einem Fingerschnippen das Blut ihrer Gegner zum Kochen bringen kann.«

War das wirklich der Grund, warum Mo hier war?

»Komm schon, sieh ihn dir an, Babel. Der ist nicht anders als andere Jungs in seinem Alter. Er spielt den großen Macker, aber in Wirklichkeit fürchtet er sich zu Tode.«

Nachdenklich betrachtete sie Mo, der zurückkam und sich die nassen Finger an der Hose abwischte – und auf einmal sah sie nur einen Teenager, der nicht wusste, wie er mit der Situation umgehen sollte. Vielleicht hatte Karl recht.

Sie seufzte. »Na schön, er kann eine Weile hierbleiben, aber wenn er was anstellt, fliegt er raus.«

Sie setzte sich auf ihren Stuhl, und Mo vertiefte sich in ein Gespräch mit Xotl, der sich in seiner Ruhe gestört fühlte und Mo mit Schimpfwörtern bedachte. Der Junge amüsierte sich prächtig.

»Was soll'n das heißen, hä? Willst du sagen, dass du mich scheiße findest, oder was?«

*»Daaarmgeburrrt!«*

»Wenigstens hab ich keine Federn am Arsch!«

Auf diese Weise ging es eine Weile hin und her, bis Karl Johnny zugunsten von Dolly ablöste, in der irrigen Annahme, dass ihre Stimme den Dämonenpapagei und den Plag irgendwie besänftigen würde. Es führte allerdings nur zu merkwürdigen Geräuschen aus dem Untergeschoss, die sie nach ein paar Minuten als Klopfen gegen die Heizungsrohre identifizierten. Offenbar war die Hutmacherin nicht sehr angetan von Dolly Parton.

Babel brannte darauf, Karl von den neuesten Entwicklungen zu erzählen, aber sie wollte Mo nicht weiter beunruhigen. Auch wenn der Gedanke, sie könne ihn beschützen, eine Illusion war, so war es immer noch besser als gar keine Hoffnung. Karls Blick sagte ihr, dass er das verstand.

Indessen zog er den roten Umschlag aus einem Papierstapel, in den sie den Brief am Abend zuvor geschoben hatte. Bei seinem Anblick ballte Babel die Hand zur Faust.

Karl hielt den Brief in die Höhe. »Auf den bin ich vorhin gestoßen. Der ist an dich adressiert, was ist damit?«

»Nichts.«

»Willst du ihn nicht öffnen?«

»Nein.«

Erstaunt sah er sie an.

Es juckte sie in den Fingern, den Brief an sich zu reißen, und genau deshalb sagte sie hastig: »Steck ihn in den Reißwolf.«

»Ist das dein Ernst?«

»Ja.« Offenbar war sie nicht in der Lage, sich seiner selbst zu entledigen, also musste es jemand anders für sie tun.

»Wie du meinst.« Karl beugte sich zu dem Schredder hinab, der unter dem Tisch stand. Als das Geräusch des Schredders den Raum erfüllte, atmete Babel erleichtert auf. War doch gar nicht so schwierig gewesen. Jetzt war das Ding aus der Welt und stellte keine Gefahr mehr dar. Sie hätte ihn gleich Karl geben sollen, oder Tamy.

*Es wird dir nichts nützen, Babel.*

*Du kannst mich mal.*

»Wie läuft's mit Tom?«, fragte Mo plötzlich mitten in ihre Gedanken hinein. Er lehnte im Türrahmen, die Arme verschränkt, während sich Xotl im Hintergrund seine verbliebenen Federn putzte.

»Wir kommen voran.«

»Das meine ich nicht. Habt ihr schon gevögelt?«

Sprachlos starrte sie ihn an. »Bitte?«

Er grinste nur, während Karl pfiff und es vorzog, sich in die Küche zu verziehen.

»Darauf kriegst du keine Antwort.«

»Sei doch nicht so prüde. Sieht doch jeder Idiot, dass du scharf auf ihn bist. Kann's dir nicht verübeln. Er hat diese Wirkung auf Weiber.«

»Na, du musst es ja wissen. Bist wohl Experte, was?«

Er steckte die Hände in die Hosentaschen und bekam große Ähnlichkeit mit dem besagten bösartigen Kobold auf seinem Shirt. »Bist ja nicht die Erste, die ihm schöne Augen macht.«

»Ich mache ihm keine schönen Augen!«, erwiderte Babel lauter.

»Doch, tust du.«

»Nein, tue ich nicht.« Jetzt schrie sie, und Mo schrie zurück: »Klar!«

»Kinder!«, kam es aus der Küche und *»Pfui, pfui, pfui«* aus dem Käfig.

Mo grinste unentwegt. »Allerdings hatte er vorher noch nie was mit einer Hexe, das ist was Neues.«

»Wie schön.«

Er ließ sich einfach nicht davon abbringen und redete weiter, obwohl die Falte zwischen ihren Augenbrauen jedem Idioten klargemacht hätte, dass Babel nicht darüber reden wollte.

»Vielleicht will er mal was ausprobieren.«

»Vielleicht solltest du einfach mal die Klappe halten.«

»Ich will doch nur helfen.«

»Wir brauchen deine Hilfe nicht.«

Ein Schulterzucken war die Antwort, und die nächsten Minuten verbrachte er damit, ihr Toms Vorzüge aufzuzählen. Dazu gehörten offenbar nicht nur Ehrlichkeit und Humor, sondern auch die Tatsache, dass er schon mal einen Zwei-Meter-Skin auf die Bretter geschickt und dessen Kumpel das halbe Ohr abgebissen hatte, als sich die beiden feigerweise zu zweit an

Tom rangemacht hatten. Die Fähigkeit, einem Gegner das Ohr abzubeißen, während man ihn sprichwörtlich an den Eiern hat, schien Mo für eine erwähnenswerte Tugend zu halten, mit der man bei Frauen punkten konnte. Babels erstarrten Gesichtsausdruck hielt er wohl für Begeisterung, denn er schmückte die Geschichte so lange aus, bis man annehmen konnte, Tom hätte sich gegen ein Dutzend Männer verteidigt. Zweifellos war er Mos heimlicher – oder nicht ganz so heimlicher – Held.

»Sag mal, würde es dich gar nicht stören, wenn er …« Sie vollführte eine vage Handbewegung, die ahnen ließ, worauf sie hinauswollte, ohne vulgär zu werden.

»Nee.«

»Darf ich fragen, warum?«

»Wenn du etwas mit ihm hast, wirst du doch nicht zulassen, dass ihm was passiert, oder?« Er stand da, die Hände noch immer in den Hosentaschen, und versuchte, lässig und clever rüberzukommen, aber an seinen angespannten Schultern konnte sie die Angst ablesen, die tief in ihm steckte.

Karl hatte recht gehabt. Ganz gleich, was der Junge von Magie hielt, offenbar glaubte er, dass Babel über die Macht verfügte, diese Geschichte zu einem guten Ende zu bringen. Sie wünschte, sie könnte da so sicher sein wie er.

»Wir kriegen das hin«, sagte sie leise, und er nickte abrupt.

In diesem Moment klingelte sein Handy. Er ging ran und legte nach einem kurzen »Okay« wieder auf. »Ich muss zurück zur Wagenburg. Tom hat den Rat zusammengerufen.« Mit gerunzelter Stirn schaute der Junge erst das Telefon in seiner Hand und dann Babel an.

Die Plags verfügten über keine festen Hierarchien. Wenn sie sich zu einer Gruppe zusammenschlossen wie in der Wagenburg, entschieden sie nach Mehrheitsprinzip, wobei jeder Plag, der älter war als zwölf, eine Stimme besaß. So einfach war das.

»Er hat keine guten Nachrichten, oder?«, fragte Mo.

Babel wich seinem Blick aus. Sie sollte es Tom überlassen, was er den Plags erzählte, aber anlügen wollte sie den Jungen auch nicht, deshalb schüttelte sie einfach den Kopf.

Einen Moment lang wurden seine Augen groß und zeigten, dass er eigentlich nur ein Kind war, dann verschloss sich sein Gesicht wieder, und der bekannte trotzige Ausdruck tauchte auf. »Ich hau jetzt ab.« Mit einem letzten Blick auf den Papagei rief er: »Bis bald, altes Federvieh!«, und Xotl antwortete: *»Blechschwein!«*

Mo schlüpfte aus dem Büro, und Babel hörte ihn die Treppen hinunterpoltern. Ihr blieb nicht viel mehr übrig, als ihm hinterherzurufen: »Und lass dieses Mal das Motorrad stehen!«

Als die Haustür ins Schloss fiel, kam Karl aus der Küche und setzte sich wieder auf seinen Platz.

»Glaubst du, dass alle Jugendlichen so sind, oder ist der hier nur einfach ein besonderes Exemplar?«, fragte sie ihn mit verschränkten Armen.

»Er mag dich.«

»Komische Art, das zu zeigen.«

Nachdem sie ihre Gedanken gesammelt hatte, erzählte sie Karl, was sie bei der Staatsanwaltschaft und dem letzten Tatort herausgefunden hatten. Währenddessen saß er schweigend in seinem Stuhl und rauchte einen Zigarillo. Ihre Mitteilungen gefielen ihm nicht, er wechselte nicht einmal die Platte, als Dolly ihre Lieder zu Ende gesungen hatte. Die Stille im Zimmer war geradezu erdrückend.

»Was wirst du als Nächstes tun?«, fragte er nach einer Weile und stieß kleine Rauchwolken in die Luft.

»Die anderen Hexen befragen.«

»Hältst du das für klug?«

»Mir bleibt nichts anderes übrig. Die Sache ist größer, als

wir angenommen haben. Das können wir nicht einfach ignorieren.«

»Glaubst du wirklich, dass der Täter irgendwann zu uns kommen wird?«

»Wenn es sich um eine Hexe handelt, ja.« Sie nickte.

Sie arbeiteten schon so lange zusammen, und Karl kannte sich mittlerweile gut mit dem Alten Wissen aus – trotzdem gab es immer noch Aspekte, die er nicht verstand. Natürlich waren Hexen in erster Linie Menschen, das hieß, sie waren unterschiedlich. Aber es gab ein paar Eigenschaften, die sie alle teilten, weil es ihre Natur mit sich brachte. Gier war eine davon. Das Bedürfnis nach mehr Macht brannte in ihnen allen hell wie Feuer. Die magischen Energien schienen stets auf der Suche nach neuen magischen Quellen zu sein, als würde man ein Kraftwerk speisen. Die Frage war nur, wie eine Hexe damit umging. Ignorierte sie es? Konnte sie es unterdrücken? Oder lebte sie es aus?

Wenn eine Hexe Morde beging, um ihre Macht zu steigern, dann beantwortete dies die Frage von selbst. Die Gier war dann so stark, dass sie nicht vor anderen Hexen haltmachen würde. Auf sie traf die alte Redewendung zu: Wer Macht hat, will noch mehr davon.

Das war auch einer der Gründe, warum Babel zu den Montagstreffen ging. Es war ihre Art, mit der Gier umzugehen.

»Wäre es nicht klüger, sich so lange von dem Täter fernzuhalten, wie wir können, um Kräfte zu sammeln? Eine Strategie zu entwickeln?«

Das hatte sie sich auch schon gefragt, aber es würde bedeuten, die Stadt zu verlassen, ihr Territorium aufzugeben und an einem anderen Ort neu anzufangen. Aber Babel war nicht bereit, das Leben, das sie sich hier aufgebaut hatte, aufzugeben.

»Ich bin nicht der Typ, der gut abwartet, Karl. Das war ich noch nie. Außerdem wird die Hexe nur stärker, und je länger wir warten, desto schwächer wird unsere Chance, sie aufzuhalten. Und unter uns … Die Strategie sieht eigentlich ganz einfach aus.«

»Und wie, bitte schön?«

»Zielen und ausschalten.«

»Du meinst das im übertragenen Sinne?«

»Ich meine es, wie ich es sage.«

»Aber du willst nicht … jemanden … umbringen, oder?« Seine Stimme zitterte, und zum ersten Mal, seit sie sich kannten, galt das Misstrauen in seinem Blick ihr.

»Das habe ich nicht vor. Wenn ich Glück habe, kann ich die Hexe einfach handlungsunfähig machen, aber ich kann dir nicht sagen, was in einem Kampf auf mich zukommt.«

Die letzte blutige Auseinandersetzung mit einer Hexe hatte Babel drei Jahre zuvor gehabt. Damals war Judith von einem Zwillingspärchen angegriffen worden, das sich neu in dem Ort niedergelassen hatte, in dem Judith lebte. Nachdem die Neuankömmlinge Judiths Haus bis auf die Grundmauern niedergebrannt hatten, hatten sich Babel und Judith die beiden gemeinsam vorgenommen. Dabei hatte sich Babel zwei Rippen gebrochen, und Judith wäre fast verblutet. Außerdem verlor sie zwei ihrer Hunde. Aber immerhin hatten sie es geschafft, dem Pärchen solche Angst einzujagen, dass es aus der Stadt verschwand – allerdings erst sechs Wochen später, denn so lange hatten die beiden anderen Hexen mit inneren Verletzungen im Krankenhaus gelegen.

Davon hatte sie Karl nie erzählt. Bis heute glaubte er, sie hätte einen Radunfall gehabt, als sie ihre Schwester besucht hatte. Solche Auseinandersetzungen kamen selten vor, aber es gab sie. Wie die meisten Menschen scheuten sich auch Hexen davor, jemanden umzubringen – erheblichen körperlichen Schaden anzurichten, war jedoch etwas ganz anderes. Der Kampf um Territorien wurde manches Mal blutig geführt.

Dieses Mal ging Babel allerdings das erste Mal in einen Kampf, ohne zu wissen, was sie erwartete. Sie konnte ihren Gegner nicht einschätzen, und das machte sie nervös.

»Das ist alles eine Nummer zu groß, Babel«, sagte Karl. Mit einer ausholenden Geste umfasste er das Büro. »Als wir mit dem hier angefangen haben, hab ich doch nicht im Traum daran gedacht, dass es uns mal richtigen Ärger einbringen könnte, bei dem du draufgehen könntest.«

*Es tut mir leid.*

Entschuldigend sah sie ihn an. »Ich hätte dich warnen sollen. Seit ich mich erinnern kann, erklärte mir meine Mutter die Wege der Hexen. Ich kenne nichts anderes, und manchmal fällt es mir schwer zu begreifen, dass nicht alle so denken.«

Wieder schwiegen sie, und er griff unbewusst nach seiner Kette. Während er Babel nachdenklich betrachtete, sagte sie vorsichtig: »Vielleicht solltest du für eine Weile verschwinden …«

»Vergiss es.«

»Ich meine ja nur …«

»Und ich sagte, du sollst es vergessen! Ich werde dich sicher nicht hier allein mit dem allen lassen.« Fast beleidigt schaute er sie an. »Ich bin vielleicht keine große Hilfe, wenn es um Magie geht, aber ich habe Kontakte, und wer weiß, wann das mal nützlich wird.«

Sie sah ihm an, dass er seine Meinung nicht ändern würde – er hatte auch nicht aufgehört zu rauchen, als das Rauchverbot in die Kneipen gekommen und der Tabak immer teurer geworden war. *Jeder hat das Recht, selbst zu bestimmen, wie er sich zugrunde richten will*, hatte er damals behauptet, und heute schien er in einer ähnlich trotzigen Stimmung zu sein. Und irgendwie war Babel auch froh, dass Karl blieb.

»Von mir aus«, sagte sie zustimmend, »aber dann behalt deine Waffe ab jetzt bei dir. Nur für den Fall der Fälle, okay?«

»In Ordnung. Wir sollten zusehen, dass wir Verstärkung kriegen. Was ist mit deiner Freundin, der Türsteherin?«

»Tamy?«

»Hast du nicht gesagt, dass die einen Ochsen am Nasenring durch die Straße schleifen kann, wenn's sein muss?«

Der Gedanke war ihr noch nicht gekommen, aber Karl hatte recht. Zusätzliche Muskeln waren kein schlechter Gedanke, denn auch Babel konnte ihre Augen nicht überall haben. Und sollte die Magie aus irgendeinem Grund versagen, konnte Tamy ihr den Rücken decken. Das setzte natürlich voraus, dass Babel ihr erst einmal von der Magie erzählte und Tamy nicht schreiend davonlief oder versuchte, Babel in eine Irrenanstalt zu stecken. Aber sie hatte ja sowieso vorgehabt, es ihr eines Tages zu erzählen, warum also nicht jetzt?

»Ich werde sie fragen.«

Er nickte und drehte sich endlich auf seinem Stuhl um, um die Anlage einzuschalten. Ausnahmsweise störte sie die Musik mal nicht, im Gegenteil, Babel fand sie beruhigend. Solange Dolly mit bebendem Busen über die Liebe sang, schien noch nicht alles verloren.

So saßen sie da und lauschten ihrer Stimme, während sie ihren Gedanken nachhingen.

Erst nach einer ganzen Weile fragte Karl: »Und jetzt?«

Babel stand auf und zog wieder einmal den Rock nach unten. »Jetzt fahre ich erst mal nach Hause und sehe zu, dass ich aus diesen Klamotten rauskomme. Das war wirklich genug Folter für einen Tag.«

# 8

Es war mitten in der Nacht, als Babel plötzlich erwachte, weil ihr ein stechender Schmerz in die Schultern gefahren war und ihr den Atem raubte. Adrenalin pumpte durch ihr Blut, und ihr Unterbewusstsein hatte einen magischen Schutzwall aufgebaut, der so stark war, dass ihr die Fingerspitzen kribbelten.

Jemand hatte das Sicherheitsfeld um das Haus durchbrochen.

Mit rasendem Herzen starrte Babel in die Dunkelheit und lauschte. Nichts war zu hören. Das Haus lag still. Ihre magischen Energien glitten am Energienetz des Hauses entlang, aber das Muster hatte sich nicht verändert. Der Eindringling war keine Hexe.

Babel aktivierte ihre Magie, um dem ungebetenen Gast einen magischen Schwinger verpassen zu können, doch noch immer war nichts zu hören. Langsam schlug sie die Decke zurück und setzte die Füße auf die Dielen. Die kalte Luft traf auf ihre schlafwarme Haut und ließ sie frösteln. Möglichst leise erhob sie sich und ging ein paar Schritte auf die Tür zu, die halb offen stand.

Da endlich hörte sie die Treppenstufen knarren. Der Eindringling war im oberen Geschoss angekommen und bewegte sich zielstrebig auf das Schlafzimmer zu.

Sie stellte sich neben die Tür, den Rücken an die Wand gepresst, und hob die linke Hand, die von der Magie warm geworden war. Das Herz klopfte ihr bis zum Hals.

*Ziel auf den Solarplexus, dann klappt er zusammen wie ein Taschenmesser.*

Sie hielt den Atem an.

Als Erstes schob sich ein Fuß über die Schwelle, gefolgt von einer Schulter. Im Dunkeln konnte sie nicht viel erkennen und hatte nur eine vage Vorstellung davon, in welcher Höhe sie zuschlagen sollte. Langsam hob sie den Arm und wollte die Energie schon ausstoßen, als eine leise Stimme sagte: »Keinen Schaden … nur reden … Hexe …«

*Peking?*

Der Schatten schob sich weiter ins Zimmer, und jetzt erkannte sie den verwirrten Plag auch an seiner Kleidung und dem Haarschopf. Vor Überraschung atmete Babel laut aus. Der Plag wirbelte zu ihr herum und ließ sich im gleichen Moment auf alle viere fallen. Wie eine Spinne hockte er in der Mitte des Zimmers und starrte sie an. Mehrere Herzschläge lang stand Babel wie erstarrt, den Arm noch immer erhoben, bevor sie ihn langsam senkte.

Was wollte er hier?

Sie schob sich vor die Türöffnung, um im Notfall den Flur hinunterrennen zu können.

Peking schüttelte den Kopf und wiegte sich vor und zurück. Seine Finger kratzten über die Dielen wie Klauen. »Du musst dich von ihm fernhalten«, krächzte er heiser.

»Von wem?«

»Dem Löwen.« Er kicherte, als hätte er einen Scherz gemacht, doch gleich darauf griff er sich an den Kopf und wimmerte. »Du darfst nicht in seine Nähe.«

»Meinst du Tom?«

»… nicht in seine Nähe …«

»Dafür ist es ein bisschen spät.«

Heftig schüttelte Peking den Kopf. »Nicht die Arbeit! Das Herz! Das Herz ist zu nah … Es wird gefressen werden.« Langsam kroch er auf sie zu, und Babel wich in den Flur zurück.

»Ich will Toms Herz nicht fressen.«

»Doch. Du willst es verschlingen, und dann kommt der Verschlinger und … oh, oh …«

»Hör mal …«, begann sie, aber sie kam nicht weit, denn mit einer Geschwindigkeit, die sie ihm nicht zugetraut hätte, sprang der Plag sie an, und sie krachten beide auf die Dielen. Ihr Kopf knallte auf den Boden. Der Schmerz schoss ihr unter die Schädeldecke, und für einen kurzen Augenblick sah sie Sterne. Pekings Finger krallten sich in ihre Schultern. Er schüttelte sie.

»Du musst zuhören, Hexe, zuhören!«

Benommen versuchte sie, ihre Magie in den Griff zu bekommen, um sie gegen ihn einzusetzen, aber die verschwimmende Sicht machte es ihr schwer. »Runter von mir«, stöhnte sie.

»Du hörst nicht zu!« Das Schütteln nahm zu, der Schmerz in ihrem Kopf breitete sich aus.

Plötzlich schüttete ihr Gehirn explosionsartig Endorphine aus, und Hitzewellen breiteten sich von der Brust in die Arme aus. Ausgelöst wurde die Reaktion durch eine magische Verbindung, die Babel vor vielen Jahren eingegangen war. Es fehlte nicht viel, und vor Schreck wäre ihr beinahe das Herz stehen geblieben.

*Oh Gott, nicht jetzt!*, dachte sie panisch, aber da hörte sie auch schon das tiefe Grollen vom Treppenabsatz her.

»Hände weg von ihr!«

»Er tut mir nichts«, krächzte sie, um Schlimmeres zu vermeiden, aber es war schon zu spät.

Peking sprang auf und auf Sam zu. Während Babel versuchte, auf die Beine zu kommen, hörte sie es hinter sich krachen.

Panisch rief sie: »Brich ihm nicht das Genick!«

Ein Körper fiel zu Boden.

Als sie sich umdrehte und sich ihre Sicht klärte, stand Sam über dem Plag, der, vermutlich bewusstlos, zu seinen Füßen lag. Sie rappelte sich auf und konnte Sam gerade noch am Arm packen, bevor er Peking zweifellos krankenhausreif schlug.

»Hör auf!«, keuchte sie und zerrte ihn von dem erschlafften Körper fort. »Er ist keine Bedrohung.«

»Das hab ich gesehen.«

»Das war keine Absicht. Er ist verwirrt.«

Ruhig sah er sie an. »Und du kennst dich mit den Absichten eines Verrückten aus, ja?«

»Ich brauche keinen Beschützer!«

»Sah mir gerade anders aus.«

Auf einmal wurde ihr nicht nur bewusst, wie nah sie beieinander standen, sondern auch, dass sie nur in Slip und T-Shirt vor ihm stand. Hastig ließ sie seinen Arm los und trat zurück. Sein Blick wanderte über sie. Wortlos drehte sie sich um und ging ins Schlafzimmer, wo ihre Trainingshose lag.

*Lauf weg!*, schrie die Stimme in ihrem Kopf – und dieses Mal klang ihr Unterbewusstsein ganz nach ihr selbst.

Als sich Babel umdrehte, lehnte Sam im Türrahmen, die Arme verschränkt und mit einem Blick wie eine lauernde Katze kurz vorm Sprung. Vorsichtshalber blieb sie auf der anderen Seite des Zimmers stehen und verschränkte ebenfalls die Arme vor der Brust, in der ihr Herz noch immer raste, als wolle es einen Marathon absolvieren. Nur hatte es jetzt nichts mehr mit Schrecken zu tun.

Die vier Jahre, die sie sich nicht gesehen hatten, schmolzen zu einem Nichts zusammen.

*Der Brief hätte mir eine Warnung sein sollen.*

Seine Haltung war ihr so vertraut wie ihr eigener Anblick im Spiegel. Er trug keine Jacke, nur eine dunkle Jeans und ein helles T-Shirt, das in Brusthöhe Knitterspuren zeigte, wo Peking ihn gepackt hatte. Er vibrierte vor kaum unterdrückter Energie, aber in den letzten Jahren hatte er gelernt, ruhig zu stehen. Nur an seinen Augen erkannte man sein wirkliches Naturell und das Ausmaß seiner Gefühle. Dort stand noch immer diese nervöse

Aggression eines Hundes, der nur darauf wartete, zuzubeißen. Seine Schultern waren noch breiter geworden, unter dem Shirt spannten sich die Muskeln. Babel wusste, dass er seit Jahren boxte, und die ganzen Schlägereien waren anscheinend ein gutes Workout gewesen. Sam hatte schon früher nach Ärger ausgesehen, aber jetzt wirkte er einfach nur gefährlich. Wie einer dieser Typen, bei denen es einem kalt den Rücken runterläuft, wenn sie mit einem in die U-Bahn steigen. Diese Kraft war keine Fassade, darüber konnte auch sein Gesicht nicht hinwegtäuschen. Das blonde Haar, die sinnlich geschwungenen Lippen, das alles war noch da, wie bei dem Jungen, in den sie sich vor so vielen Jahren verliebt hatte, nur gehörte das alles jetzt einem Mann – und der war immer noch so schön, dass es einem den Atem verschlug.

Mit einem Mal waren all die Gefühle wieder da, die ihn so gefährlich für sie machten: die Anziehungskraft, das Fieber im Blut und die Lust auf Abenteuer.

*Von wegen darüber hinwegkommen. Wer einmal einen Kometen geliebt hat, erholt sich nie ganz davon.*

Beschämt über ihre eigene Schwäche senkte sie den Blick.

»Hallo, meine Schöne«, flüsterte er, und sie seufzte.

Die Endorphine rasten noch durch ihr Blut, und er konnte es natürlich riechen. Seine Nase war mindestens so gut wie die von Toms Dogge.

»Was willst du hier?«, fragte sie und vermied es, ihm in die Augen zu sehen.

»Mhm«, war seine Antwort. Ein dunkler Ton, der sie verspottete.

Natürlich, sie waren wieder bei dem angekommen, was er am liebsten tat: sie herausfordern. Als wären sie nicht einen Tag getrennt gewesen und noch immer siebzehn.

»Herrgott, ich weiß, was du hier willst, das meinte ich nicht«, erwiderte sie gereizt.

»Warum fragst du dann?«

»Weil ich zu überrascht war, um zu sagen, dass du verschwinden sollst. Außerdem meinte ich, was du ausgerechnet *jetzt* hier willst? Mitten in der Nacht. Nach vier verfluchten Jahren!«

Sein Lachen war so dunkel wie seine Stimme, und es erinnerte Babel an die Tage ihrer Jugend, in denen sie so viel mit ihm gelacht hatte. Sie verbanden eine Menge Erinnerungen und auch einige sehr dunkle Stunden.

War er an Hilmars Bild vorübergegangen, als er ins Haus eingedrungen war? Hatte er bei seinem Anblick etwas empfunden?

*Kometen ist es gleichgültig, was sie zerstören, oder?*

In diesem Moment beging sie den Fehler und sah ihm doch in die Augen, deren Farbe sie im Schatten nicht erkennen konnte und deren Blick sich dennoch in ihren brannte.

Er kam einen Schritt auf sie zu. »Du hast nicht auf meine Briefe geantwortet.«

»Hattest du das erwartet?«

»Wäre doch nur höflich gewesen.«

Und da waren sie wieder an dem Punkt angelangt, den Babel so liebte: sich vorzustellen, wie sie ihn mit einem stumpfen Gegenstand erschlug.

Nachdem sie sich ein ums andere Mal geschworen hatte, den Mistkerl mit einem Albtraumzauber für den Rest seines Lebens zu belegen, wenn er es wagen sollte, wieder bei ihr aufzutauchen, hatte es das letzte Mal nicht länger als zweiundsiebzig Stunden gedauert, bis sie wieder in seinem Bett gelandet war. Deshalb war sie auch fortgegangen, in eine andere Stadt. Aber natürlich hatte es nichts genützt. Binnen eines Jahres hatte er sie ausfindig gemacht und war ihr gefolgt. Und seit seinem ersten Brief mit neuer Adresse wartete sie darauf, dass er vor ihrer Tür stehen würde.

Aber ausgerechnet heute Nacht hatte er entschieden, es zu

tun und dieses Katz-und-Maus-Spiel zu beenden? Bei ihm fiel es Babel schwer, an Zufälle zu glauben. Sie verspürte das dringende Bedürfnis, Tamy anzurufen.

»Was willst du hier, Sam?«

»Ich hatte Sehnsucht nach dir.«

Ironischerweise glaubte sie ihm das sogar. An seiner Liebe zu ihr hatte sie nie gezweifelt, nur daran, ob sie ihr guttat. Nervös rieb sie sich über den Nacken, dort, wo er beim Sex gern hineingebissen hatte, wenn er auf ihr gelegen und sie mit seinem Körper eingehüllt hatte.

*Gibst du auf?*

*Nie.*

Er bemerkte die Geste und grinste. Abrupt ließ Babel die Hand wieder sinken.

»Denkst du nicht, dass dieser Tanz jetzt lange genug gedauert hat?«, fragte er und kam noch näher.

Sie trat weiter zurück.

»Das ist wirklich nicht der beste Zeitpunkt, um das zu diskutieren. Ich habe da draußen einen bewusstlosen Plag liegen, falls du es vergessen hast.«

Er zuckte mit den Schultern, und der Schmerz in ihrem Kopf verstärkte sich.

»Ich will, dass du gehst, Sam. Ich muss jemanden anrufen, damit er Peking abholt, und ich will nicht, dass du dann noch da bist.«

»Was hast du neuerdings mit den Plags zu schaffen?«

»Sie haben mir einen Auftrag erteilt.«

Seine Augenbrauen zogen sich zusammen.

»Ich soll einen Mörder finden.«

»Du machst Witze.«

»Ich wünschte, es wäre so, aber es gibt tatsächlich jemanden, der ihnen nachgeht.«

»Kann ich verstehen.« Gelangweilt betrachtete er die Faust, mit der er Peking niedergeschlagen hatte.

»Ach ja? Magst du mir dann vielleicht sagen, wo du vor fünf Tagen warst?«

Seine Augen verengten sich. »Wird das ein Verhör, Babel? Willst du mich irgendetwas Bestimmtes fragen?«

»Sie haben mir eine Verdächtigenliste gegeben. Wie kommt es, dass dein Name darauf steht?«

»Pures Glück.«

Sie ballte die Faust und ließ die Energie hineinfließen. »Falsche Antwort.«

Mit seiner besonderen Retina konnte er die zuckenden Wirbel sehen, die jederzeit in seine Blutbahnen eindringen konnten, um sein Blut zum Kochen zu bringen. Einen kurzen Moment sah es so aus, als ließe er es auf einen Kampf mit ihr ankommen, doch dann grinste er nur, und dieses Grinsen sagte: *Ich hab dich am Haken*.

»Na schön, wenn du es unbedingt wissen willst: Ich hatte neulich eine nette kleine Unterhaltung mit einem dieser Weicheier in einer Kneipe. War Zufall, dass ich dem über den Weg gelaufen bin. Er hat mich bis aufs Klo verfolgt, um mich zu fragen, ob ich vielleicht in letzter Zeit Jagd auf Plags gemacht hätte, weil ich ja schließlich ein Dämonenkind bin und uns der Sinn immerzu nur nach Bösem steht. Kannst du dir das vorstellen? Ich stehe da so friedlich und versuche, mich zu konzentrieren, und der quatscht mich an. Ich meine, ich bin auf Toiletten schon eine Menge gefragt worden, aber so etwas noch nicht.«

»Was hast du geantwortet?«

»Ja natürlich. Ich hab ihm erzählt, dass ich es mir zu meinem neuen Hobby gemacht habe und dass ich mir jetzt einen nach dem anderen vornehmen würde. Und er wäre der Nächste. Daraufhin ist er verschwunden.«

Sie konnte sich vorstellen, welchen Spaß es ihm gemacht hatte, den Plag zu reizen. »Und? Hast du?«

»Ich habe keinen Ärger mit den Plags.«

»Vielleicht suchst du ihn ja.«

»Glaubst du denn, dass ich es war?«

Genau das war der Knackpunkt: Babel wusste es nicht. Die Sache schien ihr viel zu geplant. Wenn sich Sam mit jemandem anlegte, dann spontan. Er war wie ein Vulkan, der ohne Vorwarnung explodierte, kein berechnender Killer. Aber töten konnte er.

Als sie an das Blut dachte, das an ihren Händen klebte, wurde ihr kalt.

*Du darfst ihn nicht wiedersehen, wenn du das in den Griff kriegen willst, Babel.*

*Ich kann nichts dafür, Hilmar, ich hab ihm gesagt, er soll sich fernhalten, aber er …*

»Du kannst mich haben, Babel, aber nur so, wie ich bin«, sagte Sam auf einmal. »Kein Herumdoktern, keine Kompromisse. Entweder du willst das ganze Paket oder gar nichts. Da gibt es keinen weichen Kern, der plötzlich zum Vorschein kommt, nur weil du es dir so wünschst. Ich hab es dir gesagt, als wir uns das erste Mal getroffen haben.«

Das hatte er, aber sie war sechzehn gewesen und hatte ihm nicht geglaubt. Sie war jung gewesen. Er hatte mit ihr Rituale und Zauber trainiert, von denen ihre Mutter ihr abgeraten, ja nicht einmal erzählt hatte, aus Angst, Babel könnte sich darin verlieren. Und genau das war ja auch geschehen.

Es hatte Tage gegeben, da hatten Sam und sie ein halbes Dutzend Tiere getötet, beim Versuch, kleinere Dämonen zu beschwören. Obwohl Babel schon an ihrem siebzehnten Geburtstag gewusst hatte, dass sie ein Problem mit ihrer Magie hatte, war es ihr nicht gelungen, sich von ihm zu trennen. Eines Tages war sie dann einem Blutrausch erlegen – bei einem Ritual waren sämtliche elektrischen Geräte um sie durchgebrannt, und am nächsten Morgen war sie frierend erwacht: überall getrocknetes Blut auf der Haut und Fetzen der Ritualtiere über die Fliesen im Bad verteilt. Mehrfach hatte sie sich übergeben, und beim Blick in den Spiegel war sie so erschrocken, dass sie sich geschworen hatte, sich nie wieder von Sam zu einem Ritual überreden zu lassen.

Das war der Tag, an dem sie ihn verlassen hatte. Drei Wochen später hatte Hilmar sie aufgelesen.

Sam hatte ihr gezeigt, wozu sie fähig war, aber der Ekel darüber hatte sie nie ganz verlassen. Genauso wenig wie die morbide Faszination. In ihren dunkelsten Stunden war er bei ihr gewesen, das verband sie. Wie ein Malariapatient, der immer wieder vom Fieber geschüttelt wird, wurde Babel von ihm heimgesucht, und es schien kein Mittel gegen diesen Mann zu geben, der so sehr ein Teil von ihr war.

»Ich kann nicht wieder damit anfangen«, sagte sie und hörte selbst, wie ihre Stimme zitterte. »Ich bin nicht mehr …«

Er tat einen weiteren Schritt, aber sie schüttelte den Kopf.

»Warum lässt du mich nicht zufrieden?«

»Weil ich nicht kann, Babel.« Er zeigte zwischen ihnen hin und her, und sein Gesicht verriet die Anstrengung, die es ihn kostete, nicht nach ihr zu greifen. »Das ist es, verstehst du? Du und ich. Andere träumen ein Leben lang davon, jemanden zu finden, der sie blindlings versteht, und wir haben das. Mehr geht nicht. Begreifst du das nicht? Du hast nur Angst vor deiner eigenen Stärke, aber das wirst du nicht ewig unterdrücken können.«

Es war der alte Streitpunkt zwischen ihnen. Er glaubte fest daran, dass sie das Verlangen nach den Kräften der Dämonenebenen nicht unterdrücken sollte, um ihr Potenzial als Hexe voll auszuschöpfen, während sie glaubte, dass es ihre größte

Schwäche war. Er hatte nie begriffen, warum sie sich von moralischen Skrupeln bremsen ließ.

Während sie ihn betrachtete, spürte sie, wie seine dämonischen Energien an den Rändern ihrer Wahrnehmung zupften, doch bevor sie etwas erwidern konnte, hörten sie ein Stöhnen aus dem Flur. Peking erwachte.

»Ich muss mich darum kümmern«, sagte sie, griff nach dem Handy, das auf der Kommode lag, und wählte Toms Nummer. Es dauerte eine Weile, bis er abnahm. Er klang verschlafen, und sie konnte sich vorstellen, wie er sich durch die Haare fuhr, um die beim Schlafen durcheinandergeratenen Locken zu entwirren.

Als er den Hörer ans Ohr hielt, klapperten seine Ohrringe gegen die Muschel, und er wechselte die Seite. »Ist was passiert?«

»Tut mir leid, dass ich dich wecke. Peking hat mir einen nächtlichen Besuch abgestattet.«

»Hat er dir was getan?« Er klang alarmiert.

»Nein. Aber wir hatten einen kleinen Zusammenstoß.« Sie beobachtete Sam, der seine Fingerknöchel betrachtete und die Hand schloss und öffnete. Offenbar war Pekings Kinn härter gewesen, als er erwartet hatte. »Jedenfalls ist er ohnmächtig geworden …« Am anderen Ende der Leitung wurde hörbar eingeatmet. »… und jetzt muss ihn jemand abholen.«

»Ich bin in zwanzig Minuten da.«

»Danke!«

Nachdem Tom aufgelegt hatte, starrte sie nachdenklich auf den Hörer, dann sagte sie zu Sam: »Du musst jetzt gehen.«

»Ich werde dich sicher nicht mit diesem verrückten Plag alleine lassen.«

»Ich hab vier Jahre ohne dich überlebt. Ich kann gut auf mich aufpassen.«

»Das habe ich gesehen.«

»Sam …« Sie seufzte. »Hilf mir, Peking nach unten zu bringen. Wir können ihn auf die Couch legen.«

Im Flur hatte sich Peking inzwischen aufgesetzt und hielt sich den Kopf. Er sah nicht aus, als würde er in der nächsten Zeit für irgendjemanden eine Gefahr darstellen. Er wehrte sich nicht einmal gegen Sam, als der ihn packte und über die Schulter legte, als wäre er nichts weiter als ein vollgepackter Seesack.

Im Wohnzimmer ließ Sam ihn auf die Couch fallen und setzte sich auf die Armlehne. Keine Sekunde ließ er Babel aus dem Blick. Irritiert setzte sie sich an den Esstisch, auf den Stuhl, der am weitesten von ihm entfernt stand, und überlegte, was sie nun sagen sollte. Plötzlich fiel ihr ein, was Peking gesagt hatte. *Der Verschlinger.* Vorher hatte sie sich nichts dabei gedacht, doch jetzt begriff sie, was es bedeutete. Er hatte Sam gemeint. Er wollte nicht, dass Sam von ihrer Schwäche für Tom erfuhr. Aber welchen Grund sollte er dafür haben? Als die Plags über sie recherchiert hatten, mussten sie festgestellt haben, dass sie keinen Kontakt mehr zu Sam hatte. Wieso hatte Peking ihn dann erwähnt?

Und ausgerechnet jetzt tauchte Sam wieder bei ihr auf?

*Was hast du mit den Plags zu schaffen?*

Da fiel es ihr wie Schuppen von den Augen. Fassungslos starrte sie Sam an. »Du hast das Haus beobachtet. Du bist gar nicht erst heute Nacht hier aufgetaucht. Du wusstest, dass ich Kontakt zu den Plags habe.«

Er antwortete nicht, was so gut wie ein Eingeständnis war.

»Ich kann nicht fassen, dass du mich beobachtest.« Heftig schüttelte sie den Kopf und merkte, wie ihr vor Wut das Blut in den Kopf stieg.

»Was regst du dich so auf?«

»Verstehst du das wirklich nicht? Wie oft habe ich dir gesagt, dass ich dich nicht wiedersehen will?«

»Du hast mich ja nicht gesehen, oder?« Er verschränkte die Arme, sein Blick wurde trotzig wie bei einem Kind.

»Wir sind hier doch nicht in einem drittklassigen Horrorfilm, wo irgendein durchgeknallter Psycho seiner Exfreundin auflauert!«

»Ich habe dir nicht aufgelauert.«

»Das ist meine Privatsphäre!« Babels Wut übertrug sich auf ihre magischen Wellen. Neben Sam stürzte die Stehlampe um.

Obwohl er ruhig sitzen blieb, zuckte seine Hand, als wolle er Babel berühren. Ein gieriger Ausdruck schlich sich in sein Gesicht. Er hatte es immer gemocht, wenn sie Magie wirkte. Das ließ sie nur zorniger werden.

Beschwichtigend hob er die Hand. »Nun komm mal wieder runter, Babel! Es ist ja nicht so, dass ich dir ständig hinterherlaufe oder deine Mülltonnen durchwühle. Als du vor zwei Jahren diese Affäre mit dem Ingenieur hattest, bin ich da etwa los und habe ihm den Kopf abgerissen? Nein. Also.«

Er wusste von ihrer Affäre? Oh Gott, wenn sie daran dachte, was er vielleicht beobachtet hatte, wurde ihr ganz schlecht. Was war ihr noch alles entgangen? Zu viele Leute hatten Interesse an ihrem Leben. Judith, die Plags und nun auch noch Sam.

»Ich begreife das nicht.«

Auf einmal sah er verletzt aus, einen winzigen Augenblick lang, bevor sein übliches Selbst die Oberhand zurückgewann. Aber sie hatte ihn gesehen, den Schmerz. Seine Stimme klang ruhig, aber sie wusste, dass in seinem Inneren alles andere als Ruhe herrschte.

»Mein Gott, Babel, ist das wirklich so schwierig zu verstehen? Ich komme eben manchmal her, um in deiner Nähe zu sein.«

Sie sahen sich an, und es war so verdammt schwer, nicht zu ihm hinüberzugehen.

Glaubte er wirklich, sie könnten ihr Happy End haben, wenn

sie ihm nur endgültig nachgeben würde? Zeitung lesen am Frühstückstisch und am Sonntag Brunch mit Freunden? Sie waren beide nicht der Typ dafür.

Aber da waren eine unbestimmte Sehnsucht und die Erinnerungen an diese besonderen Stunden mit ihm, die sie nicht loslassen wollten.

*Spring mit mir durchs Johannisfeuer, Babel! Wer da durchspringt, soll im nächsten Jahr Glück haben. Du brauchst keine Angst haben, ich halte dich fest.*

*Du wirst mich loslassen, wenn wir über das Feuer springen.*

*Niemals.*

Und er hatte nicht losgelassen. Gemeinsam waren sie durchs Feuer gesprungen, in einem Dorf, mitten im Niemandsland, in dem die Zeit irgendwie stehen geblieben war – und er hatte ihre Hand fest umklammert gehalten. Danach waren sie nackt im See baden gewesen und hatten sich an dessen Ufer unter den Sternen geliebt. Ganz zerschrammt war ihr Rücken von den Kieseln gewesen, und dennoch war es eine der besten Nächte ihres Lebens gewesen. Das Feuerspringen hatte allerdings nicht gehalten, was es versprach. Im darauffolgenden Jahr hatte sie kein Glück gehabt.

Das Zuschlagen einer Autotür riss sie aus ihren Erinnerungen.

Hastig sprang sie auf, trat ans Fenster und entdeckte Toms Wagen. Er hatte Urd mitgebracht. Irgendwie bekam sie die Autotür auf und stürmte in Babels Garten, um an den Apfelbaum zu pinkeln. So viel zum Ritualplatz.

»Du musst jetzt gehen, Sam«, sagte Babel leise, ohne ihn anzusehen.

Als er neben sie trat, konnte sie die Hitze spüren, die von ihm ausging. Misstrauisch beobachtete er Tom durch die Scheibe.

»Dein Typ, würde ich sagen.«

»Hör auf!«

Peking hatte wohl recht gehabt, es war besser, die beiden trafen nicht aufeinander. Ihre Stimme klang brüchig, als sie ihn bat: »Leg es heute nicht darauf an, okay? Ich kann das heute nicht.«

Einen Moment schwieg er, doch dann flüsterte er: »Na schön, Babel, wie du willst. Aber das hier ist noch nicht beendet. Du weißt selbst, dass du dir was vormachst. Wenn das nur irgendeine Geschichte wäre, dann wäre sie schon vor Jahren vorbei gewesen.«

Überrascht schaute sie auf, weil er jetzt doch nachgab. Sie sahen sich in die Augen, und es kam zu einem dieser seltsamen Momente, in denen Babel ihm bis ins Herz sehen konnte – in dem er noch immer dieses Bild von ihnen trug. Die Wahrheit war, dass sie irgendwie immer darauf gewartet hatte, er würde ihr eines Tages sagen, er hätte eine andere Frau getroffen und sich verliebt. Aber der Tag war nie gekommen.

Auch nicht für sie. Jedes Mal, wenn sie sich verliebte, musste sie schmerzhaft feststellen, dass sie zwar neu lieben, die alte Liebe aber nicht ablegen konnte. Und drei waren meistens einer zu viel im Bett. Das war fast immer der Grund gewesen, warum ihre Beziehungen irgendwann den Bach runtergegangen waren.

Unwillkürlich schaute sie wieder zu Tom, der auf das Haus zukam. Im selben Moment beugte sich Sam herab. Er küsste sie auf den Nacken, und sie erstarrte. Ihre Energien verbanden sich miteinander, sie spürte, dass die grauen Wellen in ihrem Energiemuster in Bewegung gerieten wie die Saiten einer Geige. Er erzeugte einen Ton in ihr, etwas Geheimes, das nur ihnen beiden gehörte. Gleichzeitig wunderschön und erschreckend. Ihr Herz setzte für einen Schlag aus, um danach umso heftiger weiterzuschlagen.

*Erinnerst du dich noch …*

*Aber ja.*

Als Babel es endlich schaffte, sich zu bewegen, war Sam durch die Terrassentür verschwunden, und es klingelte an der Haustür. Wie aus einer Trance erwachte sie, aber ihr Herz schlug noch immer wie rasend. Sie warf einen letzten Blick aus dem Fenster und stellte fest, dass Urd gerade dabei war, unter dem Apfelbaum die Knochen des alten Ritualtiers auszubuddeln.

»Verdammt!« Hastig stürmte sie zur Tür und an Tom vorbei, der überrascht rief: »Was ist denn?«

»Dein Hund scharrt Knochen aus.«

Sie pfiff nach Urd, die sie schwanzwedelnd ansah, einen Knochen im Maul. Langsam trat Babel auf sie zu und hob die Hände.

»Das ist nun wirklich nichts für dich. Leg es wieder hin, ja?«

Die Hündin legte den Kopf schief.

»Das hier ist alt. Das schmeckt doch gar nicht mehr.«

Urd setzte sich, ließ den Knochen aber nicht los und wedelte dafür umso aufgeregter mit dem Schwanz.

»Komm schon, Urd, gib mir den Knochen.« Vorsichtig streckte Babel die Hände nach ihr aus, um ihr den Knochen abzunehmen. Urd knurrte, und Babel zog die Hände zurück.

Tom trat neben sie und deutete auf den Knochen. »Ist der gefährlich für sie?«

»Nein, der Knochen ist durch die Magie nicht vergiftet oder so, ich meine, es ist nicht wie bei holländischen Tomaten, wo man nicht weiß, wie sich die Genveränderung auf den Organismus auswirkt.«

»Gibt es Langzeitstudien über magisch veränderte Lebensmittel?«, fragte er und feixte.

Sie stemmte die Hände in die Hüfte und sah entnervt auf die Hündin. »Von mir aus, dann behalt den Knochen eben. Vielleicht wirkt der Zauber ja auch, wenn du nur ein bisschen daran herumnagst.«

Sie wandte sich Tom zu, der sie konzentriert beobachtete. In ihrem Inneren beruhigte sich der Endorphinwirbel ganz langsam. Sam war vom Grundstück verschwunden. Nachdem sie einen letzten Blick auf die Straße geworfen hatte, zog sie Tom zum Haus.

Auf der Schwelle zögerte er. Ungeduldig winkte sie ihn herein. »Das ist keine Folterkammer. Stell dich nicht so an! Es wird dich schon nichts anfallen.«

Ganz schien er davon jedoch nicht überzeugt, wahrscheinlich hatte er noch nie einen Fuß in das Haus einer Hexe gesetzt. Wer wusste schon, was ihn dort erwartete.

»Ich habe keine Schrumpfköpfe in der Küche hängen oder so, falls du das befürchtest.«

Als er endlich eintrat, war Babel ein bisschen erleichtert. Neugierig ließ er den Blick über den Flur schweifen.

»Siehst du, alles wie bei anderen Leuten auch.«

»Wir werden sehen.«

Kopfschüttelnd ging sie ins Wohnzimmer und deutete dort auf Peking. »Da. Das ist dein Paket, nehme ich an.«

Besorgt hockte sich Tom vor Peking hin, der wie ein Häufchen Elend auf der Couch saß und vor sich hin starrte. »He«, sagte er, aber von dem anderen Plag kam keine Reaktion. Auch als Tom ihm die Hand aufs Knie legte, rührte sich Peking nicht. Er hatte sich offenbar ganz in seine eigene Welt zurückgezogen, in die sie ihm nicht folgen konnten.

Tom fuhr sich durch die Haare und atmete tief durch. Entschuldigend sagte er: »Es tut mir leid, dass er dich so überfallen hat. Ich weiß wirklich nicht, was er hier wollte.«

»Schon okay.« Sie wollte ihm nicht sagen, dass er sie vor Sam gewarnt hatte, denn sobald sie seinen Namen aussprechen würde, stünde er zwischen ihnen, als wäre er noch im Raum.

Leise sprach Tom auf Peking ein, vielleicht war es auch Gesang, sie verstand ihn nicht, und irgendwie hatte sie auch das Gefühl, dass es sie nichts anginge. Das war eine Sache zwischen den Plags. Stattdessen schaute sie aus dem Fenster und beobachtete Urd dabei, wie sie durch den Garten hetzte, auf der Jagd nach Gott weiß was.

Als sich Tom erhob und auf sie zukam, schreckte sie zusammen, so sehr war sie in Gedanken versunken gewesen. Dicht neben ihr blieb er stehen. Er wirkte erschöpft, und die Anspannung ging von ihm aus wie Wellen.

»Wir verlieren ihn«, flüsterte er, und selbst ein Idiot hätte sehen können, was er meinte. Pekings Verbindung zum Leben bestand nur noch aus einem dünnen Faden. Die meiste Zeit sprach der Plag in Rätseln, seine Gedanken waren ein Wirrwarr, das niemand entknoten konnte, und in seinem Blick lag keine Klarheit. Für Tom musste Pekings Anblick auf ihrer Couch eine ganze Gefühlslawine lostreten.

»Du kannst ihm nicht helfen«, sagte sie leise, aber er schüttelte den Kopf.

»Ich …«

Sie legte ihm die Hand auf die Brust. Unter ihren Fingerspitzen pochte sein Herz so heftig wie ihres noch kurz zuvor. Sie wollte ihn trösten. Ihm nahe sein. Sie konnte die Last, die er auf den Schultern trug, spüren, und auch den verzweifelten Wunsch, seine Leute zu schützen. Pekings Dahindämmern musste ihn hart treffen. Er war ein Mann, der Sachen nicht einfach geschehen lassen konnte. Der sich gegen Widrigkeiten stemmte, auch wenn es leichter wäre, sich ihnen zu ergeben. Wenn Menschen wie Tom, die sich bis zum Schluss verantwortlich fühlten, aufgaben, dann blieb wenig Hoffnung. Aber genau die brauchten sie jetzt alle so dringend.

Ohne zu wissen, was sie da eigentlich tat, legte sie ihm die Hand in den Nacken und zog seinen Kopf zu sich herunter. Die letzten Auswirkungen von Sams Anwesenheit konnte sie noch im Blut spüren, aber das schien auf einmal keine Rolle zu spielen.

Einen Herzschlag lang sah er ihr in die Augen, forschte in ihrem Gesicht, dann schloss er die Arme um sie. Der Geruch nach Moos hüllte sie ein, als sie sich gegen ihn lehnte und die Augen schloss. Seine Lippen berührten ihr Haar.

*Wie seltsam, diese Vertrautheit zu fühlen, trotz der kurzen Zeit*

Es war schön, wieder einen anderen Menschen zu spüren. Zu lange hatte sie darauf verzichtet.

*Ich habe dir doch gesagt, du musst dich nur auf einen anderen Menschen einlassen, dann wirst du Sam schon vergessen. Wir sind keine Schwäne, die ein Leben lang lieben.*

*Bist du sicher?*

Mit seinen grünen Augen sah er auf sie herab, und Babel verlor sich in diesem Blick, hinter dem sich eine unentdeckte Welt befand, die es zu erforschen galt.

»Ich frage mich, ob du nicht einen Fluch auf mich gelegt hast«, flüsterte Tom, während er die Hände an ihre Wangen legte und mit den Daumen über ihr Kinn strich.

»Du meinst einen Bann.«

»Ich meine, was ich sage«, erwiderte er heiser und küsste sie endlich.

Es fühlte sich anders an als mit Sam. Aber das tat es immer.

Wie alles an Tom war der Kuss gleichzeitig Werben und Drängen, ein stetiges Locken, dem man sich nicht entziehen konnte. Es fehlte die Schärfe, stattdessen schlug einen die Süße in ihren Bann, die Babel den Kopf verdrehte und die Gedanken lähmte. Sie hatte gedacht, ihr Kuss würde ihm Kraft geben, aber anscheinend war es genau umgekehrt – er gab ihr Kraft. Endlich konnte sie wieder ihren Körper spüren, ihn nicht nur benutzen, sondern sich auch an ihm erfreuen. Toms Küsse fielen wie Regen auf ausgedörrte Erde. Dort, wo seine Lippen ihren Körper berührten, Mund, Gesicht, Hals, pulsierte die Energie, wärmte sie erst von außen und dann von innen. Während Babel in den Himmel fiel, hielt sie sein fester Griff um ihre Schultern aufrecht.

Ohne auf Peking zu achten, küssten sie sich, und Babel vergaß noch im selben Moment, warum sie damit begonnen hatte. Um Sam zu vergessen, um Toms Lebensgeister zu wecken – all das spielte keine Rolle mehr. Diese Sache zwischen Tom und ihr war zu etwas Eigenem geworden, das wie ein Funkenregen auf ihre Haut traf. Sein Energiemuster pulsierte, um sie herum erwärmte sich die Luft. Der Teppich, auf dem sie standen, flatterte an den Ecken in die Höhe, und Babel lächelte in den Kuss hinein. Eine Leidenschaft ergriff von ihr Besitz, die sich nicht erklären ließ, als würde sie Tom schon ewig kennen.

Als sie sich voneinander lösten, trug sie seinen Geschmack auf der Zunge. Fasziniert betrachtete sie sein Gesicht.

»Was ist?«, fragte er amüsiert.

»Du.«

»Ich?«

Sie nickte.

Er küsste sie noch einmal, länger diesmal. Ihre Hände glitten durch sein Haar, berührten flüchtig die Ringe in seinen Ohren, um sich dann an seinen Schultern festzuhalten. Sie erforschte seinen Körper und wie sich die Muskeln unter dem Stoff bewegten, und das alles, ohne sich von ihm zu lösen.

Danach setzte sie erstaunt an: »Wieso …«, konnte den Satz aber nicht beenden. Zwischen ihnen waberte die Luft, aufgeladen mit Magie.

»Wieso ich deine Nähe suche?« Ernst blickte er auf sie herab. »Du hast mich vielleicht erst gestern gesehen, aber mir bist du schon viel früher aufgefallen. Glaubst du etwa, wir wissen nicht, welche Hexen in unserer Stadt leben? Wir haben euch im Blick. Und du bist keine Frau, die man leicht übersieht …«

Babel begriff, dass sie die Plags unterschätzt hatte. Sie hatte sie nie wirklich wahrgenommen, nicht einmal, als sie ihre Bürohauswand beschmiert hatten. Sie waren gut darin, die Leute etwas glauben zu machen, und Babel war nicht besser gewesen als der ganze Rest, der dachte, eine Sache einschätzen zu können, wenn er nur einen flüchtigen Blick darauf warf.

*Haste mal 'nen Euro?*

*Ach, nur ein Punk.*

Zweifelnd sah sie ihn an. Wenn er sie schon länger beobachtet hatte, dann musste er wissen, welchen Geschäften sie nachging und zu welchen Zwecken sie ihre Magie einsetzte. Und dennoch stand er nun hier und küsste sie, als wären sie nicht, was sie waren, sondern nur zwei ganz normale Menschen?

»Es ist nicht schwierig herauszufinden, was du denkst, Babel. Und du hast mit allem recht. Du bist, was du bist, und ich bin, was ich bin. Aber das ist alles nicht entscheidend. Wahrheit ist nicht immer eine Entweder-oder-Sache. Manchmal trifft eben beides zu. Unsere Herkunft macht uns zu dem, was wir sind, und trotzdem fühle ich mich zu dir hingezogen. Du bist wie ein Magnet.« Ein schiefes Grinsen zupfte an seinem Mundwinkel. »Du bist doch alt genug, um dieses Gefühl zu kennen. Manche Sachen haben nichts mit Logik zu tun.«

*Ja, aber gerade die unlogischen Lieben sind die gefährlichen.*

Konnte es wirklich so einfach sein?

*Du musst dich nur dafür entscheiden.*

Der dritte Kuss war ungestüm, ein *Ja!* und ein *Verdammt!*, aber auch ein *Ich will dich*, und *Halt mich fest!*, ohne Luft zu holen, bis Babel schwindlig wurde. Als sich Toms Hand unter ihr T-Shirt schob und über die empfindliche Haut ihres Rückens strich, löste sie sich schwer atmend von ihm.

»Peking«, flüsterte sie und legte die Hand auf Toms Brust.

»Verdammt«, murmelte er. Einen Moment lang kniff er die Augen zusammen und sah aus, als würde er Schmerzen leiden, dann stieß er einen Fluch aus, der Xotl alle Ehre gemacht hätte. Er lehnte seine Stirn gegen ihre und sah ihr in die Augen. »Wirst du morgen so tun, als wäre das alles nicht passiert?«

Er kannte sie bereits gut.

»Wenn ja, bleibe ich nämlich hier und bringe das zu Ende. Vorsichtshalber. Ganz egal, ob Peking dabei zusieht. Vielleicht schleppe ich dich einfach nach nebenan in die Küche.«

»Interessanter Plan.« Sie lächelte und löste sich langsam aus seiner Umarmung. »Aber ich habe nie beim ersten Mal Sex in der Küche.«

»Und wann hast du Sex in der Küche?«

»Nach den Handschellen und vor dem Dienstmädchenoutfit.«

Sein Blick bekam eine gierige Note, und sie zog die Augenbrauen hoch. Aber als ihr Blick auf Peking fiel, verflog die Leichtigkeit ihres Scherzes. In seinem Zustand sollte Peking bei seinen Leuten sein.

Sie seufzte und legte die Hände an Toms Wangen, damit er sie ansah und spürte, dass es ihr ernst war. »Nein, ich werde nicht so tun, als hätte das nicht stattgefunden. Zufrieden?«

»Sehr.« Er grinste und zog sich die Hose zurecht. »Das ist schmerzhaft, weißt du.« Er wackelte mit den Augenbrauen, und sie musste lachen.

»Glaub mir, du bist nicht der Einzige, der nachher eine kalte Dusche braucht. Sobald du aus dem Haus bist, werde ich mir eine genehmigen.«

»Würde ich gern sehen.« Noch einmal küsste er sie, beinahe grimmig, dann trat er an die Couch und beugte sich zu Peking hinunter. »Komm schon, Kumpel! Zeit, nach Hause zu gehen.« Er legte sich Pekings Arm um die Schulter und zog ihn nach oben. Schritt für Schritt näherten sie sich der Tür.

»Wirst du es schaffen?«, fragte Babel, als sie die Haustür für ihn öffnete.

Er nickte. »Ich seh dich morgen, okay?«

»Okay.«

Als er nach draußen trat, hätte Babel am liebsten nach ihm gegriffen. Schon jetzt kam ihr die Nacht kälter vor, aber sie unterdrückte den Impuls. Er pfiff nach Urd, die ihm sofort entgegenlief, im Maul hatte sie noch immer den Knochen. Babel beobachtete, wie Tom Peking in den Wagen bugsierte, Urd auf die Rückbank sprang und sie davonfuhren. Ein eigenartiges Gefühl der Leere überkam sie. Nachdenklich starrte sie in die Nacht.

Gern hätte sie die Zukunft gekannt. Gar nichts Spektakuläres wie die Lottozahlen oder so. Nur etwas ganz Einfaches.

*Geht es diesmal gut? Werde ich ihn verletzen? Kann ich mit ihm glücklich werden?*

Es gab Mittel, um die Zukunft in Erfahrung zu bringen. Natürlich nicht jedes Detail, nur die grobe Richtung. Das wussten schon die Alten, und die Methoden hatten sich bewährt. Frische Eingeweide, gewonnen aus dem Todeskampf eines Tiers, das genug Intelligenz besaß, um sich gegen den Tod zu wehren. Schweine oder Katzen, ein Luchs vielleicht.

*Komm schon, Babel, das hast du doch alles schon gemacht. Ein toter Pelz mehr oder weniger, was macht das schon?*

*Einen Unterschied.*

Die Unruhe kehrte zu ihr zurück und umkreiste sie wie eine Hyäne, die darauf wartet, dass das angeschlagene Tier zu Boden geht. Sams Worte kreisten in ihrem Kopf. Es wäre so leicht, dem Drängen nachzugeben, aber hinterher käme dann der große Katzenjammer.

*Komm schon, sei kein Baby, Babel! Leicht ist für Idioten.*

Sie warf einen Blick auf die Uhr: dreiviertel zwei. Tamy war sicher noch wach und schob Dienst.

Vielleicht hatte sie nichts dagegen, wenn Babel sie ein bisschen von der Arbeit ablenkte. An Schlaf war in ihrem aufgewühlten Zustand sowieso nicht zu denken. Eine Runde mit dem Motorrad würde ihr ganz guttun.

Sie wollte schon wieder zurück ins Haus, als sie plötzlich erneut das eigenartige Gefühl beschlich, beobachtet zu werden. Erstaunt sah sie sich um, aber im Dunkel konnte Babel kaum etwas erkennen. Sie war sich ziemlich sicher, dass Mo nicht hier war. Vielleicht einer der anderen Plags?

Wenn es Sam war, dann stand er zu weit von ihr entfernt, denn sie konnte die Verbindung zu ihm nicht spüren.

Ihre Sinne stellten sich auf die Umgebung ein, aber außer dem Energienetz des Ortes war da nichts. Misstrauisch versuchte sie, das Dunkel zu durchdringen, aber ihre Magie erfasste nichts anderes als sonst.

*Eigenartig.*

Sie schüttelte den Kopf und schloss die Haustür hinter sich. Dann ging sie nach oben, um sich anzuziehen.

# 9

Die Fahrt mit dem Motorrad hatte Babel den Kopf frei gemacht und das Band um ihren Brustkorb gelöst. Die Nächte rochen schon nach Sommer, obwohl den Tagen noch die Wärme fehlte. Der Wind sauste an ihr vorbei, sie spürte ihn an ihren Händen. Die Lichter der Laternen wurden zu leuchtenden Bändern, in deren Mitte Babel hindurchfuhr. Die Straßen waren viel leerer als am Tag, hin und wieder begegnete ihr ein Taxifahrer, der mit herabgelassener Scheibe Radio hörte oder rauchte. Die Nacht hatte sich wie ein Mantel um die Stadt gelegt und verbarg alles Unansehnliche in ihren Schatten.

Das *Smash* befand sich im Gebäude eines alten Getränkelagers am anderen Ende der Stadt. Innerhalb von zwei Jahren war der Club zu einem Geheimtipp geworden, der auch unter der Woche sehr gut besucht war. Von außen sah man dem Betonklotz nicht an, was in seinen Mauern geschah, nur der vollgestellte Parkplatz ließ erahnen, dass hier nachts die Post abging.

Die Fenster im Erdgeschoss waren vergittert, und der Zugang war nur durch eine doppelflüglige Feuerschutztür möglich, vor der Tamy mit verschränkten Armen stand, das Funkgerät am Gürtel. Sie trug Springerstiefel und ein Muskelshirt, das ihren gut trainierten Bizeps betonte. Die Haare hatte sie wie immer zum Pferdeschwanz gebunden und eine Schirmmütze tief ins Gesicht gezogen. Doch selbst ohne den Ausdruck darin zu sehen, spürte Babel, dass sie verärgert war. Ihre Haltung wirkte angespannt.

Neben Tamy standen zwei junge Burschen, höchstens zwanzig, die mit den ruckartigen Bewegungen Betrunkener auf sie einredeten. Offenbar wurden sie abgewiesen, denn oberstes Gebot im Club war: Getrunken wurde von innen nach außen, nicht umgekehrt. Das brachte Geld und vermied Ärger. Die Jungs schienen den Fehler vieler Männer zu machen: Sie nahmen Tamy nicht ernst, obwohl jeder Idiot sehen konnte, dass sie nicht nur aussah, als könne sie zuschlagen, sondern es auch tat.

Babel parkte die Maschine, nahm den Helm ab und schlenderte hinüber. Schon als sie zehn Meter entfernt war, hörte sie die wütende Stimme des Größeren.

»Lass uns jetzt gefälligst rein, Alte. Wir bezahlen.«

Er wusste es noch nicht, aber damit war er auf dem besten Weg, sich selbst zu disqualifizieren. Wenn Tamy eines nicht leiden konnte, dann Leute, die glaubten, mit Geld alles regeln zu können.

Sie schüttelte den Kopf.

»Hör mal, du Scheißlesbe …«

Oh, damit war er zielsicher auf ihrer schwarzen Liste gelandet.

»Du legst es drauf an, mich wütend zu machen, oder?«, presste sie zwischen den Zähnen hervor und ließ den Nacken knacken.

Spätestens jetzt hätte sich Babel an seiner Stelle umgedreht und gesehen, dass sie Land gewann.

Tat er aber nicht. Stattdessen brüllte er: »Von dir lass ich mir nicht sagen, was ich zu machen hab!«, und ballte die Fäuste wie ein Kleinkind.

»Ist nicht mein Problem, Kleiner. Hier kommst du jedenfalls nicht rein.«

Tamy überragte ihn um einen halben Kopf, aber auch das hielt ihn nicht davon ab, den wohl dümmsten Fehler in einer Reihe dummer Fehler zu begehen. Er griff nach ihrer Schulter.

Noch bevor er dort angekommen war, hatte Tamy ihn schon an der Hand gepackt und sie nach hinten gedreht. Während sie das Gelenk weiter verbog, brüllte der Typ wie am Spieß. Das alles ging so schnell, dass Babel es kaum gesehen hatte. Als sein Kumpel ihm zu Hilfe kommen wollte, stieß Tamy ihn mit der Handkante gegen die Brust, und so betrunken, wie er bereits war, taumelte er zurück, stolperte über seine eigenen Füße und setzte sich ziemlich unsanft auf den Hintern.

Der Kerl, den Tamy an der Hand hatte, war inzwischen in die Knie gegangen und wimmerte. Sie ging neben ihm in die Hocke und zischte: »Okay, jetzt hör gut zu, Arschloch, denn das sind die Spielregeln: Du verschwindest. Jetzt. Ich will kein Wort mehr hören. Sehe ich dich noch mal hier, brech ich dir die Nase und schieb dir den Knochen bis in dein erbsengroßes Hirn hoch. Klar so weit?«

Der Typ jammerte weiter.

»Ob das klar ist?« Sie drehte den Arm noch ein Stück höher, und er nickte hastig. Zufrieden ließ sie den Kerl los und verpasste ihm mit dem Stiefel einen Tritt. »Verschwinde!«

Er kroch aus ihrer Reichweite, auf seinen Freund zu, und gemeinsam richteten sie sich auf. Als sie ein paar Meter gewankt waren, setzte wütendes Gemurmel ein, aber sie zogen trotzdem ab wie geprügelte Hunde.

Kopfschüttelnd sah Tamy ihnen nach, bevor sie sich Babel zuwandte. »Ich hasse so was. Erst lassen sie sich volllaufen, und dann flippen sie völlig aus und glauben, sie könnten jeden anpissen.« Sie schob ihre Mütze zurecht und wischte die Haare über die Schulter zurück auf den Rücken, dann nahm sie ihren Platz neben der Tür wieder ein, als wäre nichts gewesen.

In dem Moment ging die Tür auf, und eine Gruppe angeheiterter Leute verließ den Club. Sie lachten laut und warfen Tamy neugierige Blicke zu, aber wenigstens waren sie klug genug, den Mund zu halten.

Als sie die Straße überquert hatten, fragte Tamy: »Was führt dich um die Uhrzeit her? Tanzen sicher nicht.«

Ein einziges Mal war Babel mit ihr in einem Club gewesen, und bei diesem Besuch hatte Tamy sehr schnell festgestellt, dass Tanzen keines von Babels Talenten war. Ihr eigenes allerdings auch nicht – trotzdem liebte sie es, Babel damit aufzuziehen. »Ich kann boxen«, pflegte sie zu sagen, wenn Babel sie darauf hinwies. »Wenn jemand lacht, wenn ich tanze, kriegt er einfach eins drauf. Was willst du dann machen?«

Natürlich hatte Babel ihr nie die Story erzählt, wie sie mit achtzehn auf einer Party die Kleiderträger eines Mädchens reißen ließ, weil es sich beim Tanzen an Sam herangemacht hatte.

»Ich wollte mit dir reden.«

»Probleme?«

»Könnte man so sagen. Aber nicht, was du denkst.«

Tamys Augenbraue wanderte in die Höhe.

Eigentlich wollte Babel ihr etwas ganz anderes erzählen, schließlich sollte alles in der Frage enden, ob sie ihr helfen würde – aber offenbar entschied ihr Unterbewusstsein, dass es neben einem durchgeknallten Killer auch noch ein anderes wesentliches Problem gab, denn als Babel den Mund öffnete, kam nur heraus: »Ich glaube, ich bin dabei, mich zu verlieben.«

»Und das ist ein Problem?«

»Ich kenn ihn gerade mal zwei Tage.«

»Passiert. Ist Romeo und Julia angeblich auch so gegangen.«

»Genau, und sieh dir an, wo das endete.«

»Na ja, du musst das ja nicht gleich so dramatisch machen.«

Babel seufzte. »Wir haben wirklich absolut nichts gemeinsam.«

»Tja, dann wirst du dich vermutlich irgendwann wieder entlieben, aber bis dahin kann's doch ganz lustig werden.«

»Du siehst das erstaunlich pragmatisch.«

Tamy zuckte mit der Schulter. »Ich bin doch keine vierzehn mehr, Babel. Romantik ist was für Leute, die zu faul zum Arbeiten sind. Echte Liebe ist Arbeit. Du musst dranbleiben, Tag für Tag, und wenn's anfängt, selbstverständlich zu werden, ist das meist der Anfang vom Ende.«

»Äh …«

Mit ihrer nüchternen Art schaffte es Tamy, dass sich Babel augenblicklich fragte, ob sie nicht aus einer Mücke einen Elefanten machte? Mit ein bisschen Abstand musste das Ganze wahrscheinlich so aussehen: Da war also dieser unglaublich gut aussehende Mann, der Babel ohne Federlesen erklärte, dass er sie attraktiv fand, der kein Weichei war und vermutlich sogar dieselbe Partei wählte wie sie – und Babel hatte nichts Besseres zu tun, als darüber nachzugrübeln, wie die Sache schiefgehen konnte, die ja noch nicht mal richtig begonnen hatte.

Sie gab zu, dass das Ganze aus einer entfernteren Perspektive reichlich albern aussah. Spontan verspürte sie das Bedürfnis, Tom anzurufen und ihm zu sagen, dass sie sich die Sache anders überlegt hatte und er seinen Arsch hierher schwingen sollte, um mit ihr einen neuen Matratzenrekord aufzustellen. Von ihr aus konnte er vorher auch ein paar Rosen aus einem Garten klauen, damit die Sache wenigstens einen romantischen Anstrich bekam, ganz gleich, was Tamy sagte.

Babel musste sich ein bisschen in Gedanken verloren haben, denn Tamy räusperte sich und fragte: »War das alles, worüber du reden wolltest? Dass du frisch verliebt bist?«

Na ja, die Sache war eigentlich ein bisschen komplizierter, aber das konnte wirklich warten. Im Grunde wollte sie endlich mit Tamy über eine andere Sache reden.

»Ich bräuchte morgen mal deine Hilfe … ich meine, deine Hilfe als …« Sie suchte nach dem passenden Wort.

»Knochenbrecher?«

Babel zuckte mit den Schultern, und Tamys Blick wurde schärfer.

»Wobei?«

»Du weißt, dass ich mit Karl ein Büro habe. Ein bisschen Detektivarbeit, ein bisschen Hilfsorganisation. Ich hab diesen Fall übernommen, der mir vielleicht über den Kopf wächst. Mord.«

»Du hast einen Mord übernommen?«

»Nein! Herrgott noch mal. Ich soll herausfinden, wer einen begangen hat.«

»Dafür ist die Polizei zuständig.«

»Normalerweise schon, aber hier liegt der Fall ein bisschen anders … Na ja … also … Die Opfer gehören einer besonderen Gruppe an …«

»Einer Sekte?«

»So was Ähnliches.« Seufzend stand Babel da und schob die Hände in die Hosentaschen.

Es war nie einfach, jemandem zu erzählen, was sie war und tat. Es klang irgendwie immer beknackt, das musste sie zugeben. Aber es schien die Nacht der Neubeginne zu sein, und es war ihr wichtig, dass Tamy Bescheid wusste. Ob sie nach Babels Geständnis allerdings noch mit ihr reden würde, stand auf einem anderen Blatt. Nicht immer, wenn sie sich einem normalen Menschen offenbart hatte, wurde ihr auch geglaubt. Es kam nicht nur auf den richtigen Zeitpunkt, sondern auch auf die Wortwahl an.

Am Ende stellte sie die älteste aller Fragen: »Glaubst du an Magie?«

»Du meinst mit Zauberstab und Kristallkugel?«

»Eher mit Blut und Sprüchen.«

»Voodoo.«

»Nicht ganz.« Babel ließ sich neben ihr an der Häuserwand nieder und legte den Kopf auf die Knie. »Okay, ich erzähl dir jetzt was, und ich weiß, dass sich das seltsam anhört, aber du kannst sicher sein, dass ich nicht high bin oder versuche, dich zu verarschen, okay?«

Tamy zögerte, sagte aber nach einem Moment: »Okay.«

Ohne sie anzusehen, begann Babel ihr von der Magie zu erzählen. Sie holte weit aus, von wegen Hexenverbrennung und dass da möglicherweise die eine oder andere echte dabei gewesen war. Dass die Menschen vor Jahrhunderten ja auch geglaubt hätten, Blitze wären Teufelszeug. Und dass es auch heute noch Dinge gab, die sich die meisten Menschen nicht erklären konnten, daher waren sie dazu übergegangen, sie zu ignorieren. Die Errungenschaften der Aufklärung hätten eben auch zu einer Ignoranz des alten Wissens geführt.

An dieser Stelle bekam Tamy einen glasigen Blick, und Babel bemerkte, dass sie glaubte, sie wolle ihr einen Vortrag über Religion halten. Also platzte sie mit »Magie!« heraus, als würde das eine Wort alles erklären. Dann haspelte sie weiter, erzählte von der Hexentradition in ihrer Familie, dass es weitervererbt wurde, aber auch spontan auftreten konnte. Wie sie Karl kennengelernt hatte. Schließlich versuchte sie, Tamy zu erklären, wie Magie funktionierte und dass es eine alte Kunst war. Dass es im Grunde mehr Physik war als *Zauberei* und dass es vor allem darum ging, sich Sachen *vorzustellen*.

»Klingt wie bei einem dieser beknackten Kurse. Visualisieren Sie Ihr Ziel, damit es sich erfüllt.«

»Äh … na ja … kann sein, aber das meine ich nicht. Es geht nicht darum, deinen inneren erfolgsgeilen Egomanen zu entdecken, sondern um das Verändern der Realität auf physikalischer Ebene.« Sie nickte gewichtig, aber wirklich überzeugt sah Tamy nicht aus. Was keine Überraschung war. Wahrscheinlich hätte es Babel mehr beunruhigt, wenn sie ihr erzählt hätte, sie glaube ihr jedes Wort.

»Du meinst, wenn man sich etwas vorstellt, geht es auch irgendwann in Erfüllung?«

»So ungefähr, nur geht das bei Hexen eben deutlich schneller, weil sie magisch aktiv sind, das heißt, wir können die Magie direkt beeinflussen. Aber natürlich umgibt uns die Magie immerzu. Auch magisch passive Menschen können sie manchmal wahrnehmen. Du hast garantiert auch schon die Erfahrung gemacht, dass dir eine Gänsehaut über den Rücken läuft, wenn du an einen bestimmten Ort kommst. Manche nennen es Karma, aber im Grunde genommen sind es nur die Energien eines Ortes, die du spüren kannst. Oder du wünschst dir etwas sehr, und dann trifft es auch ein.«

»Das sind Zufälle.«

»Nein, sind es nicht.«

Babel beobachtete sie, aber Tamy stand noch immer mit unbeweglicher Miene vor der Tür. Es war nicht zu erkennen, ob sie Babel für durchgeknallt hielt.

Erst nach einer Weile sagte sie: »Okay.«

»Okay? Mehr hast du nicht dazu zu sagen?«

»Was soll ich denn sagen?«

»Na, wie wäre es mit: He, du spinnst doch. Oder: Zauber mir ein Kaninchen aus dem Hut.«

»Kannst du das?«

»Ein Kaninchen aus dem Hut zaubern?«

Tamy nickte.

»So funktioniert das nicht. Auch Magie hat ihre Grenzen, sonst wäre der Witz mit der Weltherrschaft längst kein Witz mehr. Du kannst nicht aus nichts etwas machen. Man kann nur eine Sache in etwas anderes umwandeln. Das ist ein bisschen wie beim ersten Gesetz der Thermodynamik: Energie geht nicht verloren.«

»Aha. Was kannst du also?«

»Soll ich dir das jetzt beweisen?«

»Wäre gut, wenn du nicht willst, dass ich dich auf eine Alkoholvergiftung überprüfen lasse.« Nur Tamy konnte im Plauderton die ungeheuerlichsten Sachen sagen. Sie glaubte Babel nicht, war aber bereit, eine Chance zu vergeben.

Babel überlegte, womit sie ihre Behauptung am besten beweisen konnte. Ihr Blick fiel auf einen Kieselstein, der vor ihren Füßen lag. Sie zeigte darauf. »Heb ihn auf.«

Tamy zögerte kurz, tat es dann aber und umschloss den Stein mit den Fingern. »Und jetzt?«

Babel sah auf die zur Faust geballte Hand und stellte sich den Stein darin vor. Ihre Hand schwebte über Tamys, und die Energiewellen übertrugen sich auf die Hand wie Röntgenstrahlen, bis Tamy den Stein plötzlich mit einem Aufschrei fallen ließ und finster auf die Blase starrte, die sich in ihrer Handfläche bildete. Der Stein war heiß geworden.

Sie trat ein paar Schritte zurück und brachte Abstand zwischen sich und Babel. Ihr Blick flackerte über sie, und Babel konnte sehen, wie sich ihre Halsmuskeln anspannten. Vorsichtshalber ging auch sie einen Schritt zurück. Sie hatte keine Lust, Bekanntschaft mit Tamys Faust zu schließen.

Tamy starrte sie an und schüttelte ungläubig den Kopf. »Das gibt's doch nicht.«

Sie steckte die Hände in die Hosentasche. »Glaub's ruhig.«

Bei diesem Kampf konnte sie ihr nicht helfen, alles hing davon ab, ob Tamy ihr vertraute. Möglicherweise waren sie noch nicht an diesem Punkt ihrer Beziehung, wo sie sich im Zweifelsfall für Babel entschied.

Tamy nahm den Stein vom Boden noch einmal empor und drehte ihn in der Hand, aber es war nur ein normaler Stein mit kühler Oberfläche. Sie blinzelte Babel an, einen ungewöhnlich zaghaften Ausdruck im Gesicht, dann schien sie sich wieder zu fangen. Offenbar gab es nur sehr wenig, was Tamy aus der Bahn werfen konnte. Magie gehörte wohl nicht dazu.

»In Ordnung, ich glaube dir.«

»Das war einfach.«

»Ich bin keine Idiotin, Babel.« Mit der Fußspitze kickte sie den Stein zur Seite und betrachtete ihn nachdenklich. »Seltsam.«

»Nicht für mich, aber ich verstehe, was du meinst.«

»Wissen das viele Menschen?«

Babel schüttelte den Kopf. »Nein, und die meisten reagieren auch nicht so gelassen darauf. Auch wenn die Leute gern das Gegenteil behaupten, aber eigentlich sind sie ganz froh, dass das Übersinnliche nicht offen präsent ist. Wer will schon gern mit Mächten zu tun haben, die er nicht kontrollieren kann. Mir wär's auch lieber, es gäbe keine Atomkraftwerke.«

»Weiß die Regierung davon?«

»Keine Ahnung … Ich hab nicht vor, unseren Innenminister darauf aufmerksam zu machen.«

»Würde ich an deiner Stelle auch nicht. Sonst wirst du ganz schnell zum Risiko der Inneren Sicherheit.« Sie verschränkte die Arme. »Was ist mit der Kirche?«

»Klar, die wissen alles. Ich meine, die hatten ein paar Jahrhunderte Zeit, um übersinnlichen Phänomenen auf die Spur zu kommen. Aber sie sehen das wie immer: Wenn du nur den Mund hältst und ihnen bei ihren Geschäften nicht in die Quere kommst, lassen sie dich in Ruhe. Außerdem wissen sie genau, dass sie einen Krieg anzetteln, wenn sie sich jede Hexe vornehmen. Und glaub mir, da draußen gibt es so manche Hexe, die man besser nicht verärgert. Ergo gilt: Wir lassen sie in Ruhe, und sie lassen uns in Ruhe. Funktioniert schon eine ganze Weile so.« Nervös beobachtete sie Tamy. Manche Leute wirkten zuerst, als ob sie kein Problem mit der Magie hätten, und dann verhielten sie sich doch reserviert, wenn sie eine Weile darüber nachgedacht hatten. Es war ihnen nicht geheuer, dass jemand eine Macht besaß, auf die sie keinen Einfluss nehmen konnten. Und es gefiel ihnen auch nicht, dass sie an dieser Macht keinen Anteil hatten.

Babel wartete darauf, dass Tamy ein Zeichen des Unwohlseins zeigte, aber es kam nichts. Stattdessen hockte sie sich neben sie und umschloss eines ihrer Armbänder mit der Hand.

»Du bleibst erstaunlich ruhig«, sagte Babel leise, und es dauerte eine Weile, bis sie ihr antwortete.

»Weißt du, Babel, ich habe so viel gesehen, was mich wirklich entsetzt hat, dass die Tatsache, dass es Magie gibt, mich nicht sehr erschüttert. Ich meine, sie wirkt im ersten Moment großartig, aber wenn ich darüber nachdenke, dann sehe ich doch, dass sie in den entscheidenden Momenten nie da war. Die ganze Scheiße, die ich gesehen habe, ist auch ohne Magie passiert. Welche Rolle spielt es also, ob du das kannst oder nicht? Es hat die Welt nicht groß verändert, oder?«

Genau das war der springende Punkt. Gemessen am Weltgeschehen spielte es keine große Rolle, das lag an den Grenzen, die die Magie hatte. Außerdem fragte sich Babel, was in Tamys Vergangenheit passiert war. Sie hatte nie ein Wort darüber verloren. Babel wusste nichts über sie, nicht einmal, ob sie Geschwister hatte.

»Du gehst ein ziemliches Risiko ein, mir das zu erzählen. Ich meine, was ist, wenn ich es weitertratsche oder versuche, dich damit zu erpressen?«

»Das wirst du nicht. Meine Menschenkenntnis ist nicht so schlecht.«

»Darauf kann man sich nicht immer verlassen.«

Babel sah sie an, die gerunzelte Stirn und ihren Blick, der sie zu durchbohren schien. »Manchmal muss man eben ein Risiko eingehen, sonst gewinnt man nichts.«

Tamy schien eine Weile darüber nachzudenken, dann nickte sie und löste das Armband. Selbst im Schein der Laternen konnte Babel die dünnen hellen Linien darunter sehen, die sich von ihrem Handgelenk nach oben zogen.

Erschüttert blickte Babel sie an.

»War eine enge Sache.«

»Ich hätte nie gedacht, dass …«, stammelte Babel und hielt sofort wieder den Mund, weil alles, was ihr durch den Kopf ging, so banal klang.

»Was? Dass ich der Typ bin, der so was versucht?«

Sie nickte.

»Alkohol ist auch nur Selbstmord auf Raten.«

Wahrscheinlich hatte sie recht. Wahrscheinlich war eine solche Aktion sogar typischer für Tamy, als sie zuerst gedacht hatte – schließlich war sie aktiv und überließ nicht anderen die Entscheidung über das eigene Leben. Trotzdem wusste sie nicht, was sie sagen sollte.

»Keine Bange, ich hab nicht vor, das zu wiederholen. Ist auch schon so lange her. Wie in einem anderen Leben.«

Sie legte die Armbänder wieder um und räusperte sich. Schweigend saßen sie nebeneinander und brüteten über das Geständnis der jeweils anderen. Es kam Babel so vor, als hätte sich Tamy bei ihr für ihre Ehrlichkeit bedankt, als würde die Tatsache, dass Babel es ihr erzählt hatte, schwerer wiegen als der Fakt selbst. Dass Tamy ihr diesen Einblick in ihre Vergangenheit gewährt hatte, war ihre Art, das Gleichgewicht zwischen ihnen wiederherzustellen.

Nachdem erneut Leute aus dem Club gekommen waren und Tamy sich wieder neben der Tür postiert hatte, kehrte sie zu ihrem alten Selbst zurück. »Dann mal raus mit der Sprache. Wozu brauchst du nun meine Hilfe?«

»Ich muss ein paar Leute befragen. Kann sein, dass ich dabei jemanden brauche, der mir den Rücken deckt.«

»Du kannst zaubern und brauchst trotzdem Muskeln?«

Die Sache ließ sich anscheinend nicht klären, ohne eine peinliche Schwäche einzugestehen.

»Möglicherweise habe ich das nicht ganz so gut im Griff. Das mit dem Zaubern.«

Tamy sah sie misstrauisch von der Seite an. »Sag mal, hat das irgendwas mit unseren Montagstreffen zu tun?«

»Könnte man so sagen.«

»Verstehe. Komisch, ich hab immer gedacht, dass da was anders an dir ist. Wäre nur nicht auf so was gekommen.«

»Was hast du denn gedacht?«

»Mhm, na, eher so was wie eine wilde Affäre mit deinem Bruder oder so.«

»Äh … Danke. Du hast ja eine hübsche Meinung von meinen moralischen Werten.«

Tamy grinste. »Tja, hab ich mich eben getäuscht. Du bist nur 'ne Hexe.«

»Genau, nur 'ne Hexe. Kann ich also mit deiner Hilfe rechnen?«

»Aber ja.«

Sie grinsten sich an, und Babel fiel ein riesiger Stein vom Herzen. Sie war erleichtert, dass Tamy jetzt Bescheid wusste, denn dann konnte sie ganz offen sein. Außerdem konnte sie Tamys Hilfe bei diesem Fall sehr gut gebrauchen – Babel konnte die Augen nicht überall haben, und zusätzliche Schlagkraft war nie eine schlechte Idee.

Eine Weile schwiegen sie, denn die Geständnisse dieser Nacht hatten Kraft gekostet, und die Müdigkeit holte Babel ein.

Als sie laut gähnen musste, sagte Tamy: »Sieh zu, dass du ins Bett kommst«, und obwohl es barsch klang, verspürte Babel eine Wärme, die sie einhüllte wie ein Tuch.

Vielleicht konnte sie ihr auch irgendwann mal die Sache mit Sam erzählen.

# 10

Am nächsten Morgen fühlte sich Babel wie gerädert. Ihre Augen brannten, hinter der linken Schläfe pochte ein anhaltender Schmerz, und ihre Zunge klebte am Gaumen, als wäre sie mit Klebstoff festgemacht. Mit pochendem Herzen lag Babel im Bett und ließ die Bilder der Nacht Revue passieren. Für einen sehr kurzen Moment hoffte sie, das Ganze wäre nur ein Traum gewesen. Sam war also wieder da. Gerade als sie dabei war, sich in einen Plag zu verlieben und während ein Hexenkrieg vor der Tür stand.

*Warum einfach, wenn's auch kompliziert geht, was? Sei ehrlich, Babel, träumst du noch von ihm? Wie es war, als er dich ansah, als gäbe es nichts Wichtigeres auf der Welt als dich?*

*Das ist vorbei.*

*Bist du sicher?*

Sie stöhnte und zog sich das Kissen über den Kopf. Das Einzige, was jetzt noch fehlte, war eine Tiefenprüfung vom Finanzamt!

Babel blieb liegen, bis ihr die Luft ausging, dann tauchte sie wieder auf und warf einen Blick auf den Wecker. Die roten Digitalziffern brannten sich auf ihre Retina, und plötzlich fiel ihr siedend heiß ein, dass der Tiertransport Judiths Krähe vorbeibringen würde.

»Mist!« Sie sprang aus dem Bett, zerrte die Strickjacke vom Haken an der Tür, warf sie über und rannte die Treppe hinunter, wobei ihr Getrampel große Ähnlichkeit mit einer Stampede haben musste. Schwungvoll riss sie die Haustür auf und schickte eine magische Welle in die Schutzwälle des Grundstücks, die den Ablenkungszauber vom Haus nahm. Danach stand sie heftig atmend in der Tür, und der geschnitzte Bär mit dem Türklopfer im Maul schien missbilligend auf sie herabzusehen.

»Was? Noch nie verschlafen?«, fragte sie, aber der Bär antwortete nicht.

Die kühle Morgenluft zerrte an ihren Haaren und biss sie in die Wangen. Als sie auf die Straße schaute, sah sie, wie sich ein grüner Transporter langsam dem Haus näherte. Auf der Seitentür prangte das Logo des Tiertransportunternehmens. Vor ihrem Tor hielt der Wagen an, und ein missmutig aussehender Rotschopf stieg aus und warf dem Haus finstere Blicke zu. Schuldbewusst zog Babel den Kopf ein. Der Mann ging um das Auto herum, nahm eine Box aus dem Laderaum und trat an das Tor heran. Als er sie endlich erblickte, runzelte er die Stirn.

Sie musste einen schönen Anblick bieten. Blanke Beine mit Tennissocken, Strickjacke, zerzaustes Haar und vermutlich Kissenabdrücke auf der Wange. Sehr vertrauenerweckend.

»Ihr Haus liegt ganz schön versteckt, gute Frau. Ich bin dreimal dran vorbeigefahren, bevor ich es gesehen habe. Fast hätte ich es aufgegeben und wäre weitergefahren.«

»Ja, tut mir leid.«

»Na, ist ja nicht Ihre Schuld.«

Genau genommen war es ihre Schuld. Normalerweise bekam sie ihre Post an die Büroadresse geliefert. Nun ja, man konnte nicht an alles denken, vor allem nicht, wenn man erst gegen vier Uhr morgens eingeschlafen war. Ihr Gehirn befand sich noch irgendwo zwischen der Traumwelt und der ersten Tasse Kaffee.

Nachdem er seine missmutige Stimmung erst einmal überwunden hatte, stellte sich der Rotschopf als erstaunlich redselig heraus. Er bot ihr ein Pfefferminzbonbon an und versicherte ihr, wie vorbildlich sich die Krähe verhalten hatte.

»Nicht so wie die Schlange, die ich letzte Woche im Wagen

hatte.« Anerkennend nickte er, während er auf seinen Block kritzelte. »Dieses clevere Mistvieh. Ich sag Ihnen was – klar war die Besitzerin der Meerschweine unglücklich darüber, dass von sieben nur fünf den Bestimmungsort erreicht haben, kann ich ja verstehen. Aber ist das ein Grund, wie eine Furie über mich herzufallen?« Erwartungsvoll schaute er Babel an, aber irgendwie hatten sich ihre Gedanken bei dem Wort *Schlange* aufgehangen. »Ich meine, nur weil es der Schlange irgendwie gelungen ist, die Box zu öffnen … Das passiert eben manchmal. Himmel, Meerschweine zu züchten, ist doch nun wirklich kein Problem. Was stellt die sich so an?«

»Ja … nicht zu verstehen.«

»Gut, dass es Versicherungen gibt, was?«

Skeptisch betrachtete Babel die hellgrüne Box mit den bleistiftgroßen Luftlöchern, die er ihr in die Hand drückte, und hoffte, dass darin wirklich Judiths Krähe hockte und nicht zufällig etwas anderes mit giftigem Stachel, weil das eben manchmal passierte. Die Energiewellen deuteten auf etwas Größeres hin, aber konnte sie sich da sicher sein?

Während sie noch versuchte, anhand des Gewichts herauszufinden, was wohl in der Box hockte, beklagte sich der Rotschopf darüber, dass das Benzin so teuer geworden war und das Wetter zu schwül für die Jahreszeit sei. Nachdem Babel mit ihrer Unterschrift bestätigt hatte, dass er ihr eine Box mit lebendem Inhalt übergeben hatte – die Box wackelte schließlich –, verabschiedete er sich mit dem Hinweis, er müsse weiter, um giftige Frösche auszuliefern.

Diese Äußerung verleitete sie zu der panischen Frage: »Und Sie sind sicher, dass das meine Box ist?«, aber dafür hatte er nur ein müdes Nicken übrig.

»Wenn nicht, dann rufen Sie einfach die Nummer auf Ihrer Quittung an, dann komm ich das abholen.«

*Dann bin ich vielleicht schon tot!*, wollte sie rufen. *Gefressen von tödlichen Fröschen!* Aber sie verkniff es sich, denn sie erinnerte sich daran, dass sie eine mächtige Hexe war und es da immer noch diesen Feuerzauber gab.

*Was einen Hamster umbringen kann, kann auch einen Frosch töten, oder?*

Trotzdem schloss sie die Haustür erst, als der Transporter um die Ecke gefahren und sie tatsächlich allein mit der Box war. Mit ausgestreckten Armen stieg sie langsam in den Keller hinab und stellte die Box im Magiezimmer auf den Fußboden. Der Karton wackelte kurz hin und her, dann stand er still. Hastig griff sich Babel ein Stück Kreide und zeichnete einen Kreis darum, der verhindern sollte, dass das Tier entkam, denn die Krähe würde auf den magischen Ring reagieren.

Skeptisch betrachtete Babel den Kreis und zeichnete noch einen zweiten, nur zur Sicherheit. Wieder presste sie das Ohr an die Box, aber in ihrem Inneren blieb alles still. Durch die kleinen Atemlöcher war nichts zu erkennen.

Ob sich die Krähe erschreckt hatte? Judith würde ihr den Kopf abreißen, wenn sie der Krähe den Garaus gemacht hätte. Und das sogar noch, bevor das Ritual begann!

Missmutig schaute sie auf die Box hinab. Den Vogel hatte sie zwar jetzt, aber um das Tier auf Totenenergie einzuschwören, benötigte Babel genau das: etwas Totes. Aber das hatte sie ja nicht eben mal irgendwo herumliegen. Und das einzig Tote in ihrem Garten war vermutlich der Tomatenstrauch. Es würde ihr wohl nichts anderes übrig bleiben, als sich an die nächstbeste Stelle zu wenden: den Fleischer. Freund aller Hexen und Grillliebhaber.

Sie überließ die Kiste sich selbst, stieg wieder nach oben und machte sich auf den Weg zu einer Fleischerei, die nur wenige Straßen weiter lag und täglich frische Schlachterware anbot.

Beim Bäcker an der Ecke erstand sie zuvor Kaffee im Pappbecher, den ihr die Verkäuferin mit hochgezogener Augenbraue reichte, nachdem Babel wie eine Vierjährige auf eine Quarktasche gezeigt und den Finger gegen das Glas gepresst hatte.

»Keine Bange, Schätzchen, nach der ersten Tasse kommen die Worte schon wieder«, sagte die Frau mitfühlend.

In der Tat war Babel nach hundert Metern, einer Quarktasche und dem Kaffee bereits in der Lage, dem Fleischer einen guten Morgen zu wünschen, als sie das Geschäft betrat. Aufmerksam studierte sie das Tagesangebot auf der großen Tafel und entschied sich schließlich für Hahn. Der Fleischer schlachtete noch selbst, und Hähne waren für Blutrituale hervorragend geeignet, denn sie besaßen ein besonders gut funktionierendes Nervensystem. Weil ihre Nerven auch nach dem Schlachten noch arbeiteten, floss die Energie länger durch den Körper, ebenso wie die Totenenergie. Tom würde sie von diesen Dingen allerdings besser nichts erzählen. Sie war sich sicher, dass er WWF-Mitglied war.

Der Fleischer war ein kräftiger Mann um die sechzig mit einer hellblauen Schürze um den Bauch, der mit riesigen Pranken hauchdünne Scheiben Schinken schnitt. Dabei hantierte er mit dem Messer, als wäre es ein Pinsel. An der Wand hinter ihm hingen verschiedene Auszeichnungen seiner Innung und Kinderzeichnungen, vermutlich von seinen Enkeln. Was genau die Bilder darstellten, war nicht zu erkennen, auf zweien glaubte Babel, Schweine zu identifizieren, aber sicher war sie sich nicht, denn sie waren blau.

In dem kleinen Ladengeschäft drängelte sich zu so früher Stunde bereits ein halbes Dutzend Frauen, die alle einen Kopf kleiner waren als Babel und sich zu kennen schienen. Offenbar hatte Babel die Haupteinkaufszeit der rüstigen Rentner erwischt. Während sie darauf wartete, an die Reihe zu kommen, erfuhr sie nicht nur, dass die irische Butter gerade im Angebot war, sondern auch, dass die neue Bürgermeisterin eine Zugezogene war.

»Dieser Dialekt! Kaum zu verstehen. Wie kann man denn so jemanden in ein Amt lassen, wenn den hier keiner versteht?«

»Darum geht es doch, Margarete, man soll die Politiker nicht verstehen.«

»Meinst du?«

»Ich glaube, ich nehme heute mal Blutwurst.«

Der Strom unermüdlicher Belanglosigkeiten lullte Babel ein, und fast wäre sie im Stehen wieder eingeschlafen, als sie auf einmal die tiefe Stimme des Meisters hörte: »Was kann ich für Sie tun?«

Sie zwinkerte kurz und murmelte: »Ich hätte gern einen Hahn«, was den Mann dazu brachte, sie anzustrahlen.

»Sie haben wohl eine Feier?«

Sie nickte.

»Geburtstag. Lassen Sie mich raten. Coq au vin.«

»Genau.«

Erfreut, dass sie seine Vermutung bestätigt hatte, schwang er das Messer erneut, diesmal allerdings wie einen Dirigentenstab. »Wusste ich es doch. Aber Sie müssen einen Moment warten. Ich muss den Hahn noch ausnehmen, dann gebe ich Ihnen die Innereien mit.«

»Danke, das kann ich selbst.«

Überrascht sah er Babel an. »Sie können einen Hahn ausnehmen?«

Wieder nickte sie und hörte hinter sich in der Schlange Gemurmel. Sie konnte förmlich spüren, wie die älteren Damen hinter ihr sie kritisch beäugten und versuchten, ihre hausfraulichen Fähigkeiten einzuschätzen.

*Ihr würdet euch wundern. Hummer, Aale, Ziegen, das reinste Sezierwunder!*

»Das ist aber nicht einfach …«

»Ich hab Übung.«

»Mhm«, brummte der Mann und ließ den Blick weiter skeptisch über sie gleiten. Dann schien er plötzlich auf eine Idee zu kommen, denn er zwinkerte und winkte sie näher.

Beunruhigt beugte sich Babel über die Theke, und er flüsterte ihr verschwörerisch zu: »Sind Sie etwa einer von diesen Profiköchen, die man im Fernsehen sieht?«

»Ich arbeite nicht fürs Fernsehen.«

Ihren irritierten Gesichtsausdruck schien er misszuverstehen, denn nun nahm er die Hände nach oben und erklärte mit Grabesstimme: »Ich verstehe«, und nickte wieder gewichtig. »Keine Bange, wir verraten nichts, nicht wahr, meine Damen?« Breit lächelnd wandte er sich an die Schlange hinter Babel, die ihm eifrig zustimmte.

Als er ihr endlich den Hahn aus dem Kühlraum brachte, sorgfältig in Papier eingewickelt, verließ Babel fast fluchtartig das Geschäft. Im Hinausgehen flüsterte die Dame, die das Ende der Schlange bildete: »Welcher Sender?«, worauf Babel erwiderte: »Öffentliche.«

Darüber schien die Frau ein wenig enttäuscht zu sein, aber Babel zog es vor, ihr nicht die Wahrheit über das kommende dunkle Schicksal des Hahns zu sagen. Die meisten Leute taten sich mit diesem Aspekt ihrer Profession schwer – sollten sie nicht schon der Profession abgeneigt sein. Sie war sich sicher, dass die meisten Tierschutzorganisationen Hexen auf ihre schwarzen Listen gesetzt hätten – irgendwo zwischen Kosmetikkonzerne und Hundewettbüros –, wenn sie nur von ihnen gewusst hätten. Mit dem Paket unter dem Arm machte sie sich auf den Rückweg.

Auf halber Strecke überkam sie plötzlich erneut das Gefühl, beobachtet zu werden. Aber als sie sich umsah, konnte sie nichts Auffälliges entdecken, außer ein paar Frühaufstehern, die wie sie die Straße entlangliefen und ähnlich müde aussahen. Keiner von denen schien ihr besonders auffällig oder ein gesteigertes Interesse an ihr zu haben. Ihr magisches Netz erfasste nichts. Es war nur dieses eigenartige Gefühl, das sie seit Tagen verspürte, aufgestellte Nackenhaare und ein Prickeln zwischen den Schulterblättern. Einen Dämon konnte sie in der Nähe nicht fühlen, auch die Toten verhielten sich ruhig.

Nervös lief sie weiter. Wenn sie eines gelernt hatte, dann, auf ihr Bauchgefühl zu hören. Wann immer es einen scheinbar ohne Grund warnte, sollte man darauf hören und sehen, dass man Land gewann. Sie beschleunigte ihre Schritte und wurde erst wieder langsamer, als sie ihr Haus sehen konnte. Wenn ihr Verfolger tatsächlich eine andere Hexe, vielleicht sogar der Mörder war, wäre er sicher nicht so dumm, sie auf ihrem eigenen Territorium anzugreifen, das mit ihren Energien aufgeladen war.

Als sie die Hand nach dem Tor ausstreckte, verschwand das Gefühl. Irritiert blickte sie sich um. Auch diesmal entdeckte sie nichts Auffälliges, nur Herrn Schneider auf der anderen Straßenseite, der die Fenster seines Hauses putzte, wie er es jede Woche einmal tat. Aber sein Putzfimmel war nicht per se verdächtig, allenfalls lästig, weil er den anderen Hausbesitzern in der Straße ein schlechtes Gewissen machte.

Babel versuchte, ihre Nervosität abzuschütteln.

*Reiß dich zusammen, das liegt nur daran, dass du einen toten Hahn unter den Arm geklemmt hast.*

Hastig ging sie zurück ins Haus und legte das Paket in der Küche ab. Aus einer Kiste vom Dachboden holte sie einen alten Regenmantel, der leicht abzuwaschen war. Er roch nach Chemie, und es dauerte eine halbe Ewigkeit, die Gummiknöpfe durch die dafür vorgesehenen Schlitze zu friemeln. Als Babel einen Blick in den Garderobenspiegel warf, zeigte das Bild eine Vogelscheuche mit dunklen Ringen unter den Augen, wirrem

Haar und gehetztem Blick. Das Einzige, was in diesem Moment strahlte, war das gelbe Plastik.

»Toll. Ich sehe aus wie ein Alien vom Gummiplaneten.«

Mit dem Paket unterm Arm stieg sie hinab in den Keller, bei jedem Schritt quietschte der Regenmantel.

»Und ich mache auch Geräusche wie ein Alien. Prima.«

In der Stille des Kellers erschien das Quietschen besonders laut.

Die Box stand noch genau dort, wo Babel sie abgestellt hatte. Vielleicht war die Krähe ja eingeschlafen. Vorsichtig legte sie das Paket neben den Bannkreis. Aus dem Stahlschrank nahm sie eine Duftkerze, die mit dem Ritual selbst nichts zu tun hatte, aber verhindern sollte, dass ihr durch den Geruch schlecht wurde. Ausnehmen war nichts für schwache Nerven. Danach starrte Babel auf das vorbereitete Ritual und versuchte, das drückende Gefühl in ihrem Magen unter Kontrolle zu kriegen.

*Komm schon, du machst das Ganze hier ja nicht für dich.*

Es stand immerhin viel auf dem Spiel. Trotzdem fühlte sie sich unwohl. Durch bereits tote Tiere konnte sie zwar nicht auf die Dämonenebene wechseln, aber sie musste an die Rituale denken, die sie gemeinsam mit Sam durchgeführt hatte.

*Konzentrier dich, du hast das im Griff. Denk an Tom und wie du ihm helfen kannst.*

Entschlossen ging sie in die Knie und zählte bis drei. Dann öffnete sie die Box und zog hastig die Arme zurück. Schon im selben Moment hüpfte eine Krähe aus dem Karton. Vor Schreck zuckte Babel zurück, aber der Vogel flatterte nicht davon. Der Bannkreis hielt ihn zurück. Vielleicht lag es auch daran, dass er an Rituale gewöhnt war, immerhin war er Judiths Vogel.

»Also doch kein Frosch.« Für einen kurzen Moment war sie erleichtert.

Eine Weile beäugte sie die Krähe, aber die schien nichts

Außergewöhnliches zu tun. Der Vogel stieß ein kurzes *Krah* aus und beobachtete Babel mit kleinen schwarzen Augen. Das Gefieder glänzte im Licht der Neonröhre blau-schwarz, und lange Krallen klackerten auf dem Tafelboden. Dabei erzeugten sie ein unangenehmes Geräusch. Das Energiemuster des Vogels fühlte sich genauso an wie das jeder anderen Krähe auch, nur war in ihres Judiths magische Signatur eingewoben. Wie ein Stempel oder der Ring einer Brieftaube.

»Hallo, du«, sagte Babel zu dem Vogel, der nur den Kopf schief legte und sie weiter anstarrte.

Nachdem sich Babel an die Krähe gewöhnt hatte, wickelte sie das Paket vom Fleischer aus.

»Puh …« Der Anblick war nicht gerade appetitlich, und es roch auch nicht so. Trotzdem hüpfte der Vogel aufgeregt hin und her. »Tja, Geschmäcker sind eben verschieden, was?« Ein paarmal atmete Babel tief durch.

*Komm schon, bring es hinter dich!*

Mit angehaltenem Atem setzte Babel das Messer unter dem Brustbein des Hahns an und schnitt die Bauchdecke zu den Seiten hin auf. Nur widerwillig fuhr sie mit der Hand hinein und griff nach dem Magen. Danach löste sie die Leber und zog auch die heraus. Es folgten Darm und Kloake ebenso wie die Galle. Alles flog achtlos auf das Einpackpapier. Babel hatte nicht vor, auch nur ein einziges Stück davon zu braten. Zwischendurch hielt sie die Nase über die Duftkerze.

»Ich hoffe, du weißt zu schätzen, was ich hier tue«, murmelte sie und stellte sich Toms Gesicht vor, wenn er sie so sehen könnte. »Ich hasse das.«

Noch einmal holte sie tief Luft, dann aktivierte sie die Magie und stach sich mit einer desinfizierten Nadel in den Daumen. Sie ließ ein paar Blutstropfen auf das Fleisch fallen, das sich mit ihrer Energie auflud. Als sie es in den Bannkreis warf, beäugte die Krähe die Happen einen Moment lang misstrauisch, bevor sie das Fleisch aufpickte und verschlang.

»Wohl bekomm's!«

Happen für Happen warf Babel hinein, Herz, Leber und Niere. In dem Augenblick, in dem sich ihr Blickfeld an den Rändern einengte, ihre Sicht verschwamm und sich wieder scharf stellte, wusste sie, dass die Verbindung zwischen ihr und der Krähe hergestellt war, wenn auch nur schwach ausgeprägt. Lange würde die Verbindung nicht halten – einen Tag höchstens. Judiths Prägung verhinderte eine allzu enge Bindung an das Tier.

Babel wechselte in die Perspektive des Vogels, und auf einmal sah sie die Welt verschoben und die Ränder doppelt. Ihre Sicht überlappte sich mit der des Vogels. Wenn die Krähe nicht aus demselben Winkel herausschaute wie sie, lag hinter dem eigentlichen Bild noch ein zweites, schwächeres. Je nachdem, in welcher Perspektive sie sich befand, sah sie entweder ihr Sichtfeld vorn oder das der Krähe. Es dauerte Minuten, bis sie sich daran gewöhnt hatte.

Als sie aufstand, um ein paar Probeschritte zu gehen, wurde ihr übel, und sie schwankte. Der Gleichgewichtssinn reagierte schlecht auf die verwirrenden Signale, die die Augen übersandten. Unter dem Regenmantel lief ihr der Schweiß in Bächen am Körper hinunter. Das Ritual kostete sie nicht nur Nerven, sondern auch Kraft. Wenn sie daran dachte, wie oft Judith diese Art Zauber anwandte, musste sie ihrer Schwester Bewunderung zollen.

Wie ein Kleinkind, das gerade laufen lernt, wankte sie durch den Keller und versuchte, nach Gegenständen zu greifen, um sich an die neue Sichtweise zu gewöhnen. Es dauerte eine ganze Weile, bis sie nicht mehr über ihre eigenen Füße stolperte.

»Verdammt«, entfuhr es ihr, als sie sich den Ellbogen an der offenen Schranktür stieß.

Die Krähe stieß ein weiteres *Krah* aus, und hätte Babel es nicht besser gewusst, sie würde denken, der Vogel lachte sie aus.

Doch Babel nahm durch die Augen der Krähe nicht nur die eigentliche Welt wahr, sondern auch die magischen Energien, die alles durchzogen, denn manche Tiere konnten Magie sehen. Auch das war ein Grund, warum Judith mit ihnen arbeitete.

»Ich mag keine Asche an meinen Händen. Oder Kleidern«, pflegte sie zu sagen, und Babel konnte die Vorteile erkennen.

Sie sah das Glühen, das von den Statuen ausging. Ihre Stahlschränke schimmerten in allen Regenbogenfarben, und durch die Luft zogen sich magische Wellen wie in einer bizarren Unterwasserwelt. Auch eine schwache Spur Weiß zeigte sich dort, wo die Überreste des Hahns lagen.

Der Zauber funktionierte also.

Von nun an würde Babel Totenenergie sehen, wann und wo immer die Krähe welche sah.

Als es ihr endlich gelang, sich normal zu bewegen und auch zu sprechen, ohne sich von dem zweiten Bild im Hintergrund ablenken zu lassen, wickelte sie die Knochen und Fleischfetzen in das Papier. Der Anblick machte sie krank. Gespannt verwischte sie mit der Fußspitze die Kreislinien auf dem Boden und löste somit den Bannkreis. Nach ein paar Sekunden flatterte die Krähe in die Luft und landete auf Babels ausgestrecktem Arm. Sie war froh, dass sie den Regenmantel trug, denn die Krallen waren spitz und gruben sich in das Plastik.

Misstrauisch beäugten sie sich gegenseitig, und plötzlich stand Babel ganz still. Hinter der Krähe sah sie ihr eigenes Gesicht, wie der Vogel es sah, und es raubte ihr den Atem. Sie wechselte in die Perspektive des Vogels und holte das Bild aus dem Hintergrund nach vorn.

Ihr sonst blondes Haar besaß nun eine grünliche Färbung, und ihr magisches Energienetz glühte in einem intensiven Hellblau, durch das sich hellgraue Schlieren zogen. Das Grau war ihre Verbindung zu Sam. Pulsierende Wirbel wanden sich entlang ihres Körpers, dort, wo die Energiezentren saßen, und besonders an den Händen. Sie sah auch die weißen Flecken in ihrem Muster, die von dem Tod zeugten, mit dem sie in Berührung gekommen war. Starr blickten ihr ihre Augen entgegen und wirkten weniger menschlich, als sie es gewohnt war.

*Das bin nicht ich.*

Babel erkannte sich in dem Bild der Krähe kaum wieder. Die Frau, die ihr da entgegenstarrte, war mächtig. Die Magie wand sich um sie wie eine Schlange, und fast wäre Babel vor ihrem eigenen Bild zurückgeschreckt.

*Ist es das, was Sam während unserer Rituale gesehen hat?*

Sie blinzelte, und es dauerte ein Dutzend Herzschläge, bis sie sich an das Bild gewöhnte.

Die Krähe zwinkerte. Zumindest sah es so aus. Nur schwer konnte sich Babel von dem Anblick lösen.

»Okay, here we go.«

Vorsichtig öffnete Babel die Kellertür und trug den Vogel nach oben. Im Garten ließ sie ihn frei fliegen. Wie Judiths Taube zuvor suchte sich auch die Krähe einen Platz auf einem Baum und harrte der Dinge, die da kommen mochten. Sie war nun so lange an Babel gebunden, bis sich der Zauber auflöste oder Babel ihn brach.

Zufrieden ging sie zurück ins Haus, entsorgte die Ritualreste und brauste erst den Regenmantel und dann sich selbst unter der Dusche ab. Allein für solche Zwecke hatte sie sich ein Kokosshampoo gekauft, das so stark roch, dass es alle anderen Gerüche vertrieb. Der Regenmantel hing nun wie ein erlegtes Alien über der Wanne.

Anschließend ging sie noch einmal in den Keller zurück, in

dem es noch immer nach Ritual roch und die Luft mit Magie aufgeladen war. Aus dem Schrank zog sie eine Stahlkiste, die mit einem Sicherheitsschloss versehen war. Darin lag auf schwarzem Samt ein Schmuckensemble, das Babel ihre *Rüstung* nannte.

Es bestand aus einem fingerdicken Halsring, passenden Ohrringen und zwei breiten Armreifen aus purem Gold. Die Ohrringe besaßen die Form von Adlern mit roten Granatsteinen als Augen. Der Schmuck sah nicht nur gotisch aus, er war es auch, und die Magie, die in ihm pulsierte, war so alt wie der Schmuck selbst.

Das Ensemble war ein Geschenk ihrer Mutter zum fünfundzwanzigsten Geburtstag gewesen. Immer wenn Babel dachte, dass es wirklich gefährlich werden könnte, legte sie den Schmuck an. Er vibrierte fast vor magischer Energie und war ihre stärkste magische Waffe, abgesehen von ihr selbst. Als Letztes legte sie wieder den Ring mit der Metallspitze an.

Dergleichen gerüstet, rief sie Tamy an, die anbot, Babel mit dem Auto abzuholen.

»Ich werde sicher nicht auf deinem Klapperding hinten aufsitzen und in der ersten Kurve mit dem Arsch auf dem Asphalt landen. Vergiss es. Wir nehmen das Auto.«

Tamy klang wie immer. Offenbar hatte sie auch am Morgen nach ihrem Gespräch noch keine Panik bekommen, weil sie nun eine echte Hexe kannte. »Na ja«, sagte sie trocken, »ich bin sicher, irgendwann wird mir dein Hokuspokus auch mal nützlich sein.«

Pragmatismus war eine tolle Sache.

Eine halbe Stunde später hielt Tamy vor dem Haus und stieg aus dem Auto, einem blitzsauberen BMW mit getönten Scheiben. Über das Dach des Wagens hinweg beobachtete sie, wie Babel durch den Garten lief. Tamy trug einen dunklen Hosenanzug und ein weißes T-Shirt, im Haar steckte eine Sonnenbrille, und jeder Zentimeter an ihr sah nach dem Bodyguard aus, der sie heute sein sollte. Neunzig Kilo geballte Muskelkraft mit Haaren, um die sie Rapunzel beneidet hätte.

Auf Babels Frage, warum sie in ihrem Job die Haare so lang trug, hatte sie mal gesagt: »Es sind meine Haare, und ich lasse mich nicht von irgendwelchen Idioten dazu zwingen, sie abzuschneiden, nur weil sie wie kleine Mädchen daran ziehen könnten.« Mit anderen Worten: *Ich mache, was mir gefällt.*

Inzwischen trug Babel Jeans und Lederjacke, und als sie den Arm ausstreckte, flog die Krähe herab und ließ sich darauf nieder.

»Willst du mich verarschen?«, fragte Tamy. »Eine Krähe? Was kommt als Nächstes? Besen und Tanz ums Maifeuer?«

»Tut mir leid, manche Klischees haben nun mal einen wahren Kern. Wenn's dich beruhigt, dann kann ich dir sagen, dass es nicht meine Krähe ist und dass ich auch keine Katze besitze. Genau genommen mag ich Tiere nicht mal besonders.«

»Nicht mal Frösche?«

»Niemand mag Frösche. Die sind schleimig und quaken.«

»Du bist eine sehr seltsame Frau.« Tamy schüttelte den Kopf, und als sie einstieg, hörte Babel sie murmeln: »Und die Leute halten mich für merkwürdig ...«

Es benötigte einiges Geschick, um sich samt Vogel auf dem Beifahrersitz zu platzieren, aber als die Tür erst mal hinter ihr geschlossen war, hüpfte die Krähe auf die Hutablage. Tamys Blick ruhte skeptisch auf dem Vogel, vermutlich überlegte sie, was er ihrem Wagen antun konnte. Die Krähe selbst blieb erstaunlich ruhig. Vielleicht fuhr sie nicht zum ersten Mal Auto.

Babel spürte die Verbindung zu ihr und versuchte, so gelassen wie möglich zu bleiben.

*Keine Bange, Babel, du bist keine Anfängerin mehr. Du beherrschst dein Handwerk. Wenn sich hier jemand fürchten muss, dann die anderen.*

»Sag mal, wonach riechst du eigentlich?« Tamy zog die Nase kraus.

»Kokosnuss, und glaub mir, das ist dir lieber als die Alternative.«

Tamy schüttelte den Kopf, startete den Motor und fuhr aus der Parklücke. Als sich Babel umdrehte, um nach der Krähe zu sehen, erblickte sie durch das Rückfenster einen Mann, der nicht weit entfernt von ihnen im Schatten einer großen Kastanie stand. Sie konnte nicht sehen, wer es war, aber plötzlich war dieses eigenartige Gefühl wieder da. Die Art, wie der Mann dem Auto hinterhersah, beunruhigte sie. Zu still stand er, zu konzentriert.

Die Krähe hatte den Mann nicht im Blick, Babel konnte nicht erkennen, ob er magisch aktiv war, ihre eigenen Sinne nahmen jedoch keine Magie wahr.

Gerade als sie Tamy sagen wollte, sie solle umkehren, um sich den Kerl aus der Nähe anzuschauen, setzte er sich in Bewegung und drehte ihr den Rücken zu. Mit schnellen Schritten verschwand er um die nächste Straßenecke.

Grübelnd wandte sich Babel wieder nach vorn. Vielleicht war es ein Plag. Aber welchen Grund hätten sie, Babel zu beobachten? Glaubten sie etwa doch, dass sie etwas mit den Morden zu tun hatte? Was genau hatte Tom ihnen am Tag zuvor wohl erzählt?

Sie würde mit ihm darüber sprechen müssen, denn sie mochte es nicht, beschattet zu werden, und er hatte einen gewissen Einfluss auf seine Leute. Aber im Moment konnte sie nichts unternehmen. Sie musste sich auf die bevorstehenden Gespräche konzentrieren.

Clarissa hob sie sich für den Schluss auf. Zuerst würde sie sich die schwächeren Glieder der Kette vornehmen, immer in der Hoffnung, dass sich nicht doch einer von ihnen überraschend als Täter herausstellte.

Nervös fuhr ihre Hand über den Halsring, und die Magie floss augenblicklich in ihre Fingerspitzen. Die Erinnerung an das Bild von ihr, das die Krähe ihr gezeigt hatte, hatte sich tief in ihr Gedächtnis eingebrannt, und Babel überkam ein seltsames Gefühl.

Etwas wie Vorfreude.

# 11

Tamy fuhr sie in eine Straße am Stadtpark, in der vor allem Lokalpolitiker und Immobilienfirmen zu finden waren. Große Kastanienbäume säumten die Allee und machten es Babel leicht, die Krähe frei fliegen zu lassen. Die Häuser waren sanierte Altbauten mit wunderschönen Jugendstilfassaden und nachträglich angebauten Balkonen. Wer hier wohnte, verdiente überdurchschnittlich gut und pflegte ein Image, von dem Tamy und sie meilenweit entfernt lebten.

Madame Vendome schien das Beste aus ihren Fähigkeiten zu machen.

Nur wenige Tage nach ihrem ersten Treffen mit Karl hatten Babel und er Nachforschungen über die anderen Hexen in der Stadt angestellt, um sich über die Konkurrenz zu informieren. Es war einfach gewesen, sie zu finden. Im eher ruhigen Netz der Stadt pulsierten die Hexenmuster kräftig. In einem Moloch wie Hamburg oder Berlin war es wesentlich schwieriger, Hexen aufzuspüren, weil diese Energienetze größeren Schwankungen unterworfen waren.

Bei ihren Erkundigungen waren sie schnell auf die Hexe gestoßen, die Karls Verlobter damals geholfen hatte, einen Fluch auf ihn zu legen, denn Babel hatte ihr Energiemuster wiedererkannt. Sie bot ihm an, dem alten Spruch von Auge um Auge, Zahn um Zahn zu neuem Glanz zu verhelfen, aber Karl war Gentleman genug, die Sache auf sich beruhen zu lassen. Da er nicht an einer Revanche interessiert war, hatte sich Babel nie die Mühe gemacht, Madame Vendome aufzusuchen.

Das änderte sich nun.

Über die Sache mit dem Fluch redeten Babel und Karl nie, nur ein einziges Mal hatte er über einem Feierabendbier gemurmelt: »Ist doch ironisch, dass mich ausgerechnet das zu dir geführt hat, oder? Wenn Mona gewusst hätte, dass mir das auch noch was bringt, hätte sie das sicher nicht getan. Aber wahrscheinlich hat sie ohnehin nicht wirklich dran geglaubt.« Er hatte einen tiefen Schluck aus der Flasche genommen und Babel schief angegrinst, und sie hatte sich nicht die Mühe gemacht, ihn vom Gegenteil zu überzeugen.

Ihre Suche nach dem Mörder würde sie nun bei Madame Vendome beginnen, denn sie war der kleinste Fisch.

Als sie ausstiegen, wurden sie neugierig von Passanten beobachtet, die an ihnen vorübergingen. Eine Frau mittleren Alters schüttelte den Kopf. Vermutlich wegen der Krähe – allerdings konnte ihr verwirrter Gesichtsausdruck auch Tamy gelten, die aussah, als würde sie jeden Moment eine Knarre unter ihrem Jackett hervorziehen. Unauffällig suchte Babel nach Anzeichen dafür, aber unter der Jacke war keine verräterische Ausbuchtung zu sehen.

Die Krähe erhob sich in die Luft und kreiste über ihren Köpfen. Das magische Band zu Babel dehnte sich, hielt aber. Es war ein eigenartiges Gefühl, die Füße voreinander zu setzen, während der Vogel am Himmel flog. Die doppelte Sicht verursachte ein leichtes Schwindelgefühl, das erst nach ein paar Metern wieder verschwand.

Babel zeigte auf einen pompösen Eingang, der von zwei Säulen und mehreren großen Pflanzkübeln auf den Stufen davor gesäumt wurde. Als Tamy das Namensschild an der Tür las, verschränkte sie die Arme und sah skeptisch auf Babel herab. »Madame Vendome? Das soll wohl ein Witz sein. Erst die Krähe und dann das.«

»Was soll ich sagen, sie gibt gern Salons, in denen sie Seancen legt. Schätze, da gehört ein klingender Name dazu.«

Tamys Augenbraue wanderte in die Höhe, aber es dauerte einen Moment, bis Babel begriff, dass es ihr galt.

»Mein Name ist nicht fürs Geschäft. Ich hieß schon immer so.«

»Deine Eltern haben dich Babel genannt? Bei der Geburt?«

»Na ja, vielleicht nicht direkt bei der Geburt. Das ist eine längere Geschichte, vielleicht erzähl ich sie dir irgendwann.«

Fast enttäuscht sah Tamy auf das Klingelschild. »Irgendwie hatte ich mir das mit der Hexerei schon ein bisschen interessanter vorgestellt.«

»Na ja, es gibt ein paar Hexen, die für das organisierte Verbrechen arbeiten«, versuchte sie, der Hexerei einen glamourösen Anstrich zu geben. »Oh, und ich glaube, auch für die Regierung! Natürlich nur heimlich, denn wenn die jemals von uns Wind kriegen, landen wir vermutlich alle bei geheimen Auslandseinsätzen im Dienste Ihrer Majestät.«

»Also ehrlich, bis jetzt bin ich nicht sehr beeindruckt.«

Das glaubte sie gern. Um Tamy ein erstauntes Schnaufen zu entlocken, bedurfte es wahrscheinlich einer Dämonenbeschwörung, einer geistigen Inbesitznahme oder des ein oder anderen Liebestranks.

»Okay, genug Vorspiel. Wenn ich in einer halben Stunde nicht wieder unten bin, dann stürmst du die Wohnung. No matter what. Wenn was zu Bruch geht, übernehme ich dafür die Verantwortung.«

Tamy schob die Brille auf die Nase und bezog mit verschränkten Armen neben der Tür Stellung. »Geht klar.«

Nach einem letzten Blick auf die Krähe im Baum drückte Babel auf die Klingel. Es dauerte nicht lange, bis das typische Knacken in der Gegensprechanlage zu hören war.

»Ja bitte?«, fragte eine Frauenstimme mit französischem Akzent.

»Hier ist Babel.«

»Wer?«

»Eine Kollegin.«

»Madame ist zurzeit nicht zu sprechen.«

»Hör mal, Schätzchen, warum sagst du deiner Madame nicht, dass eine Hexe vor der Tür steht und mit ihr reden will.«

Es blieb ruhig, aber nach ungefähr einer Minute ertönte das Summen der Tür. Babel nickte Tamy zu und schlüpfte in den Hausflur.

Madame lebte nicht schlecht. Die Stufen waren aus Marmor, und an den Wänden liefen bronzene Handläufe nach oben. Ein roter Teppich dämpfte die Schritte im Eingangsbereich, und ein Messingschild verkündete die Namen der Mieter, ganz so, wie man es von einer Madame Vendome erwarten würde, die behauptete, von einem illegitimen Sohn Henri IV. abzustammen.

In Wirklichkeit war sie jedoch nur Sonja Schubert aus Freital, die ein halbes Jahr in Frankreich gelebt hatte, bevor ihre Karriere als Chansonnette den Bach runtergegangen war. Erstaunlich, wenn man bedachte, dass sie ihr Publikum ja *verzaubern* konnte. Ihre Spezialität waren Tränke, die sie für ein Vielfaches der Herstellungskosten an dieselbe Art Leute verkaufte, die auch Karl und Babel engagierten. Darüber hinaus bewegte sie sich in einem Kreis gut verdienender Langweiler und Gelangweilter, die versuchten, eine Epoche wiederzubeleben, die bei näherer Betrachtung gar nicht so glamourös gewesen war, wie sie es sich vorstellten. Die *Belle Époque* klang schöner, als sie tatsächlich gewesen war. Das hielt diese Damen und Herren aber nicht davon ab, andächtig Madame Vendome zu lauschen, die sich ganz im Stil dieser vergangenen Zeit inszenierte. Dabei war sie im Grunde eine bessere Apothekerin.

Fast hätte Babel gelacht, als das Mädchen, das die Wohnungstür öffnete, tatsächlich eine französische Zimmermädchenuniform trug. Es war eine zierliche Brünette mit einer niedlichen Stupsnase und einem geraden Bob, die aussah, als wäre sie einer Persil-Anzeige um die Jahrhundertwende entstiegen. Sie machte einen Knicks, während Babel an ihr vorbei die Wohnung betrat.

»Madame erwartet Sie im Grünen Salon.«

»Na dann.« Sie folgte der Kleinen einen breiten Flur hinunter, in dessen Mitte ein runder, frei stehender Kamin eingebaut war, der nach Holzasche und Rosmarin roch. Madame hatte wohl eine Auralesestunde organisiert. Im Flur hingen Fotografien, zweifellos von berühmten Leuten, die ihren Weg in Madame Vendomes erlauchten Kreis gefunden hatten. Babels Stiefel hallten laut auf dem Parkett. In den Wandnischen lagen Masken, Figuren und winzige Glaskugeln in unterschiedlichen Farben: magisch aufgeladene Objekte. Als Babel an ihnen vorüberging, prickelte ihre Haut wie bei einem Windspiel, dessen einzelne Teile angeschubst wurden und aneinanderstießen. Aber die Objekte waren harmlos. Magischer Schnickschnack ohne echte Macht.

Der Grüne Salon entpuppte sich als genau das: ein Raum mit grünen Streifentapeten, in dem Bücherregale und teuer aussehende Sessel mit burgunderfarbenem Bezug standen. An der Wand hingen alte Porträtgemälde, die zweifellos als Ahnengalerie herhalten mussten, auch wenn sie in Wirklichkeit flämisch statt französisch waren.

Kaum hatte das Mädchen Babel allein gelassen, überprüfte sie den Raum auf Schutzwälle und magische Energien. Aber es war nichts zu finden außer einer schwachen Spur, die auf die permanente Anwesenheit einer Hexe hindeutete.

Die Krähe saß wie erwartet auf dem Fensterbrett, angelockt durch ihre Verbindung, und blickte in den Raum. Babel wechselte in die andere Perspektive, und das Bild im Hintergrund trat nach vorn. Weil die Krähe durch Glas sah, verzerrte sich das Bild, trotzdem konnte Babel das magische Muster gut erkennen. Doch der Vogel sah nichts, was sie nicht auch spüren konnte. In diesem Zimmer war jedenfalls keine Totenenergie zu finden.

Überhaupt war das magische Netz in diesem Gebäude schwach ausgeprägt. Babel hätte sich nie an einem solchen Ort niedergelassen, aber Madame fehlten vermutlich die Antennen, um das zu spüren.

Gerade als sich Babel vom Fenster abwandte und wieder in ihre eigene Perspektive wechselte, betrat Madame Vendome den Raum durch eine Flügeltür und entsprach in der Tat ihrem eigenen Klischee.

Sie war eine kurvenreiche, attraktive Enddreißigerin mit tiefrotem, wallendem Haar und grünen Augen, gekleidet in eine goldene Robe. An den Ohren hingen Gemmenohrringe. Auf den Innenseiten ihrer Unterarme waren Runen tätowiert, die das einzig echt Magische an ihr waren. Madame Vendome benutzte also tatsächlich Bilder und Sprüche für ihre Magie.

Sie hatte einen Schutzwall aufgebaut; sanfte Wellen gingen von ihr aus, die Babel kaum erreichten. Wenn sie es darauf anlegte, konnte sie den Schutzwall leicht zerstören. Für einen kurzen Moment musste sich Babel konzentrieren, um der fremden Magie nicht entgegenzuwirken. Das wäre unhöflich gewesen.

Madame reichte Babel nicht die Hand, deutete aber auf einen der Sessel, also setzte sich Babel und streckte die Beine aus. Eine Weile musterten sie einander. Es war ein bisschen wie bei Tieren, man musste sich erst mal beschnuppern, bevor man zubiss.

»Ich hatte nicht mit deinem Besuch gerechnet«, sagte Madame irgendwann mit einer tiefen Stimme, die sich Babel bei einer Chansonnette eigentlich ganz gut vorstellen konnte. Dabei faltete sie die Hände im Schoß, deren Nägel genauso golden waren wie ihre Robe.

»Tut mir leid, dass ich hier so reinplatze.«

»Ich muss zugeben, dass ich darauf gewartet habe, dass wir uns endlich begegnen.«

»Ach ja?«

Madame nickte. »Als du hergekommen bist, hat es keinen Tag gedauert, bis wir dein Energienetz spüren konnten. Clarissa war nicht begeistert.«

»Kann ich mir vorstellen.«

»Aber du bist noch hier.« Ihr Blick bekam etwas Lauerndes, und Babel wurde klar, dass sie die Auseinandersetzung mit Clarissa verfolgt hatte, ohne sich einzumischen. Wahrscheinlich hatte sie sich zurückgelehnt und abgewartet, wer als Sieger daraus hervorgehen würde, und war nun enttäuscht, dass sie beide noch lebten.

»Deswegen bin ich nicht hier«, sagte Babel, und Madame entfuhr ein überraschtes »Mhm«. Dann fügte sie an: »Du suchst nicht nach Verbündeten?«, und ihr Blick wurde misstrauisch.

»Nein. Ich habe einen Auftrag übernommen.«

*Und wenn ich einen Verbündeten suche, dann sicher einen mit mehr Schlagkraft, meine Gute.*

Die Wahrscheinlichkeit, dass Madame in die Morde verwickelt war, schien Babel gering. Sie besaß einfach nicht den Mumm, um diese Art Zauber durchzuführen, und die Krähe konnte auch keine Totenenergie sehen. Nicht mal an der Hexe selbst, wie Babel erkannte, als sie kurz die Perspektive wechselte. Sie schien in ihrem ganzen Leben noch kein einziges Blutritual durchgeführt zu haben.

»Worum geht es dann?«

»Mord.«

Sie versteifte sich, und Babel seufzte.

»Nein, ich habe keinen Mordauftrag angenommen, sondern seine Aufklärung. Macht es dir etwas aus, mir zu sagen, wo du an folgenden Tagen warst?« Sie reichte ihr einen Zettel, auf dem die Daten standen, und lehnte sich zurück. Während sie die Zahlen las, beobachtete Babel ihr Gesicht, konnte aber außer einer leichten Gereiztheit nichts erkennen.

»Wieso fragst du mich das? Wie kommst du ausgerechnet auf mich?« Ihre Augen verengten sich misstrauisch zu Schlitzen.

»Es hat nichts mit dir persönlich zu tun, es geht darum, dass du magisch aktiv bist.«

»Das ist unverschämt. Immerhin heißt das, dass du mich verdächtigst, weil ich eine Hexe bin.«

Herrje, sie wollte doch hoffentlich keine politische Sache daraus machen? Babel hätte auch alle Besitzer eines roten Honda Civic, Baujahr 1997, befragt, wenn sie Hinweise darauf gehabt hätte, dass der Täter einen solchen Wagen fuhr.

»Es ist eine Spur, und der gehe ich nach. Wie ich schon sagte, es hat nichts mit dir persönlich zu tun.«

»Glaubst du denn, dass ich es war – was immer *es* auch ist?«

»Ich glaube noch gar nichts. Ich schließe einfach Möglichkeiten aus, um das Feld einzugrenzen.«

»Verstehe. Nun ja, das ist natürlich auch eine Methode.«

*Eine Methode, wenn man keine Ahnung hat*, wollte sie sagen und hätte damit nicht mal ganz unrecht gehabt, aber Babel war nun mal keine Kriminalhauptkommissarin, die nach Regeln vorging. Alles, was sie hatte, war ihr *Gespür*.

»Ich kann mich nicht an alles erinnern. Möchtest du, dass ich in meinem Kalender nachsehe?«, fragte Madame hochnäsig und warf ihr Haar über die Schulter.

»Wenn's nicht zu viel verlangt ist.«

Unwirsch erhob sich Madame und verließ das Zimmer, während Babel wieder zu der Krähe auf dem Fensterbrett schaute, die mit ihren kleinen schwarzen Augen das Zimmerinnere betrachtete. Sie konnte sich selbst in dem burgunderfarbenen

Sessel sehen, das blonde Haar in scharfem Kontrast zu dem dunklen Bezug. Ihre Magie glühte nicht so deutlich wie in ihrem Magiezimmer, denn der Schmuck strahlte wie ein Leuchtfeuer und überdeckte ihre magischen Energien. Als sie sich bewegte, sah es aus wie ein Feuerschweif, der sich um ihren Hals wand.

Babel glitt zurück in ihre eigene Perspektive.

Es dauerte nicht lange, bis Madame Vendome zurückkam. In den Händen hielt sie einen in Leder gebundenen Kalender. Sie setzte sich und schlug die Beine übereinander. »Zwei der Daten sind bei mir ohne Eintrag, aber für das dritte Datum habe ich den Termin auf einer Schönheitsfarm verzeichnet.«

»Einer was?«

»Schönheitsfarm. Von nichts kommt nichts.« Sie zeigte Babel die Quittung. »Mein Aussehen ist schließlich mein Kapital. Wer will schon von einer hässlichen Hexe empfangen werden?«

Darüber hatte sich Babel nie Gedanken gemacht, aber vermutlich lag Madame mit dieser Einschätzung bei ihrer Klientel genau richtig. »Und ich habe immer gedacht, die Leute engagieren uns wegen unserer Talente, ts.«

Für einen der Morde schien Madame jedenfalls ein Alibi zu haben. Gemeinsam mit der Tatsache, dass sich an ihr und um sie herum keine Totenenergien finden ließen, kam Babel zu dem Schluss, dass sie diese Hexe wohl von der Liste der Verdächtigen streichen konnte. Auch wenn sie ihr Geschäft höchst albern fand.

*Ha, das hätte eine Kommissarin auch nicht besser hingekriegt!*

»Hast du vor, Clarissa dieselbe Frage zu stellen?«, fragte Madame, als Babel sich erhob.

Sie nickte.

»Interessant. Du weißt, dass sie das als Affront ansehen wird, ja?«

Es war wirklich wie bei Tieren – man durfte keine Schwäche zeigen, sonst fielen sie über einen her. Und wenn sie auch nur den geringsten Zweifel an Babel riechen würde, würde sie nicht zögern, Clarissa ihre Hilfe anzubieten. Einfach, um sicherzugehen, auf der Gewinnerseite zu stehen.

Babel sah ihr fest in die Augen. »Ich bin bereit, wenn Clarissa sich mit mir anlegen will.«

Abschätzend betrachtete sie Babel. »Du bist entweder sehr leichtsinnig oder sehr von deinen Fähigkeiten überzeugt.«

»Was soll ich sagen? Clarissa hat schon mal versucht, mich aus der Stadt zu vertreiben, aber sie hat es nicht geschafft.«

»Nun, ich schätze, in ein paar Wochen werden wir mehr wissen, nicht wahr?« Sie lächelte ein Haifischlächeln.

Es war doch immer wieder schön zu merken, wie sehr anderen Babels Gesundheit am Herzen lag.

An der Tür drehte sich Babel noch einmal um. »Vielleicht solltest du für eine Weile aus der Stadt verschwinden«, fügte sie an, die Hand schon auf der Klinke.

»Natürlich.«

»Ich mein's ernst.« Eindringlich sah sie die andere Hexe an, die in ihrem Sessel saß, als wäre sie einem alten Hollywoodstreifen entstiegen. »In nächster Zeit kann es hässlich werden. Auch für Hexen.«

»Dein Streit mit Clarissa geht mich nichts an.«

»Darum geht es nicht. Wie es aussieht, ist meine Auseinandersetzung mit Clarissa das kleinere Problem. Die Sache, wegen der ich hier bin, geht weit über unsere üblichen Streitereien hinaus.« Eindringlich hob Babel die Hand. »Glaub mir, Sonja, ich sage das nicht zum Spaß.«

Als Babel sie bei ihrem richtigen Namen nannte, zuckte die andere Hexe zusammen. Ihr Gesicht verschloss sich, ihre Haltung wurde starr. »War es das dann?«, fragte sie eisig, und Babel seufzte tonlos.

»Danke für deine Hilfsbereitschaft.« Sie war nicht für Sonja verantwortlich, mehr als diese Warnung war im Moment nicht drin.

Während Babel über den Flur ging, spürte sie Sonjas Blick im Rücken, und es kostete sie einige Überwindung, den Schutzwall unten zu lassen. Beim Hinausgehen machte das Mädchen erneut einen Knicks, und Babel fragte sich, inwieweit sie in die Geschäfte ihrer Dienstherrin eingeweiht war. Ob sie über die echte Magie, die sie wirkte, Bescheid wusste? Oder war sie nur eine Requisite wie die magischen Objekte im Flur, die keine wirkliche Bedeutung hatten?

Als sich die Tür hinter Babel schloss, fuhr sie sich mit den Handflächen über die Arme, als könne sie so die Begegnung mit der anderen Hexe abstreifen.

*Du kannst die Krallen wieder einziehen. Diese Kreatur war tatsächlich das, wonach sie aussah: eine Maus.*

Nachdenklich stieg Babel die Treppe nach unten. Ob der Täter wusste, dass sie ihm auf den Fersen war? Wartete er darauf, dass sie ihn fand? Der Gedanke beunruhigte sie. Er klang zu sehr nach einer Falle.

Tamy stand noch immer vor der Tür und vertrieb sich die Zeit damit, die vorübergehenden Passanten zu erschrecken, indem sie ihnen entgegenstarrte.

»Du sollst die anderen Kinder doch nicht ärgern«, sagte Babel, als sie aus dem Haus trat.

»Wenn die anderen Kinder ihre Hunde auf den Gehweg scheißen lassen, ohne den Mist wegzuräumen, dann schon.« Breit grinste Tamy sie an, was fast noch ein bisschen beängstigender aussah. »Alles erledigt da oben?«

»Ja, war eine Fehlanzeige.«

»Und was jetzt?«

»Fahren wir ins Stadtzentrum. Der Nächste auf der Liste ist André. Über ihn weiß ich nicht viel, außer dass er immer mal wieder Ärger mit der Polizei hat. Einbrüche, ab und zu Drogen, aber allzu clever stellt er sich dabei nicht an, wenn du mich fragst. Der einzige Grund, dass er noch nicht hinter Gittern sitzt, ist seine Magie. Er ist gut darin, Leute zu manipulieren. Das ist alles, was wir über ihn rausgekriegt haben. Ehrlich gesagt, war ich auch nicht scharf drauf, mich weiter mit ihm zu beschäftigen.«

»Klingt vertrauenerweckend.«

»Ja, nicht wahr?«

Ein Schatten flog über sie hinweg, und im nächsten Moment landete die Krähe auf Babels Schulter. Eine junge Mutter mit Kinderwagen, die ihnen entgegenkam, wechselte panisch die Straßenseite. Mit hochgezogener Braue sah Tamy ihr nach, während Babel hinter vorgehaltener Hand lachte.

»Die Leute sind manchmal echt seltsam«, murmelte Tamy und schüttelte den Kopf.

In der Unterführung stritt sich die Frau mit dem Schild, das verkündete, dass Jesus lebte, lautstark mit dem Mann, der *Lord of the dance* singen wollte, vermutlich, um sein Studium zu finanzieren.

»Das ist respektlos!«, schimpfte sie.

»Das ist irisch, du alte Schnepfe«, erwiderte er.

Als Babel und Tamy gerade an ihr vorübergingen, schnappte sie empört nach Luft. »Eines Tages …«, murmelte die Frau und stakste steif davon, während das Schild auf ihrer Schulter wild auf und ab hüpfte. Der Typ mit der Gitarre begann nachdrücklich und in falscher Tonlage *Greensleeves* zu singen.

Jesus 0, Irland 1.

Alles schien wie immer in dieser Stadt, und als ein Radfahrer Babel auf dem Fußweg fast über den Haufen fuhr, *wusste* sie auch, dass alles so war wie immer. Auf einmal packte sie ein starkes Gefühl. Das hier war ihre Stadt, sie würde sich nicht daraus vertreiben lassen.

*Oh bitte, du hörst dich an wie die Cowboys, die Amerika besiedelt haben. Fehlt nur noch, dass du eine Flagge hisst.*

*Und wenn schon.*

Das Auto hatten sie in einer Nebenstraße geparkt, denn vor dem Haus, in dem André wohnte, bestand Parkverbot, und in diesem Teil der Stadt waren die Politessen dafür bekannt, ihre Aufgaben ernst zu nehmen.

»Erwartest du Ärger?«, fragte Tamy, als sie vor der Eingangstür standen und an der Fassade emporblickten.

»Keine Ahnung.«

André wohnte in einem riesigen Gebäudekomplex in der Innenstadt, der zu DDR-Zeiten ein Regierungsbau gewesen war. Es war typische Siebziger-Jahre-Repräsentationsarchitektur mit großen Fenstern und klaren Linien. Im Hausflur hingen noch Originallampen, und obwohl die Wände frisch gestrichen waren, erweckte das Haus den Eindruck, dass hier die Zeit stehen geblieben war. Im Fahrstuhl roch es nach Erbrochenem und Linoleum, und ein Witzbold hatte auf den Spiegel geschrieben: *Gott ist ausgewandert – und der Teufel ist neidisch.*

Auf dem Weg nach oben streifte Babel ein schwacher Dämon, sie spürte es als kurzes Zwicken in den Waden. Es wunderte sie nicht – solche Gebäude zogen häufig Dämonen auf der anderen Ebene an. Sie bedienten sich bei den Menschen, die hier wohnten, dabei war nicht immer klar, ob das Haus die Bewohner depressiv machte und der Dämon deshalb ihre Nähe suchte oder ob sie erst depressiv wurden, nachdem der Dämon sie angezapft hatte. Babel baute einen Schutzwall um sich auf, und der Dämon verzog sich.

Andrés Wohnung lag im dritten Stock. Die Türen in diesem Gang sahen alle gleich aus. Der einzige Unterschied entstand durch die Fußabtreter, die in allen Formen und Farben davorlagen oder gänzlich fehlten.

Tamy bezog am Ende des Gangs Stellung, während Babel die Namensschilder neben den Klingeln las. Schon als sie aus dem Fahrstuhl gestiegen war, konnte sie Andrés Magie spüren. Die Spuren waren zittrig, aber stark. Wie kleine Stromstöße durchfuhren sie Babel und stellten ihr die Nackenhaare auf. Der Schmuck erwärmte sich.

Als die Krähe gerade am Haus vorbeiflog, wechselte sie in die Perspektive des Vogels. Die Fensterfront war eine verzerrte Spiegelfläche, die Babel für ein paar Herzschläge lang orientierungslos machte. Sie wartete, bis sich der Vogel auf dem Fensterbrett niederließ, das zu Andrés Wohnzimmer gehörte.

In dem Raum herrschte wildes Durcheinander. Kleidung, Papiere und Kartons lagen verstreut herum, als hätte ein Einbrecher nach etwas Wertvollem gesucht und dabei die Wohnung verwüstet. Es war niemand zu sehen, aber auf dem Fußboden stand ein Aschenbecher mit einer Zigarette, von der noch Rauch aufstieg. Das magische Muster war ähnlich chaotisch wie der Raum selbst, aber Totenenergien konnte Babel nicht erkennen.

Als sie den Finger auf die Klingel drückte, war drinnen Gerumpel zu hören, dann Schritte, die sich zögerlich der Tür näherten. Die Tür öffnete sich einen Spalt, und kleine braune Augen blickten zu Babel auf.

»Hallo.«

Es folgte keine Antwort.

»Ich bin wegen André hier. Ist er da?«

Der Spalt öffnete sich ein Stück, und ein modriger Geruch wehte heraus. Babel erkannte ein Mädchen, höchstens zwanzig, das sie unruhig ansah. Es hatte ein schmales Gesicht und einen Kurzhaarschnitt, der einen Friseur hätte vertragen können. Sie trug eine alte Trainingshose und ein T-Shirt, das ihr mehrere

Nummern zu groß war, von derselben Farbe wie ihr blasses Gesicht. Nur die dunklen Ringe unter den Augen bildeten einen Kontrast.

»André ist nicht hier«, sagte sie mit leiser Stimme. Vielleicht war sie gerade erst aufgestanden.

»Wo ist er denn?«

»Im Urlaub auf Malle.«

»Im Urlaub?«

»Ja, schon seit drei Wochen. Er besucht da irgend so eine Kommune.« Sie schüttelte den Kopf. »Blöder Hippiekram.« Der Ärger, der sich in ihr Gesicht schlich, ließ sie lebendiger erscheinen. Die Verärgerung schien echt zu sein.

Wenn das stimmte, konnte André nicht der Mörder sein. Erneut wurde fehlende Anwesenheit zu einem Ausschlusskriterium – wenn es denn der Wahrheit entsprach. Aber Karl würde es herausfinden. Trotzdem wollte sich Babel die Wohnung näher ansehen, wenn sie schon mal da war.

*Natürlich nur im Interesse des Falls, nicht wahr? Nicht etwa, um die Konkurrenz auszuspionieren.*

»Kann ich kurz reinkommen? Ich würde gern eine Nachricht für ihn hinterlassen.«

»Ich lass keine Fremden rein.«

»Kann ich dann Zettel und Stift bekommen?«

Das Mädchen zwinkerte nervös, rührte sich aber nicht.

»Es dauert nicht lange«, versuchte es Babel erneut, aber sie konnte sehen, dass sie mit ihrer Bitte scheitern würde.

*Ich muss einen Blick in die Wohnung werfen, nur um sicherzugehen.*

Gerade als das Mädchen die Tür schließen wollte, schob Babel den Fuß dazwischen.

»Scheiße, was soll denn das?«, rief das Mädchen.

Babel drückte die Tür auf. Ihre Magie sandte einen stechenden Schmerz durch die Handgelenke des Mädchens, das sich von innen gegen die Tür stemmte. Schlagartig ließ es los, und Babel drückte das Türblatt weiter nach innen, bis das Mädchen an die Wand krachte und wie am Spieß losschrie. Hastig legte Babel einen Stillezauber über sie.

»Ich will dir nichts tun. Ich will mich hier nur umsehen«, versuchte sie, das Mädchen zu beruhigen, doch plötzlich wurde Babel an die gegenüberliegende Wand geschleudert.

Unsichtbare Bleigewichte zogen ihre Arme nach unten, und ein Mann drückte sie an den Schultern gegen die Wand. Schmerzhaft gruben sich seine Finger in ihre Muskeln. Alle Versuche, Hände und Füße zu bewegen, scheiterten – sie konnte sich nicht rühren. Die fremde Magie, die sie erfasst hatte, fesselte sie effektiver als der Mann selbst.

Wie aus dem Nichts war er aufgetaucht. Er war eher schmächtig, trotzdem steckte in seinen Händen eine enorme Kraft. Es musste André sein. Seine Magie war stark, aber nicht sehr stabil. Wie flackernde Lichter in der Nacht.

Sein Gesicht war zu einer wütenden Fratze verzogen, und er spuckte, als er zischte: »Ich mach dich alle!«

Sie spürte, wie er seine Magie darauf konzentrierte, ihr Energienetz zu beeinflussen. Wenn es ihm gelang, würde ihre Magie Wochen benötigen, um sich davon zu erholen.

Panisch stemmte sie ihre eigene Magie dagegen und griff auf den Schmuck zurück, um zusätzliche Kraft aufzunehmen. Hinter ihm rappelte sich das Mädchen auf und zeigte wild auf ihren Hals, aber das interessierte André nicht.

»Hol das Seil aus der Küche!«, brüllte er und drückte Babel weiter gegen die Wand. Sie spürte seine Magie, dieses zuckende Netz, das drohte, ihr Bewusstsein einzuschläfern. Aber noch hielt ihre magische Verteidigung stand.

»Tamy!«, rief sie. »Das Mädchen!«

André schlug ihr ins Gesicht, und ihr Kopf knallte gegen die Wand. *Nicht schon wieder*, dachte sie, und zornig verstärkte sie die Magie. Wie bei einer Explosion gingen die Wellen von ihr aus und erfassten Andrés magisches Netz, während Tamy in der Tür erschien und mit einem Blick die Situation erfasste. Sie griff sich das Mädchen, das sich wand wie ein Aal, und zwang es mit dem Arm um seinen Hals in die Knie.

»Wenn du nicht willst, dass ich deiner Kleinen das Genick breche, lässt du besser los«, sagte sie und fixierte dabei André, der Babel noch immer gegen die Wand presste. Für sie musste es eigenartig aussehen, dass sich Babel nicht wehrte und wie eine Puppe an der Wand hing.

Aber André ließ nicht locker. Im Gegenteil – er verstärkte den Griff noch, denn er spürte, dass Babels Magie seine Schutzmechanismen außer Kraft setzte. Ihre Magie fraß sich in sein Netz wie Säure, Stück für Stück.

»Loslassen, hab ich gesagt!«, wiederholte Tamy, doch er gab nicht nach, selbst als sie den Griff um den Hals des Mädchens verstärkte und die Kleine zu röcheln begann. Babel hoffte nur, dass sie ihr nicht tatsächlich das Genick brach.

Sie konzentrierte sich weiter auf die Magie. Ihre Wut speiste die Wellen, die von ihr ausgingen. Sie schoben sich weiter voran, knüpften an dem fremden Netz an, lösten Verbindungen und schafften neue. Wie ein hungriger Tiger fraß sich ihre Magie in Andrés Netz, bis es vollständig vereinnahmt war.

*Kannst du es fühlen? Seine Energien, wie sie auf dich übergehen?*

Die Magie brannte in ihren Adern, und vor lauter Macht verschwamm ihr die Sicht. Das Kribbeln in den Fingern wurde fast unerträglich. In wiederkehrenden Schüben sandte sie Energie in die Luft, stellte sich vor, wie sich ein Kokon um André legte, in dem die Erdanziehungskraft immer stärker und stärker wurde.

In seinen Augen konnte sie erkennen, wann er es zu spüren begann – und auch die Panik, die ihn erfasste, als er merkte, dass seine Magie dem nichts entgegenzusetzen hatte.

Langsam kehrte das Gefühl in ihre Gliedmaßen zurück. Sie erhöhte den Druck, und Zentimeter für Zentimeter beugte er sich dieser Kraft, die ihn langsam in die Knie zwang. Seine Hände rutschten von ihren Schultern, und am Ende krümmte er sich zu ihren Füßen, während die Magie ganz von ihr abfiel und sie sich wieder bewegen konnte.

Als er von ihr abließ, holte sie tief Luft und stützte die Hände auf die Knie, während die Magie ihn am Boden hielt.

»Falscher Schachzug«, flüsterte sie ihm zu.

»Lass mich los, du Schlampe!« Sein Gesicht verzog sich zornig.

»Reizend.« Sie beugte sich näher zu ihm. »Komm schon, du weißt es doch besser.«

»Verpiss dich!«

Babel richtete sich auf und stemmte die Hände in die Hüften. »Begreifst du wirklich nicht, wann du besser aufgibst, du Idiot?«

»Fick dich!«

»Ja, offenbar.« Sie schüttelte den Kopf und verstärkte die Magie, bis er flach am Boden lag und eine unsichtbare Hand seinen Hals zudrückte. Nicht lebensgefährlich, nur so weit, dass er begriff, worauf diese Sache hinauslief.

Babel nahm das Tütchen Holzasche aus der Jackeninnentasche und pustete die Asche in die Luft, die sich wie feiner Nebel verteilte. Sie öffnete die Tür zum Wohnzimmer, und die Asche wirbelte an ihr vorbei in den anderen Raum. Schlagartig färbte sich die Asche ein. Ein schneller Blick genügte, um zu erkennen, dass hier keine mächtige Magie gewirkt worden war. Ein paar Sexzauber, aber das war wirklich keine Überraschung.

Sie wandte sich wieder an André. »Ich will nur ein paar Antworten auf meine Fragen, sonst nichts. Wenn du mir die gibst, ist das hier ganz schnell vorbei, und jeder kann seines Weges gehen.«

»Vergiss es.«

Von der Tür war ein scharfes »Halt still!« zu hören. Tamy hatte das Mädchen noch immer am Hals gepackt, und ihr Gesichtsausdruck war alles andere als friedlich. »Das Miststück hat mich gebissen.«

»Vermutlich hat sie Angst, dass du ihr das Genick brichst.«

Tamy senkte den Kopf, um dem Mädchen ins Ohr zu flüstern. »Hör mal, Kleine, wenn du das noch mal versuchst, brech ich dir wirklich das Genick.«

Seufzend hockte sich Babel neben André.

»Was willst du hier?«, zischte er. Dabei lief ihm ein Speichelfaden aus dem Mund.

»Reden. Also, wo warst du vor sechs Tagen?«

»Von mir kriegst du nichts, Drecksstück!«

Babel verstärkte den Druck um seinen Hals, bis er röchelte, dann ließ sie wieder locker. »Ich bin nicht an deinem Zeug interessiert, Schwachkopf. Ist mir gleich, was du treibst. Ich will nur wissen, wo du vor sechs Tagen warst.«

Er schwieg.

»Hör mal, das ist doch albern. Ich hab nicht die Zeit, um hier ewig rumzuhängen. Ich frag dich jetzt noch einmal, und wenn ich dann keine Antwort kriege, nehme ich mir deine Magie vor, kapiert?«

Panisch weiteten sich seine Augen. Sein magisches Netz war bereits so instabil, dass ihre Drohung, sein Muster zu beeinflussen, erschreckend wirken musste.

»Also. Vor sechs Tagen warst du …«

Sie sah, wie er mit sich kämpfte, und legte die Fingerspitzen an den Halsring. Die Magie, die davon ausging, musste er so nah bei ihr ebenfalls spüren.

Seine Stimme kam stockend: »Bin erst vor drei Tagen zurückgekommen.«

»Von wo?«

»Malle.«

»Das ist nicht dein Ernst.«

Er nickte schwerfällig.

»Dir ist klar, das ich das überprüfen lasse, und wenn sich die Geschichte als falsch herausstellt, komme ich wieder, und dann reden wir noch mal.«

»Ich war auf Malle«, beharrte er.

Einen Moment lang studierte sie sein Gesicht. Seine Magie war zwar stark, aber er konnte sie nicht konzentriert genug einsetzen, weil sie so flackerte. Das machte es schwer für ihn, komplexe Rituale durchzuführen oder große Mengen Energie längere Zeit zu bewegen. Es war unwahrscheinlich, dass er zu dem in der Lage war, was der Mörder geleistet hatte.

»Na schön.« Sie erhob sich und sah Tamy an. »Lass sie los. Wir gehen.«

Langsam nahm Tamy den Arm vom Hals des Mädchens und trat einen Schritt zurück. Vor ihr sank das Mädchen in sich zusammen wie eine Marionette, der man die Fäden durchtrennt hatte, und es holte schnappend Luft. Babel löste den Stillezauber, und das Japsen bekam einen Klang. Babel folgte Tamy aus der Wohnung und schloss die Tür hinter sich. Erst dann zog sie ihre Magie von André ab, damit er sich wieder bewegen konnte.

Während sie mit Babel den Gang entlanglief, hörte sie ihn brüllen: »Warum hast du sie in die Wohnung gelassen, du blöde Schlampe?« Offenbar hatte er eine Schwäche für dieses Schimpfwort.

»Alles klar bei dir?«, fragte Tamy und Babel nickte. »Das wird eine blaue Wange geben.« Sie deutete auf die Stelle, wo André Babel erwischt hatte.

Vorsichtig betastete Babel die Wange und zuckte zusammen, als der Schmerz ihr unter die Schädeldecke fuhr. »Prima«, murmelte sie. Aber sie war selbst schuld. Sie hatte sein magisches Muster übersehen. Vermutlich hatte er es getarnt, als er sie an der Tür spürte. So ein schwankendes Muster wie seins war leichter zu verbergen, weil es ohnehin Löcher hatte. Vermutlich hatte er im Badezimmer gewartet, bis sie hereingekommen war.

»Wird mir eine Lehre sein.« Sie deutete auf die Tür, die ins Treppenhaus führte. »Wir nehmen die Treppe. Ich habe keine Lust, nach unten zu rauschen, wenn sich der Kerl überlegt, dass er sauer auf mich ist und die Kabel kappt.«

Während sie in einem dämmrigen Treppenhaus die Stufen nach unten stiegen, stellte Tamy fest: »Das war ziemlich beeindruckend, was du da drin gemacht hast. Ich meine, ich weiß ja nicht, was genau du gemacht hast, aber im einen Moment drückt er dich gegen eine Wand, und im nächsten windet er sich auf dem Boden.« Sie pfiff anerkennend.

»Schön, dass du endlich doch mal beeindruckt bist.«

»Scheint mir ganz praktisch, wenn man das kann.« Tamy grinste.

»Du meinst, so praktisch wie Leute in einen Griff nehmen, aus dem sie sich nicht befreien können?«

»Jeder nutzt eben das, was er kann. Hast du herausgefunden, was du wissen wolltest?«

»Wahrscheinlich.«

»Du glaubst ihm also?«

»Ja. Er ist zwar ein Idiot, aber das allein macht ihn noch nicht zum Mörder.«

Am Auto angekommen, legte Tamy den Kopf in den Nacken und beobachtete die Krähe, die über ihren Köpfen kreiste. Babel konnte in dem verschwommenen Hintergrundbild erkennen, wie sie an dem Wagen standen, die Köpfe nach oben gereckt.

»Weißt du, was ich nicht verstehe?«, fragte Tamy und blickte nachdenklich auf das Haus zurück. »Dieses Mädchen. Das für ihn lügt und sich seine Frechheiten gefallen lässt … Ich meine, ich hab doch schon ein Arschloch, wozu sollte ich mir ein zweites anschaffen?«

Babel brach in schallendes Gelächter aus. »Irgendwann werde ich dich mal mit Judith zusammenbringen, und dann könnt ihr euer Männerbild vergleichen.«

Fragend zog Tamy eine Braue hoch.

»Meine Schwester.«

»Ist sie auch …«

»Eine Hexe? Ich fürchte, ja.«

Die Krähe setzte zum Landeanflug an, bevor sie ins Auto stiegen. Babels Wange brannte noch immer wie Feuer. Als sie saßen, langte Tamy ins Handschuhfach. »Da«, sagte sie und warf Babel eine Tube in den Schoß, die sich als Salbe gegen Prellungen herausstellte. »Für deine Wange.«

»Will ich wissen, warum du das immer im Auto hast?«

»Falls ich beim Schlussverkauf mit einer Horde Weiber aneinandergerate.«

»Verstehe. Wir müssen nicht drüber reden.«

Tamy grinste und schob die Sonnebrille auf die Nase. Dann gab sie Gas.

# 12

Nachdem sie an einer Imbissbude Pommes gegessen hatten und Babel sich von der Auseinandersetzung einigermaßen erholt hatte, machten sie sich zu der nächsten Adresse auf.

*Daniel.*

Babel seufzte.

Daniel war eine Geschichte für sich. Wie die meisten Hexer war er egoistisch und ein schlechter Teamplayer, doch all diese Eigenschaften waren schwach ausgeprägt im Vergleich zu seiner Libido.

Das erste Mal war sie ihm zufällig in einem Club begegnet und hatte ihm fast die Haare vom Kopf gehext, als er sie angesprochen hatte. Verwundert hatte sie feststellen müssen, dass sein Interesse weniger der Tatsache galt, dass sie eine Hexe war, als vielmehr der, dass sie eine Korsage trug. Möglicherweise hatte er bei diesem ersten Treffen einen falschen Eindruck von ihr bekommen, aber sie war wegen eines Auftrags dort gewesen und die Korsage lediglich Tarnung.

Es schien, als habe er es sich zum Ziel gesetzt, jede Frau diesseits des Äquators zu beglücken – zumindest kam es einem so vor, wenn man ihn kennenlernte. Über die Tatsache, dass Babel eine Hexe und somit Konkurrenz um die magischen Energien war, hatte er schon bei diesem ersten Treffen hinweggesehen, um ihr ein eindeutiges Angebot zu unterbreiten.

Dass er womöglich nicht ihr Typ sein könnte, zog er nicht einmal in Betracht, und so erklärte er sich ihre Weigerung, mit ihm ins Bett zu steigen, damit, dass Babel Angst davor hätte, tiefere

Gefühle für ihn zu entwickeln. Jegliche Versuche ihrerseits, ihm diesen Blödsinn auszureden, waren an seiner unglaublichen Selbstüberschätzung abgeprallt. Jedes Mal, wenn sie sich über den Weg liefen, erzählte er ihr von seinen neusten Eroberungen und was sie verpasste, während Babel überlegte, ob sie lachen oder sich die Haare raufen sollte.

Doch ihn deshalb für einen Spinner zu halten, war gefährlich. Seine Magie war kraftvoll und intuitiv, wenn auch sehr spezialisiert. Seine besondere Fähigkeit konzentrierte sich auf Brände. Offiziell arbeitete er als Brandschutzexperte, aber wer einmal das Haus gesehen hatte, in dem er lebte, wusste, dass er mit diesem Gehalt unmöglich seinen Lebensstandard bestreiten konnte. Babel vermutete, dass der Brandschützer nur Tarnung war und sein eigentliches Geschäft darin bestand, Feuer *zu legen* – und zwar dort, wo Brände und eine Versicherungssumme gebraucht wurden.

Bei ihrem ersten Treffen hatte er ihr einen Drink bestellt und dann gefragt: »Hast du dir schon mal überlegt, warum so viele Hexen kriminell werden?«, und sie hatte geantwortet: »Vermutlich, weil man damit schneller Geld verdienen kann. Unsere Fähigkeiten scheinen eher dazu geeignet, Verbrechen zu begehen, als sie zu verhindern.«

Das war aber nicht der einzige Grund. Ihr stetiges Doppelleben und all die kleinen Lügen im Alltag, an die man sich von Kindesbeinen an gewöhnte, förderten Misstrauen anderen Menschen gegenüber und brachten häufig asoziale Tendenzen mit sich.

Daniels wiederholte Annäherungsversuche hatten wohl eher etwas mit Trophäe und sehr wenig mit Sympathie zu tun, wenn es um Babel ging.

Er wohnte in einem ehemaligen Arbeiterviertel der Stadt, in dem viele alte Fabriken zu modernen Wohnungen umgebaut wurden und sich ein alternatives Publikum angesiedelt hatte. Auf dem Gelände eines ehemaligen Busbahnhofs hatte die Stadt die Verwaltungsgebäude und Werkstätten an sanierungswillige Käufer abgegeben. Das Gelände überzog ein Flickenteppich unterschiedlicher Straßenbeläge. Kopfsteinpflaster, Asphalt und Schotterkies reihten sich ohne erkennbaren Sinn aneinander. Vereinzelt fanden sich sogar Löcher im Boden, um die mit Neonfarbe nachlässig ein Kreis zur Warnung gesprüht worden war. Es roch nach feuchtem Beton und heißem Metall, und vor den meisten Eingangstüren lagen Bierdosen, die als Aschenbecher dienten.

Erleichtert sah Babel auf ihre Stiefel, deren Sohlen trotz des schwierigen Pflasters Halt fanden. Sie deutete auf ein Haus am anderen Ende des Geländes: »Das da hinten ist es.«

»Woher weißt du das? Ich denke, du warst noch nie hier?«

»Er hat das Revier markiert.«

Es dauerte einen Augenblick, bis Babel merkte, dass Tamy stehen geblieben war. Irritiert drehte sie sich nach ihr um, aber dann begriff sie.

Sie lachte. »Nein, nicht so, wie du denkst. Er führt sich zwar manchmal auf wie ein Köter und will gern alles bespringen, aber um in die Ecken zu pinkeln, ist er sich zu fein.« Sie zeigte auf das offene Eisentor, das aufs Gelände führte. »Das Tor ist magisch gekennzeichnet. So weißt du als Hexe genau, wann du in das Revier einer anderen trittst. Das ist wie ein Namensschild.«

Skeptisch lief Tamy weiter, und Babel zuckte entschuldigend mit den Schultern. Manchmal vergaß sie, dass es viele Dinge gab, die einem normalen Menschen eigenartig erscheinen mussten, wenn er mit Hexen zu tun hatte. Mit Karl war es ihr am Anfang genauso ergangen.

Über dem Eingang zu Daniels Haus stand in großen Lettern REPARATUR. Wenn es stimmte, was er ihr erzählt hatte, besaß er eine Loftwohnung im zweiten Stock. Babel sah nach oben. Die Krähe flog an der Fensterfront vorbei, die sich vom Fußboden bis zur Decke erstreckte. Hinter dem Glas befand sich nur ein großer Raum, dessen Wände nicht tapeziert, sondern mit Beton ausgekleidet waren. Alles wirkte brachial, aber auch irgendwie beruhigend.

Daniel saß hinter einem Schreibtisch, der ganz aus Glas bestand, sowohl die Platte als auch die massiven Beine. Er trug eine bequeme Leinenhose und ein passendes Hemd, und die blonden Haare wurden an den Schläfen bereits grau, obwohl er gerade Mitte dreißig war. Konzentriert beugte er sich über Papiere und warf hin und wieder einen Blick auf den Laptop. Auch wenn er nicht ihr Typ war, konnte sie doch verstehen, was manche Frauen an ihm fanden. Er war nicht außergewöhnlich gut aussehend, aber er hatte diese Aura absoluter Selbstsicherheit um sich, die so selten zu finden war. Viele Leute fühlten sich davon angezogen.

Auf einmal sah er auf und fixierte die Fenster. Hitze drang auf Babel ein. Eine Gänsehaut überzog ihre Arme, und das Bild der Krähe wurde blass, bis es nur noch eine graue Fläche war. Babel spürte noch immer die Verbindung zu dem Tier, aber das Bild war nicht mehr zu sehen.

»Mist«, murmelte sie. »Er hat gemerkt, dass ich da bin und die Krähe einsetze.« Das hätte sie ihm gar nicht zugetraut. Seit ihrer letzten Begegnung musste er ein paar neue Tricks gelernt haben. Unsicher blickte Babel auf die Tür, die von selbst aufsprang, weil jemand den Summer bedient hatte. Zweifellos Daniel. Sollte sie einfach so hineingehen? Aber für eine neue Taktik war es nun zu spät.

»Warte im Hausflur!«, sagte sie. »Wenn du was hörst, komm hoch.«

Tamy nickte ernst, und langsam stieg Babel die Treppen nach

oben. Kaum hatte sie den ersten Absatz erreicht, spürte sie auch schon Daniels Schutzmechanismen, die im Haus verankert waren und ihn warnten, wenn sich ein magisch Aktiver in seine Nähe begab. Als sie in der zweiten Etage ankam, stand Daniel schon mit verschränkten Armen in der Türöffnung. Sein Schutzwall war aktiv, Babel spürte seine Magie wie ein Kratzen auf der Haut und auch sie aktivierte die Magie. Für einen Bluff war es jetzt ohnehin zu spät.

»Ich bin nicht hier, um Ärger zu machen«, sagte sie, aber Daniel ließ die Schilde oben.

Er schien nicht überrascht, Babel zu sehen, als er mit einladender Handbewegung sagte: »Komm rein!« Geschmeidig trat er zur Seite, um sie einzulassen, sodass sie vor ihm den Flur entlanggehen musste.

An der Wand hing ein riesiger Männerakt, bei dem der Kopf fehlte, und Babel fragte sich, ob Daniel dafür Modell gestanden hatte. Allerdings stellte sie die Frage nicht laut, denn sie befürchtete, er könnte ihr Interesse missverstehen.

Zögernd ging sie weiter in den großen Raum, den sie zu Beginn gesehen hatte. Noch immer war ihre Sicht eingeschränkt. An der Wand dem Schreibtisch gegenüber hingen Fotos hinter Glas, die alle das gleiche Motiv zeigten.

Feuer.

Wohnhäuser, Tonnen, Möbel, Städte und sogar Menschen. Alles brannte, und stumm stand Babel vor dieser Galerie der Zerstörung. Die Bilder zeugten von einer Besessenheit hinter der zivilisierten Fassade seiner Erscheinung, und bei dem Gedanken daran, wie Daniel seine Magie nutzte, lief es ihr kalt den Rücken hinunter. Für einen Moment war sie unfähig, ihn anzusehen.

Als sie sich endlich zu ihm umdrehte, lag ein Lächeln auf seinen Lippen. Er wusste genau, was sie beim Anblick der Feuerbilder dachte, und ihr Schrecken darüber amüsierte ihn. Er war weitaus gefährlicher, als er auf den ersten Blick schien – sie durfte ihn nicht unterschätzen.

Mit ausladender Handbewegung deutete er auf eine Sitzecke, die im Wesentlichen aus drei Stühlen und einem umgedrehten Blecheimer als Tischchen bestand, und widerwillig ging Babel darauf zu.

»Es wundert mich nicht, dass du hier bist«, sagte Daniel, nachdem er sich gesetzt hatte, und schlug die Beine übereinander. Seine Haltung war so locker, als wären sie alte Freunde.

»Ach nein?«

Er schüttelte den Kopf und lächelte weiter, aber dieses Lächeln hatte nichts Liebenswürdiges. Es erinnerte Babel an eine Katze, kurz bevor sie die Maus frisst. »Nein, auch wenn ich mir gern einbilden würde, dass du meinetwegen hier bist.« Er legte die gespreizten Finger der rechten Hand auf seine Brust, aber als sie nicht darauf einging, fuhr er fort: »Dein Besuch bei den Plags ist nicht unbemerkt geblieben. Das spricht sich rum.«

»Bei wem?«

Er zuckte mit den Schultern und sah gelangweilt aus dem Fenster. »Da fragt man sich natürlich, was du plötzlich mit diesem Pack zu tun hast. Na ja, von dort aus ist es dann kein weiter Weg mehr, um herauszufinden, welche Art Ärger die Plags gerade haben.«

»Du weißt also von den Morden?«

»Die ganze Stadt weiß von den Morden. Seit Wochen wird darüber berichtet.«

Vielleicht wurde es Zeit, dass Babel eine Zeitung abonnierte.

»Aber die ganze Stadt weiß nicht, dass es sich dabei um Plags handelt, oder?«

Das Katzenlächeln kehrte zurück. »Und die Tatsache, dass du jetzt auf meiner Türschwelle aufgetaucht bist, erzählt mir auch noch den Rest der Geschichte. Nämlich, dass du glaubst, eine Hexe wäre dafür verantwortlich. Das Einzige, was noch zu klären wäre, ist, wieso du dich genötigt fühlst, mir mit dieser Krähe auf den Leib zu rücken. Das war nicht sehr höflich. Was sollte sie für dich herausfinden? Ob ich in letzter Zeit Kontakt mit Totenenergie hatte?«

Niemand konnte behaupten, dass Daniel dumm wäre.

Es war zwecklos, jetzt noch zu leugnen – immerhin hatte er sie sozusagen auf frischer Tat ertappt. Manchmal kam man bei Leuten wie Daniel schneller voran, wenn man die Karten auf den Tisch legte und ihnen das Gefühl gab, sie bestimmten das Spiel. Also nickte sie.

»Mhm, ich kann dir versichern, dass ich mit den Morden nichts zu tun habe, Babel. Aber natürlich wirst du das nicht einfach glauben, nicht wahr?« Er verschränkte die Finger im Schoß. »Möchtest du dich selbst davon überzeugen?«

Misstrauisch schaute sie ihn an. »Du hebst die Sperre wieder auf?«

»Wenn du das möchtest.«

»Und die Gegenleistung?«

Er schüttelte den Kopf.

»Komm schon, dafür kenne ich dich zu gut.«

»Glaub mir, du könntest mich noch viel besser kennenlernen.« Das Lächeln bekam eine anzügliche Note.

»Nein, danke, verzichte.« Sie streckte die Beine aus und imitierte seine Haltung. »Es ist doch in deinem Sinne, wenn du von der Verdächtigenliste runterkommst, findest du nicht? Immerhin braucht keiner von uns einen wütenden Mob Plags, die auf Lynchjustiz aus sind.«

»Die Plags sind kein Problem für mich.«

Babel lachte. »Ja, genau, deshalb bist du auch so gut über sie informiert.«

Eine Weile starrten sie einander schweigend an, ihre Blicke wie in einem stummen Kräftemessen ineinander verhakt. Dann verschränkte Daniel die Arme. Das Bild der Krähe flackerte und kam langsam wieder zum Vorschein. Daniel hatte die Sperre aufgehoben. Sie wechselte in die Perspektive des Vogels und lenkte ihn erneut zu der großen Fensterfront. Daniels Aura brannte in einem tiefen Indigoblau, sein magisches Netz bildete einen festen Kokon. Fasziniert beobachtete Babel, wie sich die Luft um ihn herum erhitzte. Die Temperatur im Raum stieg. So musste er auch die Brände auslösen. Er konnte gut auf die Temperatur einwirken, intuitiv wie sie. Gegen seine Magie wirkten ihre Energiewellen beweglich, wie Wasser, das einen Felsen umschloss.

Ihr Blick wanderte weiter. Die magischen Farben durchzogen den Raum, manche schon älter, manche ganz frisch. An Daniel selbst sah Babel keine weißen Flecken. Als direkter Täter war er auszuschließen. Sie zog sich zurück in ihre eigene Perspektive.

»Zufrieden?« Der Spott in seiner Stimme war nicht zu überhören.

»Fürs Erste.«

»Ich würde dir ja gern etwas anbieten, aber irgendwie habe ich das Gefühl, du würdest nichts trinken, was ich in der Hand hatte.«

»Davon kannst du ausgehen.« Ungeduldig wandte sie den Blick ab. Ihre Liste schrumpfte weiter zusammen, und die Möglichkeiten, die übrig blieben, waren die unangenehmsten. Im Grunde hatte Babel nicht wirklich erwartet, dass Sonja, André oder Daniel in die Morde verwickelt waren. Die Vorstellung, dass es stattdessen Clarissa oder gar ein Fremder war, beunruhigte sie deutlich mehr. Gegen jemanden anzutreten, den man nicht einschätzen konnte, barg unbekannte Risiken, die einen leicht den Kopf kosten konnten.

Daniel musste ihre Unruhe gespürt haben, denn plötzlich lehnte er sich nach vorn, die Ellbogen auf die Knie gestützt. Seine Augen blitzten vor Begeisterung, und sie konnte förmlich sehen, dass er darauf brannte, ihr etwas mitzuteilen, das sie noch nicht wusste. »Ist dir in letzter Zeit vielleicht etwas aufgefallen in der Stadt?«

Scheinbar desinteressiert schüttelte sie den Kopf. Sie wollte ihm das Spiel nicht zu einfach machen.

»Nicht mal ein neues Hexenmuster?«

Als sich ihre Augen vor Überraschung weiteten, lehnte er sich zufrieden zurück, in der Gewissheit, ihre ungeteilte Aufmerksamkeit zu haben.

»Was?«

»Es gibt ein neues Hexenmuster in der Stadt.«

»Das hätte ich gemerkt.«

»Nicht zwangsläufig. Wenn es eingebettet ist in andere magische Netze und so schwach, dass man es leicht übersieht ...«

»Wer ist es?«

Er legte eine dramatische Pause ein, die sie an Judith erinnerte. »Clarissas Enkel Nikolai. Er ist heimgekehrt.«

Die darauf folgende Pause war echt, aber nicht weniger dramatisch.

»Du machst Witze.«

Er machte eine wegwerfende Handbewegung. »Es ist kein Wunder, dass du nichts gemerkt hast. Das Muster ist so schwach, dass es eine Hexe wie dich kaum interessieren kann.«

»Was meinst du damit?«

»Er kann kaum mehr als ein paar Tricks, zu mehr reicht es nicht.«

Selbst wenn das stimmte, war es nicht gut, wenn ihr solche Sachen entgingen. Aber es erklärte, warum Daniel ihr freiwillig eine Information zukommen ließ und ihr auch gestattet hatte, sein magisches Muster zu überprüfen, obwohl er ihre Krähe blockieren konnte.

Er hoffte, dass Babel Clarissa auf die Pelle rückte.

Von den verschwundenen Totenenergien am Tatort schien er nichts zu wissen. Wahrscheinlich vermutete er, dass Clarissa hinter den Morden steckte und ihr Motiv denselben Grund hatte, der ein mögliches Interesse seinerseits erklärte: der Ritualplatz. Vielleicht glaubte er zu verhindern, dass Clarissa an Macht gewann, wenn er Babel half.

»Wieso haben wir noch nie was von diesem Enkel gehört?«, fragte sie skeptisch, um zu sehen, wie weit sein Wissen reichte, aber sein Grinsen verriet ihr, dass er sie durchschaute. Indem sie Fragen stellte und der Sache nachging, tat sie genau das, was er wollte: Sie würde sich um das Problem Clarissa kümmern.

Ungehalten zog sie die Augenbrauen zusammen. Es passte ihr nicht, dass er sie zu seinem Werkzeug machte, aber im Moment war sie auf seine Informationen angewiesen.

»Weil er bisher nicht in der Stadt gelebt hat. Er ist erst vor wenigen Monaten zurückgekommen. Ist wohl bei der Mutter aufgewachsen.«

*Ist das die Antwort auf dieses Rätsel? Ist er der fremde Spieler?*

»Ich weiß, was dir durch den Kopf geht, aber der Junge ist harmlos. Ich hab dir doch gesagt, dass du sein Muster übersehen hast, weil es so schwach ist.«

»Vielleicht ist das nur Tarnung.«

Daniel schüttelte den Kopf. »Nein, dann hätte Clarissa ihn nie aus den Fingern gelassen. Ich hab Erkundigungen eingeholt. Ehrlich gesagt, ist es sogar eine recht traurige Geschichte. Er ist nicht der einzige Enkel. Er hat noch einen Bruder, Mikhail. Es sind die Kinder von Clarissas Sohn, Anatol.«

Ungehalten schnalzte Babel mit der Zunge, und Daniel lachte leise. »Den Kerl kann ich nicht leiden«, sagte sie. »Als ich hierher gezogen bin, wollte er mir eine Ritualratte unterschieben, um mir einen Hautausschlag zu verpassen, bei dem ich mir die Haut in Streifen vom Leib gezogen hätte, weil es so fürchterlich gejuckt hätte.«

»Was hast du dagegen getan?«

»Die Ratte in seinem Auto unter dem Beifahrersitz festgeklebt. Der Zauber war zwar wirkungslos, dafür hat das Tier wunderbar gestunken. Hat eine Weile gedauert, bis er gemerkt hat, wo der Gestank herkam.«

Daniel lachte anerkennend. »Wie auch immer, Anatol hat jedenfalls zwei Söhne, und ganz gleich, wie schwach ausgeprägt das magische Talent in Nikolai ist, wenigstens ist es vorhanden. Das ist bei seinem Bruder nicht der Fall.«

»Du meinst, er ist magisch passiv?« Überrascht sah sie ihn an.

Kein Wunder, dass die Jungs nicht bei Clarissa aufgewachsen waren. Babel konnte sich gut vorstellen, wie begeistert Clarissa von einem passiven Enkelkind war. Es kam selten vor, dass das Kind einer Hexe magisch inaktiv war, aber es passierte. Clarissa hatte auf diese Neuigkeit sicher wenig feinfühlig reagiert. Grübelnd beobachtete Babel die Krähe, die über das Gelände flog, bis sich Daniel räusperte.

Sein Blick lag lauernd auf ihr. »Was wirst du jetzt unternehmen?«

»Vermutlich genau das, was du dir erhofft hast.« Sie stand auf. »Ich gehe zu Clarissa.«

Für einen kurzen Augenblick wirkte er so zufrieden wie der Gewinner eines Pokerspiels, der wusste, dass er am besten geblufft hatte. Doch dann verschloss sich seine Miene wieder. Vielleicht hatte er Bedenken, Babel könnte zu viel über ihn erfahren. Auf dem Weg zur Tür fragte er sie: »Was ist mit deiner Wange passiert?«

»Arbeitsunfall.«

»Mhm.« Er hielt ihr die Tür auf, aber als sie an ihm vorbeigehen wollte, hob er den Arm und versperrte ihr den Weg. In sein Gesicht schlich sich erneut dieser anzügliche Ausdruck, den sie so gut an ihm kannte. »Erinnerst du dich noch, wie ich dir gesagt habe, wir sollten unsere Kräfte zusammenlegen, im gegenseitigen Nutzen?«

»Ja, das war nicht zu überhören. Jedes Mal.«

Er grinste. »Das meine ich doch gar nicht. Es geht mir jetzt ausschließlich ums Berufliche. Du solltest dir mein Angebot wirklich noch mal durch den Kopf gehen lassen.«

»Ich habe dir doch schon gesagt, dass ich das für keine gute Idee halte. Hexen sind keine guten Teamplayer. Außerdem habe ich bereits einen Partner.«

»Clarissa operiert auch nicht allein. Wenn wir uns zusammenschließen, könnten wir einige ihrer Geschäfte übernehmen. Wusstest du, dass sie Verbindungen zum Bauordnungsamt hat? Investitionen, Babel. Denk darüber nach.«

»Das habe ich, und ich bin nicht interessiert. Bei Clarissa ist das etwas anderes, und das weißt du auch. Sie hält das Geschäft in der Familie. Aber du und ich«, sie zeigte zwischen ihnen hin und her, »wir würden uns irgendwann an die Kehle gehen.«

»Aber so muss es nicht sein.« Sein Blick wurde eindringlich, und er beugte sich ein Stück zu ihr hinunter, bis sie sein Rasierwasser riechen konnte. Die Luft zwischen ihnen lud sich mit ihrer beider Magie auf und sandte ein merkwürdiges Prickeln über Babels Kopfhaut.

»Doch, muss es. Das ist wie ein Naturgesetz. Wir sind wie zwei gleiche Pole von Magneten. Wir stoßen uns ab.«

»Woher willst du das wissen?«

»Glaub mir, das war schon immer so.« Sie schob ihn ein Stück zurück.

»Oh, dann ist das eines dieser Das-war-schon-immer-so-und-wird-auch-immer-so-sein-Dinge.«

»Ja, manchmal ist eben auch was dran an solchen Sprüchen.«

Auffordernd sah sie ihn an, und nach einem Augenblick ließ er den Arm sinken, damit sie vorbeigehen konnte.

Sie war bereits die ersten Stufen hinabgegangen, als sich Daniel über das Geländer beugte, um einen Blick auf Tamy zu werfen, die mit versteinerten Gesichtszügen zu ihnen aufschaute.

»Wer ist das?«, fragte er.

»Tamy.«

»Ein Mensch?« Er musterte sie aufmerksam. »Interessant.«

»Keine Chance, mein Lieber.«

»Sag das nicht. Man kann so etwas nicht behaupten, wenn man es nicht versucht hat.«

»Glaub mir, an dieser Frau beißt du dir die Zähne aus.«

»He, Babel!«

Sie blieb stehen und sah zurück.

»Viel Glück!«

Das würde sie brauchen, aber laut sagte sie nur: »Wenn du glaubst, dass ich dir den Ritualplatz überlasse, bist du im Irrtum.«

Mit diesen Worten lief sie die Treppe hinunter, während sein leises Lachen hinter ihr herwehte.

# 13

Drei ihrer Verdächtigen hatte Babel nun schon von der Liste genommen, aber sie hatte nicht das Gefühl, dass die zusätzlichen Informationen ihr etwas nützten. Im Gegenteil, ihre Unruhe stieg sogar noch. Konnte sie dem vertrauen, was Daniel gesagt hatte? Vielleicht war dieser Nikolai ja genau derjenige, nach dem sie suchte. Daniel verfolgte jedenfalls seine eigenen Pläne und half ihr nicht aus reiner Nächstenliebe, das stand fest.

Je näher sie Clarissas Haus kam, desto nervöser wurde sie, bis Tamy irgendwann entnervt sagte: »Wenn du weiter so auf deinem Platz rumrutschst, denke ich noch, du musst aufs Klo.«

»Tut mir leid. Hör zu, das hier ist was anderes als die anderen. Das waren kleine Fische. Clarissa ist mächtig, und vor allem ist sie nicht allein.«

»Warum gehst du dann hin?«

»Ich muss wissen, ob sie etwas damit zu tun hat. Wenn sie heute mit mir Streit sucht, brauche ich deine Hilfe, denn sie ist auf ihrem Territorium.« Sie nahm ihr Handy aus der Tasche und wählte Tamys Nummer, die irritiert das Gespräch annahm, bevor Babel das Telefon wieder einsteckte. »Ich lass die Verbindung stehen. Wenn du irgendwas hörst, das klingt, als wäre ich in Bedrängnis, dann kommst du rein. Egal, wer dir dann begegnet, du haust so drauf, dass er sich für eine Weile nicht mehr rührt, denn wenn es erst mal so weit ist, musst du davon ausgehen, dass sie versuchen werden, dich ebenfalls auszuschalten. Wir haben das Überraschungsmoment auf unserer Seite, aber das ist alles, klar?«

Tamy nickte. Irgendwie hatte Babel den Verdacht, dass eine solche Aktion für sie nicht neu war, und langsam fragte sie sich, ob Tamy wirklich nur als Türsteherin arbeitete.

Clarissas Haus war riesig. Wie Babels eigenes Heim war auch dieses durch Zauber geschützt, die normale Menschen dazu brachten, es zu ignorieren, und die Bewohner davor warnten, wenn jemand wie Babel in seine Nähe kam. Sie hatte nicht erwartet, sich anschleichen zu können. Ein mannshoher Eisenzaun mit gefährlich aussehenden Spitzen umgab das Grundstück, und am Tor war eine Gegensprechanlage angebracht, die aussah, als wäre sie eine Sicherheitsanlage aus dem Pentagon.

Zwei Schritte entfernt vom Zaun blieb Babel stehen und streckte die Finger in das Energiefeld, welches das Haus umgab. Es machte sich als Prickeln an den Fingerkuppen bemerkbar. Sie setzte ihre eigene Energie dagegen, damit sie nicht buchstäblich der Schlag traf. Der Schmuck übertrug seine Wärme auf ihre Haut.

Keine Minute stand sie, ohne geklingelt zu haben, vor dem Zaun, als sich auch schon die Haustür öffnete und ein junger Mann in den Garten trat. Er war höchstens zwanzig, groß und schlaksig und besaß den Gang eines Jungen, der zu schnell gewachsen war. Das musste Nikolai sein, Clarissas Enkel, denn sein Gesicht war Babel fremd. Daniel hatte recht gehabt. Das magische Energienetz, das den Jungen umgab, war schwach und erreichte Babel nur als warmer Hauch.

Finster schauend trat er ans Tor und sprach mit leiser Stimme, die sie kaum verstand. Es klang wie »Sind Sie Babel?«, deshalb nickte sie vorsichtig und steckte die Hände in die Jackentaschen. Wind war aufgekommen.

»Du bist neu«, stellte sie fest, und einen Moment lang sah der Junge sie unsicher an.

»Ich bin Anatols Sohn.«

»Hast du auch einen Namen, Anatols Sohn?«, fragte sie, um zu sehen, wie er reagieren würde.

»Vielleicht wollen Sie erst hereinkommen und mit meiner Großmutter reden.«

Das war es, was Babel an dieser Familie am meisten hasste – immer tat sie so verdammt geheimnisvoll und machte aus jedem Fliegenschiss eine Staatsaktion. Obwohl Nikolai erst kurz hier war, hatte er sich in dieser Hinsicht schon bestens eingelebt. Wahrscheinlich hatte ihm irgendjemand eingeredet, dass der eigene Name Macht besaß und man ihn besser nicht den falschen Leuten verriet. Mal ehrlich – ein Name machte doch noch keinen Bannspruch! Aber Babel nickte nur und ließ sich hineinführen. Schließlich war sie nicht hergekommen, um mit der Brut zu diskutieren.

Sie wurde durch die Empfangshalle geführt, hin zur Bibliothek, und die Sohlen ihrer Schuhe erzeugten ein quietschendes Geräusch, wenn sie auf den Marmorfußboden trafen. Der ganze Ort war aufgeladen mit magischen Energien, die davon zeugten, dass unter diesem Dach schon seit Jahrzehnten Hexen lebten. Die fremde Magie lief wie Schleim an Babel herab, und sie hatte Mühe, sich nicht zu schütteln.

An den Wänden hingen Ölgemälde von Vorfahren, die ähnlich hochnäsig auf Babel herabschauten wie die jetzigen Sprösslinge dieser Familie. Sie hatten es verstanden, über die Jahrzehnte ein elitäres Bewusstsein zu entwickeln, das sich vor allem daraus speiste, es nicht laut auszusprechen. Stattdessen bekam es ein Besucher mit jedem Schritt, den er in diesem Haus tat, auf dem Silbertablett serviert.

Vor einem der Bilder blieb Babel stehen. Während es für Nikolai aussah, als betrachte sie das Porträt, folgte Babel der Verbindung zu der Krähe, die über dem Anwesen flog. Sie hatte nicht viel Zeit, ein paar Sekunden nur, bevor sie zum nächsten

Bild weitergehen musste, damit nicht auffiel, was sie eigentlich tat. Sie konnte froh sein, wenn Clarissa durch ihren Besuch so abgelenkt war, dass ihr die Krähe vor ihrem Fenster nicht auffiel.

Hastig untersuchte Babel das magische Netz, das wie Spinnweben über dem Haus lag. Sie erkannte die pulsierenden Quellen der Hexen und ihre magischen Spuren. Da waren auch weiße und graue Flecken, aber sie waren alt. Das letzte größere Ritual schien schon eine ganze Weile zurückzuliegen. Wenn Clarissa die Totenenergie der Plags genutzt hatte, dann jedenfalls nicht im eigenen Haus.

Sie wechselte wieder auf ihre eigene Sicht und lief weiter. Nikolai betrat die Bibliothek vor ihr und kündigte sie mit »Unser Gast« an.

Der Raum war gut gefüllt. Auf der Couch saß Anatol, bei dem sich niemand fragen musste, wie die Falte zwischen seine Augenbrauen gekommen war. Er schien in einem permanenten Zustand der Unzufriedenheit zu leben. Neben ihm saß seine Schwester Loreley, die das ganze Gegenteil von ihm war; kräftig gebaut, rosige Wangen, und die Locken um ihr Gesicht schienen ständig in Bewegung zu sein, genau wie der Rest ihres Körpers. Lauernd sah sie Babel an, und Babel starrte zurück, bis Loreley den Blick senkte. Schließlich war Babel keine Zirkusnummer.

Mit ihrer Mutter hatten sie beide nicht nur die Gesichtszüge gemeinsam, sondern auch die flimmernde Aura, die ihre magische Aktivität verriet und im Gegensatz zu Nikolais stark war. Sie machten sich nicht die Mühe, sie zu verbergen – wozu auch? Sie wussten schließlich alle, was sie waren. Ihre geballte Energie schickte eine Gänsehaut über Babels Körper.

Hinter dem schweren Holztisch saß Clarissa und lächelte ihr entgegen, wie sie es immer tat, wenn sie sich trafen, auch wenn sie beide wussten, dass sie Babel am liebsten im nächsten Kanal ertränkt hätte.

Clarissa war weit über siebzig, ihr weißes Haar zu einem festen Knoten hochgesteckt. Sie trug ein grünes Wollkleid und einen taubeneigroßen Bernsteinanhänger um den Hals. Um die Handgelenke trug sie unzählige Armreife, alle magisch aufgeladen. Clarissa bediente sich gern solcher Hilfsmittel, Babel hatte sie noch nie ohne Schmuck gesehen.

Selbst wenn sie einfach nur dasaß und schwieg, war Clarissa eine imposante Erscheinung, und niemand zweifelte daran, dass diese Frau die Zügel der Familie fest im Griff hatte. Babel hegte den Verdacht, dass ihre Kinder vor allem Werkzeuge für sie waren. Garanten ihrer Vormachtsstellung in der Stadt, weshalb sie sie auch nicht gehen ließ. Ihr Gatte, ein unscheinbarer alter Mann, saß auf einem Sessel und schrieb etwas in seinen Kalender. Er schien sich nicht sonderlich für Babel zu interessieren.

In Babels Rücken wurde es warm. Sie drehte sich um und sah Anatol an. »Lass gut sein, ja?«

Die Falte zwischen seinen Augen vertiefte sich weiter.

Der Raum füllte sich mit Magie, weil Babel ein paar Schutzmechanismen anknipste, die für verärgerte Reaktionen auf der Gegenseite sorgten.

Karl hatte sie mal gefragt, warum sich die Hexen nicht einfach gegenseitig erschossen – Magie, an der Kugeln abprallten, gab es schließlich nicht. Aber so einfach war es dann auch wieder nicht, weil man nie wusste, welche Vorbereitungen der andere getroffen hatte. Clarissa zum Beispiel wusste in diesem Moment, in dem Babel sich in ihrem Haus befand, nicht, ob jemand draußen auf der Straße wartete und im Notfall die Polizei verständigte. Das hätte zu lästigen Fragen geführt. Sie waren schließlich nicht die Mafia.

»Meine Liebe«, sagte Clarissa und wies auf den Stuhl vor dem Schreibtisch. »Setz dich doch! Willst du etwas? Tee, Kaffee? Etwas zu essen?«

Babel schüttelte den Kopf und zog den Stuhl ein paar Schritte vom Tisch weg. Die Jacke ließ sie an, vielleicht auch, weil sie sich dann den Blicken in ihrem Rücken weniger ausgesetzt fühlte. Sie saß auf diesem Stuhl wie ein Verdächtiger bei einem Verhör, und Clarissa wusste es. Sie mochte diese Spielchen, weil sie für sie so etwas wie Rituale waren, etwas, das ihr half, ihr Gegenüber einzuschätzen, damit jeder seinen Platz kannte.

»Man hat ja lange nichts mehr von dir gehört, Babel«, sagte sie und lehnte sich zurück, wobei die Armreife aneinanderschlugen. »Du bist sicher hier, um mich zu fragen, ob ich etwas über die Morde weiß?«

*Okay, weiß vielleicht irgendwer noch nicht davon?*

»Du bist gut informiert«, gab Babel zu. »Man könnte fast vermuten, die Sache würde dich interessieren.«

»In der Tat. Und würdest du dich auch nur ein bisschen für diesen Ort und seine Geschichte interessieren, würdest du das ebenfalls.«

Sie meinte den Ritualplatz der Wagenburg. Offenbar war sie über diese ehemaligen Hexenplätze weit besser informiert als Babel. Clarissa legte die Hände auf den Schreibtisch und beugte sich ein Stück vor. Ihre Hände verrieten das Alter, lange, schlanke Finger, aber faltig und verlebt. Ihr Tonfall gefiel Babel nicht, sie war nicht gut in solchen Spielchen.

»Hör mal, geht es heute auch mal ohne den ganzen Quatsch? Lass uns uns doch aufs Wesentliche konzentrieren.«

»Oh, ich bin aufs Wesentliche konzentriert«, antwortete sie lächelnd, und Babel verstand den Wink. Vielleicht waren sie ja doch ein bisschen wie die Mafia.

»Das Zweitwesentlichste?«, versuchte sie es.

Clarissa zuckte mit den Schultern. »Was interessieren mich die Plags? Mit diesem Pack haben wir nichts zu tun.« Ihre Hände unterstrichen die Worte.

»Hör zu, Clarissa, ich wäre nicht hier, wenn es nicht wichtig wäre. Ich habe nur eine einfache Frage: Weißt du etwas darüber oder nicht? Du kannst es mir natürlich verheimlichen, wenn du mir nicht helfen willst, aber ich hatte gedacht, dieses eine Mal würdest du vielleicht eine Ausnahme machen, weil es eben letzten Endes darum geht, dass hier vier Tote sind, denen wahrscheinlich weitere folgen werden. Ich wusste nicht, dass du es schätzt, wenn sich bei uns so etwas ereignet. Es stört den gemütlichen Tagesablauf doch sehr, findest du nicht?«

»Bist du wirklich deshalb hergekommen, Babel? Wegen ein paar toter Plags?«

»Und da sagen die Leute, du wärst kein Drache.«

Clarissa schwieg und sah nachdenklich aus dem Fenster. Die Krähe hatte sich in einem der Bäume niedergelassen, aber sie schien Clarissa nicht aufzufallen. Für einen winzigen Moment wechselte Babel die Perspektive und sah sich Clarissas Aura an, denn sie war sich ziemlich sicher, dass sie so schnell nicht wieder Gelegenheit dazu bekam.

Clarissas Hexenmuster war komplex, mehrere Ebenen griffen ineinander und bildeten ein wirbelndes Muster aus meerblauen Strängen. Die Erfahrung zweigte sich an den Verknüpfungen, aber auch an den eingewebten Farbpigmenten. Babel sah Grau und auch Weiß darin, und Verbindungen, die sie nicht so schnell zuordnen konnte. Clarissa mochte über weniger intuitive Magie verfügen, aber ihre Erfahrung glich das wieder aus. Sie war in der Lage, komplizierte Rituale schnell auszuführen, und auch Blutrituale waren ihr nicht fremd. Trotzdem wirkten die Spuren in ihrem Netz alt. Babel zog sich aus der Perspektive der Krähe zurück. Keine Sekunde zu früh, denn Clarissa wandte sich ihr wieder zu. Sie verschränkte die Arme und schien zu überlegen. Währenddessen drehte sich Babel zu Anatol und Loreley um, die sie nach wie vor ansahen, als wäre Babel eine Kellerassel.

»Sag mal, Anatol, wann stellst du mir eigentlich deinen Sprössling vor?«

Anatol warf einen Blick zu Nikolai, der unruhig neben der Tür stand und dabei eher einem Diener glich als einem Mitglied der Familie. Es schien sowohl Vater als auch Sohn einigermaßen zu beunruhigen, dass Babel wusste, wer Nikolai war.

»Komisch, ich hab dich hier noch nie gesehen«, setzte Babel noch eins drauf und richtete das Wort an den Jungen, dessen Blick zwischen ihr und seinem Vater hin- und herwechselte.

»Ich hab bisher nicht in der Stadt gelebt.«

»So? Bei Mami aufgewachsen, und jetzt darfst du dir hier mal alles ansehen?«

»Das geht dich nichts an«, schaltete sich Anatol ein und verschränkte die Arme.

Noch einmal lächelte Babel, weil sie wusste, dass es ihn verrückt machte, dann drehte sie sich wieder zu Clarissa. So viel Mühe sich diese Familie mit ihren Geheimnissen auch gab, sie waren nicht besonders schwierig zu durchschauen. Anatol hatte also Nachwuchs. Dass bei seinem Ödipus-Komplex keine Beziehung langfristig hielt, war doch kein Wunder.

Sie beugte sich nach vorn und stützte die Ellbogen auf den Schreibtisch. »Hör zu, ich habe keine Zeit für so was. Hast du nun in letzter Zeit jemanden von außerhalb wahrgenommen oder nicht? Außer dem da natürlich.« Mit dem Daumen wies sie über die Schulter auf Nikolai.

Verärgert blickte Clarissa sie an. »Ich kann dir nichts sagen, Babel. Wahrscheinlich ist es eine interne Sache der Plags.«

»Das ist es nicht, und das weißt du auch. Dir muss doch klar sein, dass diese Sache brenzlig für uns alle werden kann, wenn da draußen eine Hexe herumläuft, die über solche Kraft verfügt.«

»Was interessiert es mich, wenn sie Plags umbringt?«

»Es sollte dich interessieren, wenn sie Totenenergie absaugen kann, denn genau das ist passiert. Direkt am Tatort. Dir fällt nicht zufällig das eine oder andere ein, was man mit solcher Energie machen könnte?«

Clarissa wurde blass, aber ihre steife Haltung änderte sich nicht. Babel konnte förmlich sehen, wie sie sich wie eine Muschel verschloss.

»Woher weißt du das?«

»Woher schon? Ich war am Tatort. Glaubst du, ich wäre hier, wenn es nicht ernst wäre?«

»Ich habe dir nichts zu sagen.«

Fast hätte sich Babel die Haare gerauft. Warum mussten Hexen nur so stur sein? Clarissa brachte es nicht fertig, über den eigenen Schatten zu springen – lieber sah sie das ganze Boot untergehen. Vor Enttäuschung hätte Babel am liebsten etwas zerbrochen. Wütend stand sie auf.

»Von mir aus, aber dann beschwer dich hinterher nicht, wenn später alles den Bach runtergeht.« Mit steifen Schritten durchquerte sie das Zimmer.

Als sie die Zimmertür fast erreicht hatte, rief Clarissa noch einmal nach ihr. »Nichts, was in dieser Stadt vor sich geht, geht dich in irgendeiner Weise etwas an, Babel. Du solltest gehen, solange du noch kannst.« Sie erhob sich und trat vor den Schreibtisch. »Sieh dich doch mal an: Du stehst ganz allein. Deine Familie interessiert es nicht, wo du dich herumtreibst, und du vergeudest deine Zeit damit, die Gesellschaft von Albennachkommen und Dämonenkindern zu suchen. Glaubst du wirklich, du hättest eine Chance gegen eine Hexenfamilie, die hier seit vier Generationen lebt?«

Die Welle schlug unverhofft über Babel zusammen, eine heiße Woge aus Wut und Mordlust, die erst nach einigen Augenblicken abebbte. Hätte sie in diesem Moment einen Ziegelstein in der Hand gehabt, hätte sie ihn wahrscheinlich nach Clarissa geworfen. Da Magie aber schwieriger zu handhaben war als ein Stein, unterdrückte sie den Impuls, Clarissas Blut im wahrsten Sinne des Wortes zum Kochen zu bringen. Außerdem erschien es ihr unpassend, noch vor dem Nachmittag einen Hexenkrieg zu entfesseln.

Stattdessen leckte sie sich über die Lippen und schenkte ihr ein strahlendes Lächeln. Eines Tages würde es Babel ein Vergnügen sein, diese Frau und ihre Bälger aus der Stadt zu jagen. Wenn man schon nicht alle auf einmal erledigen konnte, dann vielleicht einzeln.

Als sie wieder vor dem Haus stand, holte sie tief Luft. Wer war nur auf den dummen Gedanken gekommen, Clarissa aufzusuchen? Missmutig fischte sie das Telefon aus der Tasche und beendete die Verbindung zu Tamy. Als sie noch einen letzten Blick zurückwarf, sah sie Nikolai in der Tür stehen, der ihr nachdenklich nachsah.

# 14

Tamy setzte sie zu Hause ab. Bevor sie davonfuhr, ließ sie die Scheibe noch einmal herunter und lehnte sich hinaus. Sie schob die Sonnenbrille nach oben und sah Babel eindringlich an. »Du bist da in einige sehr merkwürdige Sachen verwickelt«, sagte sie. »Warum habe ich nur das Gefühl, dass du dabei bist, eine Riesendummheit zu begehen?«

»Weil du einen guten Riecher hast?«

Tamy runzelte die Stirn. »Ruf mich an, wenn du Hilfe brauchst. Ich verstehe vielleicht nicht alles, was hier vorgeht, aber nach dem, was ich heute erlebt habe, glaube ich, dass du jemanden brauchst, der dir den Rücken deckt. Okay?«

Babel wusste nicht, was sie sagen sollte. Am Ende nickte sie nur und murmelte: »Okay.«

Nachdem Tamy einen letzten Blick auf die Krähe geworfen hatte, schüttelte sie den Kopf und fuhr davon.

Unschlüssig stand Babel im Garten, bis sich die Krähe von ihrer Schulter in die Luft erhob. Der Vogel suchte sich wieder einen Platz im Baum, und Babel konzentrierte sich darauf, die Verbindung zu lösen, die ohnehin schwächer wurde. Der plötzliche Verlust der doppelten Sicht ließ sie für einen Moment ebenso orientierungslos zurück wie ihre Einführung. Sie atmete tief durch, bis das Schwindelgefühl wieder verschwand, während die Krähe von ihrem Ast emotionslos auf sie herabschaute.

*Für Judith muss es eigenartig sein, mit ihren Tieren verbunden zu sein*, dachte Babel.

Mit langsamen Schritten ging sie auf das Haus zu. Der Tag

forderte seinen Tribut. Ihre Wange schmerzte ebenso wie ihre Schultern, wo André sie an die Wand gepresst hatte, und auf einmal sehnte sich Babel nach nichts mehr als einem langen, heißen Bad.

*Das kommt davon, wenn man Mördern hinterherjagt.*

Der Bär auf der Eingangstür blickte ihr starr entgegen, während sie über die Ereignisse des Tages nachdachte. Als sie nach der Klinke griff, spürte sie, wie ihre Finger zitterten, und auf einmal färbte sich die Haustür blau.

Ihre Magie hatte sich unbewusst eingeschaltet. Ein vertrautes Gefühl breitete sich in ihrem Körper aus, als die Magie sie durchströmte und von innen wärmte. Manchmal hatte Babel das Gefühl, die Magie ersetzte ihr Unterbewusstsein. Sie schien besser über Babel Bescheid zu wissen als sie selbst und war nicht nur die Quelle von Babels größten Ängsten, sondern auch ihr Trost.

Irritiert über ihre eigene Zerrissenheit betrat sie das Haus und hörte sofort das Klingeln des Telefons, das überlaut in der Stille widerhallte. Erschöpft ging sie ins Wohnzimmer, während sich der Anrufbeantworter einschaltete.

Karls Stimme klang vom Band. »Bist du schon da … Lass das! … Babel? … Du, Mistvieh … Ich wollte nur sehen …« Scheppern. »… Verdammt … ob du noch lebst …«

Sie schaltete das Band aus und nahm ab. »Was ist denn bei dir los?«

Am anderen Ende war ein langer Seufzer zu hören. »Xotl hat den Wellensittich von Yolanda angelockt.«

»Und möchtest du mir erklären, wie der Wellensittich der Hutmacherin in unser Büro kommt?«

»Durchs Fenster? Keine Ahnung, vielleicht ist er unten ausgebüchst. Als ich gerade zur Tür hereinkam, saß er jedenfalls vor dem Käfig.«

»Und was wollte Xotl mit dem Wellensittich?«

»Mhm, na ja, also, wenn du mich fragst, dann sah es fast so aus, als wolle er ihn … becircen.«

Entsetzt sah Babel den Hörer an, als könne das Stück Plastik irgendetwas erklären.

»Hallo?«, schallte es daraus hervor.

Sie nahm den Hörer wieder ans Ohr. »Neue Regel für das Büro: Sollte der Papagei – jemals wieder – etwas tun, das auch nur im Entferntesten in eine solche Richtung geht, decken wir den Mantel des Schweigens darüber. Einverstanden? Denn solche Bilder sind einfach zu verstörend.«

»Einverstanden.«

»Karl?«

»Ja?«

»Wo ist der Wellensittich jetzt?«

Eine kurze Pause folgte, dann kam es kleinlaut: »Unter einer Tupperdose. Ich hab eine aus deinem Regal genommen. Ich musste ihn ja irgendwie festhalten.«

Erschöpft massierte sich Babel die Schläfe. »Sag mal, was treibst du eigentlich, wenn ich nicht da bin? Nein, warte, beantworte die Frage nicht, ich will's nicht wissen.« Sie setzte sich auf die Couch und zog die Stiefel von den Füßen.

»Keine Bange, ich werde ihn Yolanda nachher runterbringen. Wie liefen deine Nachforschungen?« Sie hörte, wie er sich hinter den Schreibtisch setzte.

»Besser als erwartet. Der Zusammenstoß war minimal.« Sie spürte ihre bleischweren Glieder und legte den Kopf auf die Sofalehne. In langsamen Sätzen erzählte sie Karl von den Begegnungen mit den anderen Hexen, und er hörte sich alles geduldig an. Zwischendurch machte er manchmal »Mhm«, und als sie von Andrés Attacke berichtete: »Dreckskerl!« Es dauerte ein bisschen, bis er sich wieder beruhigt hatte.

»Hör mal, können wir morgen darüber reden? Ich muss ein bisschen verschnaufen.«

»Brauchst du etwas?«

»Einen Schnaps?«

»Ich dachte eher an etwas wie Salbe oder Eisbeutel.«

»Ich bin versorgt.«

Er räusperte sich. »Das ist jetzt vielleicht nicht der beste Zeitpunkt, aber was machen wir denn nun mit dem Groupie aus der Hölle? Die haben mich heute angerufen. Soll ich den Auftrag canceln?«

Babel seufzte. »Nein. Wir brauchen das Geld. Und wer weiß, wie sich diese Sache hier entwickelt. Besser, wir erledigen das gleich.«

»Bist du sicher?«

»Ja. Lass es uns morgen angehen, dann haben wir es hinter uns und können schneller eine Rechnung stellen.«

Karl schien zu zögern, offenbar kämpfte seine Sorge um Babel mit der Notwendigkeit, Geld zu verdienen. Sie wollte ihn nicht hängen lassen. Im Gegensatz zu dem Gewitter, das sich über ihrer aller Köpfe zusammenbraute, schien dieser Auftrag ein Kinderspiel. Etwas, das man am Rande des Wegs mitnehmen konnte.

*Du kannst nicht an allen Fronten gleichzeitig kämpfen, Babel*, hörte sie die mahnende Stimme in ihrem Kopf, und erstaunlicherweise klang sie dieses Mal wie Sams.

*Warum bist du immer da, wenn ich mich schwach fühle?*

*Wenn du das noch nicht erkannt hast, dann kann ich dir auch nicht helfen.*

»Das geht schon in Ordnung, Karl. Ich muss mir einen neuen Plan überlegen, wie ich hier vorgehen will – da tut es mir ganz gut, mal rauszukommen. Außerdem brauchen wir höchstens einen halben Tag dafür.«

»Okay. Aber sag mir, wenn …«

»Ja. Wir sehen uns morgen.«

Nachdem sie aufgelegt hatte, saß sie eine Weile bewegungslos auf dem Sofa und starrte durch die Glastür in den Garten. Eine unerwartete Sehnsucht nach Tom erfasste sie. Er hatte etwas an sich, das es einem leichtmachte, ihm zu vertrauen, und dieses Gefühl hatte Babel schon lange nicht mehr gehabt.

*Vorsicht! Weißt du nicht, dass man immer das will, was man selbst nicht ist?*

*Soll das heißen, ich bin nicht vertrauenswürdig?*

*Warum fragst du nicht Hilmar?*

Ihr Blick wanderte wieder einmal zu dem Foto, und fast erwartete sie, dass Hilmars Geist an ihr vorüberschweben würde. Aber da war nichts. Nur die Stille um sie herum. Ihre Schuldgefühle wegen seines Todes speisten sich auch daraus, dass er nie versucht hatte, von der Totenebene aus Kontakt mit ihr aufzunehmen. Nicht ein einiges Mal hatte sie ihn um sich gespürt.

*Dazu müsste er dir erst einmal verzeihen, denkst du nicht?*

Erst nach einer Weile erhob sie sich, um Jacke und Schuhe in der Garderobe abzulegen und Tom eine Nachricht zu schicken, dass sie wieder zu Hause war und er sie anrufen sollte. In der Küche nahm sie eine Flasche Bier aus dem Kühlschrank und setzte sich damit auf die Stufen vor ihrem Haus. Der Wind zog an ihren Haaren, und sie spürte, wie ihr leichter zumute wurde. Der Garten beruhigte sie.

Während sie trank, beobachtete sie die Autos, die vorbeifuhren, und Herrn Schneider, der den Gehweg vor seinem Haus vom Unkraut befreite, akribisch und mit einer Schere bewaffnet. Der Löwenzahn hatte keine Chance.

Sie achtete nicht darauf, wie viel Zeit verstrich, doch irgendwann erkannte sie Toms Kombi, der zielsicher vor ihrem Haus parkte, als hätte sie ihn mit ihren Gedanken herbeigerufen. Offenbar hatte Tom keine Schwierigkeiten, durch den Ablenkungszauber zu schauen.

*Magie.*

Ihr Herz schlug schneller, aber diesmal hatte es nichts mit Schrecken zu tun. Bei seinem Anblick verspürte sie gleichzeitig Freude und Widerwillen – wobei der Widerwille der mahnenden Stimme in ihrem Hinterkopf geschuldet war, die darauf hinwies, dass durch ihre Beziehung zu Tom alles nur unnötig kompliziert wurde.

*Aber vielleicht auch besser.*

Als er durch das Tor ging, lächelte Babel ihm entgegen. Über seine Schulter konnte sie sehen, wie Herr Schneider ihn misstrauisch beobachtete. Urd sprang an Tom vorbei in den Garten und bellte die Krähe an, die von ihrem Ast aus auf die Hündin herabsah. Gerade als der Hund zu neuerlichem Gebell ansetzte, ließ die Krähe etwas fallen, das darauf schließen ließ, was sie von der Dogge hielt. Zum Glück konnte Urd rechtzeitig zur Seite springen.

Tom setzte sich neben Babel auf die Stufen und stieß sein Knie leicht gegen ihres. »Hi«, sagte er.

»Hi.«

Eine Weile saßen sie schweigend nebeneinander, und sie reichte ihm die Flasche rüber. Er nahm einen Schluck, und sie beobachtete, wie sich sein Kehlkopf bewegte, als er trank. Sie überkam das Bedürfnis, genau diese Stelle zu küssen, aber sie tat es nicht. Er setzte die Flasche auf der Stufe neben sich ab. Während Babel die Hündin beobachtete, die durch den Garten rannte, sah sie aus den Augenwinkeln, wie er sie nachdenklich betrachtete.

Auf einmal griff er nach ihrem Kinn und drehte ihr Gesicht zu sich. Sein Ausdruck wurde grimmig, und das Grün seiner Augen schien sich zu verdunkeln. »Was ist mit deiner Wange? Ist es das, für das ich es halte?«

»Na, ich bin sicher nicht die Treppe runtergefallen.«

Seine andere Hand ballte sich zur Faust. Sie legte ihre eigene Hand darüber und gab sich alle Mühe, zuversichtlich zu lächeln, wobei sich ihre Wange schmerzhaft verzog.

»Wunderst du dich da noch, dass wir den Hexen skeptisch gegenüberstehen?«, fragte er.

»Willst du mir erzählen, dass ihr euch nie schlagt?«

»Das ist was anderes.«

»Das ist es immer.«

Vorsichtig küsste er sie auf die Schläfe, und augenblicklich fühlte sie sich besser. Kein Wunder, dass er unter den Plags der Wagenburg eine Art Führungsrolle einnahm. Er konnte einfach mit den Leuten umgehen und schien auf geradezu unheimliche Art zu spüren, was sie gerade brauchten. Trost, Beistand oder einen Tritt in den Hintern. Wenn er jemanden ansah, dann hatte man das Gefühl, dass er sich nur auf diese Person konzentrierte. Er konnte einem das Gefühl vermitteln, dass man wichtig war – und das war eine erstaunliche Fähigkeit.

»Du siehst müde aus«, sagte er.

»War ein anstrengender Tag.«

Sie erzählte ihm von ihren Begegnungen mit den Hexen, und abwechselnd tranken sie von dem Bier, bis die Leichtigkeit in Babels Kopf nicht nur Toms Gegenwart geschuldet war, sondern auch dem Alkohol.

»Du glaubst also, dass es keine von den Hexen war, die wir kennen«, stellte er fest. Er hatte die Unterarme auf die Knie gestützt und starrte düster auf die Straße. Dabei zuckte ein Muskel in seiner Wange.

»Mit Sicherheit kann ich das nicht sagen – ich meine, das ist wie mit allen Indizien. Sie geben Wahrscheinlichkeiten an, aber wirklich sicher sein kannst du nicht. Alles, was ich dir geben kann, ist ein definitives *Eher nicht.* Ich hab dir gesagt, dass ich keine Polizistin bin, Tom. Ich kann mich nicht auf DNA-Proben stützen. Alles, was ich habe, ist mein Instinkt.«

»Und die Toten.« Jetzt sah er sie direkt an, aber sie konnte seinem Blick nicht begegnen. Sein beharrliches Schweigen war eine Aufforderung.

Als sie nicht antwortete, setzte er nach: »Du könntest die Toten befragen. Ich habe mich von Anfang an gefragt, warum du das nicht tust.«

»Das ist nicht so einfach, wie du es dir vorstellst. Glaubst du, ich muss nur einen Kreis ziehen, und schon stellen sich die Toten in einer Reihe auf und warten darauf, mir etwas erzählen zu können? Die Toten sind keine netten, freundlichen Geister, mit denen du reden kannst, als wären sie Gäste in deinem Wohnzimmer. Sie sprechen eine andere Sprache.« Ihr Herz schlug schneller. Allein der Gedanke daran, die Totenebene zu betreten, löste eine Lawine an Gefühlen in ihr aus.

»Wovor hast du Angst?«, flüsterte er und griff nach ihrer Hand.

Nun sah sie ihn doch an. In seinem Gesicht konnte sie nichts als die Sorge um sie erkennen.

*Du kennst mich doch gar nicht*, schoss es ihr durch den Kopf. *Du weißt nicht, was du da verlangst. Zurückzugehen zu diesem Menschen, der ich einmal war.*

*All diese Macht …*

»Vor mir«, sagte sie und löste sich aus seinem Griff. Sie stand auf und ging zurück ins Haus. In der Küche stellte sie die leere Flasche in den Kasten neben der Spüle.

Als sie sich umdrehte, stand Tom mit verschränkten Armen im Türrahmen, die Augenbrauen skeptisch zusammengezogen.

»Du hast gehofft, dass es eine der anderen Hexen ist, nicht wahr?«

Er zuckte mit den Schultern. »Versteh mich nicht falsch, es geht mir nicht darum, dass es eine Hexe war. Wenn du den Täter schnell identifiziert hättest, hätte das die Sache vereinfacht, und wir hätten uns um das Problem kümmern können.«

Sein Ton gefiel ihr nicht. Der Gesichtsausdruck war zu verbissen, der Körper angespannt. Auf einmal strahlte er dieselbe aggressive Unruhe aus wie Sam.

*Ein Kämpfer.*

Mit dem Rücken lehnte er gegen den Türrahmen. »Ich werde den anderen raten, die Zelte abzubrechen. Hier ist es zu gefährlich geworden.«

»Du meinst, ihr löst die Wagenburg auf?«

Er nickte. »Wir haben Kinder dabei. Soll ich die zu Waisen machen, indem ich ihren Eltern sage, sie sollen darauf warten, dass so ein Psychopath sie kaltmacht?« Zornig schüttelte er den Kopf. »Das kann ich nicht tun, Babel. Meine Leute sind keine Feiglinge. Sie alle können sich verteidigen, aber das hier ist kein Spießbürger, der nachts mit Benzinkanistern das Problem mit dem Gesocks lösen will. Gegen diese Art von Magie haben sie keine Chance, und es wäre unverantwortlich von ihnen, die Kinder zu gefährden.«

»Ich weiß.«

»Aber es wird ein paar Tage dauern, bis wir alles abgebaut und die Wagen angeschmissen haben. Wir sind schon so lange hier …«

»Und wie steht es mit dir? Wirst du mit ihnen gehen?« Die Frage klang sachlich, aber in Wirklichkeit hielt Babel die Luft an.

»Ich habe keine Kinder …« Sein Blick war eine Aufforderung, aber sie wusste nicht, was sie sagen sollte. Dass sie erleichtert wäre, wenn er bliebe? Das war sie. Aber sie war auch überrascht von der Heftigkeit, mit der sie auf diesen Mann reagierte. Als würde sie ihn schon viel länger kennen als nur die paar Tage. Wo kam diese plötzliche Nähe nur her?

»Was werden wir weiter unternehmen?«, wechselte er plötzlich das Thema, als hätte er ihre Unsicherheit bemerkt.

»Das weiß ich noch nicht. Ich habe das dumme Gefühl, dass der Täter uns über kurz oder lang ohnehin über den Weg laufen wird, wenn er sich die Konkurrenz vornehmen will.«

Dass sie es aussprach, brachte etwas zwischen sie: eine dunkle Ahnung, die wie Dreck auf ihrer Haut klebte und die sie nicht loswurde. Auf einmal wurde ihr diese ganze Situation unerträglich. Die Ungewissheit, Sams plötzliches Auftauchen und dieses nagende Gefühl der Vorhersehung in ihrem Hinterkopf – und im Wirbel all dieser Dinge war da Tom, mit dem alles so leicht erschien. Der ihre Einwände beiseiteschob, als könnte man das mit allen Problemen so machen. Der sie für einige Momente glauben ließ, dass es tatsächlich keine Rolle spielte, wer sie waren.

Sie wollte ihn berühren. Teilhaben an dieser Gewissheit, die er verspürte.

*Pass auf, Babel! Das ist die Macht der alten Geister in ihm, und schon bist du wie eine Motte im Licht.*

*Aber genau das ist er ja, ein Licht in der Dunkelheit.*

Sie wollte die düsteren Gedanken abstreifen wie eine Schlange ihre Haut, und plötzlich hörte sie sich sagen: »Willst du jetzt den Sex auf dem Küchenboden?«, als wäre es eine Fremde, die sprach.

Erstaunt sah er sie an, dann grinste er nachsichtig. Vielleicht, weil er sie durchschaut hatte. »Ich denke, den gibt's nicht beim ersten Mal.«

»Was soll's.« Sie zuckte mit den Schultern. »Ich meine, Regeln sind dazu da, sie zu brechen. Außerdem, wer weiß schon, ob ich noch dazu komme, Küchensex zu haben, wenn's mich vorher erwischt.«

Über diesen Scherz konnte er nicht lachen. Sie starrten sich an, die Luft zwischen ihnen mit Spannung geladen, die ausnahmsweise nichts mit Babels Magie zu tun hatte.

Jedes Detail an ihm nahm sie überdeutlich wahr: die breite Brust, seine grünen Augen, überschattet mit Sorgen, die kräftigen Arme und die Ringe in seinem Ohr. Jeder versehen mit seiner eigenen Erinnerung, mit Geschichten, die er ihr vielleicht irgendwann erzählen würde.

Langsam ging sie auf ihn zu, als wolle sie ihm Gelegenheit geben, sich zurückzuziehen.

*Überleg dir gut, ob du dich auf eine Hexe einlassen willst.*

Aber er rührte sich nicht von der Stelle, also griff sie nach seinem T-Shirt, und im selben Moment, in dem sie den Kopf zu ihm hob, beugte er sich zu ihr herab, und ihre Münder trafen aufeinander. Ihre Zunge suchte seine, spürte seine Wärme. Sie drängte sich an ihn, als wäre er ein Rettungsanker.

Seine Arme schlossen sich fest um sie, und mit seinem Körper drängte er sie nach draußen. Trotz des Geplänkels war ihnen beiden klar, dass ein Bett viel eher ihren Absichten entgegenkam. Am Fuß der Treppe griff er in ihr Haar und wickelte sich die dicken Strähnen ums Handgelenk. Mit flammendem Blick sah er auf sie herab, und plötzlich war es ihr gleich, dass ihre Schultern schmerzten. Unter diesem Blick verwandelte sich der Schmerz in Lust.

Seine andere Hand legte er auf ihren Po und drückte sie noch näher an sich. Sie spürte, dass er bereits hart war, und in diesem Moment konnte sie an nichts anderes denken als daran, ihn in sich zu haben. Da war dieser Instinkt, der sie zu ihm hindrängte, diese Sehnsucht, die nichts mit ihren Gedanken und alles mit ihrem Fühlen zu tun hatte. Sie spürte das Drängen in ihrem Unterleib nach diesem einen Moment, wenn sich alles Denken auflöst und man ganz in seinem Körper ist und jede Zelle spüren kann.

Sie zerrte an seinem T-Shirt. Nichts sollte zwischen ihnen sein. Sie wollte die Tätowierungen sehen und sie mit der Zunge nachfahren. Seinen Geschmack aufnehmen. Der Geruch nach Moos und Wald hüllte sie ein, so ganz anders als das, was sie täglich wahrnahm. Er war wie der Einbruch der Natur in die Zivilisation, die Rückeroberung dessen, was den Wäldern vor langer Zeit genommen worden war. Eine Macht, mit der man rechnen musste.

Das T-Shirt landete auf dem Fußboden, und hungrig fiel sie über ihn her, belegte seine Haut mit Küssen und biss sanft in die Muskeln, die unter ihrem Ansturm zitterten.

»Schaffen wir's noch bis nach oben?«, fragte er stöhnend, und sie öffnete seine Gürtelschnalle und zog den Gürtel ungeduldig heraus. Mit einem lauten Scheppern knallte er auf den Boden.

»Wenn wir uns beeilen«, flüsterte sie an seinem Hals. »Sonst vernasch ich dich hier auf der Treppe.«

Er warf einen kurzen Blick auf die Stufen, dann murmelte er: »Verdammt«, griff sie um die Taille und hob sie hoch. Während er sie die Stufen emportrug, schlang sie die Beine um ihn und knabberte an seinem Ohrläppchen. Ihre heiße Zunge traf auf kaltes Metall, und verspielt zog sie an seinen Ohrringen.

*Es ist leicht, siehst du? Kaum berührt er dich, brennst du lichterloh.*

»Ich kann's kaum erwarten, dich in mir zu haben«, flüsterte sie ihm ins Ohr, was ihn dazu brachte, noch ein bisschen schneller zu gehen. Seine Armmuskeln spannten sich, und wie berauscht zog sie mit der Zunge eine feuchte Spur über sein Schlüsselbein.

»Willst du, dass ich mir den Hals breche?«, stöhnte er und festigte den Griff um ihre Taille.

»Du bist zu langsam.«

Er kniff sie in den Po.

Vor ihrem Schlafzimmer setzte er sie ab und drängte sie mit seinem Körper gegen den Türrahmen. Die Handgelenke hielt er hinter ihrem Rücken zwischen ihr und dem Türrahmen fest. Die Küsse wurden intensiver und weniger genau. Er traf ihr Gesicht, ihren Hals und immer wieder ihren Mund, während sie ein Bein zwischen seine schob und den Oberschenkel an seinem Schwanz rieb.

Auf dem Weg zum Bett verloren sie auch noch den Rest ihrer Kleidung. Nackt setzte sich Tom auf das Bett und schaute zu, wie sie vor ihm stand und ihr Höschen langsam über die Knie nach unten schob. Dabei ging sein Atem so schnell, dass sich die Tätowierungen erneut bewegten, als seien sie lebendig.

Sie fuhr sich mit gespreizten Fingern über die Hüfte und spürte, wie sein Blick ihrer Bewegung folgte.

*Das ist es.*

*Dieses köstliche Gefühl, wenn er dich ansieht.*

Sie fuhr sich mit den Fingerspitzen über die harten Brustwarzen, und er sah sie an, als wolle er sie verschlingen. Sie ließ die Hand nach unten wandern, zu dieser Stelle, die unter ihren Fingern heiß pulsierte.

»Bist du schon feucht?« Seine Stimme klang heiser, und sie lachte.

»Was denkst du?« Sie zog die Finger zurück und steckte Mittel- und Ringfinger in den Mund. Ihre Zungenspitze umfuhr die Fingerkuppen, als wäre er es, den sie neckte, und seine Augen verengten sich zu Schlitzen. Mit den Fingern fuhr sie eine feuchte Spur über ihr Kinn, über den Hals bis zum Brustbein, aber bevor sie in die Tat umsetzen konnte, was sie sich vorstellte, fiel ihr Blick auf seinen Schwanz, und ihr entschlüpfte ein »Wow«.

Als ihre Mutter ihr von den Alben der alten Zeit erzählt hatte, die einen Menschen in den Bann ziehen konnten, hatte sie *das* sicher nicht erwähnt.

»Gefällt's dir?« In seiner Stimme schwang ein Lachen mit.

»Du bist gepierct? Da?«

Seine Hand wanderte nach unten und griff nach dem Ring. Genau, wie er mit seinem Ohrring gespielt hatte, drehte er nun diesen Ring zwischen seinen langen Fingern, und sie konnte den Blick nicht abwenden. Als er so dalag und die Hand an seinem Schwanz auf und ab fuhr, pochte das Verlangen fast schmerzhaft in ihrem Unterleib.

Sie kniete sich vor das Bett zwischen seine Beine und beugte sich über ihn. Ihr Griff war zögerlich, als hätte sie es mit einem empfindlichen Kunstwerk zu tun, aber als sie merkte, dass sie ihm keine Schmerzen zufügte, wurde ihr Griff fester. Fasziniert bewegte sie die Hand auf und ab. Der Kontrast zwischen der weichen Haut seines Schwanzes und der Härte des Metallrings unter ihren Fingerspitzen sandte elektrische Impulse durch ihr Nervensystem.

Die Bettlaken färbten sich mit einem Mal bordeauxrot, weil sich ihre Magie verselbständigte. Erschrocken hob Tom den Oberkörper, aber Babels Magie drückte ihn zurück auf die Matratze. Er runzelte die Stirn. Ihr Griff wurde fester. Für einen kurzen Moment war sein Gesichtausdruck eine Mischung aus Besorgnis und Erregung, dann überwog die Erregung. Die Magie lud ihre Haare auf, als würde in dem Zimmer ein schwacher Wind wehen.

»Gott, du bist wunderschön!« Seine Hand versuchte, nach ihr zu greifen, aber sie schüttelte den Kopf, und unsichtbare Seile wanden sich um seine Handgelenke und drückten seine Arme nach oben.

»Ich bin noch längst nicht fertig mit dir.«

Fasziniert beobachtete sie, wie sich der Ring zwischen ihren Fingern drehte, während Tom leise stöhnte und sein Schwanz noch weiter anschwoll. Immer weiter beugte sie sich herab, bis ihre Zunge hervorschnellte und den ersten klaren Tropfen von der Spitze leckte.

»Nimm ihn ganz in den Mund«, flüsterte er, und sie tat es.

Es war ein seltsames Gefühl, das kalte Metall auf ihrer Zunge zu spüren, das sich langsam erwärmte. Mit der Zungenspitze fuhr sie daran entlang, es war wie ein Reflex. Es faszinierte sie, wie sich das Metall mit der Haut verband. Sie saugte daran, mal fest, mal schwach, und die Laute, die er von sich gab, leiteten sie. Immer stärker drückte ihre Zunge gegen das Bändchen und den Ring, berauscht von der Macht, die sie über seinen Körper hatte. Ihre Hand schloss sich um seine Schwanzwurzel, bis die Venen hervortraten und Tom den Kopf nach hinten bog. Er war wunderschön, wie er alles um sich herum zu vergessen schien und nur auf das konzentriert war, was sie mit ihm machte. Seine Bauchmuskeln zitterten, und seine Hände ballten sich zu Fäusten.

Als sie merkte, dass er kurz davor war zu kommen, entließ sie ihn langsam aus ihrem Mund, und einige Herzschläge lang betrachtete sie seinen vor Feuchtigkeit glitzernden Schwanz. Bei dem Gedanken daran, ihn gleich in sich zu spüren, wurde ihr fast schwindlig. Aus der Schublade des Nachtschranks fischte sie ein Kondom, das noch aus ihrer Zeit mit dem Ingenieur stammte, und hielt es ihm schwer atmend unter die Nase. »Ist das ein Problem mit dem Ring?«

Er schüttelte den Kopf. »Lässt du mich frei?«

»Mhm?« Sie tat, als würde sie überlegen, dann zog sie die Magie langsam zurück, und ehe sie sichs versah, lag sie auch schon auf dem Rücken und er über ihr.

Sein Gewicht drückte sie auf die Matratze, und sie schlang ein Bein um ihn. Sie küssten sich, und unter ihren Fingern spürte sie seine Rückenmuskeln. Erst nach einer ganzen Weile machte er sich von ihr los, um ihr das Kondom aus der Hand zu reißen. Während er mit zitternden Fingern mit der Verpackung kämpfte, drehte sie sich auf den Bauch und ging vor ihm auf alle viere. Hinter sich hörte sie ein lautes Stöhnen.

»Gott, hast du eine Ahnung, wie du aussiehst …«

Er packte sie an der Hüfte und biss sie spielerisch in den Hintern. Dann suchte sich seine Zunge den Weg zwischen ihre Beine und drückte sich dort in sie hinein und gegen den Punkt, der sie dazu brachte, vor Erregung die Zehen anzuspannen und den Rücken durchzudrücken.

»Himmel, du bist klatschnass.«

Sie griff hinter sich und führte ihn an die Stelle, an der sie ihn haben wollte. Mit einem einzigen, langsamen Stoß glitt er in sie. Sie konnte den Ring an ihren Wänden spüren, und der Gedanke daran ließ sie laut aufstöhnen.

*Endlich.*

Einen Moment verharrte er in dieser Position.

*Das ist das Leben.*

»Babel …« Er fasste sie an der Hüfte und stieß mit kreisenden Bewegungen in sie, genau so, wie sie es von ihm erwartet hatte. Ohne Zögern. Ohne schlechtes Gewissen oder einen Gedanken zu viel.

Und in diesem Moment kam alles zum Stillstand. Lust. Freude. Erleichterung. Sie konnte es deutlich in sich spüren.

*Aber es ist nicht Sam.*

*Vergiss ihn. Du kannst ohne ihn existieren. Das hier bist du. Das gehört nur dir. Diese Gefühle. Es ist Toms Geschenk an dich.*

Seine Stöße wurden so kräftig, dass ihr die Knie nachgaben und sie auf die Matratze sank, während er weiter in sie stieß. Ihr Herz raste, und ihr Körper brannte, während sich ihre Finger ins Bettlaken krallten. Sie schob eine Hand unter sich und streichelte sich, während er in ihr diesen wunderbaren Punkt fand, der geradewegs zum Ziel führte. Wieder und wieder.

»Schneller!«, keuchte sie.

Sein Griff wurde noch fester.

»Härter!«

Seine Nägel gruben sich in ihre Hüfte, und mit jedem Stoß rutschte sie ein Stück weiter nach oben auf dem Bett.

Als Tom kam, presste er den Mund an ihren Hals und erstickte den Schrei, der sich seiner Kehle entwand.

*Bleib.*

Zweimal stieß er noch nach, bis auch sie kam, die Stirn fest auf das Laken gepresst. Alles zog sich in ihr zusammen und dehnte sich dann aus.

*Als würde man die Geburt und den Tod eines Universums am eigenen Leib erfahren.*

Schwer atmend sanken sie gemeinsam auf das Laken, und der Schweiß überzog ihre Haut. Er war noch immer in ihr, bedeckte ihren Leib mit seinem, und sie konnte seinen rasenden Herzschlag an ihrem Rücken spüren. Wie ein Ertrinkender griff er nach ihrer Hand und verschränkte ihre Finger ineinander.

*Halt ihn fest.*

*Atme.*

Fast wäre sie unter ihm eingeschlafen, so wohl fühlte sie sich unter seinem Gewicht. Nach einer Weile hob sie träge den Kopf, während er an ihrem Nacken knabberte. Als sie den Kopf zur Seite drehte, stellte sie fest, dass Urd in der Tür stand und sie beobachtete.

Stöhnend vergrub Babel den Kopf im Kissen. »Dein Hund!«

»Was ist mit Urd?«, kam es müde von Tom.

»Sie steht in der Tür und beobachtet uns.«

Tom wandte sich um, dabei rutschte er aus ihr heraus. Es fühlte sich auf einmal seltsam leer an. Sie rollte sich unter ihm hervor und griff nach der Decke, um sie über ihnen auszubreiten.

»Wie ist sie ins Haus gekommen?«

Tom zuckte mit den Schultern und zog Babel an sich. »Sie ist clever. Wahrscheinlich hat sie sich auf die Hinterbeine gestellt und die Klinke nach unten gedrückt.«

»Um uns beim Sex zu beobachten?«

Schnüffelnd kam Urd näher, aber Babel verscheuchte sie mit einem winzigen Energiestoß, der Urd den Kopf schütteln und auf den Flur traben ließ.

»Hast du gerade meinen Hund verhext?«

»Sie hat es nicht anders verdient. Du hast eine perverse Dogge, ist dir das klar?«

»Sie ist nicht pervers. Höchstens voyeuristisch veranlagt.«

»Von mir aus kann sie sein, was sie will, aber sicherlich nicht in meinem Schlafzimmer.«

Er zog sie an sich und küsste sie. »Aber ich darf in deinem Schlafzimmer sein, was ich will?«

Sie seufzte, und auf einmal kam ihr die Frage nicht mehr wie ein Scherz vor. Sie legte die Hand an seine Wange und schaute ihm in die Augen. »Ja, das kannst du.«

Als er begriff, was sie ihm eigentlich sagen wollte, machte sich auf seinem Gesicht ein zärtliches Lächeln breit. Sie spürte, wie sich dieses Lächeln auch auf ihrem Gesicht zeigte, und einen Moment lang lagen sie ganz still und sahen sich in die Augen.

*Das ist es*, dachte sie, *so fühlt es sich an, wenn man glücklich ist.*

# 15

Am Morgen war Babel früh wach. In den Gliedern steckte ihr noch die angenehme Schwere des Abends und seiner Aktivitäten, aber in ihrem Kopf herrschte heilloses Durcheinander. Sie sah auf Toms schlafende Gestalt neben sich, und ungewohnte Zärtlichkeit überkam sie. Mit den Fingerspitzen strich sie ihm eine Strähne aus dem Gesicht, und er drehte sich instinktiv zu ihr. Die Decke war in der Nacht nach unten gerutscht und ließ seinen muskulösen Rücken frei. Die Laken hatten inzwischen wieder ihre ursprüngliche weiße Farbe angenommen, gegen die sich seine Tätowierungen dunkel abhoben.

*Fühlt es sich so an, wenn man verliebt ist?*

*Aber das kennst du doch, Babel.*

*Kann sein, aber darauf folgte immer ein Orkan.*

Selbst als sie aufstand und sich anzog, wachte Tom nicht auf. Wahrscheinlich war er so erschöpft von den letzten Wochen, dass er nun zwölf Stunden durchschlafen konnte. Sie küsste ihn zum Abschied auf die Stirn und legte einen Zettel auf die geschlossene Klobrille, weil er ihn dort auf jeden Fall fand.

*He, Langschläfer,*
*ich bin mit Karl unterwegs. Ich melde mich, wenn ich wieder da bin, vermutlich gegen Mittag. Handtuch auf dem Badewannenrand, Kaffeemaschine in der Küche, Brötchen im Tiefkühlfach. Und geh nicht in den Keller! Das ist kein blöder Witz, ich mein's ernst, lass den Keller in Ruhe.*
*Kuss –*

*Babel*
*PS: Ich kann's kaum erwarten, den Sex auf dem Küchenboden nachzuholen!*

Urd hatte sich auf dem Teppich im Wohnzimmer zusammengerollt und schnarchte. Mit Bedauern betrachtete Babel die übliche Sabberpfütze und den Teppich, bevor sie leise die Haustür hinter sich schloss.

Während sie mit der MZ durch die Stadt fuhr, fragte sie sich, ob ihr hastiger Aufbruch wirklich nur der Tatsache geschuldet war, dass sie mit Karl verabredet war, oder ob er nicht viel eher einer Flucht gleichkam?

Am Abend zuvor war alles so einfach gewesen: Sie waren zwei erwachsene Menschen, die der gegenseitigen Anziehungskraft nachgegeben hatten. Doch im Licht des Tages war da plötzlich mehr, ein Gefühl, das sich nicht erklären ließ und mit dem Babel nicht recht umzugehen wusste. In ihrem Haar hing noch sein Geruch, und auf ihrer Haut glaubte sie, seine Berührungen zu spüren. Als hätte er sie mit seinen Händen gekennzeichnet. Die Heftigkeit, mit der sie auf ihn reagierte, erschreckte sie. Es erinnerte sie zu sehr an Sam, und an ihn wollte sie jetzt nicht denken.

*Komm schon, sei kein Angsthase.*

*Aber das kann einem schon Angst machen.*

Aufgewühlt hielt sie vor dem Büro. Wie immer war Karl bereits dort. Er war in seine alte Cordhose und einen blauen Pullover gekleidet, im Mundwinkel hing ein Zigarillo, und um den Hals trug er Dollys Medaillon. Doch er hatte dunkle Ringe unter den Augen und strahlte Nervosität aus. Sie konnte es ihm nicht verdenken.

»Ich hoffe, du bist in der Stimmung, das Groupie aus der Hölle zu erledigen?«, fragte er, während er in dem Papierstapel auf seinem Schreibtisch wühlte.

»Na, so schlimm wird's schon nicht werden.«

»Sag das nicht – mich hat vor Jahren mal so eine Trulla bei einem Truckstop-Konzert gebissen, die können ganz schön gefährlich werden.«

Lomar, der Auftraggeber, galt angeblich als aufstrebender Sänger, den die Radiostationen rauf und runter spielten und den weder Karl noch Babel kannten. Sie hatte sich sein Video auf YouTube angesehen, konnte sich den begeisterten Kommentaren aber nicht anschließen. Wer früher mal Ian Curtis verehrt hat, wacht nicht eines Morgens auf und stellt fest, dass er plötzlich Ricky-Martin-Fan ist. Aber der Kerl hatte ein hübsches Gesicht, was wohl der Grund dafür war, dass ihm die Mädchen scharenweise nachliefen.

Genau wie dieses besondere Mädchen, dessen Schwärmerei in eine Obsession umgeschlagen war, die keine Grenzen mehr kannte. Das Schwarz-Weiß-Foto von ihr, das Karl Babel gegeben hatte, wirkte wie jene Fotografien, die immer in Spionagefilmen zu sehen waren. Irgendwie wirkte jedes Gesicht darauf wie eine Verbrechervisage. Das Bild des Mädchens war heimlich aufgenommen worden und hielt fest, wie es seinerseits das Objekt seiner Begierde beobachtete. Babel hatte sich das Gesicht eingeprägt.

Während Karl alle möglichen Papiere zur Seite legte, wo sie einen neuen unübersichtlichen Stapel bildeten, trat Babel nachdenklich an Xotls Käfig heran. Der Papagei hatte den Kopf unter den Flügel gelegt und schien zu schlafen. In den Fingerspitzen konnte sie das altbekannte Kribbeln spüren, das sie in seiner Nähe überfiel.

Plötzlich flatterte er wild mit den Flügeln. *»Plaaag … pfui … krik … Saaaft … Saaaft …«*

Babel lief knallrot an und drehte das Gesicht weg.

*»… pfui …«*

Karl schien nichts davon zu merken. »Manchmal verstehe ich diesen Vogel einfach nicht«, murmelte er.

So schwierig war es gar nicht, Xotl zu verstehen, wenn man alle Fakten besaß. Aber sie würde Karl sicher nicht erklären, was der Papagei zu sagen versuchte.

*»Bööööses Mädchen … bööööses Mädchen … pfui, pfui …«*

»Ich glaube, er meint dich, Babel.«

»Woher willst du das wissen?«

»Na ja, er schaut dich an.«

Misstrauisch betrachtete sie den Vogel. »Sein rechtes Auge sieht nicht mal in dieselbe Richtung wie das linke. Woher willst du da wissen, dass er mich ansieht?«

Karl zuckte mit den Schultern, als wolle er sagen: *Kommt mir halt so vor.*

»Ha!« Er hielt ihr einen Zettel entgegen. »Ich wusste doch, dass ich die Adresse irgendwo aufgeschrieben hab.«

Sie nahm den Zettel und versuchte, die danebengekritzelte Wegbeschreibung zu entziffern. Dann stopfte sie den Zettel in die Hosentasche. Skeptisch ruhte Karls Blick auf ihr.

»Und du bist sicher, dass das alles kein Problem ist?« Er schaffte es, auf sie herabzuschauen, obwohl er einen ganzen Kopf kleiner war als sie.

»Mach dir keine Sorgen. Wie viele solche Aufträge haben wir schon erledigt? Das ist wirklich kein großes Ding.«

Das schien ihn nicht gänzlich zu überzeugen, noch immer befand sich die steile Falte zwischen seinen Augenbrauen. Ermutigend klopfte sie ihm auf die Schulter und war schon fast zur Tür hinaus, als er sagte: »Das hätte ich fast vergessen. Ich hab mich mit einem Volierenbesitzer unterhalten. Er meint, wir sollen dem Papagei keinen Döner zu fressen geben. Ich dachte, das solltest du vielleicht wissen.«

»Wirklich?«, fragte Babel.

»Wirklich. Offenbar ist das keine artgerechte Haltung und schadet dem Papagei. Vielleicht solltest du auf dem Rückweg mal an einer Zoohandlung haltmachen.«

Babel lehnte sich an den Türrahmen. »Hast du dir eigentlich schon mal überlegt, ob wir Xotls Leben mit einer artgerechten Haltung überhaupt verlängern sollten? Du weißt schon, von wegen Dämon und so.«

Verständnislos sah er sie an. »Na ja, immerhin gehört er irgendwie zur Familie, findest du nicht?«

»Nein, tut er nicht. Wir können ihn nicht mal leiden. Er ist hässlich und garstig.«

*»Plaaag … pfui, pfui …«*

»Na ja, das schon … aber er hat einen Namen.«

»Das wissen wir nicht genau. Xotl war nur das Erste, was der Papagei zu dir gesagt hat, als er deiner ansichtig wurde. Nach allem, was ich weiß, könnte er dich auch für Quetzalcóatl gehalten haben. Oder er hatte einen Schluckauf.« Sie stieß sich von der Tür ab. »Und nach dreizehn Jahren ist es wohl ein bisschen spät, ihn an Vogelfutter zu gewöhnen, meinst du nicht?« Mit diesen Worten ließ sie ihn stehen. Sie war noch nicht mal am nächsten Treppenabsatz angekommen, da schallte schon wieder Musik aus der Anlage.

Als sie gerade den Helm aufsetzte, öffnete Karl das Fenster und rief: »Und ruf mich an, wenn du fertig bist!«

»Jawohl, Herr General.« Sie hob die Hand und fuhr los.

Als Babel die Stadt verließ und auf die Bundesstraße auffuhr, veränderte sich das magische Netz, das sie umgab. Selbst mit geschlossenen Augen hätte sie genau gewusst, wann sie die Stadt wieder betrat, als hätte jemand mit dem Zirkel einen Kreis darum geschlagen. Die Magie zwischen Städten auf freiem Feld oder in weniger ausgebauten Siedlungen war nicht so komplex, dafür jedoch manchmal kraftvoller. Sie spürte, wie ihre Verbindung mit dem Netz der Stadt schwächer wurde, bis sie sich ganz löste.

Nach einer zweistündigen Fahrt hatte sie das Ziel erreicht. Eine Stadt mittlerer Größe, die im Krieg stark zerstört worden war und zu DDR-Zeiten vom Braunkohleabbau profitiert hatte. Nach der Wende war die Industrie fast vollständig eingebrochen und ein Viertel der Bevölkerung weggezogen. Erst in den letzten Jahren hatte die Stadt einen Aufschwung erlebt und zog nun vor allem junge Leute an, die die niedrigen Lebenshaltungskosten nutzten, um neue Geschäftsideen zu entwickeln.

Lomar besaß im Stadtzentrum ein eigenes Studio, in dem er gerade an seiner neuen Platte arbeitete. Wenn der Auftrag erledigt war, würde sich Karl mit ihm in Verbindung setzen und das restliche Geld anfordern. Babel bekam der Sänger gar nicht zu sehen, was ihr sehr recht war. Superman gab schließlich auch nicht seine Identität preis.

Das Studio befand sich in einem Hochhaus im achten Stock hinter einer undurchsichtigen Fensterfront, die die ziehenden Wolken widerspiegelte. Auf der gegenüberliegenden Seite der breiten Allee gab es ein Café, in dem das Mädchen am Fenster saß und den Eingang des anderen Hauses beobachtete – genau wie die Wochen zuvor. Vor sich eine Tasse Kaffee und ein Stück Apfelkuchen. Lomars Leute hatten Karl bestätigt, dass das Mädchen jeden Tag dort saß. Niemand wusste, wie sie ihr Geld verdiente und woher sie allein die Zeit dafür nahm.

Sie tat nichts – abgesehen davon, das Haus zu beobachten, weil sie jeden seiner Schritte begleitete, soweit es ihr möglich war. Würde er abends aus dem Gebäude kommen, würde sie ihm weiter folgen, bis es ihr eine Tür und das Sicherheitspersonal unmöglich machten.

Babel parkte die MZ auf dem begrünten Streifen, der die

breite Straße trennte, und sah zu dem Café hinüber, aber sie konnte nicht viel erkennen. Ihre magischen Sinne nahmen nichts anderes wahr als das Pulsieren des Orts. Sie überquerte die Straße und betrat das Café, in dem es nach Kaffee und aufgebackenen Brötchen roch. Das Mädchen entdeckte sie an einem Ecktisch am Fenster. Sie hatte nicht aufgesehen, als Babel eingetreten war, denn ihre Neugier erstreckte sich nur auf ein einziges Feld. Ein paar Tische entfernt von ihr setzte sich Babel und beobachtete sie dabei, wie sie ihrerseits den Hauseingang beobachtete. Hin und wieder nippte das Mädchen am Kaffee, doch ihr Blick blieb lauernd auf den Hauseingang gerichtet.

Babel fand, das Foto wurde dem Mädchen nicht im Geringsten gerecht. Im echten Leben besaß sie eine eigenwillige Ausstrahlung, die durchaus faszinierend war. Sie war klein, aber kräftig, und das braune Haar fiel ihr in dichten, schimmernden Wellen den Rücken herab. Sie trug ein Kleid mit großen, bunten Blumen und rote Kirschohrringe und erinnerte Babel an die Frauen, die Gauguin gemalt hatte – auf den zweiten Blick sinnlich und geheimnisvoll. Man konnte ihr nicht jeden Gedanken vom Gesicht ablesen, erkannte aber ihre geistige Wendigkeit.

Dem Foto fehlte alles, was sie in Wirklichkeit ausmachte: Bewegung, Gestik, Mimik. Lebendigkeit.

Warum machte sich eine Frau wie sie die Mühe, diesem einen Mann wie besessen zu folgen, wenn sie doch so viele andere haben konnte? Aber vielleicht ging es ihr wie vielen Frauen: Sie wollte keinen anderen, wenn sie diesen einen noch nicht gehabt hatte!

Babel nahm sich ihre Aura vor. Sie tat, als würde sie husten und pustete dabei ein wenig Holzasche in die Luft, die sich durch ihre magischen Energiewellen im Raum verteilte. Während Außenstehende glauben mochten, sie würde konzentriert ins Nichts starren, verschob sich stattdessen ihr Blick – wie bei diesen Vexierbildern, in denen man irgendetwas erkennen sollte: Einfach den Blick über Kreuz, und schon sah man Pinguine.

Bei dem Mädchen konnte Babel eine Menge Rot sehen, für die Leidenschaft. Das war nicht anders zu erwarten gewesen. Eine Menge Grün für den Zweifel, der sich seine Wege durch die Tiefe suchte wie Wurzeln eines Baums. Blau für die Intelligenz und das strategische Planen und ein Rest Braun für die Liebe, die sie erdete.

Und dann war da noch dieser Streifen Schwarz, der das Gesamtbild störte, weil sich irgendetwas in ihr verschoben hatte. Es war nicht ihre Schuld – zumindest nicht allein. Es gab viele Faktoren, die das bewirken konnten, aber es war nicht Babels Aufgabe herauszufinden, worin die Ursache dieser Besessenheit lag. Verschiebungen in der Aura waren mit Erdbeben zu vergleichen: Sie geschahen plötzlich, aber nie grundlos.

Die nächsten zwei Stunden dehnten sich scheinbar endlos. Babel tat, als würde sie lesen, dabei blätterte sie nur alibimäßig ab und zu eine Seite um, denn vom Text bekam sie nichts mit. Zu viele Gedanken gingen ihr durch den Kopf, und sie saß wie auf Kohlen, weil sie wollte, dass endlich etwas passierte. Bei solchen Aufträgen konnte sie nie genau sagen, was sie erwartete und wie lange es dauern würde, und im Warten war Babel nie gut gewesen.

Zunehmend verspürte sie das Gefühl, dass sie zurückmusste, obwohl sie noch am Morgen fast froh darüber gewesen war, die Stadt für ein paar Stunden verlassen zu können. Doch inzwischen beunruhigte sie der Gedanke, dass Tom und seine Leute ohne magischen Schutz waren.

Irgendwann legte das Mädchen plötzlich Geld auf den Tisch und erhob sich hastig. Durch das Fenster konnte Babel sehen, dass auf der anderen Straßenseite ein junger Mann das Gebäude verlassen hatte. Immer wieder sah er sich um. Sein Blick wanderte zu dem Café, aber auch er konnte durch die Scheiben nichts erkennen. Neben ihm stand ein großer, breitschultriger Kerl mit einer Visage zum Fürchten. Vermutlich sein Leibwächter.

Babel tat es dem Mädchen gleich, das inzwischen an der Tür stand: Sie legte Geld neben ihre Tasse. Derselbe Zauber, der Babels Haus schützte, verbarg nun auch sie, und so konnte sie dem Mädchen unbemerkt folgen, während es die Straße hinablief und in eine Seitengasse einbog, in der auch Lomar mit seinem Leibwächter verschwunden war. Vielleicht führte die Straße zu einem Parkhaus.

Als Babel um die Ecke bog, war Lomar längst aus der kurzen Straße verschwunden. Außer Babel und dem Mädchen war niemand zu sehen. Die Gelegenheit zu handeln, erhielt Babel schneller, als sie angenommen hatte.

In der Gasse hob Babel den Zauber auf, und sofort warf das Mädchen einen Blick über die Schulter, als hätte es gespürt, dass ihm jemand auf den Fersen war. Sie blieb stehen und drehte sich um. Ihre Aura flackerte, Angst und Unwille darüber, gestört zu werden, traten an die Oberfläche.

»Verschwinde«, fuhr sie Babel abweisend an, als hätte sie irgendein Recht, einer anderen Passantin zu sagen, wo sie entlanggehen sollte. Sie musste spüren, dass Babel ihretwegen hier war – das passierte manchmal bei Leuten, deren Antennen für die Magie stark ausgeprägt waren.

»Du musst dich von ihm fernhalten«, sagte Babel ruhig und ging ein Stück auf sie zu.

Einen Moment war es still, dann erwiderte das Mädchen: »Lass mich in Ruhe!«

Babel verringerte den Abstand zwischen ihnen auf drei Armlängen. Vorsichtig, wie bei einem in die Ecke gedrängten wilden Tier. »Du musst aufhören, ihm hinterherzurennen, sonst wird diese Sache böse enden.«

Ihre kleinen Augen musterten Babel feindselig, und es war faszinierend zu sehen, wie ihre Gedanken rasten und sich ihre Aura veränderte. Da wallte dieses Rot auf, durchsetzt von Flammen. Ihre Wut wirkte auf Babel, und sie konnte es leuchten sehen, noch heller als die Leidenschaft für diesen Mann.

»Du bist da viel zu tief reingerutscht, das ist einfach nicht gut.«

»Lass mich«, kam es von dem Mädchen, die Stimme klang tief und verzweifelt.

»Das kann ich nicht.«

»Warum nicht?«

Babel seufzte. »Weil ich dafür bezahlt werde.«

»Aber er wäre so viel besser dran mit mir. Ich würde für ihn sorgen.«

»Das hast aber nicht du zu entscheiden.« Sie sah ihr direkt in die Augen, und irgendetwas musste in Babels Blick gelegen haben – ein kurzes Aufflackern der Macht vielleicht. Das Mädchen packte die Angst vor dem Tod. Nur kurz, aber Babel konnte sie in seiner Aura sehen.

*Weiß wie Schnee.*

Babel verspürte Mitleid mit ihr, aber davon konnte sie sich nicht lenken lassen. Stattdessen konzentrierte sie sich auf die Aura und begann, die Energien in ihre Richtung zu schieben. Wie eine Welle brandeten sie dagegen und wirkten auf den Farbstrudel der Seele ein. Es kostete Babel Kraft, aber sie wollte das, was an dem Mädchen verschoben war, wieder begradigen. Später würde sie sich dann wieder einmal fragen, ob man sich in diesem Maße in das Schicksal eines anderen Menschen einmischen durfte.

Der Schmerzensschrei drang dumpf an ihre Ohren, während das Mädchen vor ihr in die Knie ging. Sie musste den Einfluss auf ihre Aura wie Hundebisse spüren. Kein Mensch interessierte sich dafür, dass sie schrie, während Babel versuchte, ihre Aura zu begradigen. Die Gasse blieb leer.

Das Rot wurde blasser. Immer heller, bis es nur noch ein Altrosa war und der Atem des Mädchens gleichmäßig ging. Am Ende kniete Babel genau wie sie in der Gasse und hätte fast geweint um all die Leidenschaft, die sie aus dem Mädchen herausgetrieben hatte. Aber es nützte nichts, sie würde sich damit nur selbst zerstören. Trotzdem blieb ein fahler Nachgeschmack. Babel wollte noch etwas sagen, aber als sie den Kopf hob und ihr ins Gesicht blickte, ließ sie es, weil ihr einfach nichts einfiel.

Gauguins Mädchen war verblasst, und sie war schuld daran.

*Ihr könnt euch nicht raushalten. Eure Fähigkeiten geben euch die Macht, ob ihr wollt oder nicht*, hatte ihre Mutter immer gesagt. Von Demokratie hielt sie nicht viel. Es entsprach nicht ihrem Naturell, und sie war davon überzeugt, dass ihre Töchter dieses Naturell geerbt hatten, schließlich waren sie Hexen wie sie. Für Moral war stets Babels Vater zuständig gewesen. Er hatte auch darauf bestanden, dass sie die Ritualtiere anständig im Garten begruben, anstatt sie einfach in den Müll zu entsorgen. Er hatte oft behauptet, Hexen wären manchmal wie Tiere – und Babels Mutter hatte ihm nie widersprochen.

Als sich ihr Atem wieder normalisiert hatte, stand Babel auf und klopfte sich den Staub von den Knien. Das Mädchen hockte noch immer gegen die Hauswand gelehnt da und starrte ins Nichts. Erst nach einer Weile würde sie die Kraft finden, sich zu erheben und die Gasse zu verlassen. Sie würde nach Hause gehen, im Kopf einen dumpfen Schmerz wie nach einer durchzechten Nacht, und am nächsten Tag ihr Leben neu beginnen. Aber das alles war nicht mehr Babels Problem. Sie hatte erledigt, wofür sie bezahlt wurde. Auftrag ausgeführt.

Ohne sich noch einmal umzudrehen, verließ sie die Straße.

*Genau so hast du es damals gemacht,* sagte Hilmars Stimme in ihrem Kopf.

Entschlossen lief sie weiter. Als sie die Hauptstraße erreicht hatte und um die Ecke bog, atmete sie tief durch. Gerade wollte sie nach dem Handy greifen, als sie plötzlich von einer magischen Welle erfasst wurde. Ihr Arm wurde heiß, als hätte sie zu nah am Feuer gestanden. Mitten in der Bewegung hielt sie inne und blieb stehen. Im Bruchteil einer Sekunde aktivierte sie das Feld, das sie vor anderen magischen Energien schützte. Auf der Suche nach der zweiten Magiequelle schaute sie sich hastig um und entdeckte schließlich auf der anderen Straßenseite einen jungen Mann, der sie mit in den Hosen gesteckten Händen beobachtete.

Es war Clarissas Enkel. Nikolai. Die Magie, die von ihm ausging, war noch immer schwach und verriet lediglich, dass er magisch aktiv war. Aber er wirkte keinen Zauber, und irritiert blickte Babel zu ihm hinüber.

Es war sicher kein Zufall, dass er hier war. Wahrscheinlich war er ihr gefolgt. Aber warum, wenn er nun nicht gegen sie vorgehen wollte? Hatte Clarissa ihn geschickt? Zögernd ging sie ihm entgegen, darauf gefasst, jederzeit ihre eigene Magie gegen ihn anzuwenden. Unter den Energien, die von ihr ausgingen, zuckte er zusammen.

»Was willst du hier?«, fuhr sie ihn an, als sie bei ihm angekommen war, und es kümmerte sie nicht, dass die vorbeigehenden Passanten ihnen neugierige Blicke zuwarfen.

»Mit dir reden.«

»Und dazu musst du mir hierher folgen? Du hättest im Büro anrufen können.«

Nervös blickte er sich um. Unter seinen Augen lagen dunkle Ringe, in den letzten Nächten schien er wenig geschlafen zu haben. »Können wir reden?«, fragte er leise und vergrub die Hände noch ein Stück tiefer in den Hosentaschen.

*Das ist eine Falle, hüte dich.*

Aber Nikolai besaß große Ähnlichkeit mit einem geprügelten Hund, wie er da so vor ihr stand. Deshalb nickte sie zögerlich und deutete auf das Café nicht weit von ihnen entfernt, in dem sie zuvor gesessen hatte. Sie lief hinter ihm, und er ließ es über sich ergehen, ohne zu murren. Vermutlich war es ihm also ernst, dass er mit ihr reden wollte. Nachdem sie endlich an einem Tisch Platz genommen hatten, wartete Babel neugierig darauf, dass er etwas sagen würde. Ein paarmal öffnete er den Mund, aber dann schloss er ihn wieder, als wüsste er nicht, wie er beginnen sollte.

Nach ein paar Minuten hatte sie es satt und fragte ungeduldig: »Was ist jetzt?«

Mit fiebrig glänzenden Augen sah er sie an. »Ich will bei dir in die Lehre gehen.«

Sie schnaubte. »Natürlich.«

»Ich mein's ernst.«

»Deine ganze Familie besteht aus Hexen. Was soll ich dir beibringen, was die dir nicht beibringen können? Mal ganz davon abgesehen, dass du doch nicht ernsthaft glaubst, dass ich dir meine Tricks verrate, damit du sie deiner Großmutter erzählen kannst. Ich bin nicht ganz so blöd, wie ich vielleicht aussehe, Kleiner.«

Heftig schüttelte er den Kopf. »Du verstehst nicht. Ich will nicht in eure Auseinandersetzung hineingezogen werden, das interessiert mich nicht. Ich will etwas von dir lernen.«

»Warum fragst du nicht Clarissa? Deine Großmutter kann dir genug beibringen.«

»Ich habe kein sehr gutes Verhältnis zu meiner Großmutter.« Er sah zur Seite, und seine Hände, die auf der Tischplatte lagen, ballten sich zu Fäusten. Babel erinnerte sich an seinen Bruder, der magisch passiv war und damit in dieser Familie immer eine

Randfigur bleiben würde. Es wunderte sie nicht, dass das Verhältnis zwischen Clarissa und ihren Enkeln angespannt war.

»Es hat sehr lange gedauert, bis sich das magische Talent in mir gezeigt hat«, fuhr er leise fort. »Am Anfang haben alle gedacht, es wäre bei mir genau wie bei Mikhail, aber dann brach es doch durch.« Es schien ihm fast unangenehm zu sein. Sie konnte sich gut vorstellen, dass diese Entwicklung, die ihn seiner Familie nähergebracht hatte, zu einer Entfremdung der Brüder geführt hatte.

»Obwohl ich magisch aktiv bin, habe ich nie besonders großes Talent dafür gezeigt, und die anderen haben sich nie die Mühe gemacht, mit mir zu trainieren. Meine Großmutter ist mit ihren Geschäften beschäftigt, ebenso wie mein Vater. Wenn sie mich brauchen, binden sie mich in die Arbeit ein, aber es ist schon klar, dass ich das Familiengeschäft nicht übernehmen werde.«

»Was willst du also von mir?«

»Lernen. Komplexe Zauber. Die Beeinflussung der Ebenen.«

Babel sah ihn scharf an, aber er reagierte gar nicht auf sie. Mit verkniffenem Ausdruck rührte er in seinem Kaffee.

»Ich beschwöre weder Dämonen noch die Toten.«

*Zumindest nicht mehr, was?*

»Aber du kannst es, oder?« Sein Blick bohrte sich in ihren, bis sie sich zurücklehnte und die Arme verschränkte, als könnte sie ihre Vergangenheit auf diese Weise fernhalten.

»Alle behaupten, dass du darin große Fähigkeiten besitzt, dass das dein Ding ist. Die Kontrolle der Ebenen. Ich will nur wissen, wie es funktioniert …«

»Das Problem mit den Ebenen ist, dass du es nie dabei belässt, nur zu wissen, wie es funktioniert«, erwiderte sie barsch. »Sobald du weißt, wie es funktioniert, willst du es auch ausprobieren, und glaub mir, dabei werde ich dir ganz sicher nicht helfen.«

Wieder runzelte er die Stirn, und sie konnte förmlich sehen, wie er nach Argumenten suchte, um sie umzustimmen. Sie kannte den Impuls nur zu gut, der ihn zu ihr getrieben hatte. Es war der gleiche, der sie vor so vielen Jahren dazu verleitet hatte, Sams Drängen nachzugeben und die Dämonenebene in Ritualen zu erforschen. Damals hatte sie auch geglaubt, ihre Mutter wolle ihr etwas vorenthalten. Sie hatte gedacht, ein Recht auf dieses Wissen zu haben, und nach Wegen gesucht, es sich anzueignen.

»Hör zu«, erwiderte sie, »ich kann dir nicht helfen. Und das hat auch nichts mit Clarissa zu tun. Meine Magie ist meistens intuitiv, ich benutze kaum Hilfsmittel, doch bei dir ist das anders. Deine Art Magie schult am besten jemand, der sich ihrer ebenfalls auf diese Weise bedient, mit Bildern und Sprüchen. Ein Sprinter kann einem Marathonläufer auch nicht erklären, wie er zu trainieren hat, verstehst du?«

Seine Schultern sackten ein Stück nach vorn, und fast hatte sie Mitleid mit ihm. Aber Babel konnte ihm nicht helfen. Seinen Platz musste er selbst finden, das hatten sie alle gemusst. Sie winkte die Kellnerin heran, um zu zahlen.

»Vielleicht solltest du überlegen, die Stadt zu verlassen, Nikolai. Nicht nur wegen der Sache mit den Plags. Vielleicht wäre es für dich besser, wenn du nicht in Clarissas Nähe wärst …«

*… und die Tatsache, dass sie so viel mächtiger ist als du, dir die Luft zum Atmen nimmt.*

Als Babel ihn verließ, saß er unglücklich zusammengesunken an dem Tisch, die Ellbogen auf der Tischplatte aufgestützt und tief in Gedanken versunken. Seine Magie begleitete sie als warmer Hauch nach draußen.

# 16

Als sie nach Hause kam, erlebte Babel eine Überraschung. Kaum hatte sie die Haustür einen Spaltbreit geöffnet, kam eine feucht glänzende Schnauze zum Vorschein, gefolgt von einer Pfote, die die Tür weiter aufschob.

»Du musst von der Tür weggehen, sonst kann ich sie nicht öffnen«, versuchte Babel, die Hündin zu überzeugen, aber Urd bellte nur und beließ ihre Schnauze, wo sie war.

Vorsichtig schob Babel die Dogge mit der Hand zurück, bis es ihr gelang, die Tür zu öffnen. Urd sprang an ihr vorbei in den Garten, um Dinge zu tun, die ein Hund eben so tun musste. Dabei bellte sie so laut, dass sich aus den Büschen am Zaun ein Schwarm erschrockener Spatzen emporhob.

»Na, wenigstens einer ist zufrieden, was?«, murmelte Babel und betrat das Haus. Im Dämmerlicht des Flurs blieb sie stehen und lauschte, aber nichts unterbrach die Stille. Tom war nicht mehr hier. Doch wenn er Urd bei ihr ließ, hieß das ja offensichtlich, dass er vorhatte zurückzukehren. Der Gedanke wärmte sie.

Auf dem Küchentisch fand sie denselben Zettel, den sie am Morgen geschrieben hatte. Auf die Rückseite hatte Tom lediglich zwei Sätze ergänzt.

*Bin in der Wagenburg helfen und heute Abend wieder da. Schieb schon mal den Küchentisch zur Seite.*

Grinsend blickte sie auf den Zettel in ihrer Hand. Kurz darauf kam Urd zur Tür hereingetrabt und blieb schnüffelnd neben ihr stehen. Erwartungsvoll sah sie zu Babel auf, bis Babel sie hinter den Ohren kraulte und ihr eine Scheibe Schinken aus dem

Kühlschrank holte. Zufrieden ließ sich die Bestie von Baskerville unter dem Küchentisch nieder und verschlang schmatzend ihre Beute. Dabei verteilte sie den obligatorischen Sabber auf dem Fußboden, und Babel blickte kopfschüttelnd auf sie hinab. »Deine Welt ist nicht sehr kompliziert, oder?«

Die Hündin schmatzte.

»Dachte ich mir.«

Die nächsten Minuten verbrachte Babel damit, sich selbst etwas zu essen zu machen. Gerade als sie das aufgewärmte Chili vom Herd nahm, klingelte jedoch das Telefon. Sie klemmte es zwischen Ohr und Schulter und schaufelte das Chili auf den Teller.

»Hallo?«

Sofort erklang Judiths ungehaltene Stimme. »Möchtest du mir vielleicht etwas mitteilen, Babel?«

»Äh … nein.«

Von der anderen Seite kam ein verärgertes Schnaufen. »Hatte ich dir nicht gesagt, dass du mit der Krähe sorgfältig umgehen sollst?«

»Scheiße …« Hastig stellte Babel den Topf ab und trat ans Fenster. Aber die Krähe war weit und breit nicht zu sehen.

»Du brauchst gar nicht zu suchen. Sie ist wieder zu Hause. Sie ist zurückgeflogen, nachdem du den Zauber beendet hast.«

»Das ist doch gut, oder?«

Wieder ein Schnaufen. »Du hast Glück, dass meine Tiere so gut trainiert sind und den Weg zu mir finden. Was glaubst du, warum ich dir den Vogel mit dem Tiertransport geschickt habe? Sicher nicht aus Langeweile. Eine Krähe ist keine Brieftaube!«

»Tut mir leid, Judith, ich hab's einfach vergessen.«

»Was ist denn nur bei dir los?«

Babel seufzte. »Das wüsste ich auch gern.« Nachdenklich sah sie auf das dampfende Chili.

»Brauchst du Hilfe?« Das Zögern in Judiths Stimme war nicht zu überhören. Sie wusste, dass sie Babel nach der Sache mit den Zwillingen etwas schuldig war, und vielleicht wäre es tatsächlich ratsam, sie herzubitten.

Aber Babel konnte sich nicht dazu durchringen. Noch wusste sie nicht, wie schlimm es hier wirklich werden würde. Außerdem stand ihr Tom zur Seite, und die Plags waren ohnehin nicht allzu gut auf Hexen zu sprechen. Da war es nicht ratsam, noch eine weitere in die Stadt zu holen. Die Nerven lagen auch so schon blank.

Missmutig rührte Babel mit einem Löffel in dem Chili, als würde die Lösung ihrer Probleme plötzlich vom Boden des Tellers auftauchen.

*O großer Geist des scharfen Chilis, wird mir der Mörder den Garaus machen, bevor ich ihn zu fassen kriege?*

»Ich sag Bescheid, wenn die Kavallerie kommen muss.«

Das Schweigen am anderen Ende wurde schwer, und genau das hasste Babel. Sie konnte förmlich sehen, wie Judith in ihrem Büro auf und ab lief, auf dem Daumennagel herumkaute und grübelte, ob ihre Schwester eine Dummheit anstellen würde.

Einen Dämon beschwören zum Beispiel.

»Ich krieg das hin, Judith, ehrlich.«

»Na gut, wenn du meinst, aber …«

In diesem Moment drang das schrille Klingeln eines alten Telefons durch den Flur.

»Ich muss Schluss machen«, sagte sie hastig, »das Handy klingelt.«

Bevor Judith auch nur mehr sagen konnte als »Wag es nicht …«, hatte sie auch schon aufgelegt und war zur Garderobe gehastet, auf der das Handy lag. Das Display zeigte Mos Nummer an. Aber als sie den Anruf annahm und fragte: »Was ist?«, antwortete niemand.

Im Hintergrund waren Straßengeräusche zu hören, ein dumpfes Scheppern und Hupen. Vermutlich ein Müllauto, das Container aufnahm.

»Hallo?«

Noch immer nichts. Ein hohler Schlag zeigte an, dass der Container auf den Boden zurückgestellt wurde. Der Müllwagen fuhr weiter.

»Mo?«

»Babel?«, kam es auf einmal flüsternd.

»Was ist denn bei dir los?«

»Ich bin vor Annabelles Haus … Du musst herkommen. Das Siegel ist durchgebrochen … Ich glaube, jemand ist da drin.«

Adrenalin schoss ihr durch die Adern und verdoppelte ihren Herzschlag. »Mach bloß keine Dummheiten, Mo! Geh nicht alleine rein. Warte vor dem Haus und versteck dich, bis ich da bin!«

Erneutes Schweigen.

»Mo? Hast du mich verstanden?« Sie brüllte fast, und ihr Herzschlag wechselte in einen unregelmäßigen Rhythmus. Die Vorstellung, dass Mo dem Mörder in die Arme laufen konnte, nahm ihr den Atem. Selbst wenn er so eine Plage war. »Mo!«

»Okay.«

»Versprich es mir!«

»Ich verspreche es.«

*Was ist, wenn dort wirklich der Mörder wartet? Diese Hexe, die in Totenenergie badet? Bist du dem gewachsen?*

Bei dem Gedanken krampften sich ihre Eingeweide zusammen. Seit der Auseinandersetzung mit den Zwillingen hatte sie keinen Kampf mehr gegen eine Hexe gehabt, und wie eine verblasste Erinnerung kehrte der Schmerz in den Rippen zurück.

*Komm schon, reiß dich zusammen.*

Wie zur Antwort färbte sich die Tapete im Flur schwarz, und die Magie floss warm durch Babels Körper.

*Siehst du, ein Gedanke von dir, und schon ändert sich die Welt. Und jetzt beweg dich gefälligst.*

Sie rannte in den Keller und zog eilig ihre Rüstung aus dem Schrank. Als ihre Finger das Gold berührten, gab es eine elektrische Entladung in die Luft, und die feinen Härchen auf ihren Armen stellten sich auf. Sie konnte die Magie auf der Zunge schmecken wie ein exotisches Gewürz. Süß, aber auch ein bisschen scharf und zähflüssig wie Sirup.

In Windeseile rannte sie wieder nach oben, schnappte sich Lederjacke, Schlüssel und Handy. Als sie das Haus verließ, blieb Urd bellend hinter der Tür zurück. Auf dem Weg zu ihrer Maschine wählte sie Toms Nummer. »Komm schon, nimm ab!«, fluchte sie, während sie mit zitternden Fingern den Schlüssel ins Zündschloss steckte.

»Ja?«, kam es nach einer scheinbaren Ewigkeit.

»Du musst sofort zu Annabelles Wohnung kommen. Mo denkt, dass jemand drin ist.«

»Verdammt …«

Sie wartete nicht auf eine ausführlichere Antwort, sondern stellte das Handy lautlos, damit das Klingeln nicht ausgerechnet dann einsetzen konnte, wenn sie sich vielleicht gerade an einen Einbrecher heranschlich.

In halsbrecherischem Tempo fuhr sie Richtung Baggersee. Dabei überfuhr sie drei rote Ampeln, schnitt zwei Autos den Weg ab, zeigte einem Radfahrer den Finger und stoppte für eine alte Frau, die mit ihrem Wägelchen Zeitungen ausfuhr und die Straße überquerte. Keine zehn Minuten später stand sie vor Annabelles Wohnhaus. Ihre Hände zitterten wie bei einer alten Frau, als sie von der Maschine stieg, weil die Magie so stark durch ihren Körper rauschte. Die Luft um sie herum verdichtete sich, und sie konnte das magische Knistern in den Fingerspitzen spüren. Ihre Zähne klapperten.

*Du darfst nicht die Kontrolle verlieren.*

Sie nahm den Helm ab und sah an der Hauswand empor, aber in den Fenstern spiegelte sich die Sonne. Sie konnte nicht erkennen, was dahinter vor sich ging.

Plötzlich ertönte hinter ihr ein Pfiff, und Babel fuhr herum. Auf der anderen Straßenseite stand Mo hinter einem Auto und winkte sie hastig zu sich. Sein Gesicht war schneeweiß und verbissen. Es gehörte nicht viel dazu, um zu begreifen, dass der Junge verängstigt war. Sie legte den Helm ab und überquerte die Straße. Als sie näher kam, wich er jedoch einen Schritt zurück und hob abwehrend die Hände.

»Whoa, was ist denn mit dir los?«

Irritiert blieb sie stehen.

»Deine Magie …«

Da verstand sie. Die magische Energie musste ihn in heißen Wellen erreichen, weil sie so aufgedreht war. Aber Babel konnte jetzt keine Rücksicht auf seine sensiblen Antennen nehmen. Machtvoll spürte sie die Energien in sich, und genau das brauchte sie in diesem Augenblick – immerhin riskierte sie hier ihren Kopf, wenn der Mörder wirklich dort oben war.

»Erzähl mir, was los ist«, forderte sie ihn auf, während sie die belebte Straße im Blick behielt. Die Passanten, die an ihnen vorüberliefen, musterten sie neugierig.

Mo schluckte ein paarmal, bevor er antwortete. Näher heran kam er allerdings nicht. »Ich wollte das Bild holen …«

»Das im Wohnzimmer?«

Er nickte. »Ich dachte … wenn wir weggehen, dann ist sie so irgendwie noch bei uns … Ich war oben vor der Wohnung, als ich das zerbrochene Siegel gesehen habe.«

»Hast du jemanden gehört?«

»Nein. Ich bin wieder runtergerannt und hab dich angerufen.« Beschämt senkte er den Kopf und starrte auf seine Füße.

»Es wäre dumm gewesen, wenn du allein reinmarschiert wärst, Mo.«

Davon schien er nicht überzeugt. In seinem Alter galt man lieber als dumm denn feige. Beunruhigt blickte Babel zurück zum Haus. Sollte sie auf Tom warten? Aber wer immer in der Wohnung war, konnte bis dahin vielleicht schon wieder verschwunden sein. Das Risiko wollte sie nicht eingehen. »Warte hier, bis Tom da ist, und dann verschwindest du.«

»Aber …«

»Kein Aber. Wenn da oben wirklich jemand ist und das Ganze außer Kontrolle gerät, will ich nicht, dass du in der Nähe bist.«

Störrisch zog er die Augenbrauen zusammen und verschränkte die Arme.

»Bitte, Mo. Ich kann mich nicht konzentrieren, wenn ich mich fragen muss, ob du in Sicherheit bist, verstehst du das?«

Es dauerte ein paar Sekunden, bis er zögerlich nickte. Noch einmal warf Babel einen Blick die Straße hinauf, aber es war nichts Verdächtiges zu sehen. Am Ende der Straße bog das Müllauto langsam um die Ecke. Langsam ging sie zum Haus zurück und betrat den dämmrigen Flur, in dem noch alles genauso aussah wie bei ihrem ersten Besuch. Die Kinderwagen standen neben der Treppe, und der Korb unter den Briefkästen quoll über vor Werbeprospekten. Es roch nach verbranntem Papier und feuchtem Mauerwerk. Im Hausflur war niemand zu hören, und auch hinter den Türen im Erdgeschoss blieb alles still. Durch das Fenster in der Haustür drang ein einzelner Sonnenstrahl, der Babels Füße traf, während sie im Flur stand und ihr magisches Netz ausdehnte. Schattengleich kroch es über die Fliesen, die Wände und hin zur Treppe. Es drang in den Boden, immer tiefer hinab, bis Babel die magischen Energien des Untergrunds spüren konnte. Wie Kristallstrukturen durchzogen die feinen, zitternden Linien des Ortes das gesamte Mauerwerk und auch die Luft.

Sie schloss die Augen und konzentrierte sich darauf, das Netz abzutasten. Mit unsichtbaren Fingern fuhr sie über die Energieformen, die sich unter ihren Wellen veränderten und verschoben – und trotzdem kannte Babel dieses Netz. Die Magie der Stadt war ihr so vertraut wie ihre eigene, und an diesem Ort war nichts, was nicht hierher gehörte.

In unmittelbarer Nähe konnte Babel keinen magisch Aktiven spüren.

Stirnrunzelnd trat sie an die Treppe. Wenn die andere Hexe ihr Muster verbergen konnte, musste sich Babel ihr erst nähern, um es aufzuspüren, von hier unten war nichts zu erkennen. Vorsichtig stieg sie die Stufen empor, und die Magie malte bei jedem ihrer Schritte taubenblaue Schlieren an die Wand, die sich unter Babels Herzschlag veränderten. Der Schmuck erwärmte sich, und seine Energie verband sich mit ihrer eigenen. Es war lange her, dass sie das magische Netz auf diese Weise angezapft hatte, um solche Kraft zu erzeugen.

*Und auch, seit du ein solches Gefühl der Macht verspürt hast, nicht wahr?*

*Das hat damit nichts zu tun.*

*Nein? Dann sind die Endorphine, die dir fast die Sinne rauben, also Einbildung, ja?*

Je höher Babel stieg, umso dünner wurden die magischen Linien. Eine andere Hexe konnte sie jedoch noch immer nicht spüren. Vor Annabelles Wohnung blieb sie stehen. Die Tür war nur angelehnt, Schloss und Siegel tatsächlich aufgebrochen. Sie lauschte, doch hinter der Tür herrschte Stille, ebenso wie in der Nachbarwohnung. Entweder war der Einbrecher schon wieder verschwunden, oder er hatte sie auf der Treppe gehört und wartete jetzt wie ein Raubtier im Dunkeln.

*Vergiss nicht, du bist selbst ein Raubtier, Hexe!*

Babel legte die Fingerspitzen der rechten Hand auf das Türblatt. Die Magie durchdrang das Holz, aber wieder blieb ihr Netz unberührt. Es gab keine Schwingungen, die auf eine andere Hexe hindeuteten.

Vorsichtig drückte Babel die Tür nach innen und trat einen Schritt nach vorn. Langsam schob sie sich in den Flur, in dem es stickig roch, weil seit Tagen niemand mehr die Wohnung lüftete. Im Dämmerlicht war kaum etwas zu erkennen, nur die Tür zum Wohnzimmer stand offen, aber das einfallende Sonnenlicht erreichte den Flur nicht.

Babel ging weiter, und plötzlich erfasste sie eine Energiewelle. Ein unangenehmes Beißen im Nacken.

*Pass auf!*

Sie fuhr herum, aber da wurde sie auch schon gepackt. Ein Arm legte sich um ihren Hals und schnürte ihr die Luft ab. Schmerzhaft drückte der Halsring gegen ihren Kehlkopf.

*… ein Mann …*

*… ohne Magie …*

Panisch zerrte sie an seinem Arm und trat nach seinem Schienbein. Mit der Faust schlug sie in die Richtung, in der sie den Kopf des Angreifers vermutete, aber statt seiner Nase traf sie die Wange. Der Griff um ihren Hals wurde noch fester. Sie wand sich, um sich zu befreien, und der Schreck pumpte ihr weiter Adrenalin ins Blut, fütterte ihren Zorn, der wie eine gigantische Welle über sie hinwegrollte.

Ihre Magie explodierte.

Der Mann schrie und lockerte den Griff um ihren Hals. Wie Nadeln musste die Magie dem Angreifer in die Haut fahren. Brennende Spitzen bohrten sich in seinen Kopf, bis er aus der Nase blutete. Babel stemmte sich gegen ihn, und gemeinsam prallten sie gegen die Wand, wobei Babel mit der Schulter anschlug. Sie konzentrierte sich auf den Schmerz, der ihre Nervenstränge entlangschoss, und übertrug ihn auf den Angreifer, als wären seine Energien verlängerte Bahnen ihres eigenen Netzes. Sein Stöhnen wurde lauter, und wenige Herzschläge später stieß er sie heftig von sich. Schmerzhaft schlug ihr Kopf gegen die Wand.

Für einige Sekunden blinzelte Babel benommen, der Schmerz nahm ihr den Atem. Als sie endlich wieder aufsah, konnte sie nur noch einen Schemen erkennen, der durch die Tür verschwand.

*Vergiss den Kerl! Das war nur ein Einbrecher, der auf eine unbewachte Wohnung spekuliert hat.*

Aber der Zorn über den Angriff trieb Babel vorwärts. Wie ein Tier, das seinen Instinkten folgt, rannte sie in den Hausflur, trotz schmerzenden Halses und brennender Lungen. Ein Stockwerk tiefer waren polternde Schritte auf der Treppe zu hören, und Babel sprang die Stufen hinunter. Trotz ihres angeschlagenen Körpers rannte sie weiter, doch noch bevor sie im Erdgeschoss ankam, hörte sie bereits eine Tür klappen.

Unten riss sie die Eingangstür auf, aber auf der Straße war niemand zu sehen. Irritiert warf sie einen Blick über die Schulter und erkannte ihren Fehler. Der Angreifer war durch die Hintertür verschwunden. Sie hatte nicht damit gerechnet, dass auch der Hinterausgang auf eine Straße führte. Als sie endlich im Freien stand, konnte sie nur noch zusehen, wie ein Mann die Straße entlangrannte und in ein wartendes Auto sprang, dessen Fahrer sofort Gas gab.

Ein paar Meter rannte sie dem grauen VW hinterher, aber er entfernte sich zu schnell. Fassungslos musste sie zusehen, wie das Auto um die Ecke fuhr, außer Reichweite ihrer Magie.

»Scheiße!«, fluchte sie. Mit rasselndem Atem blieb sie stehen und stützte sich auf die Knie. Ihre Rippen schmerzten, ebenso wie Kopf und Hals, und es dauerte eine Weile, bis sie sich wieder aufrichten konnte. Auf wackligen Beinen ging sie zurück zum Haus und betrat es in dem Augenblick, als Tom zum Vordereingang hereingestürmt kam. In der Hand hielt er einen unterarmlangen Schraubenschlüssel, der aussah, als könne man damit Schädel spalten. Überrascht blieb sie stehen.

Das war der Mann, wie ihn seine Gegner sehen mussten. Alles Sanfte war aus seiner Haltung verschwunden, und auf einmal bekamen auch die Tätowierungen und die ganzen Ringe in seinen Ohren eine andere Bedeutung. Sie sprachen eine Warnung aus. Er war ein Mann, der seinen Körper kannte, der ihn einsetzte – auch als Waffe. Und in diesen Muskeln steckte einiges an Kraft.

»Was ist passiert?« Sein Blick huschte über sie, gefolgt von seiner Hand. Er suchte nach Verletzungen.

»Ich bin okay.«

»Was zum Henker ist passiert?«

»Wo ist Mo?«

»Ich habe ihn nach Hause geschickt.« Besorgt sah er auf ihren Hals. »Babel?«

»Mo hatte recht. Es war jemand in der Wohnung. Er hat mich von hinten angegriffen, aber ich konnte ihn abschütteln.«

Schlagartig verzog sich Toms Mund zu einer schmalen Linie, sein Wangenmuskel zuckte.

Beschwichtigend hob sie die Hand. »Es war kein Hexer. Der Angreifer war magisch passiv. Vermutlich war es nur ein stinknormaler Einbruch. Hat sich wohl rumgesprochen, dass die Wohnung unbewohnt ist.«

Er runzelte die Stirn und legte die Hand in ihren Nacken, während sein Blick noch immer auf den Malen an ihrem Hals lag. Sanft fuhr sein Daumen über ihre Wange. Dicht standen sie beieinander, und sie ließ sich von seiner Nähe trösten.

Erst nach einer Weile löste sie sich wieder und zeigte auf den Schraubenschlüssel. »Verrätst du mir, was du damit vorhattest?«

»Ich wusste ja nicht, was mich hier erwartet.« Er steckte das Werkzeug in die Gesäßtasche seiner Jeans. »Bei den Plags lernt man das eine oder andere.«

»Wie man Einbrecher mit einem Schraubenschlüssel vertreibt zum Beispiel?«

Er grinste schwach. »Eigentlich eher, wie man einem Gegner damit den Arm bricht. In den meisten Fällen will man ja niemanden umbringen, sondern sich ihn nur vom Leib halten.«

»Ich bin beeindruckt. Es ist immer gut, wenn du jemanden an deiner Seite weißt, der deine Handtasche gegen dreiste Räuber verteidigen kann.«

»Oder auch deine Unschuld.«

»Na ja, dafür kommt jede Hilfe zu spät, aber danke für das Angebot.«

Sein Gesichtsausdruck wurde wieder ernst, und sie sah, dass sie die Erklärungen nicht länger aufschieben konnte. Erschöpft und angeschlagen fuhr sie sich mit den Handflächen über die Augen. Inzwischen war ihr etwas klar geworden, und diese Erkenntnis nagte an ihr.

»Ich hab Mist gebaut, Tom. Ich hab so sehr mit einer Hexe gerechnet, dass ich mich darauf konzentriert habe, ihre magischen Barrieren außer Gefecht zu setzen … Ich war so überrascht, dass es ein normaler Mensch war, dass ich alles vergessen habe, was ich mal gelernt habe. Ich hätte den Einbrecher binden können, stattdessen habe ich mich da oben angestellt wie ein Anfänger …«

Er nahm ihr Gesicht zwischen die Hände und sah sie eindringlich an. »Du bist kein Soldat, Babel. Niemand erwartet, dass du wie einer reagierst.«

*Ich wünschte, da hättest du recht.*

Nachdenklich schaute sie zur Treppe.

»Was ist?«

»Ich weiß nicht. Nur so ein Gefühl … Lass uns noch mal hochgehen und sehen, ob ich seine Spur aufnehmen kann.«

»Du willst einem Einbrecher nachjagen?«

»Das ist es nicht … Ich kann's dir nicht erklären, ich hab da nur dieses Gefühl, dass ich hier was Wesentliches übersehe. Ich habe gerade einen ziemlich dummen Fehler gemacht, und vielleicht will ich nur sichergehen, dass ich nicht noch einen mache. Lass mich einen Blick auf das magische Netz werfen, sonst werde ich mir später vorwerfen, dass ich es nicht getan habe.« Entschlossen ging sie zur Treppe zurück, und während sie erneut nach oben stieg, hörte sie ihn hinter sich die Stufen emporsteigen.

Ohne weitere Worte betraten sie die Wohnung, wo Babel sich daranmachte, mit der Holzasche, die sie immer bei sich trug, eine Spur des Angreifers zu finden, während sich Tom in der Wohnung umsah. Sein Gesicht war grimmig verzogen, aber dieses Mal hatte es nichts mit Babels Magie zu tun. Die Vorstellung, dass jemand in die Wohnung einer ermordeten Frau einbrach, um sich dort zu bereichern, machte ihn stinksauer. Babel konnte es ihm nicht verübeln.

»Kannst du erkennen, ob er etwas mitgenommen hat?«

»Es sieht alles noch so aus wie beim letzten Mal.« Tom kniete sich neben sie und sah ihr dabei zu, wie sie die Energien einfärbte. Plötzlich erstrahlte der Flur im Licht der magischen Wellen, die Babel von sich gegeben hatte, und mittendrin konnte sie die schwache Spur des Angreifers erkennen. Das feine Energienetz eines Menschen, das langsam verblasste.

»Ich hab ihn.« Hastig packte sie die Tüte mit der Holzasche wieder ein und sprang auf.

Die Spur führte nach unten und zum Hinterausgang hinaus, das war keine Überraschung. Sie folgten der Spur nach draußen, ein paar Meter die Straße entlang, bis zu jener Stelle, wo das Auto gestanden hatte. Dort blieb Babel abrupt stehen.

»Das gibt's doch nicht!«, entfuhr es ihr.

»Was?«

Fassungslos deutete sie auf den Boden zwischen ihnen. »Die Spur endet hier.«

Er zog die Brauen zusammen. »Was bedeutet das?«

»Der Fahrer muss ein Hexer gewesen sein. Er hat die Spur verwischt.«

Tom schien es die Sprache verschlagen zu haben. Auf seinem Gesicht spiegelte sich wider, was sie empfand. Es kam ihr vor, als hätte sie ein wichtiges Puzzleteil umgedreht, in dem zur Abwechslung sogar der Teil eines Bildes zu erkennen war und nicht nur eine Farbfläche. Das Problem war nur, dass ihr nicht gefiel, was sie sah.

»Es war kein einfacher Einbruch, Tom. Die Hexe hat Hilfe. Von einem Menschen.«

Damit hatten sie nicht gerechnet. Frustriert fuhr sie sich durch die Haare. »Verdammt.« Der zweite Fehler, den sie befürchtete, war ihr bereits unterlaufen: ganz am Anfang, als sie geglaubt hatten, es würde sich um einen Einzeltäter handeln.

Und da war auch noch dieses Etwas, das am Rand ihres Bewusstseins lauerte und sie dazu gebracht hatte, die Spur des Einbrechers aufzunehmen. Eine Wahrnehmung. Eine Erinnerung, ausgelöst durch den Anblick des Einbrechers, an seine Statur und wie er vor ihr weggerannt war ... Etwas daran war ihr bekannt vorgekommen.

*Der Rücken, das Kribbeln auf der Kopfhaut und dieses merkwürdige Gefühl, das seit Tagen auftauchte ...*

Ihr fiel der Mann ein, der ihr Haus beobachtet hatte, als sie mit Tamy davongefahren war. Ob es derselbe war? Wenn das stimmte, hatte die andere Hexe ihren Helfer schon die ganze Zeit auf Babel angesetzt.

Aber warum? Um die Konkurrenz auszuspionieren? Den

Kampf um die Energien vorzubereiten? Hätte Clarissa dann nicht etwas gemerkt, wenn sie jemand beobachtet hätte? Babel konnte sich nicht vorstellen, dass eine Hexe Clarissa unbeobachtet ließ.

Ein lähmender Gedanke drängte sich in den Vordergrund. War es am Ende genau das? Die Vorbereitung eines Hexenkriegs und das Anschaffen von Waffen? Wollte dieser neue Spieler Dämonen auf die Hexen dieser Stadt jagen, um sie so auszuschalten? Wenn das tatsächlich der Fall war, würde sie mehr als nur die üblichen Zauber brauchen, um sich dagegen zu schützen.

*Feuer bekämpft man am besten mit Feuer.*

Und Dämonen mit dämonischer Energie.

Bei der Vorstellung, wieder auf Dämonenenergie zugreifen zu müssen, wurde Babel übel, und fast hätte sie sich übergeben. Zitternd griff sie nach Toms Hand, als könne er ihr ein Anker sein.

*Dieser Plag mit seinen Ohrringen und Piercings, der so menschenfreundlich ist und für alles Verständnis hat, selbst für eine Hexe?*

*Warum nicht?*

Gemeinsam starrten sie in die Richtung, in der das Auto verschwunden war, bis es plötzlich hinter ihnen hupte. Ein DHL-Wagen wartete darauf, dass sie von der Straße gingen. Ungeduldig gestikulierte der Fahrer.

»Komm«, sagte Tom und zog sie zum Haus zurück. »Lass uns nach Hause gehen. Hier können wir nichts mehr machen.«

Wie betäubt folgte sie ihm.

*Was bist du so überrascht, Babel? Hast du wirklich geglaubt, es würde nie der Tag kommen, an dem eine Hexe mal ernst macht? An dem sie tatsächlich das nutzt, was sie hat? Gebrochene Rippen, magische Prügeleien – das ist doch alles gar nichts im Vergleich dazu, einen Menschen zu töten …*

Macht.

*Darum geht es immer, und tu doch nicht so, als wäre dir dieser Gedanke völlig fremd.*

# 17

Inzwischen hatte sich der Himmel zugezogen. Die Sonne verbarg sich hinter schnell ziehenden Wolken, und die Luft roch nach Regen. Als Babel die Maschine vor ihrem Haus parkte und Toms Wagen hinter ihr in die Parklücke fuhr, war sie bereit, den Tag als beendet zu betrachten. Die Fahrt auf den löchrigen Straßen war alles andere als schmerzstillend gewesen. Mit zusammengebissenen Zähnen stieg sie von ihrem Motorrad.

»Ein Bier, eine heiße Dusche und eine Massage. Und zwar in dieser Reihenfolge. Für heute habe ich wirklich genug.«

In dem Augenblick, in dem sie das Gartentor aufschloss, bemerkte sie jedoch die Gestalt, die auf dem unteren Ast ihres Apfelbaums saß und zu ihr herüberstarrte, als gäbe es den Zauber auf dem Haus gar nicht.

Bei seinem Anblick seufzte Babel. »Du hast mir gerade noch gefehlt.« Mürrisch winkte sie Peking herunter. »Das ist nicht mal eine Eiche, und wir sind hier auch nicht in Dresden.«

Tom, der neben sie getreten war, folgte ihrer Blickrichtung, während Peking mit einem breiten Grinsen behände wie ein Affe vom Baum kletterte und auf den Boden sprang. Er hatte zwar etwas Farbe gewonnen seit ihrer letzten Begegnung, doch in seinen Augen saß noch derselbe irrlichternde Blick wie zuvor. Das rote Haar bildete einen unangenehmen Kontrast zu seiner Haut.

Babel schob das Tor auf, und Tom versuchte, sich Peking zu nähern, aber der wich ihm aus und brachte Abstand zwischen sie.

»Was machst du hier?«, fragte Tom und verschränkte die Arme. »Du solltest doch bei den anderen sein.«

Peking antwortete nicht, sondern wackelte nur mit dem Kopf.

»Langsam kriege ich den Verdacht, er ist auf meinen Garten scharf, wenn er hier immer ungebeten reinschneit.« Babel schloss die Haustür auf, die sich zur Hälfte grün färbte, weil die Magie noch immer unbewusst von Babel ausging.

*Irgendwann muss ich mich mal für eine Farbe entscheiden.*

Erschöpft hing sie die Jacke an die Garderobe. Die Plags folgten ihr in die Küche, in der noch immer das Chili auf dem Tisch stand, allerdings erkaltet und zu einer braunen Masse erstarrt. Babel schüttete es zurück in den Topf und stellte ihn erneut auf den Herd. Dann nahm sie drei Bier aus dem Kühlschrank und setzte sich an den Küchentisch.

Gierig griff Peking nach seiner Flasche und trank die Hälfte in einem Zug, als wäre er ein Ballermann-Besucher im Trinkwettbewerb. Fasziniert beobachtete Babel, wie sich sein Kehlkopf auf und ab bewegte.

»Übung macht den Meister, was?« Sie schob die zweite Flasche über die Platte zu Tom, der ihr gegenüber Platz genommen hatte, während Peking mit der Flasche in der Hand um sie herumlief und dabei ein Gespräch mit sich selbst führte. Sein Gemurmel war jedoch nicht zu verstehen.

Eine Weile saßen sie so da, ein jeder gefangen in seinen Gedanken, bis Tom auf einmal unvermittelt sagte: »Die anderen reisen morgen ab.«

Als sie ihn ansah, hob er die Hand.

»Lass uns nicht darüber reden. Ich wollte es dir nur sagen, damit du Bescheid weißt. Ich muss morgen früh noch mal hin, um mit den anderen zu reden, aber danach … Ich will nicht darüber nachdenken, dass das hier unser Zuhause ist. Was es uns kostet und was wir verloren haben. Nicht jetzt. Wenn ich jetzt darüber nachdenke, ersticke ich an meiner Wut.« Seine Hand, die auf dem Tisch lag, ballte sich zur Faust. »Ich muss mich konzentrieren. Wenn wir das beenden wollen …«

Manchmal war es besser, nicht nachzudenken und einfach weiterzurennen. Sie verstand das.

Plötzlich knallte Peking seine Flasche auf den Tisch, erschrocken schauten sie zu ihm auf.

»Keine Zeit zum Schweigen … Still jetzt!« Auffordernd legte er den Zeigefinger an die Lippen und nickte, als hätte jemand eine Frage gestellt. »Peking hat's euch gesagt. Zu viel reden … Schweigen, pst, pst …« In seinen Augen brannte ein Feuer, das sich ganz auf Babel konzentrierte.

»Ich verstehe kein Wort von diesem Gerede«, murmelte Tom frustriert. »Kannst du nicht einfach sagen, was du willst, Herrgott noch mal?«

Peking sah ihn nachsichtig an, und für einen kurzen Augenblick schien es Babel, als zeige sich in seinem Blick so etwas wie Mitgefühl, doch dann wandte er sich wieder an sie.

»Hexe … Peking hat ihn gesehen … alle haben gesehen. Das blaue Licht …« Er streckte die Hand nach ihr aus, ließ sie dann aber wieder sinken. Vielleicht, weil Babel noch immer vor Magie glühte.

Es fiel ihr schwer, sich zu bewegen. Die Anstrengungen des Tages zogen wie Bleigewichte an ihr. Ganz still saß sie da, während sie Peking nachdenklich betrachtete und wieder den beißenden Geruch nach Zitrone wahrnahm. Der Plag wusste etwas, das das Puzzle weiter zusammenfügen würde, da war sie sich sicher. Irgendwo in diesem wirren Gestammel steckte ein Hinweis, den sie nur übersetzen musste.

Er setzte sich im Schneidersitz vor sie auf den Boden und legte die Stirn an ihr Knie.

»Ich hab da so ein Gefühl, Tom … Er versucht, uns etwas zu sagen. Das hat er von Anfang an getan. Wir müssen nur herausfinden, was es ist.«

Einen Moment war es still, bevor sich Tom erhob und neben Peking auf den Boden setzte. Er legte dem anderen die Hand auf die Schulter, und sie konnte sich vorstellen, wie die Wärme seiner Hand durch den dünnen Stoff von Pekings T-Shirt und der Blick seiner grünen Augen ihm unter die Haut drangen.

»Ein Gesicht … schon einmal …«, flüsterte Peking. Er lehnte seine Stirn gegen Toms.

Eine Weile saßen sie so beieinander, und Babel beneidete sie fast um die Nähe, die sie teilten. Um die absolute Gewissheit, dass da jemand war, auf den man sich verlassen konnte, wenn die Welt um einen herum zusammenbrach.

Aber konnte Peking wirklich etwas wissen, oder war das Wunschdenken? Was versuchte er, ihnen zu sagen?

*Schon einmal …*

Bedeutete das, dass der Täter kein Fremder war? Das hatte auch der Staatsanwalt vermutet.

»Es muss jemand sein, den ihr kennt, Tom.«

Er hob das Gesicht.

»Irgendetwas übersehen wir …«

Sie waren so damit beschäftigt gewesen, den Hexen hinterherzujagen, dass sie alles andere außer Acht gelassen hatten. Aber vielleicht war das der falsche Ansatz.

»Bist du sicher, dass ihr in letzter Zeit nicht mit jemandem geredet habt, der sich plötzlich für euch interessiert hat? Wenn die Hexe Hilfe hat, dann hättet ihr sie nicht bemerkt. Denk noch mal nach, da muss irgendjemand gewesen sein.«

Aufgeregt griff Peking nach Toms Schultern. Sein Körper wirkte im Vergleich zu Tom ausgezehrt. Die hypnotische Kraft und Schönheit der Plags hatte sich bei ihm in ein Fieber verwandelt, das ihn von innen heraus verbrannte. »Reden! … reden …«, krächzte er.

Tom schüttelte den Kopf, und Peking klopfte ihm mit der Faust gegen die Brust. Er schrie: »Ein Bild hier, ein Bild da …«, und plötzlich zuckte Tom zusammen.

»Du meinst den Journalisten?«

Peking klatschte in die Hände. »Genug gesagt!«

Fragend sah Babel Tom an, der sich an etwas zu erinnern versuchte.

»Vor ein paar Monaten war ein Journalist bei uns … Er kam zwei Tage hintereinander, um einige von uns für eine Artikelreihe zu interviewen.«

»Und das fällt dir erst jetzt ein?«

»Das ist nichts Neues für uns, Babel, solche Anfragen kriegen wir öfter. Autoren, Journalisten, Studenten … Es gibt viele, die mal was über Wagenburgen schreiben wollen oder selbst überlegen, in eine zu ziehen. Der Kerl war nicht der Erste, der mit Fragen bei uns aufgetaucht ist. Außerdem war er magisch passiv und hatte absolut kein Problem mit uns. Keiner von uns hat sich an ihn erinnert, als wir die Liste aufgestellt haben.«

Sie konnte ihm ansehen, dass er um Fassung rang, weil er nicht daran gedacht hatte.

»Habt ihr kontrolliert, ob die Artikelreihe tatsächlich erschienen ist? Ob der Kerl, der euch interviewt hat, wirklich für eine Zeitung arbeitet?«

»Keine Ahnung, ich jedenfalls nicht. Ich selbst hab auch kaum mit ihm geredet.«

Er stand wieder auf, und Babel trat zu ihm. Als sie mit den Fingerspitzen seine Brust berührte, entspannte sich seine Haltung ein bisschen, aber sein Blick war nach wie vor finster.

»Ich lass Karl das überprüfen«, sagte sie und küsste ihn kurz auf den Mund. »Es ist nicht deine Schuld, vergiss das nicht.

Vielleicht haben wir jetzt einen Ansatzpunkt. Vielleicht kriegen wir die Hexe über ihren Helfer.«

»Selbst wenn sich rausstellt, dass der Kerl tatsächlich etwas mit den Morden zu tun hat – wie kann er der Hexe geholfen haben, wenn er keine Magie wirken kann? Er wird den Reflexpunkt der Opfer kaum mit einem Stift markiert haben.«

»Nein, dazu hätte er ihn außerdem von außen als solchen erkennen müssen, und das ist nicht möglich.« Sie seufzte. »Ehrlich gesagt, habe ich keine Ahnung, was hier vorgeht. Die anderen Hexen waren nicht gerade eine Hilfe, und irgendwie ergibt das alles auch keinen richtigen Sinn. Du eignest dir doch nicht solche Energien an, wenn du dann nichts damit anfängst. Und da ist einfach nichts …« Sie hob die Hände. »Ich kann einfach nichts im magischen Netz spüren.«

Grübelnd standen sie beieinander, und ihre Unruhe erfüllte die Luft, aber auf einmal kam Urd bellend in die Küche gelaufen und ließ sich neben Peking nieder, der die Dogge zufrieden hinter den Ohren kraulte. Auf dem Herd begann das Chili zu kochen, und widerwillig schob es Babel auf eine andere Platte. Ihr war der Appetit vergangen. Trotzdem nahm sie drei Teller aus dem Schrank und stellte sie auf den Tisch. Es war merkwürdig, etwas so Alltägliches zu tun, während all diese Dinge ungeklärt waren.

*Manche Dinge fragen nicht nach Katastrophen. Auch Mörder müssen essen. Genau wie du.*

*Aber schlafen sie auch?*

*Die Frage ist nicht, ob sie schlafen, sondern, wovon sie träumen.*

Während des Essens murmelte Peking vor sich hin, aber die Sätze ergaben keinen Sinn mehr. Babel erkannte darin Zitate aus Romanen, Moby Dick und James Ellroy, und eine Anleitung zum Bauen eines Solardachs. Letzte Erinnerungen aus Pekings Leben, die noch nicht verblasst waren und den Mann aufblitzen ließen, der er einmal gewesen war. Sein stetiges Gemurmel bedrückte Babel ebenso wie der Gedanke, dass sie ihr Versprechen noch nicht erfüllt hatte.

*Wolltest du nicht diesen Toten ihre Sühne verschaffen?*

*Das werde ich auch.*

Das Lachen in ihrem Hinterkopf besaß einen bekannten Klang.

Nach dem Essen erzählte Babel Karl am Telefon von den neusten Entwicklungen und konnte ihn nur schwer davon abhalten, zu ihr zu fahren, um nach ihr zu sehen. Es war seltsam rührend, wie er sie herumkommandierte, und zur Abwechslung störte es sie auch nicht.

»Leg dich hin, du musst dich ausruhen. Ich mein's ernst, Babel.«

»Ich merk's. Du hast sogar die Anlage abgestellt.«

Sie bat ihn, nach dem Journalisten zu forschen, der die Plags aufgesucht hatte, nannte ihm Namen und Zeitung und versprach, dass sie beim geringsten Anzeichen von Übelkeit und Kopfschmerzen in die Notaufnahme fahren würde.

»Glaub mir, ich habe keine Gehirnerschütterung, Karl.«

»Und woher willst du das wissen?«

Weil sie wusste, wie sich das anfühlte. Aber das behielt sie für sich.

»Ruf mich an, sobald du die Information hast, okay?«

Nach dem Gespräch änderte sie den Plan und verschob die heiße Dusche nach hinten. Stattdessen stieg sie in den Keller hinab, in dem es Gott sei Dank nicht mehr nach Schlachthof roch, und nahm aus einer Tupperschüssel ganz hinten im Schrank eine Packung Zigaretten, die der Ingenieur bei seinem letzten Besuch vergessen hatte.

»Das habe ich mir heute verdient, oder?«, fragte sie die Katzenstatuen, die wie immer schwiegen und auf deren Köpfen sich inzwischen Staubschichten wie kleine Hüte gebildet hatten. »Wenn das hier vorbei ist, muss ich unbedingt den Keller aufräumen«, murmelte sie und schloss die Tür hinter sich. Der Keller konnte warten.

Am oberen Ende der Treppe lehnte Tom am Geländer und sah skeptisch zu ihr herab. »Ist das der Platz, an dem du die Schrumpfköpfe aufbewahrst?«

»Ja, wenn du brav bist, zeige ich sie dir irgendwann.«

»Danke, verzichte.«

Grinsend zuckte sie mit den Schultern und stieg nach oben. Inzwischen war es draußen bereits dunkel geworden.

»Ich geh im Garten eine rauchen, okay? Kommst du ein paar Minuten klar hier? Ich meine wegen Peking.«

»Ich werde ihn in ein Taxi bugsieren, damit er zur Wagenburg zurückkommt, und dann können wir uns überlegen, wie wir weiter vorgehen, in Ordnung?«

Er küsste sie noch einmal, bevor Babel die Terrassentür auf- und hinter sich wieder zuschob und die Ruhe des Gartens sie umfing. Ein paarmal atmete sie tief durch, bevor sie den Garten durchquerte. Die Magie in ihrem Innern hatte sich beruhigt, aber in ihrem Kopf wirbelten die Bilder noch immer durcheinander. Sie machte sich Vorwürfe, dass sie den Einbrecher nicht aufgehalten hatte, als sie Gelegenheit dazu gehabt hatte, und kam sich vor wie eine Hürdenläuferin, die sich in dem Moment ein Bein bricht, in dem sie über einen Baumstamm springt und falsch aufkommt. Es war einfach zu dumm gewesen.

Im Dunkeln hockte sie sich mit dem Rücken an die Mauer. Von diesem Platz aus konnte sie beobachten, wie Tom telefonierte. Peking lag auf dem Sofa und Urd auf dem Teppich davor. Gelegentlich fuhr auf der Straße ein Auto vorbei, aber ansonsten war es still.

Doch dieses Mal übertrug sich die Ruhe nicht auf Babel. Im Gegenteil – es wirkte wie die Ruhe vor dem Sturm. Nervös beobachtete sie das Haus, als könne jeden Moment etwas über sie hereinbrechen. Auch das Nikotin verdrängte diese Unruhe nicht aus ihrem Blut.

Während Babel tiefe Züge machte, dachte sie an diese andere Hexe, die irgendwo in der Stadt unterwegs war und nur noch auf die eigene Gier hörte. Die auch vor Mord nicht zurückschreckte.

*Was willst du wirklich? Wozu brauchst du all diese Totenenergie der Plags?*

Der Garten gab keine Antworten, aber nach ein paar Minuten verspürte sie plötzlich dieses altbekannte Kribbeln im Magen und die Endorphine in ihrem Blut, die nicht vom Nikotin stammten. Sie weigerte sich, den Kopf zu drehen, um Sam anzusehen, der sich wie ein Schatten näherte. Stattdessen starrte sie weiter auf das beleuchtete Wohnzimmer und zog an der Zigarette.

Zwei Züge später ließ er sich lautlos neben ihr nieder und nahm ihr die Kippe aus den Fingern, um selbst einen Zug zu nehmen.

»Hast du wieder deine alte Abneigung gegen Türen entdeckt?«

Er lachte leise. »Willst du, dass ich deinem Plag über den Weg laufe?«

Sie verspannte sich. Keine zwanzig Meter von ihr entfernt wartete Tom auf sie, aber Sam hatte mit seinem Auftritt gewartet, bis die Plags auf den Flur getreten und aus Babels Sichtfeld verschwunden waren. Als könnte er es riechen.

»Geht's dir gut?«, fragte er und klang ausnahmsweise mal nicht spöttisch.

Sie spürte seinen Ellbogen an ihrem und den Wunsch, sich gegen ihn sinken zu lassen. »Ich lebe noch.« Sie wandte ihm das Gesicht zu und betrachtete sein Profil, aber viel konnte sie wegen der Dunkelheit nicht erkennen. »Bist du deswegen hier?«

»Ich hatte so ein eigenartiges Gefühl ...« Angespannt stieß er Rauch durch die Nase aus.

Eigentlich hätte sie wissen müssen, dass er an diesem Abend auftauchte, denn seltsamerweise besaß er einen sechsten Sinn dafür, wenn sie sich in Gefahr befand. Während die Verbindung zu ihm bei ihr lediglich reagierte, wenn er in ihre Nähe kam, ging es bei ihm noch um einiges tiefer. Sie hatte nie herausgefunden, woran genau das lag – es war eines dieser Mysterien, die die Magie manchmal mit sich brachte.

Es war so typisch für sie beide, wie sie aus dem Dunkel heraus beobachteten, und erinnerte Babel in erschreckender Weise an früher. Wenn sie bei Sam war, schien dieses Dunkel gleichzeitig wie ein schützender Mantel und wie ein Moor, in dem sie immer mehr versank.

Mit der freien Hand strich er ihr eine Haarsträhne hinters Ohr, und über ihnen zog ein Schwarm Vögel vorüber, der sich schwarz gegen den Nachthimmel abhob. Ein paar Herzschläge lang gab sie sich dieser Nähe zu ihm hin, dann stand sie auf und lehnte sich gegen den Stamm des Apfelbaums, an die dem Haus abgewandte Seite. Von dort aus sah sie auf Sam herab. Ihr Misstrauen ihm gegenüber saß tief, und ihrer Beziehung mangelte es in vielerlei Hinsicht an Vertrauen, wenn auch nicht an Verständnis.

»Ich hasse es, wenn du mich ansiehst, als wäre ich das personifizierte Böse«, murmelte er.

»Der Gedanke ist ja nicht vollkommen abwegig, oder?« Bevor sie es verhindern konnte, war ihr der Satz entschlüpft, und am Anspannen seiner Schultern konnte sie erkennen, dass es ein Fehler gewesen war.

»Willst du jetzt darüber reden?«, fragte er zurück, sein Blick war herausfordernd.

Wollte sie darüber reden, dass er jemanden töten konnte? Über die ganze Geschichte mit Hilmar?

Nein, eigentlich nicht. Sie sprachen nie darüber, hatten es kein einziges Mal getan. Nur ab und zu entschlüpften ihr solche Sätze, weil diese dunkle Stunde zwischen ihnen stand und ein zusätzliches Band schuf, das sie aneinander fesselte.

Sie schüttelte den Kopf, und Sam drückte die Zigarette im feuchten Boden aus, bevor er aufstand. Vor ihr blieb er stehen und musterte sie intensiv.

Sie standen sich gegenüber, keine Handbreit entfernt, und Babels Atem beschleunigte sich. Sein Blick brannte sich in ihren, und auf einmal verschwand alles, was sich wie eine Klammer um ihren Brustkorb gelegt hatte: der Schreck, die Angst vor dem Kommenden, die Zweifel an ihren Fähigkeiten.

*Du Dummkopf! Lernst du denn nichts?*

*Nur einen kurzen Moment …*

»Komm zurück zu mir«, flüsterte er, während ihre Hand über seinem Herzen lag.

*Aber ich war ja nie fort …*

Ihre Magie dehnte sich aus, umfing sie beide und tauchte die Ecke des Gartens, in der sie standen, in undurchdringliche Dunkelheit, die selbst Geräusche verschluckte.

»Sag mir, dass du das nicht willst, Babel.«

»Ich will es nicht.«

Er drückte sich an sie. »Du lügst.«

»Warum fragst du dann erst?«

Selbst in der Dunkelheit leuchteten seine Augen, und auf einmal schien es nichts anderes mehr zu geben als den Blick darin.

Millimeter um Millimeter beugte er sich tiefer, und sie ließ es wie erstarrt geschehen. Als er sie endlich küsste, war es wie eine Heimkehr.

*Nichts hat sich geändert. Er schmeckt noch wie früher, er küsst noch wie früher.*

Sie ließ sich gern von ihm verschlingen, wie die Sonne vom

Wolf, bevor sie wiedergeboren wurde. Auf der Zunge konnte sie die Süße der verbotenen Frucht schmecken. Das Dämonische. Die Stimme in ihrem Kopf verstummte, und alles fiel von ihr ab, bis sie nicht mehr unterscheiden konnte zwischen ihm und ihr. Es spielte auch keine Rolle mehr.

Wie von selbst griff sie nach ihm, presste ihn enger an sich, um mit ihren Körpern das zu schaffen, was ihre Energien längst getan hatten. Die Magie schlug Funken, die Luft um sie herum erwärmte sich.

Ungeduldig öffnete er ihre Hose und fuhr mit der Hand hinein. Er fand sie feucht, und als er das Zittern ihrer Oberschenkel spürte, drehte er sie um und zog ihr die Hose in die Knie. Sie hörte das Geräusch seines Reißverschlusses, und keine drei Herzschläge später schob er sich von hinten in sie.

»Verdammt …«, presste er hervor.

Regungslos verharrten sie. Babel hatte die Augen geschlossen. Das Gefühl, von ihm ausgefüllt zu werden, verdrängte alle Gedanken. Ihr ganzes Sein konzentrierte sich auf die Stelle, an der sie verbunden waren. Seine Finger gruben sich in ihre Hüfte, fast schmerzhaft, aber das war ihr gleich.

Der Hunger, der so lange in ihr eingesperrt gewesen war, drang nach oben. Drängte sie dazu, die Muskeln anzuspannen und Sams Schwanz einzukerkern.

»Babel …«, flüsterte er heiser und begann endlich, sich zu bewegen. Zuerst langsam und fest, dann immer schneller. Dabei glitt er jedes Mal fast ganz hinaus, nur um wieder tief zuzustoßen. Sie konnte ihn spüren, wie er sie mit jedem Stoß dehnte, an ihren Wänden rieb und diese köstliche Spannung erhöhte, von der Menschen nie genug bekommen können.

Eine Hand verließ ihre Hüfte und suchte sich ihren Weg nach vorn. Sie ließ den Kopf zwischen den Armen hängen, konzentrierte sich nur noch auf seine Stöße.

»Fester.«

»Ja … sag mir … was du willst …«

*Dich. In mir.*

Es gab nichts mehr außer ihm und dem Gefühl der Rinde unter ihren Fingern. Es war, als würde sie leichter und leichter werden, fast schwebend.

»Fester … fester«, stöhnte sie, und seine Stöße wurden unkontrolliert. Hörten auf, Rücksicht zu nehmen. Da war nur noch dieser Instinkt, fast tierisch, der sie beide antrieb, und dieses Feuer in ihrem ganzen Körper. Er senkte seine Zähne in ihren Nacken, und das Gefühl implodierte. Sie fiel in ihren Körper zurück, erschöpft und lebendig. Und alles außer diesem einen Gefühl schrumpfte zur Bedeutungslosigkeit.

Schwer atmend lehnte sie sich an den Baum, und er folgte ihrer Bewegung, weil er noch immer in ihr steckte. Mit seinem Körper bedeckte er ihren, sie konnte seinen rasenden Herzschlag spüren. Sie konnte die Wellen fühlen, wie sie sich von ihrem Unterleib ausbreiteten und endlich auch ihre Hände erreichten. Alles kribbelte wie hunderte Fingerspitzen auf ihrer Haut. Als sie nach unten schaute, sah sie, wie sich die Rinde auf ihrer Seite vom Baum geschält hatte und der Efeu von der Mauer auf sie zugekrochen kam.

*Ihr werdet den Garten noch in einen Wunderwald verwandeln.*

Der Gedanke war wie ein Schlag ins Gesicht. Wie aus einem Traum wachte sie auf. Fast panisch löste sie sich von Sam, aber sobald er aus ihr geglitten war, fühlte sie, wie ihre Knie zitterten. Hastig zog sie die Hose hoch.

*Ich hab den Verstand verloren.*

»Nicht!« Er griff nach ihr, drehte sie zu sich um und drückte sie erneut gegen den Baum. »Tu das nicht. Du wirst jetzt nicht hier wegmarschieren und so tun, als wäre nichts gewesen.« Sein Gesicht verzog sich zornig.

»Sam …«

»Vergiss es. Dir läuft noch mein Samen zwischen den Beinen raus, und ich kann deine Erregung feucht auf mir spüren, da wirst du nicht den Mumm haben, mir zu sagen, das würde nichts verändern. Das verändert alles, meine Schöne.«

Schlagartig war es da, das schlechte Gewissen, als Stein im Magen. Er hatte recht. Das veränderte alles, aber genau das wollte sie ja nicht.

*Du bist schon wieder dabei, alles kaputt zu machen.*

»Tom …«

»Vergiss den Kerl! Himmel, Babel, wie deutlich muss das noch werden, damit du es endlich begreifst? Du hast gerade Sex gehabt, keine zwanzig Meter entfernt von ihm. Glaubst du wirklich, das macht man, wenn man verliebt ist?«

»Oh bitte …« Sie wollte sich von ihm entfernen, aber er hielt sie fest.

»Sei kein Dummkopf, Babel. Das mit ihm wird nie funktionieren. Dein Platz ist bei mir.«

Sie lachte bitter. »Du glaubst immer noch, dass ich wie das alte Paar Schuhe bin, was? Siehst du nicht, dass das Wahnsinn ist, was wir hier machen? Jedes Mal, wenn wir zusammenkommen, wird dabei jemand verletzt. Ich trau mir selbst nicht, wenn ich in deine Nähe komme, und wie man sieht, hab ich damit recht.« Sie riss sich von ihm los und stürmte davon.

Er versuchte nicht, sie aufzuhalten. Stattdessen zog er sich in das Dunkel an der Mauer zurück. Doch auch wenn sie ihn nicht mehr sah, spürte sie noch immer die Verbindung zu ihm. Entschlossen ging sie weiter.

*Was hast du nur getan?*

Als Tom sie aus dem Dunkel auftauchen sah, öffnete er die Terrassentür und lächelte. Bei seinem Anblick schämte sie sich wie noch nie in ihrem Leben.

»Was hast du denn so lange draußen gemacht?«

»Nachgedacht.«

»Und, zu einem Entschluss gekommen?«

»Ja.«

»Verrätst du ihn mir?«

Statt einer Antwort küsste sie ihn heftig und schlang die Arme um ihn. Überrascht drückte er sie an sich. Er fühlte sich gut an. Warm. Richtig.

Als er leise lachte, übertrug sich das Vibrieren seines Brustkorbs auf sie. »Na, mit der Entscheidung kann ich leben.«

Sie hob den Kopf und sah ihm lange in die Augen. »Ich will, dass das zwischen uns funktioniert.«

»Okay.«

»Okay.«

Noch einmal küsste sie ihn, dann zog sie ihn ins Wohnzimmer und schloss die Terrassentür. Sam hatte sich keinen Zentimeter bewegt.

Als Babel das Zimmer durchquerte, kam Urd zu ihr, schnüffelte an ihr herum und bellte.

»Wahrscheinlich riecht sie den Modergeruch vom Garten«, versuchte Babel zu scherzen und schob Urd energisch von sich. »Ich brauche eine Dusche.«

»Soll ich dich begleiten«, fragte Tom mit einem Grinsen.

»Wenn du magst.«

Gemeinsam stiegen sie die Treppe hinauf, und mit jeder Stufe verschlimmerte sich ihr schlechtes Gewissen.

*Was mache ich hier nur?*

*Dummheiten. Und du kannst niemanden dafür verantwortlich machen außer dir selbst.*

# 18

Am nächsten Morgen war Tom schon weg, als sie aufwachte, als würden sie die Szene ihres ersten gemeinsamen Morgens nachspielen, nur mit umgekehrten Rollen. Seinen Zettel hatte er an den Spiegel geheftet.

*Mach keine Dummheiten*, war darauf zu lesen, aber Babel stand der Sinn ohnehin nicht nach Dummheiten. Die hatte sie am Abend zuvor bereits begangen.

*Du bist wirklich hoffnungslos.*

Vielleicht sollte sie Tom bitten, sie zu hypnotisieren, um eine Abneigung gegen Sam in ihr zu verankern. Wütend auf sich selbst schaute sie in den Spiegel, in dem sich die Male an ihrem Hals zeigten, die inzwischen in den schönsten Blautönen schillerten. Außerdem schmerzten ihre Oberschenkel und die Schultern.

»Wie James Bond am Tag nach der Rettung der Welt zurechtkommt, fragt auch niemand«, murmelte sie, ging unter die Dusche und strich sich danach die Schulter mit Tamys Salbe ein, die seltsamerweise nach Sellerie roch.

Als sie endlich in der Küche ankam, war es bereits später Vormittag. Der Mann im Radio sprach von der bevorstehenden Mittagspause, die man dazu nutzen sollte, bei ihm im Sender anzurufen, um seine Meinung zum Thema Gesundheitsreform zu verkünden.

*Guten Tag, mein Name ist Babel, und ich bin eine Hexe. Ich bin sehr empört darüber, dass sich die Krankenkassen weiterhin weigern, meinem Kurantrag stattzugeben, wenn mir ein Dämon das Herz aus dem Leib reißt. Halten Sie das etwa für gerecht?*

»Rufen Sie an, liebe Hörer, wir sind an Ihrer Meinung interessiert!«

Mit Sicherheit.

*Und wenn wir schon mal dabei sind, wussten Sie, dass der Berliner Fernsehturm Dämonen anzieht? Ehrlich.*

Babel hatte gerade das Frühstück beendet, als das Telefon klingelte. Es war Karl.

»Was machst du gerade?«, fragte er ohne Umschweife.

»Mir überlegen, wie ich zur Gesundheitsreform stehe.«

»Entschuldige, dass ich gefragt habe. Okay, dann eben gleich zum Wesentlichen. Dein Journalist ist echt. Die Artikelreihe zu Wagenburgen hat's auch gegeben. Das stimmt zumindest alles.«

*Es wäre auch zu einfach gewesen.*

»Hast du sonst noch was rausfinden können?«

Sie hörte, wie er wieder einmal in seinen Papieren wühlte. »Der Kerl ist seit einem halben Jahr in der Stadt und arbeitet auch seit dieser Zeit für unser Käseblatt. Wenn du mich fragst, ist das eine Sackgasse.«

»Nicht unbedingt.« Nachdenklich löffelte sie Zucker in die dritte Tasse Kaffee. »Ich will ihn mir trotzdem ansehen. Nur für alle Fälle. Ausschließen, dass er in der Sache drinhängt.«

»Würdest du ihn denn wiedererkennen?«

»Wahrscheinlich nicht. Mehr als seinen Rücken habe ich ja nicht gesehen. Aber das ist auch nicht der entscheidende Punkt. Er würde *mich* wiedererkennen. Vielleicht wird er nervös und führt uns zu der Hexe.«

»Mir gefällt der Gedanke nicht, dass du da allein hingehst.«

»So etwas wie gestern wird mir nicht wieder passieren, Karl. Vielleicht war es genau das, was ich gebraucht habe.«

»Einen Schlag auf den Hinterkopf, damit du dich konzentrierst? Das hättest du sagen sollen, dann hätte ich dir gern einen Klaps verpasst.«

*»Drauuuf … drauuuf … krik … Kooopf ab … krik …«*, ertönte es aus dem Hintergrund.

»Irgendwann werde ich dem verdammten Vogel den Hals umdrehen«, murmelte Babel. »Ich warte, bis Tom wieder hier ist, bevor ich mir den Kerl vornehme, einverstanden?«

»Okay. Aber ruf mich an, wenn's brenzlig wird, dann komme ich.«

»Und rettest mich wie ein Prinz in strahlender Rüstung?«

»So ähnlich.«

Sie lächelte, auch wenn er es nicht sehen konnte. »Mach dir keine Sorgen, ich krieg das hin.«

»Das tust du besser, Mädel.«

Nach dem Telefonat ließ Babel Urd in den Garten. Tom hatte sie erneut bei ihr gelassen, weil der Hund beim Abbau der Wagenburg nur im Weg stünde. Im Freien machte sich die Dogge daran, Dingen hinterherzujagen, die für Babel und vermutlich den Rest der Welt unsichtbar waren, dem Hund aber eine Herzensangelegenheit zu sein schienen. Anschließend warf Babel eine Weile einen Stock durch den Garten, den Urd ihr enthusiastisch wiederbrachte und der bereits nach dem ersten Mal vom Hundesabber glitschig war.

Das Spiel wurde jedoch jäh beendet, als plötzlich jemand am Gartentor stehen blieb. Irritiert blickte Babel zu dem Mann, der beide Hände um das Metall des Tors geklammert hatte und zu ihr hinübersah. Offenbar musste sich Babel den Zauber auf ihrem Haus mal vornehmen, er schien schwächer zu werden, wenn jeder in der Lage war, ihn zu ignorieren.

Der Mann war groß, besaß längeres, graues Haar und einen unregelmäßig gestutzten Bart. Er trug eine braune Hose und ein dunkelgrünes Hemd, aber selbst ohne diese Hippiekleidung hätte Babel sofort gewusst, wen sie da vor sich hatte. Sein Energienetz sandte die typischen Wellen eines Plags aus.

Die Ähnlichkeit mit Tom existierte auf dieser unbestimmbaren Ebene, wie es bei allen Albennachkommen der Fall war. Ein leichtes Kribbeln in ihrem Nacken zeugte davon. Seinem Gesichtsausdruck nach zu urteilen, war er nicht hier, um mit ihr in Ruhe einen Tee zu trinken. Die Wut strahlte meterweit von ihm ab.

Ob etwas mit Tom geschehen war?

Sie ging ihm ein Stück entgegen, blieb aber zwei Meter entfernt von ihm stehen. »Ist etwas mit Tom passiert?«

Zornig schüttelte der Mann den Kopf, und Babel entspannte sich ein bisschen.

»Komm ruhig rein, oder bist du ein Vampir, der erst gebeten werden muss?«

Offenbar fand der Plag das nicht komisch, denn seine Lippen kniffen sich noch mehr zusammen, und die Fingerknöchel färbten sich weiß. »Ich muss mit dir reden, Hexe.«

»Oh, du bist einer von diesen Plags.« Ihr Seufzen war tonlos.

Durch Tom und Mo hatte sie sich irgendwie daran gewöhnt, dass die Begegnungen mit Plags nicht zwangsläufig in Beschimpfungen enden mussten, doch dieser hier schien anders gestimmt. Er öffnete das Tor und trat auf das Grundstück. Dabei verzog er das Gesicht, als würde er in Zitronen beißen.

Babel rollte mit den Augen. *Mein Gott*, sie hatte ihn doch nicht gezwungen, bei ihr aufzutauchen. Urd lief auf den Mann zu und wedelte aufgeregt mit dem Schwanz.

*Wenigstens einer freut sich über den Besuch*, dachte Babel. Der Plag kraulte den Hund einen Moment lang hinter den Ohren, bevor er sich wieder aufrichtete und die Arme verschränkte. Obwohl er die Augen zu Schlitzen verengt hatte, konnte Babel doch erkennen, dass sie von einem hellen, fast bernsteinfarbenen Braun waren, mit einem dunklen Ring um die Iris.

»Wir müssen eine Sache klären.«

»Was du nicht sagst. Wie wäre es, wenn du dich erst mal vorstellst?«

»Mein Name ist Konrad, ich bin der Älteste in der Wagenburg. Ich bin der Sprecher der Plags.«

»Komisch, ich dachte bisher, das wäre Tom. Was willst du also?«

»Wir reisen heute ab, und Tom hat uns gesagt, dass er nicht mit uns kommen wird.«

Sie zuckte mit den Schultern.

»Er will deinetwegen hierbleiben.«

»Wenn man bedenkt, dass ich gerade wegen euch unterwegs bin, ist das doch sehr anständig.«

Der Plag ballte die Fäuste und trat einen Schritt nach vorn. Babel aktivierte ihre Magie, und er zuckte sofort zurück, als hätte er sich verbrannt. In seinem Gesicht konnte sie den Hass sehen, den er auf alle Hexen hatte, aber auch die Verzweiflung über den Tod seiner Leute, und diese Verzweiflung war der einzige Grund, der sie davon abhielt, ihm eine Lehre zu erteilen.

*Der Schmerz kann einen verrückt machen.*

»Wir brauchen Tom. Denkst du, es ist einfach, das alles hinter uns zu lassen, unser Zuhause, in dem wir viele Jahre gelebt haben? Wir sind mit diesem Ort verbunden, und selbst die Kinder spüren, dass ihnen etwas entrissen wird. In solchen Zeiten brauchen wir Leute, die stark sind. Die Zuversicht geben können. Es wird schwer werden, einen neuen Platz für uns zu finden, und ausgerechnet jetzt kehrt uns Tom den Rücken zu, wenn wir ihn am nötigsten brauchen. Und das deinetwegen.«

»Er ist nicht meinetwegen auf Mörderjagd, sondern für euch. Damit ihr wieder zurückkommen könnt.«

»Ihr Hexen bringt nur Unglück. Wir wollen, dass du Tom in Ruhe lässt. Er gehört zu seinen Leuten!«

»Er gehört zu sich selbst.«

»Phrasendrescherei, Hexe. Das beherrscht ihr ganz gut. Plags und Hexen sollte man nicht mischen.«

Jetzt war es an ihr, die Arme zu verschränken. »Reizende Einstellung. Kommt mir sehr bekannt vor.«

Er ging nicht auf ihre Provokation ein, stattdessen starrte er für einige Sekunden zum Haus, als erwarte er, dass jeden Moment eine Schar Dämonen aus der Haustür geflogen käme, um über ihn herzufallen. Oder von Dämonen besessene Katzen. Fast hätte Babel gesagt: »Ich habe keine Katzen«, aber sie ließ es sein.

Urd hatte sich inzwischen in eine andere Ecke des Gartens verzogen. Vermutlich hatte ihr die schlechte Stimmung nicht gefallen. Babel hätte es ihr gern gleichgetan.

»Bist du nur hergekommen, um mich zu beleidigen, oder wolltest du noch etwas anderes? Fragen zum Beispiel, was es Neues in Bezug auf die Morde gibt?«

»Ich war nicht dafür, dir diesen Auftrag zu erteilen, und bisher hat es ja auch noch zu nichts geführt. Wir müssen trotzdem von hier fort.«

*Undankbarer Kerl*, dachte Babel. *Wegen dir mach ich das hier sicher nicht.*

»Hör mal, ich verstehe ja, dass ihr gerade eine schwere Zeit durchmacht, aber das wird auch nicht besser, indem du herkommst, um dich an mir abzureagieren. Tom ist ein großer Junge, er kann selbst entscheiden, mit wem er seine Zeit verbringt, und ehrlich gesagt, geht es dich auch nichts an.«

Er schüttelte den Kopf. »Es geht nicht um Beleidigungen, sondern darum, dass wir uns schützen müssen. Wir wissen nicht, was gerade vorgeht, und können es uns nicht leisten, noch mehr Leute zu verlieren.« Von seinem Halsansatz stieg langsam Röte auf, die sich in seinem Gesicht verteilte. »Wir trauen dir nicht. Woher sollen wir wissen, dass du nicht in diese Sache verwickelt bist?«

»Reicht vollkommen aus, wenn Tom glaubt, dass er mir vertrauen kann, oder?«

Wütend trat er wieder näher, und Babel hob warnend den Zeigefinger. »Momentan bin ich die Einzige, die zwischen euch und einem verrückten Killer steht, und glaub mir, ich bin wirklich nicht scharf drauf, mich in diesen Kampf zu stürzen. Dieser Streit, den du hier vom Zaun zu brechen versuchst, nützt keinem von uns. Du solltest bei deinen Leuten sein und sie in Sicherheit bringen und nicht ausgerechnet den Menschen verärgern, der euch helfen kann.« Sie wollte noch mehr sagen, aber in diesem Augenblick schüttete ihre Hypophyse Endorphine aus, und das Tor quietschte.

»Das kann doch nicht wahr sein!«

Der Plag folgte ihrem Blick und drehte sich um. Als er sah, wer den Garten betreten hatte, verspannte sich seine Haltung.

»Hallo, Samuel«, sagte Babel.

»Ich benutze die Tür, siehst du.«

»Toll.«

Sein Blick wanderte zu dem Plag, und ein Glitzern trat in seine Augen, das Babel nur zu gut kannte. »Sieh mal einer an.« Er lächelte, aber in diesem Moment besaß er sehr viel Ähnlichkeit mit Rotkäppchens Wolf. Zumindest hätte er die Rolle in Babels Vorstellung sehr gut ausgefüllt.

Der Plag sah es wohl ähnlich, denn er zischte: »Bastard«, und ballte die Fäuste. Theoretisch war die Anrede korrekt, praktisch war sie sehr unhöflich – und Sam reagierte wie erwartet. Er verschränkte die Arme und ließ die Muskeln spielen.

»Lust auf eine Abreibung, was?«

»Droh mir nicht.«

Man konnte hören, dass Konrad gern noch etwas hinzugefügt hätte wie *Ungeziefer* oder *Ratte* – und wenn Babel nicht wollte, dass die Sache aus dem Ruder lief, musste sie wohl eingreifen.

Mit erhobenen Händen stellte sie sich zwischen die Männer und versuchte es mit Diplomatie: »Lassen wir das doch, ja? Wie wäre es, wenn sich hier alle mal wieder beruhigen?«

Finster schaute der Plag auf sie herab. »Halt dich von Tom fern.«

Worauf sich Sam genötigt fühlte zu sagen: »Warum hast du das nicht gleich gesagt? Guter Vorschlag.«

»Halt dich da raus«, fuhr ihn Babel an, während der Plag damit beschäftigt war, Sam mit einem Blick zu einer Wespe im Colaglas zu degradieren. Sie konnte Sam gerade noch am Ärmel packen, als er auf den Mann losgehen wollte.

»Es geht hier nicht um eure Beziehung, Hexe, es geht um Toms Sicherheit, möglicherweise um unser aller Sicherheit. Wie könnten wir ihn in dieser Umgebung lassen, wenn sich hier auch noch dieses Dämonenkind herumtreibt?«

»Ich werde ihm den Schädel spalten, was hältst du davon? Dann sind wir das Problem los«, grollte Sam.

»Wem? Dem Plag oder Tom?« Genervt ließ sie ihn los. »Tom kann auf sich aufpassen, Konrad. Er ist kein Schwächling. Ich habe ihn nicht gezwungen hierzubleiben. Er versucht nur, diese Sache zu einem Ende zu bringen, damit wir alle wieder ruhiger schlafen können. Ihr solltet ihm dankbar sein.«

»Das hat damit überhaupt nichts zu tun. Wir sorgen füreinander, und Tom weiß das.«

»Hast du auch das Gefühl, dass sie sich manchmal wie eine Sekte anhören?«, fragte Sam, und plötzlich war das Zucken in Babels linkem Auge wieder da.

»Noch ein Wort, und ich reiß dir die Zunge raus, klar?«

Aber Sam blieb von ihrer Drohung unbeeindruckt, stattdessen hob er nur die Hände, wie er es schon als Siebzehnjähriger getan hatte, und die Geste bedeutete noch immer dasselbe: *Ich bin das reinste Unschuldslamm.*

»Ich kann mir ohnehin nicht vorstellen, dass Tom länger bleibt, wenn er erfährt, dass dieser Typ hier ebenfalls ein und aus geht«, sagte Konrad. »Seine Schwärmerei für dich ist wie ein Fieber, aber gegen Fieber gibt es Mittel.«

»Willst du mir jetzt auch noch drohen? Du suchst dir dafür wirklich den ungünstigsten Zeitpunkt aus.«

Sam ließ die Fingerknöchel knacken. »Okay, mir reicht's jetzt, ich schmeiß den Kerl raus.«

Und bevor sie es verhindern konnte, hatte er den Plag, der ihn um einen halben Kopf überragte, an Arm und Kragen gepackt und zerrte ihn zum Tor. Obwohl er sich wehrte, hatte Konrad Sams Kraft und seinem unbeherrschten Temperament wenig entgegenzusetzen. Er gab dem Plag einen Stoß, der den Mann aufs Straßenpflaster beförderte. Fast tat er ihr leid.

Mühsam rappelte er sich auf und betrachtete die aufgeschürften Hände, die er sich bei dem Sturz zugezogen hatte. Der Blick, den er ihnen zuwarf, war selbst an der üblichen Antipathie der Plags gemessen feindselig. Ohne ein weiteres Wort rappelte er sich auf und humpelte davon. Auf der anderen Straßenseite blieb eine Frau stehen und schaute ihm irritiert nach.

Als sich Sam zu Babel umdrehte, sah sie ihn mit verschränkten Armen an.

»Der Hahn im Hof hat also sein Territorium verteidigt, herzlichen Glückwunsch.«

»Was denn? Ich hab doch gar nichts gesagt. Komm schon, der Kerl hat's verdient.«

»Trotzdem war es nicht sehr diplomatisch. Ich arbeite gerade für sie.«

»Nein, du spielst ihren Babysitter. Und seit wann bist du diplomatisch?«

Vor Kurzem hatte Babel noch zu Clarissa gesagt, dass es nicht klug war, einen Krieg gegen die Plags vom Zaun zu brechen –

und nun war sie selbst auf dem besten Weg dorthin, weil sie wieder einmal nicht in der Lage war, Sams Temperament Zügel anzulegen.

Sie maßen sich mit Blicken, bis Babel den Kontakt abbrach und zur Haustür ging. Die Dogge war nirgendwo zu sehen, nur ein Busch an der Grenze zum Nachbargrundstück wackelte verdächtig.

*Hiermit präsentiere ich Ihnen den nutzlosesten Wachhund, den es gibt. Er reagiert nicht mal, wenn ein Dämonenkind in der Nähe ist!*

Sam folgte ihr in die Küche, in der sie sich gegenüberstanden wie zwei Gladiatoren kurz vor dem Kampf, bis Babel irgendwann zornig fragte: »Was zum Henker willst du schon wieder hier?«

»Fragen, ob du meine Hilfe brauchst. Hättest du es gestern Abend nicht so eilig gehabt, hätte ich das da schon gefragt. Die Sache wächst dir über den Kopf, Babel.«

Mit Scham dachte sie an das, was sie den Abend zuvor mit ihm getan hatte, und vermutlich wurde sie sogar ein bisschen rot, wenn sie die Hitze in ihren Wangen richtig deutete. Dabei gab es rational betrachtet gar keinen Grund, sich zu schämen. Es war ja nicht so, dass Tom und sie irgendwelche Verpflichtungen eingegangen waren. Sie kannten sich seit ein paar Tagen, da machte man doch noch keine Versprechen. Trotzdem konnte sie sich des Gefühls nicht erwehren, dass sie ihn hintergangen hatte. Eben weil sie genau spürte, dass die Sache mit ihm nicht nur eine kleine Sommerliebelei war. Es steckte mehr dahinter – und sie war auf dem besten Wege, das kaputt zu machen.

»Was soll das mit diesem Plag, Babel? Ich kann ihn überall an dir riechen.«

»Das geht dich nichts an, okay? Das ist meine Sache.« Sie sah zur Seite.

»Versuchst du mal wieder, ein normales Leben zu führen?«

Der Schlag saß, und das wusste er auch. Aber sie konnte sich von ihm nicht ablenken lassen. Für dieses Drama blieb keine Zeit. »Ich kann das jetzt nicht ausdiskutieren, Sam. Zuerst muss ich diese Sache zu Ende bringen.«

»Du meinst, die Sache mit den toten Plags.«

»Ich muss einer Spur folgen. Ein paar Fragen stellen, solche Sachen. Ich hab's versprochen.«

Für einige Herzschläge fixierte er sie mit seinem Blick, als könne er so ihre Gedanken lesen und herausfinden, wie ernst es ihr damit war. Dann lehnte er sich an den Türrahmen, als wäre es sein Haus und seine Küche, und sagte: »Ich komme mit.«

»Vergiss es. Wir sind nicht Scully und Mulder.«

»Stimmt, wir haben Sex.«

»Du weißt, was ich meine.«

Er steckte die Hände in die Hosentaschen und sah sie gelassen an. »Ich lass dich nicht allein auf Mörderjagd gehen, nachdem du gestern so zerschlagen hier aufgetaucht bist.«

»Deine Muskeln nützen mir nichts. Der Mörder ist eine Hexe, deren Macht ich nicht einschätzen kann ...«

»Unsinn. Hexen sind nicht unbesiegbar, wie wir gestern an dir selbst gesehen haben. Und zwei Leute können immer mehr ausrichten als einer.«

Wie immer schaffte er es, die Wunde genau zu treffen, und Babel stieg bittere Galle über ihren Fehler auf. »Gestern wird sich nicht wiederholen.«

»Ganz genau.«

Sein Mund bekam einen störrischen Zug, der sie an den Jungen erinnerte, der er einmal gewesen war. Schon damals war es ihm unmöglich gewesen, den Sachen, die ihm in den Sinn kamen, *nicht* nachzugehen. Das war einer der Wesenszüge, die ihn so anziehend machten. Es wirkte immer, als gäbe es für ihn keine Grenzen, dafür aber jede Menge Möglichkeiten. Sam war wie der Drachentöter im Märchen, der in der Lage war, das Ungeheuer zu besiegen, das niemand sonst besiegen konnte. Auch eine Hexe. Nur war sie dabei selbst eines dieser Ungeheuer und der Drachentöter alles andere als ein Held.

»Du hast die Wahl. Entweder fahren wir gemeinsam, oder ich fahre dir hinterher.«

»Über deine Stalkertendenzen sollten wir bei Gelegenheit mal reden. Das wirkt keineswegs romantisch.« Wütend wandte sie sich um und drehte den Wasserhahn im Spülbecken auf, um sich den Hundesabber von der Hand zu waschen.

»Süße, wenn ich romantisch werden will, dann breche ich mit dir nachts ins Planetarium ein, und wir machen ein Picknick, während sich über uns die Planeten drehen. Dass ich dir hinterherfahren will, bedeutet, dass ich dir den Rücken decke, weil's gerade brenzlig wird. Inzwischen solltest du den Unterschied kennen.«

Über die Schulter warf sie ihm einen misstrauischen Blick zu, aber in seinem Gesicht konnte sie nichts als Entschlossenheit erkennen. Selbst sein übliches Grinsen war verschwunden. Für einen Moment überlegte sie, ob sie ihn magisch bewusstlos schlagen sollte, um ihn davon abzuhalten, mit ihr zu kommen.

»Denk nicht mal dran, Babel.«

»Woran?«

»Ich weiß genau, was dir durch den Kopf geht.«

»Oh bitte. Nach allem, was du weißt, könnte ich gerade an meine Einkaufsliste gedacht haben. Bilde dir nur nichts ein.«

Sein Gesichtsausdruck verriet ihr deutlich, was er von dieser Wahrscheinlichkeit hielt.

Eine weitere Minute Starren und Abwägen verging, in der Babel Sams Schlagkraft gegen seinen Charakter abwog. Leider musste sie eingestehen, dass zusätzliche Hilfe nach wie vor genauso nützlich war wie noch wenige Tage zuvor, als sie Tamy angerufen hatte. Also sagte sie nach einer Weile: »Na schön. Aber das heißt nicht, dass wir wieder zusammen sind. Oder dass ich Tom für dich aufgebe. Ich weiß zwar nicht, wie sich die Sache mit ihm entwickeln wird, aber ich will das, verstehst du?«

Er zuckte mit den Schultern. »Mach, was du willst. Über kurz oder lang wird er dem Druck seiner Leute nachgeben und dich sitzen lassen, weil er nicht damit umgehen kann, dass du eine Hexe bist. Da muss ich mich gar nicht anstrengen.«

»Verlass dich nicht drauf. Du kennst ihn nicht.«

»Aber du? Nach genau wie vielen Tagen?«

Verärgert wandte sie sich ab. Es machte sie wütend, dass er glaubte, sie zu durchschauen und vorherbestimmen zu können, wie ihr Leben verlief. Menschen änderten sich, und sie war nicht mehr dieselbe wie mit siebzehn.

»Warte im Garten auf mich, ich muss noch etwas holen, dann fahren wir los. Wir nehmen dein Auto. Du hast doch eins, oder?«

»Aber ja. Wenn du ganz genau hinguckst, kannst du sogar erkennen, dass es mal ein Kürbis war.«

»Sehr witzig.«

Sie ließ ihn in der Küche stehen und stieg wütend in den Keller, um den Goldschmuck zu holen, der in den letzten Tagen so häufig zum Einsatz gekommen war. Jetzt kam er ihr schwer vor, als sie ihn anlegte. Beunruhigt betrachtete sie den Ring an ihrem Finger, dessen Spitze bedrohlich nach oben ragte.

Irgendwann in der näheren Zukunft würde er zum Einsatz kommen – und mit ihm ihr Blut.

*Dann ist alles verloren, was du dir in den letzten Jahren so mühsam erarbeitet hast. Die unzähligen Montagstreffen, alles für die Katz.*

Das durfte nicht passieren.

*Behalt einfach die Kontrolle.*

»Nett hast du es dir hier eingerichtet.«

Sie wirbelte herum. Sam stand lässig an den Türrahmen gelehnt, die Arme vor der Brust verschränkt, genau so, wie er es in der Küche schon getan hatte.

Mit wenigen Schritten war sie bei ihm, die Hand panisch auf seine Brust gelegt, aber an seinem Energienetz hatte sich nichts verändert. Der Fluch an der Kellertür hatte keine Auswirkungen auf ihn gehabt.

Das Rauschen in ihren Ohren machte sie für ein paar Herzschläge lang taub. Erst als sie ihren Atem wieder hören konnte, sagte sie aufgebracht: »Mein Gott, bist du verrückt? Du weißt doch, dass ich das Magiezimmer absichere!«

»Offenbar sieht die Magie da keinen Unterschied zwischen mir und dir.« Er grinste, während sie ihn fassungslos anstarrte.

War er sich ihrer Verbindung wirklich so sicher, dass er ihre Flüche riskierte, nur um ihr das zu beweisen?

Durch die Verbindung zu ihr sah das magische Netz des Hauses Sam wohl als einen Teil von ihr. Das hatte sie nicht vorhergesehen. Verärgert wollte sie sich abwenden, aber auf einmal zog er sie heftig an sich, schlang die Arme um sie und legte die Stirn an ihre. »Na los, gib's schon zu.«

»Ich gebe gar nichts zu.«

»Feigling«, flüsterte er, dann küsste er sie heftig, drängte sie an die Wand und ließ sie erst wieder los, als sie ihn in die Unterlippe biss.

»Dafür haben wir keine Zeit.« Entschlossen löste sie sich von ihm und stieg die Kellertreppe nach oben. Dass er in ihrem Rücken grinste, wusste sie. Und sie kannte auch den Grund dafür.

Als er sie geküsst hatte, waren mehr als nur ein Dutzend Herzschläge vergangen, bis sie ihn gebissen hatte …

# 19

Mit Sams dunkelblauem Audi fuhren sie in den Westen der Stadt. Während der Fahrt berichtete Babel ihm die neusten Erkenntnisse des Falls, damit sie nicht über sich reden mussten. Je mehr sie erzählte, desto mehr runzelte er die Stirn. Aufgrund seiner eigenen Herkunft und der Beziehung zu Babel kannte er sich mit dem alten Wissen und den Hexengepflogenheiten sehr gut aus. Es war nicht schwierig für ihn, die Gefahr zu erkennen, die sich am Horizont zusammenbraute.

Wütend schlug er mit der flachen Hand gegen das Lenkrad. »Verdammt, Babel, du hättest mir längst Bescheid geben sollen! Wenn eine andere Hexe Dämonen auf dich jagt, kannst du Hilfe gebrauchen.«

»Und selbstverständlich hättest du uneigennützig deine Hilfe angeboten.«

»Ich hätte keinen Sex als Gegenleistung erwartet, falls du das meinst.« Er klang fast beleidigt.

Babel legte den Kopf an die Scheibe. Draußen huschten die Häuserfronten an ihnen vorbei und verschwammen zu einem grau-braunen Streifen. Doch die Büsche davor zeigten erste Knospen, die Blüte war in vollem Gang, und bald würde sich die Stadt in einen grünen Mantel hüllen und die Luft nach Bärlauch riechen.

Die Zeitung hatte ihre Räume in einer ehemaligen Spinnerei eingerichtet, die in einem belebten Viertel am Fluss stand. Es war ein sanierter Klinkerbau, dessen massige Form einen weiten Platz bestimmte, der von zwei Alleen gesäumt wurde. Das

Einzige, was darauf hindeutete, dass sich hinter dem Gemäuer eine Redaktion verbarg, war der große Glasschaukasten vor dem Eingang, in dem die Bögen der aktuellen Ausgabe der Zeitung aushingen.

Karls Beschreibung als *Käseblatt* traf es ganz gut. Die Nachrichten aus aller Welt beschränkten sich meistens darauf, die Neuigkeiten des vergangenen Tages noch einmal aufzubereiten, als bestünde die Leserschaft ausschließlich aus Leuten, die gerade aus dem Urlaub zurückkamen und daher etwas verpasst hatten. Seit Längerem hegte Babel den Verdacht, dass die Redakteure häufiger auswerteten als selbst recherchierten.

Sie parkten gegenüber dem Gebäude, blieben aber im Wagen sitzen. Mit dem Handy rief Babel in der Redaktion an, die sie mit Friedrich Neumann verband, dem Mann, der Monate zuvor die Interviews mit den Plags durchgeführt hatte. Auf der Website der Zeitung hatte sie sein Bild gesehen, aber es war ihr nicht bekannt vorgekommen. Auch als er jetzt am Telefon seinen Namen nannte, löste seine Stimme keine Erinnerung in ihr aus. Sein Dialekt klang fremd.

Nachdem er seinen Namen genannt hatte, legte sie sofort wieder auf. »Er ist hier. Wenn er rauskommt, sehe ich mir seine Aura an, und dann entscheide ich.«

Vom Wagen aus hatten sie eine gute Sicht. Während sie darauf warteten, dass Neumann das Gebäude verließ, erzählte ihr Sam von der neuen Boxhalle, die er im Zentrum eröffnet hatte. Seine dritte in der Stadt, wie sich herausstellte.

»Die Geschäfte laufen offenbar gut.«

»Kann man so sagen.«

»Dann hat es sich ja gelohnt, dass du dich so oft geprügelt hast, nicht wahr. Man könnte glatt vermuten, es war so was wie deine Ausbildung.« Die Spitze konnte sie sich nicht verkneifen, aber er ging nicht darauf ein, sondern grinste nur.

In seiner Stimme schwang Stolz mit, als er von seinem Geschäft erzählte, und für eine Weile war das Gespräch leicht, als gäbe es weder die Vergangenheit, die sie bedrückte, noch die Verstrickungen der Gegenwart. In der Enge des Wagens konnte sie fast glauben, dass sie nur zwei ganz normale Menschen waren.

Kurz nach zwölf ergoss sich endlich ein Menschenstrom aus dem Gebäude.

»Pünktlich wie ein Uhrwerk«, sagte Sam sarkastisch. »Der Hunger treibt sie raus.«

Spielerisch schlug ihm Babel gegen den Arm. »Pass lieber auf. Deine Stalkertendenzen sind hier mal ganz nützlich.«

Sie hatte das Foto von der Website ausgedruckt und auf das Armaturenbrett zwischen ihnen gelegt. Neumanns Gesicht war darauf zu einer Maske erstarrt, die jenen verkrampften Zug trug, der immer entstand, wenn ein Fotograf rief: »Drehen Sie mal Ihre Schulter hierhin und den Kopf dorthin, und jetzt beugen Sie den Hals … Ja, so ist es gut, das sieht sehr natürlich aus.«

Nichts an dem Foto kam Babel sonderbar vor. Der Mann sah aus wie viele andere auch, und fast kam sie sich albern vor, hier auf ihn zu warten. Aber sie wollte Gewissheit haben, deshalb blieb sie sitzen und beobachtete weiter den Eingang.

Schließlich war es Sam, der Neumann als Erster sah. »Da.« Er zeigte mit dem Finger auf einen Mann, der gerade das Gebäude verlassen hatte und mit zwei Frauen den Platz überquerte. Sie waren in ein reges Gespräch vertieft. Nichts deutete darauf hin, dass Neumann nervös war oder damit rechnete, beobachtet zu werden.

Er war ein durchschnittlich aussehender Typ, vielleicht einen halben Kopf größer als Babel, schlank und mit braunem Haar, in Jeans und Hemd gekleidet. Ein Mann, wie man ihm dutzendfach begegnete. Sie beobachteten, wie die Gruppe in eine Seitenstraße einbog, und Babel griff nach dem Beutel Holzasche in ihrer

Jacke. »Fahr ihm hinterher und langsam an ihm vorbei, ich will mir sein Energienetz ansehen.«

Sie fuhr die Scheibe herunter, während Sam den Wagen startete und in die Straße einbog, in der Neumann verschwunden war. Es war eine schmale Gasse, in der mehrere Restaurants, Cafés und Kneipen nebeneinanderlagen. Zur Mittagszeit waren sie durch die Angestellten umliegender Firmen gut besucht, und ein paar Mutige hatten sogar schon an den Tischen im Freien Platz genommen, weil die Mittagssonne die Bänke wärmte.

Neumann und seine Kolleginnen schienen unentschlossen, was die Lokalwahl betraf. Als sie vor einem japanischen Restaurant stehen blieben und die Karte studierten, sagte Babel: »Jetzt«, und Sam fuhr dicht am Bürgersteig an Neumann vorbei. Sie lehnte sich aus dem Fenster, aktivierte die Magie und pustete die Asche in Neumanns Richtung.

Das Energienetz der beiden Frauen zeigte keine Besonderheiten, und auch Neumanns Netz war das eines normalen Menschen. Trotzdem zuckte Babel bei seinem Anblick zurück, als hätte sie eine Schlange gebissen.

Hinter den rot pulsierenden Energielinien waberten weiße Felder, die wie Nebel aussahen, der hinter dem Gitter der Energielinien gefangen war. An den Händen waren die Nebelwolken besonders dicht, aber auch im Herzbereich. Das Weiß umgab Neumann wie eine zweite Haut und ließ ihn dahinter blass und unwirklich aussehen, fast wie einen Geist. Ihr wurde übel.

*Totenenergie.*

Entsetzt sog Babel Luft ein und presste sich gegen den Sitz. Der Wagen war inzwischen an Neumann vorbeigefahren, und Sam steuerte die nächste Parklücke an, nur wenige Meter von der Gruppe entfernt. Im Rückspiegel beobachtete er Neumann. Dabei verengten sich seine Augen zu Schlitzen, als wäre er eine Raubkatze kurz vorm Angriff.

»Das ist der Täter …«, flüsterte Babel.

»Bist du sicher?«

»Die Totenenergie klebt förmlich an ihm …«

»Vielleicht ist es alte Totenenergie.«

Sie warf ihm einen Blick zu. »Ich erkenne frische Totenenergie, wenn ich sie sehe, Sam.«

*Seit ich sie das erste Mal an dir gesehen habe.*

Das war also der Mann, der vier Leute umgebracht hatte. Der all diesen Kummer und die Verzweiflung über die Plags gebracht hatte.

*Ein Geist.*

Sie dachte an Carla und daran, dass Mo sie vermisste, und brennender Zorn schwemmte über ihr hinweg. Für den Bruchteil einer Sekunde existierte in ihrem Kopf und ihrem Bauch nichts anderes als dieser glühende Schmerz, der nur noch ein Ziel kannte: Neumanns Vernichtung.

Unter ihren Fingern schmolz das Plastik des Armaturenbretts und hinterließ fünf tiefe Abdrücke darin. Die Magie ließ ihre Hände zittern.

»Babel!« Gedämpft drang Sams Stimme durch den Zorn, und als sie zwinkerte, zog sich die Wut so weit zusammen, dass neben ihr wieder Gedanken Platz hatten. Irritiert blickte sie auf den Schaden, den sie im Auto angerichtet hatte, und stellte sich vor, wie sie mit den Fingern Neumanns Kopf berührte.

*Ich werde dich zur Strecke bringen, du sollst an deiner Grausamkeit ersticken.*

*Aber damit ist die Geschichte nicht beendet, nicht wahr, Babel?*

Das Puzzle ergab noch immer kein vollständiges Bild.

»Wieso ist der Mörder ein Mensch? Das ergibt einfach keinen Sinn. Es muss mehr dahinterstecken.« Eindringlich sah sie Sam an. »Am Tatort war eine Hexe. Die Totenenergie hätte sich nie so vollständig auf ihn übertragen. Nicht bei einem Menschen.

Wenn man jemanden umbringt, ist man nicht automatisch so eingewoben in Totenenergie. Du warst nicht in dieser Wohnung, Sam. Da war rein gar nichts mehr zu spüren. Die Hexe muss die Totenenergie vollständig auf Neumann übertragen haben. Er hat nicht nur das aufgenommen, was sowieso durch den Mord an ihm hängen geblieben wäre, sondern alle Energie.« Irritiert beugte sie sich nach vorn und rieb sich die Schläfen. Der Gestank des verbrannten Plastiks drang ihr in die Nase. »Warum sollte eine Hexe Energien auf einen magisch passiven Menschen übertragen? Wozu diese Verschwendung? Er kann doch damit gar nichts anfangen. Die Energien sind jetzt zu nichts mehr nütze …« Sie schlug mit der Faust gegen das Armaturenbrett. »Verdammt. Ich hab nicht die leiseste Ahnung, was hier vorgeht.«

Skeptisch beobachtete Sam weiterhin die Gruppe, die offenbar ihre Entscheidung getroffen hatte und das Restaurant betrat.

»Wir könnten ihn jetzt schnappen«, sagte er.

»Und dann? Haben wir zwar das Werkzeug, aber nicht den Kopf hinter dem Ganzen.«

»Ich denke, er ist der Mörder? Oder kann es auch die Hexe gewesen sein, die ihm nur die Energie übertragen hat?«

»Nein, so wie er aussieht, war er es. Aber die Hexe muss irgendetwas damit bezwecken, warum sollte sie ihm sonst die Totenenergie übertragen? Sie trägt genauso Verantwortung für die vier Opfer wie er.«

»Haben die Plags dich dafür engagiert, dass du diesem Kopf hinter dem Ganzen nachjagst?«

Sie blickte zur Seite. Wie immer ließ er nicht zu, dass sie sich selbst belog. Natürlich ging es ihr darum, den Mörder zu fassen, und dieser Mann war ganz offenbar der Täter. Aber das Rätsel stellte sich als komplizierter heraus, als sie angenommen hatte. Es blieben Fragen unbeantwortet, deren Antworten irgendwo da draußen in der Stadt zu finden waren.

Welchen Plan die Hexe auch hatte, Babel würde ihr einen Strich durch die Rechnung machen.

*Ist das die Sühne, die du den Toten versprochen hast?*

*Aber ja! Es kann doch nicht reichen zu erfahren, wer sie umgebracht hat, aber nie zu wissen, warum all das geschehen ist?*

*Und es ist dein Revier, nicht wahr? Darum geht es doch, wenn du ehrlich bist. Niemand wildert auf deinem Grund.*

Genau.

*Wer hat dich nur zum Sheriff gemacht?*

*Es ist ja sonst niemand da.*

Grimmig schloss sich Babels Hand um den Ring mit der Eisenspitze. »Wir warten ab. Über kurz oder lang wird er uns zu der Hexe führen.«

# 20

Es war eine der schlimmsten Prüfungen, die Babel je durchgemacht hatte. Das Warten kannte sie von anderen Aufträgen, das war nichts Neues. Ein Großteil ihrer Arbeit bestand darin, die Zielobjekte zu beobachten. Aber noch nie war es ihr so schwergefallen. Stundenlang saß sie mit Sam im Auto und wartete darauf, dass Neumann seinen Arbeitsplatz verließ und eventuell die Hexe aufsuchte, der er als Mörder zur Seite stand. Und mit jeder Stunde, die verging, fragte sich Babel mehr, ob es richtig war, was sie hier tat.

Während sie untätig blieb, ging Neumann seinen Geschäften nach, als wäre nichts geschehen. Er hatte zu Mittag gegessen, auf dem Rückweg zur Zeitung noch eine Packung Zigaretten gekauft und war mit seinen Kolleginnen zurückgeschlendert wie jeder andere auch.

Doch Babel wusste es besser.

Nachdem sie sein Energienetz gesehen hatte, kam es ihr vor, als würde dieser blasse Geist den wirklichen Mann überdecken. Der Anblick dieser Totenenergien hatte sich in ihr Gehirn gebrannt. Mehr als einmal war sie kurz davor, aus dem Wagen zu springen, um in das Gebäude zu rennen und sich ihn vorzunehmen.

Erstaunlicherweise war es Sam, der einen kühlen Kopf bewahrte und ihr ein paarmal beruhigend die Hand auf die Schulter legte. Es sah ganz danach aus, als hätte er in den letzten Jahren doch etwas dazugelernt.

Während sie gegenüber dem Gebäude warteten, tätigte Babel

mehrere Anrufe. Zuerst rief sie Karl an, danach Tamy. Beide bat sie, sich bereitzuhalten, falls sie Hilfe benötigte. Karl war kaum davon abzuhalten, zur Zeitung zu fahren, bis sie ihm versicherte, dass sie nicht allein war und Unterstützung hatte. Tamy hingegen brummte nur »Okay« und legte auf.

Danach meldete sie sich bei Tom, der allein auf dem Platz der Wagenburg zurückgeblieben war. Die Plags waren aufgebrochen.

»Du musst sie anrufen, Tom. Sag ihnen, sie können vielleicht bald zurückkommen.«

»Was?«

»Wir haben ihn.«

Für einen Moment war er sprachlos, dann platzte er heraus: »Wo? Wer ist es?«

Sie zögerte. »Hör zu, ich werde mich um ihn kümmern …«

»Babel, sag mir, wer es ist!«

»Damit du herkommst und ihn kaltstellst?«

Sie hörte, wie er am anderen Ende tief durchatmete. »Ich werde nichts Dummes anstellen, okay? Wir schnappen ihn zusammen. Ist es dieser Journalist? Wir haben ein Recht darauf, es zu wissen!«

»Tut mir leid, Tom, ich kann's dir jetzt nicht sagen, das ist zu deinem eigenen Besten, glaub mir.«

»Verdammt, Babel, das kannst du nicht …«

»Ich melde mich, wenn die Sache vorbei ist.« Sie unterbrach das Gespräch und schaltete das Handy ab, dann starrte sie unglücklich darauf.

»Das war nicht gerade die feine englische Art«, sagte Sam.

»Tom wird das verstehen.«

»Sicher?«

Sie schaute ihn nicht an. Er konnte zu gut in ihrem Gesicht lesen, ihre Unsicherheit und Halbwahrheiten darin erkennen.

Sie wollte Tom nicht in Gefahr sehen, denn sie wusste, er würde sich auf den Mörder stürzen, sobald er wusste, wer es war. Aber sie wollte auch nicht, dass er ihr die Chance vermasselte, die andere Hexe ausfindig zu machen, die hinter ihrer aller Rücken operierte. In Babels Stadt.

Sie glaubte nicht, dass Tom das verstehen würde.

*So hältst du also deine Versprechen?*

*Ich erweitere sie, das ist keine Schande.*

*Nein, nur selbstsüchtig.*

Sie seufzte. Sie konnte nur darauf hoffen, dass sich Tom wieder beruhigen würde.

Es dauerte noch vier weitere Stunden, bis Neumann endlich erneut das Gebäude verließ und in sein Auto stieg. So vorsichtig wie möglich folgten sie ihm ins Stadtzentrum, wo er in einer Hauptstraße hielt, in der viele Ladengeschäfte platziert waren. Am späten Nachmittag wimmelte es auf den Gehwegen von Passanten. Sie erschwerten einen möglichen Zugriff auf Neumann.

Sie hatten Glück und fanden eine Parklücke, von der sie eine gute Aussicht auf den Mann hatten, als er ausstieg und zielsicher auf ein Haus zusteuerte. Er klingelte, aber es öffnete niemand. Sie konnten sehen, wie er ein Handy aus der Tasche holte und wütend hineinsprach. Dabei gestikulierte er wild. Zum ersten Mal verlor sich der durchschnittliche Ausdruck in seinem Gesicht, und hinter der Maske war für einen kurzen Moment etwas Dunkles zu sehen – eine verzehrende Wut. Unruhig ging er vor dem Haus auf und ab und bedachte dabei die vorübereilenden Leute mit finsteren Blicken.

Während sie ihn beobachteten, konzentrierte sich Babel auf ihre Magie und fuhr sie bis zum Anschlag auf, bis sich die Spitzen ihrer Haare wie elektrisch aufgeladen in die Luft erhoben. Minuten später tauchte endlich ein weiterer Wagen auf, der in die Einfahrt fuhr und dort stehen blieb. Vor Aufregung raste Babels Herz.

Als sie jedoch sah, wer dem Wagen entstieg, hielt sie die Luft an.

Den hochgewachsenen Körper, Haarfarbe und Gesichtsform, all das kannte sie, und sie wusste sofort, wen sie vor sich hatte.

*Nikolai.*

Clarissas Enkel, der sie um Hilfe gebeten hatte.

*... eine tragische Geschichte ...*

Auf einmal fiel es ihr wie Schuppen von den Augen. Friedrich Neumann war nicht, wer er vorgab zu sein. In Wirklichkeit hieß er Mikhail und war Nikolais magisch passiver Bruder, der nie die Wege der Hexen gehen würde, weil seine magischen Anlagen nicht funktionierten – und der irgendwann zum Mörder geworden war.

*Der Junge hat dich reingelegt.*

Sie sah Nikolais Gesicht vor sich, als er in dem Café vor ihr gesessen hatte und ihr dort die Eifrigkeit etwas zu lernen gestanden hatte. Diese Nachgiebigkeit in den Augen, die fast Mitleid in ihr ausgelöst hatte ... Konnte sie sich wirklich so in ihm getäuscht haben? Hatte er sie etwa nur deshalb gebeten, ihm zu helfen, um in ihre Nähe zu kommen?

*Stell dir vor, du wärst auf sein Anliegen eingegangen und hättest ihn in dein Haus gebracht.*

Eine nervöse Unruhe umgab ihn. Mikhail redete auf ihn ein, aber Nikolai schüttelte wiederholt den Kopf. Seine Haltung war gebückt und eingeschüchtert, und es fiel Babel schwer, in ihm den großen Manipulator zu sehen, der er offenbar war.

»Ich kenne ihn. Er heißt Nikolai.«

Sam warf einen Blick in den Rückspiegel. »Hier sind zu viele Menschen. Du solltest ihn nicht auf offener Straße angreifen. Das erzeugt zu viel Aufmerksamkeit.«

»Ich muss mit ihm reden.« Bevor Sam sie davon abhalten konnte, stieg sie aus. Hinter sich hörte sie ihn fluchen und dann die zweite Autotür klappen. Nach nur wenigen Schritten reagierte ihr Netz auf Nikolai, und auch er zuckte zusammen.

»Was ...« Zielsicher drehte er sich zu ihr um. Mikhail folgte seinem Blick.

Als Nikolai Sam erblickte, weiteten sich seine Augen überrascht. Sie konnte sein Netz deutlich spüren, ihre Energien glitten an den Passanten vorbei auf ihn zu. Babel drehte die Magie auf, bis sie auf Nikolai wie ein riesiges Warnschild wirken musste. Nikolai taumelte zurück, versuchte aber nicht zu fliehen. Ihre Energien gruben sich in sein Netz, hielten ihn fest, und sie spürte, wie sein schwacher Widerstand nachgab.

*Ich hab dich.*

Sie war nur noch wenige Armlängen von ihm entfernt, als sich Mikhail plötzlich umdrehte und die Straße hinunterrannte. Erschrocken sah Nikolai ihm nach, aber er rührte sich nicht von der Stelle, denn er wusste, wenn er sich auch nur einen Zentimeter bewegen würde, würde Babel sein magisches Netz zerfetzen.

»Soll ich ihm hinterher?«, fragte Sam, aber Babel schüttelte den Kopf.

»Zu viele Leute. Wir wissen, wer er ist, den Kerl kriegen wir. Ich muss zuerst mit Nikolai reden.« Bei ihm angekommen, packte sie ihn am Arm und drückte ihn an den Wagen. Es war ihr gleich, was die Leute dachten, die irritiert die Köpfe umwandten.

»So sieht man sich wieder, Kleiner. Willst du mir vielleicht was erzählen? Zum Beispiel, warum dein Bruder nach Totenenergie stinkt?«

Unter dem Angriff ihrer Magie bebte er. Sie drohte sein magisches Netz zu überlasten. Sein Gesicht war leichenblass, und er zitterte am ganzen Leib. Er schien nicht in der Lage, ihr zu antworten.

»Hast du hier eine Wohnung?«, fuhr Babel ihn an.

Er nickte schwach.

»Okay, dann reden wir dort weiter.«

»Babel«, warnte Sam, aber sie schüttelte den Kopf. Sie wollte sich Nikolais Wohnung ansehen, auch wenn es sein Territorium war. Sie zog ihn vorwärts, ließ aber seinen Arm nicht los. Auf wackligen Beinen führte er sie zu dem Hauseingang, an dem Mikhail geklingelt hatte.

Als er in seine Hosentasche greifen wollte, grollte Sam: »Vorsicht, Junge«, und es dauerte einen Moment, bis Nikolai einen Schlüssel herauszog, so sehr zitterten seine Hände. Offenbar hatte Nikolai vor Sam sogar noch mehr Angst als vor Babel.

Die Wohnung lag im zweiten Stock. An der Tür war kein Namensschild angebracht. Die Wohnung selbst war klein und kaum eingerichtet. Es gab lediglich ein altes Sofa und einen Tisch im Wohnzimmer, dazu haufenweise Kisten mit Büchern und Zutaten für Rituale. Auf dem Fußboden zeigten sich schwache Spuren von Ritualen, die mit Farbe ausgeführt worden waren. Soweit Babel es überschauen konnte, handelte es sich vor allem um Übertragungs- und Stärkungszauber. In der Luft hing der schwache Geruch nach Terpentin.

Das hier war nicht Nikolais Wohnung. Es war sein Unterschlupf. Der Treffpunkt, an dem er sich ungestört mit seinem Bruder treffen konnte, ohne dass seine Familie etwas davon merkte, denn offiziell wohnte er bei Clarissa, solange er in der Stadt war.

»Weiß deine Großmutter von alldem?« Babel erfasste mit einer Geste den Raum.

Zu dritt standen sie in dem kargen Wohnzimmer. Sam blockierte die Tür zum Flur, während Babel den magischen Spuren nachging. Noch immer zitternd schleppte sich Nikolai zum Sofa und ließ sich darauf fallen. Wie eine Marionette, der man die Schnüre durchgeschnitten hatte, sank er in sich zusammen.

Seine Stimme klang flach und leise, als er endlich antwortete. »Nein. Großmutter weiß nicht mal, dass Mikhail in der Stadt ist.«

Babel stellte sich ihm gegenüber an die Wand. In dieser Wohnung sollte sich das Rätsel also lösen. Sie dachte an Annabelles Wohnung und wie sehr man dort gespürt hatte, welcher Mensch in ihr gelebt hatte. Doch diese hier passte zu dem Geist, den sie in Mikhail gesehen hatte. Die Leere war nur das Spiegelbild dessen, was in seinem Inneren herrschte.

»Dein Bruder hat die Plags umgebracht«, sprach sie in die Stille, und es klang seltsam hohl in diesem leeren Raum.

Nikolai nickte. Jeglicher Widerstandsgeist war aus ihm gewichen.

»Warum?«

»Er wollte seine magischen Anlagen aktivieren.«

Entsetzt starrte sie ihn an. »Das ist nicht dein Ernst.«

Doch Nikolai nickte nur noch einmal und schloss die Augen. Sein Kopf fiel nach hinten auf die Lehne, er öffnete leicht den Mund. Die Erschöpfung hüllte ihn ein wie ein Mantel.

Babel wusste nicht, ob sie ihm glauben sollte, aber die fehlenden Puzzleteile rückten plötzlich an ihren Platz, und es entstand ein Bild, das so ungeheuerlich war, dass Babel fassungslos an der Wand nach unten rutschte.

»Du meinst wie eine Starthilfe?«, fragte Sam von der Tür aus. Er hatte die Arme verschränkt und ließ Nikolai nicht aus den Augen. »Ist das überhaupt möglich?«

Hilflos hob Nikolai den Kopf. »Er sucht seit Jahren einen Weg … Es gibt Berichte darüber, alte Legenden …«

»Legenden, pah. Wir sind hier nicht bei *Wünsch dir was*.« Babel schnaubte.

Sein Blick bekam etwas Flehentliches, und es kam ihr vor, als suche er nach ihrem Verständnis. »Er hat geglaubt, wenn er magische Energien durch sich durchjagt, kann er das magische Potenzial aktivieren.«

Nachdenklich betrachtete Babel die Zeichen auf dem Fußboden. »Es könnte möglich sein. Mikhail ist zwar magisch passiv, aber er ist auch das Kind einer Hexe. Vielleicht verfügt er über die Kraft, aber nicht über die Möglichkeit, sie auszudrücken. Wie ruhende Gene.« Sie verschränkte die Arme und fixierte Nikolai. Plötzlich fiel es ihr leicht, das Bild zusammenzusetzen; alles lag nun offen vor ihr. »Du hast die Energie auf ihn übertragen, nicht wahr? Du warst dabei, als er die Plags getötet hat. Aber weil die Totenenergie auf ihn übergegangen ist, finden sich an dir keine Spuren.«

Er musste nicht antworten, sie sah ihm die Wahrheit auch so an.

»Aber wie hast du es geschafft, die Energien zu bewegen? Du hast nicht mal annähernd genug Kraft dafür.«

Er deutete auf einen Karton neben ihr, und als sie sich darüberbeugte, sah sie, dass mehrere Schmuckstücke darin lagen. Vor allem Armreife aus Silber und Ringe aus Gold. Es war der Schmuck einer Frau.

»Du hast dich bei deiner Großmutter bedient. Sie besitzt so viele aufgeladene Stücke, dass es ihr wahrscheinlich gar nicht aufgefallen ist, als ein paar davon verschwanden, nicht wahr? So ist es dir gelungen, dir zusätzlich Kraft anzueignen.«

Er nickte.

»Jetzt wird mir auch klar, dass Mikhail gar nicht dein Werkzeug war. Du bist seines.«

Nikolai drückte die Handflächen gegen die Augen und krümmte sich nach vorn. Seine bebenden Schultern zeigten an, dass er weinte. »Ich wollte das nicht …«

»Das sagen sie hinterher alle.« Verächtlich schaute Sam ihn an. Mitleid konnte Nikolai von ihm nicht erwarten. Seine Schwäche, Nein zu sagen, hatte vier Menschen das Leben gekostet.

»Sein Plan ist nicht aufgegangen, oder? Die Energie war nicht genug, deswegen hat er es immer und immer wieder versucht. Und du hast ihn nicht davon abgehalten.«

»Du verstehst das nicht«, rief Nikolai plötzlich. Zum ersten Mal schien Leben in ihn zu kommen. »Du hast deine Magie, du kannst nicht wissen, wie man sich fühlt …«

»Nein, kann ich nicht. Wir haben alle unser Säcklein zu tragen, aber wir werden deshalb nicht alle zum Mörder.«

»Warum die Plags?«, fragte Sam, aber Nikolai blickte ihn nur stumm an, als habe der Ausbruch seine Kräfte aufgebraucht.

Daher antwortete Babel für ihn. »Die Energie von Menschen ist zu schwach, und bei Hexen musste er befürchten, dass sie sich wehren.«

*So einfach ist das. Irgendjemand legt den Wert deines Lebens fest und zack! Weg bist du.*

Auf einmal wusste sie auch, warum Mikhail sie verfolgt hatte. Er hatte sehen wollen, ob sie Schwächen hatte. Vielleicht war ihm klar geworden, dass die Totenenergie der Plags nicht reichte, um sein Potenzial zu aktivieren, und er begann, Hexen in Betracht zu ziehen. Und dann hatte er seinen Bruder auf sie angesetzt, in der Hoffnung, er könnte Babel Geheimnisse über die Ebenen entlocken, um deren Kraft für sich zu gewinnen.

Es war nur eine Frage der Zeit, bis Mikhail versuchen würde, Hexen anzugreifen.

»Wie seid ihr vorgegangen?«, fragte sie, aber Nikolai schwieg beharrlich.

Wütend stieß sie sich von der Wand ab, doch Sam war schneller. Mit nur wenigen Schritten war er am Sofa, versetzte Nikolai einen Fausthieb, der ihn flach auf den Rücken streckte. Blut schoss aus seiner Nase, Tränen liefen ihm über die Wange, dieses Mal jedoch wegen des Schmerzes.

»Mach den Mund auf, Kumpel.« Drohend hob Sam den Arm, und Nikolai hob abwehrend die Hand.

»Nicht«, flüsterte er. Vorsichtig tastete er seine Nase ab und verzog das Gesicht. Vermutlich war sie gebrochen. Als er sprach, nuschelte er. »Durch die Interviews hat er sich die passenden Plags rausgesucht. Die mit einer möglichst reinen Albenlinie. Wenn er sie sich vorgenommen hat, habe ich … habe ich … ihr Nervennetz sichtbar gemacht …«

»Damit Mikhail wusste, wo der Nervenpunkt lag, den er treffen musste«, ergänzte Babel, und Nikolai schaute sie unglücklich an.

»Was wollte er noch einmal in Annabelles Wohnung?«

»Wir hatten einen der Ringe verloren, Mikhail hat ihn geholt.«

Die Polizei hatte dem Ring keine Bedeutung beigemessen, immerhin war es ein Damenring. Wenn Nikolai die in ihm verankerte Magie während des Rituals aufgebraucht hatte, war es nicht verwunderlich, dass Babel ihn nicht gespürt hatte.

»Er ist mein Bruder«, flüsterte Nikolai, als würde das alles erklären, und vielleicht tat es das auch, aber es entschuldigte ihn nicht.

»Ein Bruder, der abgehauen ist. Der dich allein gelassen hat. Schöner Bruder.«

Darauf antwortete er nicht, sank nur wieder in sich zusammen. Sam kam zu ihr herüber und stellte sich neben sie. Seine Stimme war zu einem Flüstern herabgesunken. »Was wirst du jetzt machen?«

Düster starrte sie vor sich hin. »Die Polizei wird diese Geschichte kaum glauben. Die Genprobe ist vermutlich von Mikhail, und für die Beamten gibt es kein glaubwürdiges Motiv. Er wäre schneller aus der U-Haft, als wir uns umsehen können.«

»Dann überlass ihn den Plags. Wozu haben die ihre Hunde?«

»Das können wir nicht tun.«

»Warum nicht? Er hat ihre Leute mit auf dem Gewissen, also sollen sie auch entscheiden, was mit ihm passiert.«

»Dann würde Clarissa einen Krieg gegen die Plags beginnen.«

»Und das ist schlecht, ja?«

Trotz der Situation musste sie lächeln. »Ja.«

Sie ging zu Nikolai hinüber und forderte ihn auf, ihr sein Handy zu geben. Damit wählte sie Mikhails Nummer, aber es war keine Überraschung, dass er es ausgeschaltet hatte.

»Weißt du, wo er sich jetzt aufhalten könnte?«

»Nein. Wo er wohnt, weiß ich nicht.«

Sam ließ die Fingerknöchel knacken. »Ich kann die Wahrheit aus ihm rausprügeln«, bot er an.

Nikolai wich vor ihm zurück. »Ich schwöre, ich weiß nicht, wo er ist.«

»Schon gut, ich kann ihn im magischen Netz finden, dazu brauche ich ihn nicht«, erwiderte Babel. Ihre Magie war noch immer mit Nikolais Netz verbunden, und auf einmal formte sich in ihrem Kopf eine klare Vorstellung davon, wie sie ihn bestrafen könnte. Langsam tastete sie sich an seinen Energielinien entlang, übte Druck aus und erfasste die Knotenpunkte in seinem System.

Es dauerte nicht lange, bis er spürte, was sie tat. Panisch riss er die Augen auf und kam auf sie zugekrochen. Er heulte Rotz und Wasser. »Das … das kannst du … nicht machen!«

»Nein? Du meinst, weil ich dir damit Gewalt antue? Weil ich kein Recht habe, auf dein Leben einzuwirken? Komisch, diese Skrupel hattest du nicht, als es um die Plags ging. Aber das ist ja etwas anderes, nicht wahr?« Sie verstärkte den Druck und spürte, wie das magische Netz unter ihren Wellen nachgab und riss. Seine Schreie klangen ihr in den Ohren, aber sie ließ nicht von ihm ab.

Wie eine wild gewordene Katze zerfetzte sie sein magisches Netz, trennte Verbindungen und riss Löcher hinein, bis nur noch wenige Linien existierten, die das Grundgerüst seiner Magie waren und nicht zerstört werden konnten, ohne ihn umzubringen. Seine Energie übertrug sich auf sie, bis ihre Haarspitzen wie elektrisch aufgeladen nach oben wehten. Sie konnte Sams Blick auf sich spüren, und als sie aufsah, las sie von seinem Gesicht dieselbe Erregung ab, die auch durch ihren Körper floss. Durch ihre Verbindung fühlte er die Macht, die in ihr steckte. Für ein paar Sekunden stand sie regungslos im Raum und ließ die Wellen über sich hinwegrollen, gefangen in seinem Anblick, der sie zurückbrachte in die Zeit vor über zehn Jahren. *Nichts hat sich geändert*, sagten seine Augen.

Mühsam unterbrach sie den Blickkontakt und schaute auf Nikolai hinab. Es würde Jahre dauern, bis er wieder Magie wirken konnte. Er war nur noch eine wimmernde Masse, die sich vor dem Sofa zusammengerollt hatte wie ein Igel.

Sie beugte sich zu ihm hinunter. »So oder so bezahlen wir alle für unsere Sünden, da muss man gar nicht warten, bis man tot ist.«

Ohne ein weiteres Wort verließ sie mit Sam die Wohnung.

Die Jagd war noch nicht zu Ende.

# 21

Zwei Stunden später war Babel kurz davor, den Verstand zu verlieren. Das lag vor allem daran, dass sich Tom und Sam an ihrem Küchentisch gegenübersaßen und mit Blicken maßen. Das Einzige, was sie offenbar davon abhielt, sich gegenseitig an die Kehle zu gehen, war Tamy, die mit verschränkten Armen neben ihnen saß. Dabei sah sie aus, als wäre sie an jedem anderen Ort lieber als hier zwischen diesen beiden Männern, die ihr Testosteron nicht in den Griff bekamen.

Babel hatte ihr gegenüber Platz genommen, und so bildeten sie ein munteres Kleeblatt, das jeden Moment explodieren konnte.

Nach der Auseinandersetzung mit Nikolai hatte Babel beschlossen, nach Hause zu fahren, um dort einen Suchzauber durchzuführen, der Mikhail aufspüren sollte. Als sie jedoch zu Hause angekommen war, hatte Tom dort bereits gewartet. Stinksauer und mit Mordlust im Blick. Sie galt wohl nur zur Hälfte dem Mörder und zur anderen Hälfte Babel. Seine Laune wurde auch nicht besser, als er Sam gesehen hatte. Sofort war die alte Abneigung zwischen Plags und Dämonenkindern wieder zwischen ihnen aufgeflammt.

Beide Männer gleichzeitig vor sich zu sehen, war eigenartig. Babel hatte angenommen, sie würde in diesem Moment irgendeine Erkenntnis entwickeln. Begreifen, warum sie empfand, wie sie es tat. Aber dem war nicht so. Es verwirrte sie höchstens noch mehr. Sie waren wie zwei Seiten derselben Medaille.

Einige unangenehme Sekunden lang hatten sie sich zu dritt

gegenübergestanden. Tom war ein Stück größer als Sam und in den Schultern schmaler, aber er wirkte nicht weniger harmlos. Sein Gesichtsausdruck verriet deutlich, dass er vor einem Kampf nicht zurückschrecken würde. Als er die Hände zu Fäusten ballte, spannten sich die Muskeln in seinem Unterarm an.

Sam hingegen wirkte locker. Er hatte die Daumen in die Hosentaschen gehakt und grinste. Aber Babel kannte ihn besser. Er hielt den Kopf gesenkt, und der linke Fuß stand ein Stück weiter vorn als der rechte. Die Pose war nur eines: eine Ausgangsstellung. Und sicher nicht für einen netten Plausch. Er kannte Babel wie niemand sonst, ihre dunkelsten Geheimnisse und verborgensten Wünsche. Er sah alle ihre Schwächen glasklar, und trotzdem wollte er sie. Es war eine machtvolle Erfahrung, wenn jemand einen nicht *trotz*, sondern *wegen* seiner Fehler liebte.

Auf der anderen Seite konnte sie bereits jetzt die Person erkennen, die sie an Toms Seite werden würde. Seinetwegen würde sie ein besserer Mensch werden wollen – und das war mindestens genauso verlockend. Wenn er sie ansah, bekam sie Hoffnung, dass sie eines Tages ihre Vergangenheit hinter sich lassen und alles, was sie gewesen war, abstreifen konnte.

Es war ihr unmöglich zu sagen, wen von beiden sie in diesem Moment mehr brauchte.

»Warum gehen wir nicht erst einmal hinein?«, hatte sie hastig gesagt und war ins Haus geflüchtet. Die Männer waren ihr gefolgt.

Sobald Urd Sam gesehen hatte, kam sie bellend näher, hatte an seinen Schuhen geschnüffelt und dabei den obligatorischen Sabber verteilt. Angewidert hatte Sam das Gesicht verzogen und die Hündin von sich geschoben. Als seine Hand ihren Kopf berührte, begann die Dogge endlich zu knurren. Es hatte ein bisschen gedauert, aber nun wusste auch sie, was sie da vor sich hatte.

»Urd mag dich nicht besonders«, stellte Tom zufrieden fest, während er am Küchentisch Platz genommen hatte.

»Das tut Babel auch nicht gerade, oder, Schatz?«, erwiderte Sam.

»Du kannst mich mal.«

»Darauf warte ich doch schon die ganze Zeit.« Sein Grinsen bekam einen grimmigen Zug, und Tom ballte die Fäuste auf der Tischplatte. Babel konnte nicht sagen, ob er eifersüchtig war oder Sam einfach gern massakriert hätte, weil er den Dämon an ihm spürte. Vorsichtshalber aktivierte sie ihre Magie, um die beiden im Notfall an ihre Stühle zu binden oder gleich bewusstlos zu schlagen. Daraufhin sahen beide Babel an, weil sie wahrnahmen, was sie tat.

Sam hatte als Erster gesprochen: »Wenn ich ihn wirklich erledigen wollte, wäre deine Magie nicht schnell genug, um mich davon abzuhalten.«

»Verlass dich nicht drauf.« Sie klang überzeugter, als sie es in Wirklichkeit war.

»Du musst mich nicht vor ihm schützen«, erwiderte Tom, bevor er sich an Sam wandte und ihn fixierte. Seine Stimme klang tiefer als gewöhnlich, und seine Augen hatten wieder ihre dunkelgrüne Farbe angenommen. »Ich lass es gern auf einen Versuch ankommen. Typen wie dir bin ich schon oft genug begegnet. Sie sind meistens nicht so hart, wie sie aussehen.«

Sam grinste ihn nur überheblich an, und Babel brach der Schweiß aus. Sie hatte das Gefühl, dass die Männer kurz davorstanden, in ihrer Küche ein Blutbad anzurichten. Am liebsten hätte sie Sam gesagt, dass er sich zum Teufel scheren sollte, weil sie ihm doch nie etwas versprochen hatte, aber die Worte waren ihr im Hals stecken geblieben. Gesagt hatte sie vielleicht nichts, aber getan. Und das hatte eine andere Sprache gesprochen.

»Ich … ich kann das jetzt wirklich nicht gebrauchen. Es hängt einfach zu viel davon ab, dass ich einen kühlen Kopf bewahre, und das kann ich nicht, wenn ihr euch massakriert, okay? Wenn diese Sache vorbei ist, dann reden wir …« Hilflos hatte sie den Kopf gesenkt, und in das darauffolgende Schweigen war eine Stimme von der Küchentür geplatzt: »Komm ich vielleicht ungelegen?«

Noch nie war sie so dankbar dafür gewesen, Tamy zu sehen. Auf dem Weg zurück hatte Babel sie angerufen – und wie immer hatte Tamy nicht viele Fragen gestellt und war einfach gekommen.

Und deshalb saßen sie jetzt zu viert an diesem Tisch, die Luft zwischen ihnen aufgeladen mit Aggression. Tamy schaute Babel an, als wolle sie sagen: *Mädchen, wenn du scharf bist auf Hahnenkämpfe, dann fahr nach Sizilien*. Für einige Augenblicke überlegte Babel, ob sie sich nicht einfach über die Terrassentür davonstehlen sollte.

»Wie geht's jetzt weiter?«, fragte Tom nach einer Weile und unterbrach damit die unangenehme Stille.

Babel fasste für alle zusammen, was sie erfahren hatten. Zwischendurch hatte Tom jegliche Farbe verloren und schlug mit der Faust auf den Tisch.

»Ich bring das Schwein um!«, rief er, und es überraschte Babel nicht, dass Sam zustimmend nickte.

»Damit ist niemandem geholfen.« Sie griff nach seiner Hand, die sich unter ihren Fingern wieder öffnete. Als er sie anschaute, flimmerte in seinen grünen Augen diese verzweifelte Wut, die aus Schmerz entstand.

»Überlass Mikhail mir. Bitte!«

»Was ist mit seinem Bruder?«

»Er hat seine Strafe erhalten.«

»Und das soll ich dir glauben?«

Sein Misstrauen schmerzte sie mehr, als sie gedacht hätte. Die kurze Zeit, die sie mit ihm verbracht hatte, hatte ausgereicht, um eine Verbindung zwischen ihnen herzustellen. Aber nun konnte sie in seinem Gesicht das alte Misstrauen gegenüber Hexen sehen.

Bevor sie jedoch etwas erwidern konnte, knurrte Sam: »Wenn sie sagt, sie hat sich darum gekümmert, dann stimmt das auch.«

Tom sah zwischen ihnen hin und her, dann nickte er grimmig. »Na schön.«

Erleichtert atmete Babel aus. »Ich werde einen Suchzauber durchführen, dann schnappen wir uns Mikhail ...« Sie konnte den Satz nicht zu Ende sprechen. Das schrille Klingeln des Handys unterbrach sie. Alle vier starrten auf das Telefon, das Babel auf dem Kühlschrank abgelegt hatte.

Langsam ging Babel hinüber und blickte auf das Display. Es zeigte eine unbekannte Nummer. »Ja?«

»Ich bin's. Daniel.«

Sie atmete tief durch und rieb sich über die Augen. »Hör mal, das ist gerade ein ungünstiger Zeitpunkt. Ich ...«

»Babel.« Seine Stimme klang gepresst, und plötzlich schrillten in ihr alle Alarmglocken. Zögernd sprach er weiter. »Ich bin in Sonjas Wohnung ... Sie ist tot.« Der letzte Satz war nur noch ein Flüstern.

»Was?« Sämtliche Luft schien aus ihren Lungen zu entweichen.

»Sie ist tot. Ich ... sie hat mich angerufen ... wir ...«

»Was ist passiert?«, fragte sie, dabei ahnte sie es schon.

»Wir hatten mal eine Affäre vor vielen Jahren. Manchmal komme ich noch bei ihr vorbei.« Er schluckte, und sie hörte seine Schritte durch das Telefon. »Babel ... Sie ist an einen Stuhl gefesselt, und ihre Arme sehen aus ... als hätte jemand Tic Tac Toe darauf gespielt. Überall ist Blut ... und auf dem Boden ist ein Symbol aufgemalt.«

»Welches?«

»Ein umgekehrter Hahn.«

Babel keuchte auf. »Scheiße.«

Hexen, die mit Bildern oder Sprüchen arbeiteten, griffen oft auf bekannte Bilder zurück, die im kollektiven Unbewussten eine Rolle spielten. Diese Bilder waren mythisch aufgeladen und leicht vorstellbar, sie lösten schnell etwas im Betrachter aus und waren Hilfsmittel für Hexen, denen es an intuitiver Kraft fehlte. Zu solchen Bildern gehörten auch Darstellungen von Tieren. Der Hahn, der in der alten Tiersymbolik eigentlich für den Schutz eines Hauses stand, war eng mit Blutritualen verbunden. Hexen bedienten sich seines umgekehrten Bildes oft bei Opferritualen, die sie in eine andere Magieebene bringen sollten.

Bei Dämonenbeschwörungen.

»Sie würde nie einen Dämon beschwören, Babel. Dazu hatte sie nicht genügend Kraft und Erfahrung, das wusste sie. Was zur Hölle geht hier vor?«

»Ist jemand bei dir?«

»Nein.«

»Du musst sofort verschwinden, hörst du? Wir kümmern uns später darum. Aber du musst unbedingt weg, falls er zurückkommt.«

»Babel!«

»Clarissas Enkel Mikhail ist der Täter. Er hat versucht, sein magisches Potenzial zu aktivieren.« In knappen Sätzen erzählte sie ihm, was sie herausgefunden hatten, während die anderen am Tisch sie unruhig beobachteten. »Es sieht ganz so aus, als hätte er dieses Mal Erfolg gehabt …«

Sie hätte es wissen müssen. Aber sie hatte nicht damit gerechnet, dass Mikhail so schnell wieder zuschlagen würde. Ohne Nikolais Hilfe. Die Gier nach der Magie musste ihm völlig den Verstand geraubt haben und ließ ihn alle Vorsicht vergessen.

»Er muss sie dazu gebracht haben, ihre Energie auf ihn zu übertragen.«

»Aber wie?«

»Sonja war zwar eine Hexe, aber sie hatte nicht viel Kraft. Ihre Schutzzauber waren …«

»… lächerlich.« Daniel klang auf einmal erschöpft. Im Hintergrund war Straßenlärm zu hören, offenbar war er wieder im Freien. Kurz darauf hörte Babel eine Autotür klappen, und der Lärm verstummte. Daniels Stimme kam jetzt über Lautsprecher, doch nicht nur dadurch hörte er sich blechern und abgestumpft an, als er aussprach, was Babel dachte.

»Dieser Typ muss sie irgendwie bedroht haben. Genug, um ihr richtig Angst zu machen. Er hat sich die schwächste Hexe rausgesucht, bei der er den wenigsten Widerstand erwarten konnte. In ihrer Angst hat sie getan, was er von ihr verlangte, und hat die Verbindung zu ihm hergestellt. Und dann hat er sie umgebracht, und die Totenenergie ist auf ihn übergegangen.«

Babel konnte nicht fassen, dass Mikhail recht gehabt hatte. »Und dieses Mal ist es tatsächlich passiert – sein magisches Potenzial ist angesprungen. Danach hat er das Dämonenritual durchgeführt.«

Vom Tisch war entsetztes Luftschnappen zu hören.

»Der ist doch verrückt«, erwiderte Daniel, »einen Dämon zu beschwören, wenn er gerade erst magisch aktiv geworden ist.«

»Er hat es wahrscheinlich getan, weil er glaubt, sich so schützen zu können.«

»Vor wem?«

»Vor mir.«

Am anderen Ende trat eine Pause ein, und sie hörte ihn tief durchatmen, bevor er sagte: »Schaffst du den Kerl?«

»Täte es dir leid, wenn es nicht so wäre?«

»Möglich.«

Ein schiefes Grinsen stahl sich auf ihr Gesicht.

»Babel?«

»Mhm?«

»Ich werde tun, was du gesagt hast und eine Weile aus der Stadt verschwinden.«

»Und einen kurzen Moment lang habe ich tatsächlich geglaubt, du würdest bleiben und mir helfen.«

»Versteh mich nicht falsch, ich kann dich leiden. Das heißt aber nicht, dass ich meinen Arsch riskiere.«

»Schon klar.«

Daniel war eben, wie er war, daran änderten auch tote Exgeliebte nichts. Manche Menschen waren einfach nicht zum Helden geboren.

»Viel Glück«, sagte er, bevor er auflegte.

Sie legte das Handy zur Seite und drehte sich den anderen zu. »Mikhail hat eine Hexe umgebracht und einen Dämon beschworen.«

Schockiert starrten die drei sie an, und selbst Sam, der mit Skrupeln im Allgemeinen wenig anfangen konnte, wurde blass. »Dieser Idiot«, murmelte er. »Wen hat er dazu benutzt?«

»Keine Ahnung, wer in der Nähe war. Vielleicht das Mädchen, das für Sonja gearbeitet hat.« Sie ließ sich auf ihren Stuhl fallen und legte die Hände auf den Tisch. »Jetzt ist alles anders. Mikhail ist magisch aktiv, und da draußen läuft ein Dämon rum ...« Sie konnte Sams Blick spüren, aber sie sah nicht auf. Mit einem Schlag hatten alle ihre Ängste Gestalt angenommen, und die Furcht schnürte ihr die Kehle zu. »Wir dürfen nicht länger warten. Wenn wir den Dämon nicht bannen, wird die arme Sau, in die er gefahren ist, sterben.«

»Und wenn der Dämon in Mikhail gefahren ist? Wenn er die Kontrolle über ihn verloren hat?«

Babel zögerte, aber dann sagte sie bestimmt: »Auch dann.«

»Bist du sicher, dass du das tun willst? Wenn du den Dämon zurückschicken willst …«

… musste sie auf Kräfte zurückgreifen, von denen sie sich geschworen hatte, sie nie wieder anzurühren.

*Es ist also so weit.*

*Es ist ganz einfach, Babel. Du brauchst nur Nein zu sagen und die Misere anderen überlassen. Niemand zwingt dich, dir den Dämon vorzunehmen.*

*Nein, aber wenn ich es nicht mache, wer dann?*

Sie sah auf und direkt in Sams Gesicht. »Ich hätte gedacht, dass du dich freust. Hast du nicht immer gesagt, ich würde mein Potenzial nicht voll ausschöpfen, wenn ich mich von den anderen Ebenen fernhalte? Dürfte jetzt ein bisschen schwierig werden.«

»Das ist eines der wenigen Dinge, die du an mir nie verstanden hast, Babel.«

Tamy räusperte sich, aber ihr Unbehagen schien Sam nicht zu interessieren. Seine ganze Konzentration war auf Babel gerichtet.

»Es ging mir nie darum, dass du irgendein Ritual durchführst«, sagte er, »sondern, dass du es auch willst. Du hast dich nie so gesehen, wie ich dich sehe. Wenn du zwischen den Ebenen gewandert bist …« Er schüttelte den Kopf. »Du hast geglänzt. Du warst der Schein.«

»Das war nicht ich …«

*Schon wieder eine Lüge. Du hast dich doch im Blick der Krähe gesehen.*

»Wer sonst?«

Sie brach den Blickkontakt wieder ab. »Deine Vorstellung von mir. Du hast gesehen, was du sehen wolltest.«

»Unsinn. Das habe ich mir nicht eingebildet. Du warst die Kraft, mit der man rechnen musste. Nichts kam an dich heran. Und das kannst du wieder sein.«

Es war seltsam – bis er diese Dinge zu ihr gesagt hatte, hatte sie nicht gewusst, dass sie sie hören musste. Es ängstigte sie und gab ihr gleichzeitig Kraft, dass er an sie glaubte. Aber das war schon immer seine größte Fähigkeit gewesen.

Beunruhigt stand sie auf und ging ins Wohnzimmer hinüber. Sie musste nicht hinsehen, um zu wissen, dass er ihr folgte. Vor Hilmars Bild blieb sie stehen und sagte: »Denkst du manchmal noch an ihn?«

»Manchmal«, gab er zu und schlang von hinten die Arme um sie. Sie ließ sich in seine Umarmung fallen, wie sie es schon so oft getan hatte, und zum ersten Mal seit Langem hatte sie kein schlechtes Gewissen dabei.

»Ich weiß nicht, ob ich anders handeln würde, wenn ich wieder in diese Situation käme, Babel, aber es tut mir leid, dass es so gekommen ist. Wirklich.«

Sie schloss die Augen. Auf dieses Brennen hinter den Lidern und seine Worte hatte sie zehn Jahre lang gewartet.

Erst als an der Tür ein Räuspern zu hören war, lösten sie sich voneinander. Tom stand da, den Blick düster auf sie gerichtet. »Seid ihr so weit?«

Sam ging auf ihn zu und klopfte ihm auf die Schulter. »Keine Bange, Kumpel. Das sind nur Sentimentalitäten.«

Was immer Tom in Sams Blick gesehen hatte, es brachte ihn dazu, das Kinn zu heben. »Ich hab keine Bange. Jeder hat seine Vergangenheit, damit kann ich leben.«

Sam warf ihm einen spöttischen Blick zu und ging hinaus. Als Babel ihm folgen wollte, griff Tom nach ihrem Arm. »Sag mir nur eines. Hab ich mir das zwischen uns in den letzten Tagen eingebildet oder nicht?«

Die Wärme seiner Haut übertrug sich auf sie, und Babel spürte die Sehnsucht nach ihm tief in sich. »Nein, hast du nicht.«

Einen Moment lang musterte er sie, dann nickte er entschlossen und trat zurück. »Okay. Wir erledigen diese Sache, und dann reden wir.«

Sie legte ihm die Hand an die Wange. »Danke.«

Im Keller führte Babel einen Suchzauber durch, der Mikhail und den Dämon auf dem Gelände der Wagenburg lokalisierte. Im magischen Netz der Stadt leuchtete der Dämon wie eine Fackel. Mikhails Signatur war dagegen wesentlich schwächer, und hätte Babel nicht gewusst, dass er in der Nähe des Dämons war, hätte sie sie womöglich übersehen. Warum sich Mikhail ausgerechnet dort aufhielt, wusste sie nicht. Vielleicht zog ihn der Platz an, jetzt, wo er magisch aktiv war. Vielleicht wollte er sich seine Energien zunutze machen. Aber der Platz würde nicht nur seine Macht verstärken, sondern auch Babels.

Nachdem sie die beiden aufgespürt hatte, informierte sie die anderen. Gerade als sie aufbrechen wollten, klingelte Toms Telefon. Ungehalten sprach er hinein: »Wo steckst du?«, und Babel konnte sich denken, wer am anderen Ende war. Durch den Hörer hörte sie laute Countrymusik und ein Krächzen, das verdächtig nach *»Rauuus, rauuus ... Plaaag ...«* klang.

»Du solltest doch bei den anderen bleiben ... na schön, dann bleib jetzt dort, ich hol dich später ab.« Er klappte das Handy zu und steckte es ein. »Mo ist abgehauen. Er zieht es vor, in deinem Büro zu warten, bis die Sache erledigt ist.«

»Mit anderen Worten: Karl passt auf ihn auf.«

Er nickte.

»Dann werden wir wohl ohne ihn auskommen müssen.«

Sie fuhren mit Toms Auto zur Wagenburg, weil er unbedingt Urd mitnehmen wollte.

»Wozu?«, hatte Babel gefragt. »Soll sie den Dämon mit Sabber in die Flucht schlagen?«, aber Tom hatte nur grimmig gelächelt.

Während der Fahrt sprachen sie kaum miteinander, jeder war

in seine eigenen Gedanken versunken. Als sie am Ziel ankamen, traf der Anblick des leeren Platzes Babel unvorbereitet. Ohne die bunten Wagen sah er trostlos aus. Hier und da waren noch die Spuren der Plags zu erkennen, angelegte Beete, Umzäunungen und dergleichen. Nur Toms Wagen stand einsam und verlassen am Ende des Platzes wie ein zurückgelassener Wächter.

Panik erfasste sie, und ihr Magen zog sich schmerzhaft zusammen. Alles in ihr schrie danach wegzulaufen. Zehn Jahre hatte sie die anderen Ebenen gemieden, hatte versucht, ihre Gier danach in den Griff zu kriegen – und nun sollte sie sich freiwillig wieder dort hineinbegeben?

*Was wird dann mit mir passieren?*

Schon jetzt zitterte sie am ganzen Körper, dabei hatte der Kampf noch gar nicht begonnen. Noch war es nicht zu spät umzukehren, aber die anderen drei schienen entschlossen, die Sache zu Ende zu bringen. Ihre Gesichter waren grimmig verzogen. Sie konnte sie nicht allein gehen lassen. Tom würde nicht aufgeben, bevor er seine Leute nicht gerächt hatte, und die beste Waffe im Kampf, die er hatte, war sie.

Als die Männer ausgestiegen waren, drehte sich Babel hastig zu Tamy, bevor sie auch den Wagen verlassen konnte, und fasste sie am Arm. »Du musst mir einen Gefallen tun. Wenn ich mit dem Dämon fertig bin, weiß ich nicht, wie ich drauf bin. Du musst dafür sorgen, dass Tom Mikhail nicht umbringt. Ich will nicht, dass die Polizei ihn schnappt.«

»In Ordnung.«

»Außerdem musst du ein Auge auf Sam haben. Es kann sein, dass er …«

»Sich den Typen auch vornehmen will?«

Sie nickte, während sie die beiden Männer durch die Scheibe beobachtete, wie sie das Grundstück mit Blicken maßen und Ausschau nach Mikhail hielten.

»Aber es waren nicht seine Leute.«

»Nein, aber …« Babel stockte. »Nachdem Mikhail mich schon einmal angegriffen hat, ist Sam …«

»Wie ein Bulle, der sein Weibchen verteidigt?«

Das Lachen kam unerwartet und befreiend. Babel öffnete die Autotür und stieg aus. »Warum klingt eigentlich immer alles so merkwürdig, wenn du es zusammenfasst?«

»Weil sich die meisten Leute merkwürdig verhalten?«

»Mhm.«

Sie folgten den Männern auf das Gelände, und Babel brachte Abstand zwischen sich und die anderen. Sie schloss die Augen und ließ die Energien fließen. Diesmal würde sie keinen Fehler machen. Sie erinnerte sich daran, wie die Krähe sie gesehen und was Sam zu ihr gesagt hatte.

*Das bist du. Du brauchst keine Angst vor dir zu haben.*

*Leichter gesagt als getan.*

Und auf einmal konnte Babel sie in sich spüren, die Frau mit einer Aura aus Feuer. Die Magie pulsierte in ihrem Körper wie Strom, doch dieses Mal wehrte sie sich nicht dagegen. Sie verband ihr Netz mit dem des Ortes und knüpfte neue Verbindungen. Sie fühlte die Energielinien – fast kam es ihr vor, als könne sie sie berühren, so dicht war die Magie. Sie überschwemmte Babels Sinne wie eine Droge, berauschte sie.

*Dort.*

Babel zeigte auf Toms Wagen. »Sie sind drin.«

Die anderen wandten sich dem Wagen zu, der gute hundert Meter von ihnen entfernt stand. Plötzlich öffnete sich die Tür, und eine Frau trat ins Freie, den Blick fest auf Babel gerichtet. Der Dämon musste sie gespürt haben. Es war tatsächlich das Zimmermädchen. Sie trug noch immer diese lächerliche Uniform. Es war absurd.

*Der Mörder ist immer der Butler*, kam es Babel in den Sinn.

Sie kicherte hysterisch, und Tom drehte sich besorgt zu ihr um.

Hinter dem Mädchen trat Mikhail aus dem Wagen, und an seinem schwankenden Gang erkannte sie sofort, dass er jegliche Kontrolle über sich verloren hatte. Er war nicht länger Herr seines Schicksals, der Dämon hatte die Macht über ihn übernommen, genau wie er den Körper dieses Mädchens beherrschte.

*Messer, Gabel, Schere, Licht, sind für kleine Kinder nicht.*

*Und Dämonen nichts für Anfänger, Arschloch.*

Das magische Netz, das sich vor ihr aufbaute, besaß eine bekannte Grundstruktur. Im ersten Moment fühlte es sich wie Nikolais an, doch dann wusste sie, was anders war.

Es wirkte neu.

Zwar gab es magische Linien, die das Netz bildeten und durch die Energie floss, aber kaum Verflechtungen, die für ein Netz eines Mannes in seinem Alter typisch gewesen wären. Die Aura war ein türkisfarbenes Gebilde, unter dem noch immer der weiße Schleier waberte. Wie eine Haut, die sich zwischen den Energielinien gebildet hatte.

Zögernd ging Babel vorwärts, die anderen noch immer einen Schritt vor ihr. Zu ihrer Überraschung zerrte Urd wild an ihrer Leine und knurrte. Es war, als hätte sich Toms Zorn auf den Hund übertragen, und vielleicht war es ja tatsächlich so. Die Plags hatten eine Bindung zu ihren Tieren, die weit über das übliche Maß hinausging.

»Auf wen soll ich sie jagen?«, rief Tom, und Babel deutete auf Mikhail.

»Der Dämon zehrt von seinen Energien, das macht ihn stärker. Wir müssen Mikhail außer Gefecht setzen. Kümmert euch darum, ich übernehme den Dämon.«

Sam setzte sich in Bewegung, ebenso wie Tamy, und Tom ließ

Urd von der Leine. Er rief: »Fass!«, und wie der Blitz raste der Hund auf Mikhail zu. Die Zähne waren gefletscht, und plötzlich war von der gutmütigen Dogge mit dem Sabberproblem nichts mehr zu sehen.

*Ich wusste es. Die Bestie von Baskerville.*

Auch Babel rannte nun. Es war die einzige Möglichkeit, ihre Angst zu besiegen, denn nur ein Blick zurück über die Schulter hätte sie womöglich dazu gebracht umzukehren. Mit jedem Meter, den sie näher kam, spürte sie das Energienetz des Dämons mehr, wie ein Kratzen auf der Haut.

Die Augen des Mädchens waren blutunterlaufen, und auf ihrer Haut zeigten sich rote Flecken, die anzeigten, dass die Nerven in ihrem Körper verrücktspielten. Der Blick zeigte nichts Menschliches mehr. Als mischte man Insekten und Menschen – es war die Verbindung von etwas Menschlichem mit etwas Unvertrautem. Ein zutiefst widernatürlicher Prozess. Babel konnte es sehen, wenn sie ihr in die Augen schaute. Dort gab es wenig Mitleid, dafür einen unstillbaren Hunger.

Im selben Augenblick, als der Dämon den Arm hob, baute Babel ihre Schutzwand auf, und nur den Bruchteil einer Sekunde später kam der Dämon auch schon bei ihr an. Es war ein unkoordinierter Schlag, der mit seiner Kraft einfach nur Schaden anrichten sollte, um sie außer Gefecht zu setzen. Sie spürte die Erschütterung in ihrem magischen Netz, das dem Ansturm standhielt, aber ein Brennen auf ihrer Haut verursachte. Schmerzhaft krümmte sich Babel zusammen. Ihre Hände krampften. Das Problem mit Dämonen war, dass sie nicht nur über eine übermenschliche Stärke verfügten, weil sie keinen Schmerz verspürten, sondern auch, dass sie weiter an den Energienetzen zogen, wie sie es auch im fleischlosen Zustand taten. Babel musste nicht nur sich, sondern auch ihr magisches Netz schützen.

Der Dämon rannte gegen sie an und warf sie zu Boden. Fußtritte trafen ihre Rippen, es knackte. Der Dämon hockte sich auf sie. Babel stemmte sich gegen den Körper, aber das Mädchen war stärker, als es ihre Statur eigentlich erlaubte. Ihre Faustschläge trafen Babel an der Schulter und im Gesicht, und sie riss die Arme hoch, wie Sam es ihr beigebracht hatte. Sie zog ihr Knie nach oben und traf ihren Gegner im Rücken, gleichzeitig schlug sie mit den Fäusten gegen den Brustkorb des Mädchens. Der magisch verstärkte Schlag beförderte den Dämon von Babel herunter. Sie rollte sich auf alle viere, und wie Stiere krachten sie wieder aufeinander.

*Tu es, es ist so weit! Sonst wirst du verlieren!*

Im selben Augenblick, als sich die Arme des Dämons erneut um sie schlossen und seine Energien versuchten, in ihr Netz einzudringen, drehte Babel die Spitze ihres Rings nach innen und schloss die Hand zu einer Faust.

Tief drang der Stachel in ihr Fleisch, und sie konnte das Blut riechen, das auf den Boden tropfte.

*Dies ist mein Opfer. Mein Blut für die Kraft, dieses Monster zu besiegen.*

Der Dämon wusste, was sie tat. Wie rasend schlug er auf sie ein, seine Energien zerrten an ihrem Netz.

*Du musst dich beeilen. Lass einfach los, es wird zu dir kommen, so war es schon immer.*

Die Dämonenebene war ganz nah – wie ein Schock durchlief Babel die Erinnerung daran. Schon konnte sie wieder die bekannte Süße auf der Zunge schmecken, die magischen Wirbel. Sie glitt einfach hinüber, als hätte sie nie damit aufgehört, und sofort umfing sie dieses Meer aus Energien, die in ihr pulsten und sie erfüllten. Sie wurde leicht, und der Schmerz verschwand aus ihrem Körper.

Der Dämon schrie vor Wut und sah einen Augenblick zur

Seite. Babel folgte seinem Blick. Sie sah, wie sich Mikhail mit Magie gegen seine Angreifer zur Wehr setzte, aber die drei ließen nicht locker. Der Dämon spürte die Kraft seiner Energiequelle schwinden und stieß grauenhafte Schreie aus.

Babel griff nach den Handgelenken des Mädchens, und für einen Herzschlag verharrten sie in dieser Position, bis der Dämon den Kopf gegen Babels Schlüsselbein krachen ließ. Sie hörte es, aber sie konnte nichts spüren, nur die Macht, die durch ihre Adern rauschte.

Da waren andere Energien am Rand ihres Bewusstseins, aber sie näherten sich nicht. Sie waren wie Hyänen, die den Kampf abwarteten.

Unter ihren Fingern zitterte das Energienetz des Dämons, das seine Struktur bildete. Wie Schlangen glitten Babels magische Wellen vorwärts und hüllten den anderen Körper ein. Der Dämon schrie mit einer heiseren Mädchenstimme. Babel spann ihn ein, wob einen Kokon um ihn, und die Schläge ließen nach.

*Du wirst mit mir kommen. Du hast hier nichts zu suchen.*

Sie zog die dämonischen Energien an sich und langsam aus dem Mädchen heraus. Der Dämon wehrte sich, aber Babel ließ nicht nach. Das Blut floss noch immer aus ihrer Hand, und die Energien des Schmucks und des Platzes verbanden sich mit ihr. Es war, als würde sie in eine Schlangengrube greifen, so wand sich der Dämon. Sie zog und zog, bis sie spürte, wie er den menschlichen Körper verließ und wieder reine Energie wurde. Wie leblos sank das Mädchen auf Babel zusammen, aber sie lebte noch. Babel konnte ihren Herzschlag fühlen.

Der Dämon zerrte an Babel, und sie drückte ihn weiter in seine Ebene hinein.

*Da gehörst du hin.*

Als er endlich von ihr abließ und in den Weiten der Dämonenebene verschwand, verharrte Babel im Glühen der Energien, bis sie Mikhails Verbindung mit dem magischen Netz wieder spürte. Die Hyänen trotteten enttäuscht davon.

*Eine Sache unerledigt.*

Als sie sich aufrichtete, rutschte der bewusstlose Körper des Mädchens von ihr herunter. Das Energienetz war wieder ganz menschlich, wenn auch angegriffen. Nicht weit von ihr entfernt lag Sam auf dem Boden neben Mikhail, Tamy und Tom hockten daneben. Sams Shirt war an mehreren Stellen blutig, und Tom sah aus, als hätte er eine gebrochene Nase. Tamy betastete vorsichtig ihre blutige Lippe und den Riss über dem Auge. Mikhails magische Verteidigung hatte trotz ihrer Schwäche erheblichen Schaden angerichtet.

Aber auch er selbst sah nicht gut aus. Urd, die neben Tom saß und knurrte, hatte sich in seine Beine verbissen und ihn am Arm erwischt, bevor irgendeiner von ihnen den Kerl bewusstlos geschlagen hatte. Am Ende hatte ihn seine teuer erkaufte Magie nicht schützen können.

*Manchmal geht eben doch Quantität vor Qualität*, dachte Babel und kroch zu ihnen. Sie wurde angezogen von Mikhails Energien, als wäre sie durstig und er ein Glas Wasser. Ohne Mühe stellte sie die Verbindung zu seinem Netz her und verleibte sich die Energien ein, bis alle Magie von ihm auf sie übergegangen war. Sie konnte nichts mehr sehen, ein Wirbel aus Farben schloss sie ein, die Ebenen verschwammen, glitten ineinander.

*Oder bin ich es, die zwischen ihnen gleitet?*

Alles verlor an Bedeutung. Zeit, Ort, Denken.

*Die reine Magie.*

»Babel!«

Sie hörte ihren Namen im Rauschen des Meeres, das sie einschloss, aber sie konnte nicht reagieren.

»Babel, du musst dagegen ankämpfen. Du musst zurückkommen.«

*Zurück?*

*In die Schwere?*

*Warum?*

»Komm zurück …«

*Sam?*

Etwas griff nach ihr. Eine bekannte Wärme … Eine Hand schloss sich um ihren Arm.

»Halt sie fest, sie kann dich spüren.«

Was zog nur so an ihr? Da war dieses Grau, das ihr so bekannt vorkam. Dieser Junge mit dem Wunderlächeln.

*Mein Schöner. Lass uns hierbleiben. Hier gibt es keinen Schmerz.*

Die Stimme wurde eindringlicher, störte den ruhigen Fluss der Energien. Mühsam schlug Babel die Augen auf. Tom hatte ihren Kopf in seinem Schoß und strich ihr durchs Haar.

*Ich will nie wieder anders schlafen.*

Ihre Lider wurden wieder schwer.

Sam beugte sich über sie und griff fest nach ihrem Kinn. Seine blauen Augen füllten ihr Sichtfeld. »Babel, du musst die Verbindung trennen. Wir verlieren dich.«

*Da bist du ja, mein Schöner. Bleib. Wir können schwimmen im Meer, aus dem du kommst, Dämonenkind.*

»Komm schon, Babel, reiß dich zusammen.« Er schüttelte sie. »Du hast es schon mal geschafft, du kannst es wieder schaffen. Trenn die Verbindung.«

*Geschafft? Was denn nur?*

*Ach ja, damals, als Hilmar mich gefunden hat … Kannst du mich hören, Hilmar?*

Die Energien änderten sich, das Meer verlor an Wärme, und die Süße auf ihrer Zunge schmeckte auf einmal nach Apfel. Eisfarbene Schemen bildeten sich um sie herum, ohne Gesichter, ohne Hände – und doch jeder so einzigartig wie Schneeflocken.

Stumm schauten die Toten auf sie hinab, aber sie hielten Abstand.

*Hilmar, bist du da?*

Ein Schemen löste sich aus der Menge und glitt zu ihr herüber. Sie erkannte ihn sofort. Da war noch immer etwas Vertrautes.

*Meinetwegen bist du tot. Es tut mir so leid.*

Der Schemen kam ganz dicht an sie heran, und sie konnte die Kälte spüren, die von ihm ausging. Seine Geisterfinger berührten ihr Gesicht, ein Zittern ging durch ihr magisches Netz. Der Schmerz über den Verlust drohte sie zu überwältigen, aber da waren auf einmal wieder diese Wärme und das Grau am Rand ihres Bewusstseins, die sie von den Schemen ablenkten.

*Es ist gut, Babel, du musst jetzt gehen.*

*Nein, nein, ich will nicht gehen. Dort ist nur Schmerz.*

Aber der Schemen drückte gegen ihr magisches Netz, bis sie von der Totenebene wieder in ihre eigene glitt.

Sam war immer noch über sie gebeugt. »Trenn die Verbindung, Babel!«, rief er erneut. »Komm zu mir zurück. Wenn du nicht loslässt, wirst du dich verlieren. Keiner von uns kann dir dann folgen. Willst du das?«

*Ein Meer ohne Grau und Wärme?*

*Nein, so sollte es nicht sein. Was nützte die Süße, wenn man sie mit niemandem teilen konnte?*

»Komm zurück.«

Und das tat sie. Sie zog die Energien ihres magischen Netzes ein, das Meer entfernte sich von ihr, und sie kehrte vollständig in ihren Körper zurück. Als die Verbindung zu den anderen Ebenen abbrach, überwältigte sie der Schmerz, den sie im Rausch der Magie nicht gespürt hatte.

*Verdammt*, war das Letzte, was sie dachte, bevor sie ohnmächtig wurde.

# 22

Als sie das nächste Mal aufwachte, blinzelte sie in eine Krankenhauslampe und hing am Tropf.

*Kommt mir irgendwie bekannt vor.*

Ihr Blick wanderte über die Decke und ihre Füße hin zur Wand, wo Tamy auf einem Besucherstuhl saß und in einem Klatschmagazin blätterte. Dabei hatte sie ihre Sonnenbrille ins Haar geschoben und die Stirn gerunzelt.

»Was hab ich verpasst?«, fragte Babel, wobei ihre Stimme kratzig klang, wie nach einem Konzertbesuch, bei dem sie lauthals mitgesungen hatte.

Tamy sah sie über den Rand des Magazins an. »Ich werde nie verstehen, warum es so interessant ist, was einige Leute kaufen und mit wem sie ins Bett steigen. Warum schreibt man über die?«

»Damit Leute wie du in Krankenhäusern die Zeit überbrücken können, bis die Hexe aus dem Winterschlaf erwacht.« Mühsam richtete sich Babel auf. Dabei schoss ihr ein dumpfer Schmerz unter die Schädeldecke, und alles drehte sich.

»Du stehst unter Schmerzmitteln, die können Schwindel verursachen.« Tamy schmiss das Magazin in den Eimer, der an der Wand stand, und trat ans Bett. Kritisch betrachtete sie Babels Gesicht.

»Es geht mir gut«, kam Babel ihrer Frage zuvor.

»Na klar. Seh ich doch. Du bist bis zum Anschlag mit Schmerzmitteln vollgepumpt, und deine Hautfarbe rangiert irgendwo zwischen Fahl-Grau und Schimmlig-Grün. Blendend, würde ich sagen.«

»Aber ich hab zehn Finger und zehn Zehen. Siehst du?« Babel wackelte mit den Fingern, aber das führte nur zu mehr Schmerz in der Schulter, also ließ sie es gleich wieder sein.

»Ja, aber du bist kein Neugeborenes, da musst du schon ein bisschen mehr bieten. Willst du wissen, was alles nicht so gut funktioniert wie deine Zehen?«

»Klär mich auf.«

»Zwei gebrochene Rippen, Gehirnerschütterung, innere Blutungen, eine gebrochene Hand, weil du keine Ahnung hast, wie man richtig zuschlägt, und zur Krönung Platzwunden im Gesicht. Eine Weile wirst du wohl hier verbringen.«

Babel schloss die Augen. »Na prima, ich freu mich schon darauf, wenn die Schmerzmittel nachlassen.« Sie ließ die Magie durch ihren Körper fließen und spürte die Stockungen an den angeschlagenen Stellen. Es würde wohl eine ziemlich lange Zeit dauern, bis sie wieder richtig fit war. Zum Glück war da aber nichts, was nicht wiederhergestellt werden konnte.

»Was ist passiert, nachdem ich ausgeknockt war?«

»Wir haben einen Krankenwagen gerufen.«

»Und Mikhail?« Eindringlich musterte Babel sie, doch in Tamys Gesicht zeigte sich keine Regung.

»Die Jungs haben eine Weile darüber diskutiert, was mit ihm passieren soll. Tom wollte ihn mit bloßen Händen erwürgen, Sam war dafür, ihn Urd zum Frühstück zu überlassen.« Tamy nickte beeindruckt. »Himmel, dieser Hund ist die reinste Mordmaschine.«

»Wenn er nicht gerade den Fußboden einsaut.«

»Am Ende hat ihn jedenfalls der Notdienst mitgenommen, genau wie dich, schließlich war der Kerl auch nicht gerade in der besten Verfassung. Danach hatten wir alle ein paar sehr amüsante Stunden bei der Polizei.«

Besorgt zog Babel die Augenbrauen zusammen, aber Tamy

winkte ab. »Mach dir keine Sorgen. Es gibt genug Indizien, die gegen ihn sprechen. Genetischer Fingerabdruck etc. Und irgendwie hab ich das Gefühl, dass Tom dafür sorgen wird, dass irgendwoher auch noch ein glaubwürdiges Motiv herkommt. Der Typ hat da so eine Art mit Menschen …« Sie schüttelte den Kopf. »Der hat die Bullen eingesponnen wie ein Schlangenbeschwörer.«

Babel lächelte. »Ja, dazu hat er Talent. Liegt in der Familie.«

Tamy deutete auf einen Stapel Magazine, der auf dem Fensterbrett lag. »Karl war vor einer Stunde hier. Er lässt dir ausrichten, wenn du ihm noch mal so einen Schreck einjagst, lässt er den Papagei auf dich los. Keine Ahnung, was er damit meint.«

Babel konnte es sich ausmalen. Es tat ihr leid, dass er sich um sie Sorgen gemacht hatte. Sie hätte ihm die Gefahren nicht verschweigen dürfen, aber für Hätte-Wäre-Wenns war es nun zu spät.

»Außerdem war so ein furchtbarer kleiner Bursche hier, der aussah wie eine Miniausgabe von den *Sex Pistols*. Hat nicht viel gesagt, dir aber einen MP3-Player dagelassen. Wenn du mich fragst, hat er den geklaut.«

Das Lachen drückte gegen ihre gebrochenen Rippen, und Babel verzog das Gesicht. Als sie die Augen wieder öffnete, ruhte Tamys Blick schwer auf ihr.

»Du hast es geschafft, Babel. Du hast die bösen Buben zur Verantwortung gezogen. Sam sagt, keiner von denen wird die Magie auch nur wieder anrühren können. Und du hast den Dämon dorthin zurückgeschickt, wo er hergekommen ist. Wenn ich auch zugeben muss, dass mich diese ganze Körperbesetzungsscheiße ziemlich irritiert.«

»Ich werd's dir bei Gelegenheit erklären.«

»Tu das.«

Tamy sah aus, als wolle sie noch etwas sagen. Babel konnte sich denken, welche Fragen ihr durch den Kopf gingen.

»Ja, das ist der Grund, warum ich zu den Montagstreffen gegangen bin. Was du da gesehen hast … Es ist nicht einfach zu erklären und nicht einfach in den Griff zu kriegen.«

»Sam hat gesagt, du hättest so was wie eine Überdosis gehabt.«

»Könnte man so sagen, ja.«

Tamy setzte sich auf das Bett und griff nach ihrer Hand. »Wir kriegen das hin, Babel. Du hast das schon mal in den Griff gekriegt.«

»Das ist nicht einfach …«

»Doch, eigentlich ist es das. Aber Menschen wie du tun sich schwer damit, weil sie nicht verstehen, warum sie eine Sache nicht in den Griff kriegen, die doch so einfach scheint. Du musst ja nur aufhören. That's it.«

Babel schnaufte. *Genau, das ist es. Du hörst einfach auf.*

»Aber Menschen wie du begreifen einfach nicht, warum es ihnen so schwerfällt, genau das zu tun, wo die Antwort doch so deutlich vor ihnen liegt.«

»Ich weiß, Tamy.«

»Ich weiß, dass du das weißt, aber du begreifst es nicht. Der springende Punkt ist, dass man Angst davor hat, denn dann müsste man neue Gewässer befahren, und das erschreckt einen so, dass man lieber in den alten bleibt, auch wenn die dabei sind, auszutrocknen und dein Boot auf Grund zu setzen.«

»Der Teufel, den man kennt, ist besser als der Teufel, den man nicht kennt, ja?«, flüsterte Babel.

»Ganz genau.«

Vielleicht hatte Tamy recht, vielleicht lag ja genau darin das eigentliche Problem. Dass Babel nicht loslassen konnte. Sie hatte so eine Angst davor, ohne diese Macht zu sein, dass sie sich jedes Mal, wenn sie ihr begegnete, daran klammerte wie eine Ertrinkende.

Eine Weile schwiegen sie, dann sagte Tamy: »Tom war auch hier. Ich soll ihn anrufen, wenn du aufwachst.«

Babel grinste schief. »Er ist mein neues Gewässer.«

»Mhm.«

»Was?«

»Na ja …«

»Rück schon raus mit der Sprache.«

»Bist du sicher, dass dein altes schon ausgetrocknet ist?«

Babel stöhnte. »Könnten wir mal aufhören, in Metaphern zu reden, ich verlier langsam den Faden.«

»Was ist mit diesem Sam? Ist das zwischen euch vorbei?«

*Was willst du von mir hören? Er ist ein Teil von mir, den wird man nicht so schnell los.* »Vermutlich nicht.«

»Aber in Tom bist du trotzdem verliebt?«

»Ja.«

»Aha.«

Aha, in der Tat.

»Gibt es eigentlich irgendetwas in deinem Leben, das nicht kompliziert ist?« Tamys Blick war fast vorwurfsvoll, wahrscheinlich hatte sie nie erwartet, dass die Aufgabe als AA-Sponsorin mit Babel so anstrengend werden würde.

»Also, wenn ich es recht bedenke, dann gibt es da tatsächlich eine Sache, die sich im Vergleich zu allen anderen Verstrickungen in meinem Leben relativ einfach gestaltet. Meine Steuererklärung. Ich kann ein Arbeitszimmer absetzen, und die letzten vier Jahre haben wir immer genau das rausgekriegt, was wir vorher ausgerechnet hatten.«

Tamy sah sie an, als hätte sie nicht alle Tassen im Schrank, und Babel hob die Hand in einer Was-ist?-Geste. Allerdings kostete sie das so viel Kraft, dass sie sie gleich wieder sinken ließ.

»Wirklich, wenn man es erst mal rausgekriegt hat, ist es gar nicht so schlimm. Außerdem macht Karl die meiste Zeit die Buchhaltung.«

Tamy tätschelte ihr die Hand. »Wenn du glaubst, deine Steuererklärung wäre das Einfachste in deinem Leben, dann wird es Zeit, einiges zu ändern, glaub mir. Oh, und da wäre noch etwas. Deine Schwester hat angerufen. Sie kommt morgen her.«

»Sag mir nicht, dass ihr Judith erzählt habt, was hier passiert ist«, stöhnte Babel.

»Das mussten wir gar nicht. Irgendwie muss sie es rausgefunden haben. Jedenfalls hat sie im Krankenhaus angerufen und Bescheid gegeben. Komisch, was?«

»Ich werde alle Tauben in der Nachbarschaft erschießen lassen.«

Tamy runzelte die Stirn, sagte aber nichts, und Babel nutzte die Gelegenheit, um Danke zu sagen. »Dafür, dass du ...«

»Schon gut. Lass es dir nur nicht zur Gewohnheit werden, in Ärger zu geraten. Ich kann nicht immer da sein, um deinen Arsch zu retten.«

Sie grinsten sich kurz an, dann wurde Tamy wieder ernst. Ihr Blick wanderte nachdenklich aus dem Fenster. »Weißt du, Babel, die meisten Leute glauben immer, die größte Liebesgeschichte gäbe es zwischen zwei Menschen, aber in Wirklichkeit findet die größte Liebesgeschichte in dir selbst statt. Sich selbst so anzunehmen, wie man ist, sich nicht für seine Schwächen zu schämen, das ist ...«, sie machte eine Pause, »... selten und wertvoll.«

Wahrscheinlich hatte Tamy auch damit recht. Langsam gewöhnte sich Babel ja daran.

Vielleicht war Sam gar nicht das Problem. Oder die Magieebenen. Oder Tom. Oder die Plags. Vielleicht musste Babel nur endlich lernen, sich selbst zu verzeihen, und dann würden die Puzzleteile, die im Moment noch keinen Sinn ergaben, sich eines Tages zu einem Bild zusammenfügen. Wenigstens hatte sie gehalten, was sie versprochen hatte. Dieses Mal waren die Toten gesühnt worden.

Erschöpft sank sie zurück ins Kissen, während eine Schwester mit einem Tablett ins Zimmer kam und Tamy missbilligende Blicke zuwarf, weil sie auf dem Bett saß. Irgendwann musste sie sicher Entscheidungen treffen, Grenzen ziehen. Zu viele Dinge waren noch ungelöst. Das Krankenhaus verhalf ihr nur zu einer kleinen Verschnaufpause. Aber irgendwann musste sie sich den Sachen stellen. Da war Clarissa, die erfahren würde, was ihre Enkel getan hatten und wer gegen sie vorgegangen war. Babel musste damit rechnen, dass sich Clarissa dafür an ihr rächen würde. Außerdem wollte sie wissen, wie es dem Mädchen ergangen war, nachdem der Dämon es verlassen hatte, und ob die Polizei Babel wegen Sonjas Tod befragen würde. Immerhin war sie nur wenige Tage vorher bei ihr aufgetaucht. Aber im Moment mussten all diese Dinge warten. Auch Tom und Sam.

Als Babel den Blick zum Bettschränkchen drehte, sah sie die Kette mit Dollys Anhänger darauf liegen, die sonst um Karls Hals hing. Dolly lächelte ihr zu, und auf einmal hatte Babel das Gefühl, dass vielleicht doch noch alles gut werden könnte. Solange Dolly noch über sie alle wachte …

Zufrieden schloss sie die Augen.

*Das Leben ist gar nicht so schlecht.*

*DAMALS*

# *Babels 20. Geburtstag*

Nachdem sie sich endlich von Sam getrennt hatte, war sie bei Hilmar untergekommen. Er hatte sie gefunden, als sie nachts durch die Straßen geirrt war. Die Magie voll aufgedreht und wie ein Leuchtfeuer dabei, auf großer Flamme runterzubrennen.

An einer Haltestelle hatte er sie angesprochen. Ausgerechnet. Als sein Wagen neben dem Haltestellenhäuschen hielt, hatte sie drei seiner Reifen platzen lassen, bevor sie begriff, dass er sich nicht auf ein Duell mit ihr einlassen, sondern nur reden wollte.

»Ich kenne dich doch«, hatte er gesagt, und nach einer Weile war ihr auch eingefallen, dass sie ihm tatsächlich vor Jahren mit ihrer Mutter begegnet war. Damals hatte Maria ihn abfällig *Bibliothekar* genannt, aber Babel davor gewarnt, ihn zu unterschätzen. Er lebte am anderen Ende der Stadt, ein bisschen außerhalb, und kümmerte sich nicht um die anderen Hexen, wenn sie ihn ebenfalls in Ruhe ließen. Was Maria tat.

Babel hatte so sehr gezittert, während sie mit ihm sprach, dass die Scheiben des Haltestellenhäuschens trüb wurden und die Steinplatten unter Babels Füßen Risse bekamen. Hilmar hatte sie gemustert und irgendwann festgestellt: »Um dich herum sind Dämonen. Du ziehst sie auf der anderen Ebene an.« Es war eine Feststellung, die sie nicht überraschte. Das Flüstern in ihren Ohren war seit einigen Wochen ihr ständiger Begleiter.

Nachdem sie sich von Sam getrennt hatte und aus ihrer Unterkunft verschwunden war, ohne jemandem zu sagen, wohin, hatte sie überlegt, einfach nach Hause zu gehen. Aber sie ertrug den Blick nicht, mit dem ihre Mutter sie ansehen würde. Dieses vorwurfsvolle Starren, das sagte: *Ich habe dich doch gewarnt!* Deswegen irrte sie auch durch die Stadt, in der Hoffnung, dass das stetige Summen der Dämonen irgendwann leiser wurde.

»Brauchst du einen Schlafplatz? Ich kann die Dämonen auch bannen, wenn du das willst«, hatte Hilmar irgendwann gesagt, und erschöpft hatte sie nur genickt. In diesem Moment war es ihr gleich gewesen, welche Gefahren auf sie lauern konnten, wenn sie mit einer anderen Hexe mitging. All die Schauergeschichten ihrer Kindheit verblassten angesichts der Aussicht auf eine Dusche, ein Bett und die Ruhe in ihrem Kopf, wenn er tatsächlich die Dämonen fernhalten konnte. Also war sie mit ihm gegangen.

Und ein Jahr lang geblieben.

Obwohl er eine Hexe war wie sie, hatte er Babel an diesem Abend ein Zimmer in seinem Haus angeboten. Am Anfang hatte sie noch gedacht, dass er dafür eine Gegenleistung erwartete. Aber er war nie nachts in ihr Zimmer gekommen, und irgendwann hatte sie begriffen, dass es ihm um etwas ganz anderes ging. Hilmar hatte keine eigenen Kinder, und ihm lag daran, sein Wissen weiterzugeben. Er war tatsächlich der Bibliothekar, als den ihn ihre Mutter beschimpft hatte. Ein Sammler des alten Wissens, ein Bewahrer, und in Babel fand er eine gelehrige Schülerin.

Die ersten Wochen waren hart gewesen, doch mit seiner Hilfe war es ihr irgendwann besser gegangen, und das Summen der Dämonen war eines Tages verstummt. Er drängte sie dazu, ihre Kräfte zu trainieren, damit Babel sie in Schach halten konnte, aber das war ein mühsamer Prozess, und es gab mehr Tage, an denen sie versagte, als solche, an denen sie Fortschritte erzielte.

Seit ihrem Einzug bei Hilmar sprachen Judith und Maria nicht mehr mit ihr, aber das war nicht verwunderlich. Ihre Mutter war einfach zutiefst beleidigt, dass sich Babel mit ihren Problemen an eine Hexe außerhalb der Familie gewandt hatte. Das kam in ihren Augen einem Verrat gleich. Babel war es nur recht. Hilmar urteilte nicht über sie, seine Geduld schien keine Grenzen zu kennen, und endlich hatte Babel das Gefühl, jemanden gefunden zu haben, der ihr Antworten auf die zahlreichen Fragen geben konnte, die sie tief in sich spürte.

Alles in allem war es ein gutes Jahr gewesen.

»Woran denkst du?« Hilmar trat neben sie und reichte ihr eine Tasse Kaffee.

Sie sah zu ihm auf, lächelte und griff nach der Tasse. Den kurzen Schmerz, den das heiße Porzellan in ihre Finger schickte, ignorierte sie. Sie drehte die Tasse, bis sie nach dem Henkel greifen konnte.

»Hast du dir überlegt, was du heute machen willst?«

Sie zuckte mit den Schultern. »Nichts Spektakuläres. Wie wäre es mit Kino?«

Sein tiefes Lachen erfüllte die Küche. »Ob wir beide uns auf einen Film einigen können, bezweifle ich.«

»Ja, ja, kommt jetzt wieder, dass du schon so alt bist und ich ein Jungspund?«

»Du bist ein Jungspund.«

Babel rollte mit den Augen. »Aber ja doch.« Sie warf einen Blick auf den Geburtstagskuchen, der bereits gegen Mitternacht ein Drittel seines Umfangs eingebüßt hatte und den nächsten Tag vermutlich nicht mehr erleben würde. Bei seinem Anblick musste sie auf einmal blinzeln, und etwas schnürte ihr die Kehle zu. Ein paarmal schluckte sie, bis sie sicher sein konnte, dass die Tränen dort blieben, wo sie waren. Eingeschlossen in ihrem Inneren.

Gerade als sie den nächsten Schluck Kaffee nehmen wollte, breitete sich in ihr diese altbekannte Wärme aus, die ihr Herz schneller schlagen ließ. Erschrocken wandte sie sich dem Fenster zu.

»Was ist?«, fragte Hilmar.

Sie wusste nicht, was sie ihm sagen sollte. Stattdessen starrte sie auf das Fenster, aber hinter der dichten Gardine war nichts zu sehen.

Hilmar runzelte die Stirn, trat ans Fenster und schob die Gardine zur Seite. »Das kann doch nicht wahr sein«, fluchte er und marschierte an ihr vorbei zur Eingangstür.

Babel musste nicht fragen, was er im Garten gesehen hatte.

*Warum ausgerechnet heute?*

Kurz darauf hörte sie Hilmars wütende Stimme: »Was willst du hier?«

Sams Antwort konnte sie nicht verstehen, aber seine Stimme besaß jenen Ton, der Langeweile ausdrückte. Wie immer war es Sam egal, wen er verärgerte, er kam einfach her. Auf das Territorium einer Hexe. Uneingeladen.

Babel konnte seine Nähe fast schmerzhaft in ihren Eingeweiden spüren. Nichts war ihr jemals so schwergefallen wie die Trennung von ihm, und noch immer bildete sie sich ein, seine Berührungen manchmal auf ihrer Haut spüren zu können. Oder sein Flüstern …

*Sie werden sich deinem Willen beugen. Keine Hexe zuvor hat die Dämonen so beherrscht …*

Mit zitternden Knien ging sie in den Flur. Sie wollte ihm sagen, dass er verschwinden sollte. Dass sie ihn nicht wiedersehen wollte. Dass sie es ernst gemeint hatte, als sie gesagt hatte, dass Schluss wäre. Die Sache zwischen ihnen erledigt.

Noch einen Schritt tat sie nach vorn, ihre Hand suchte Halt an der Wand. Vor dem Eingang stand Hilmar, den Arm drohend erhoben. Sam sah sie nicht, er musste direkt vor Hilmar stehen. Aber seine Anwesenheit setzte ihre Sinne in Brand, und sein Energienetz verband sich mit ihrem.

»Hab ich dir nicht schon das letzte Mal gesagt, du sollst dich von ihr fernhalten, Junge?«

»Was interessiert's mich, was du sagst«, erwiderte Sam.

Babel konnte sich vorstellen, welchen Gesichtsausdruck er trug. Arrogant und furchtlos wie alte Veteranen, die längst die Angst vor dem Tod verloren hatten. Sam hatte immer versucht, so viel in sein Leben zu pressen, wie er konnte. Er hatte keine Furcht davor, dass es aus den Nähten platzte.

*Mal ehrlich, willst du am Ende deines Lebens feststellen, dass du die Hälfte vergeudet hast?*

Und genau das war das Problem, denn Sam hatte ja mit allem recht. Sie wollte dieses pralle Leben, das er versprach. Den Rausch, die Macht, das Fühlen. Sie hatte nur nicht erwartet, dass es so einen hohen Preis hatte. Am Ende hatte es sich herausgestellt, dass sie nicht bereit war, ihn zu zahlen.

*Ich bin nicht du*, hatte sie bei ihrem letzten Treffen gesagt, als er über Hilmars Mauer gesprungen war, um sie zu sehen, und Hilmar ihn nach fünf Minuten rausgeschmissen hatte.

»Babel braucht dich nicht, sie will dich nicht sehen, verstehst du das? Verschwinde, oder ich sorg dafür.« Hilmars Haltung versteifte sich, sein Ton wurde eisig.

Babel erkannte, dass er kurz davor war, Magie einzusetzen, um Sam loszuwerden. Beunruhigt trat sie in die Tür, und endlich fiel ihr Blick auch auf Sam, der Hilmar nicht beachtete und ganz auf sie konzentriert war. Sein Mund war zu diesem einladenden Grinsen verzogen, und sein Blick versprach alle möglichen Genüsse. Sofort schmeckte sie wieder die Süße, die so typisch für ihn war.

»Geh, Sam, bitte.« Sie lehnte den Kopf an den Türrahmen, während er einen Schritt auf sie zumachte. Aber Hilmar packte ihn am Arm.

»Jetzt hab ich langsam genug von deinen Spielchen, Junge. Du hörst sofort auf damit, hier rumzuschleichen. Keine unverhofften Besuche mehr. Du hörst auf, ihr nachzustellen. Du rufst sie nicht an, du triffst sie nicht. Du wirst einfach aus ihrem Leben verschwinden. Ist das klar?«

Einen Moment lang sah Sam Hilmar an, konzentrierte sich ganz auf ihn. Als er den Kopf abwandte, war klar, dass es ihn nicht interessierte, was Hilmar zu sagen hatte. Hilmar war für ihn nicht mehr als eine lästige Behinderung auf dem Weg zu seinem eigentlichen Ziel. Etwas, das man umgehen musste.

Wütend verstärkte Hilmar seinen Griff.

»Ich würde loslassen, wenn ich du wäre«, grollte Sam.

Und in diesem Augenblick setzte Hilmar seine Magie ein. Babel spürte die magische Explosion, das Brennen in ihren Synapsen, und kaum hatte sie begriffen, was vor sich ging, sackte Sam auch schon in sich zusammen. Den Oberkörper im Schmerz zusammengekrümmt, war er auf die Knie gestürzt und hielt sich den Kopf, und dieser reißende Schmerz übertrug sich als dumpfes Echo auf sie.

»Hilmar!« Sie wollte an ihm vorbeistürzen, aber er drehte sich zu ihr um und packte sie an den Schultern. Zog sie fort von Sam, der sich am Boden krümmte.

»Gib ihm nicht nach, Babel, sonst kommst du niemals davon los. Geh ins Haus zurück, ich kümmere mich darum.«

Geschockt starrte sie auf Sam, der sich wie ein wundes Tier unter Hilmars Magie ächzte und wand.

»Babel …«, kam es von Sam. Er streckte die Hand nach ihr aus, die Finger gekrümmt, und seine Stimme war kaum mehr als ein Flüstern. Sie konnte ihn doch hier nicht alleine lassen. Sie wollte nicht, dass er Schmerzen erlitt. Trotz allem war er schließlich …

»Geh ins Haus, Babel«, sagte Hilmar noch einmal nachdrücklich und schob sie in Richtung Tür.

Sams Lachen klang rau.

Hilmar ließ sie los und drehte sich zornig um. »Halt endlich den Mund!«

»Warum … Angst, sie könnte gehen? Dann wärst du wieder ein einsamer alter Mann, nicht wahr?«

Es war genau das Falsche. In seinem Zorn dehnte Hilmar die Magie noch weiter aus, und Sam begann zu schreien.

Wie erstarrt stand Babel da. Die Panik hatte sie fest im Würgegriff, sie wusste nicht, was sie tun sollte.

Hilmar hockte sich neben Sam und beugte sich zu ihm herab, aber sein bedrohliches Flüstern drang trotzdem an Babels Ohr. »Deine Zeit ist abgelaufen. Es ist genug. Du gibst jetzt auf, oder ich sorge dafür.« Er meinte jedes Wort ernst, und Babel erkannte, dass er in die Tat umsetzen würde, was zwischen den Zeilen stand.

Sam musste es auch gemerkt haben, denn auf einmal packte er Hilmar am Kragen und zog ihn zu Boden. Woher er die Kraft nahm, wusste Babel nicht, aber die Wut schien ihm Kräfte zu verleihen. Wie ein Berserker ging er auf Hilmar los und schlug auf ihn ein. Dabei blutete er selbst aus den Poren, denn Hilmars Magie umgab ihn wie eine zweite Haut und fügte ihm fürchterliche Schmerzen zu.

Das Knirschen von Knochen klang überlaut in Babels Ohren. Wie festgenagelt schaute sie auf die Szene, die sich vor ihr abspielte.

*Tu etwas!*, brüllte es in ihrem Kopf. *Sie bringen sich um!*

Aber sie konnte sich nicht bewegen.

Schwindel erfasste sie, ein blutroter Nebel, der ihre Magie lahmlegte. Da war nichts mehr in ihr, nur Angst und Entsetzen.

Sie sah, wie Sam den Arm hob, immer und immer wieder. Wie seine Faust herunterkrachte gegen Hilmars Wangen, seine Nase, die längst ein blutiger Klumpen war, und auch gegen seinen Kehlkopf, der unter der Wucht des Einschlags splitterte.

*Zu spät*, schoss es ihr durch den Kopf.

Als Sam endlich von Hilmar abließ, geschah das nur, weil er keine Kraft mehr hatte und die Reste von Hilmars Magie ihm eine Rippe brachen, die die Lunge durchdrang. Er brach auf dem anderen zusammen. Durch das viele Blut war kaum zu erkennen, wo der eine aufhörte und der andere anfing.

Eine plötzliche Welle erfasste Babel, ein Energieschub so gewaltig, dass es sie nach hinten schleuderte und sie gegen den Türrahmen prallte, an dem sie nach unten rutschte.

»Nein …«, schrie sie, aber es war bereits zu spät.

Sie spürte Hilmars Energien in sich, wie sich seine Totenenergie auf sie übertrug und ihr eigenes magisches Netz diese Energien gierig aufsaugte. Als spiele es gar keine Rolle, von wem sie stammten.

Babel übergab sich, als könne sie so die Energien wieder loswerden.

Sie wollte schreien, wollte ihre Wut gegen jemanden richten. Gegen Hilmar, weil er den Kampf begonnen hatte, als er Sam mit Magie angegriffen hatte. Gegen Sam, der nicht aufhören konnte. Und gegen sich selbst, weil sie nicht eingegriffen, sondern nur dagestanden hatte.

*Für immer werde ich von diesem leisen Geräusch träumen, das Hilmar als Letztes von sich gegeben hat.*

Sie hätte ihn retten können, aber sie hatte sich nicht gegen Sam stellen können.

Wie betäubt sah sie zu ihnen hinüber und wischte sich mit der Hand den Mund ab. Mit dem Rücken an der Hauswand gelehnt, saß sie da. Von Sam kam ein Röcheln, auf seinen Lippen bildeten sich blutige Blasen, aber Babel konnte sich nicht aufraffen, zu ihm zu gehen. Ihn zu berühren, ja, mit ihm zu sprechen.

Und auf einmal war es wieder da, das Summen auf der anderen Ebene, das wie ein Lachen klang. Die gehässigen Energiewolken, die sie umschwebten und darauf lauerten, dass sie einen entscheidenden Fehler machte, damit die Dämonen von ihr Besitz ergreifen konnten. Sie waren wie Zeugen.

Während in der Ferne ein Zug zu hören war, zog Babel die Knie an und umschlang sie mit den Armen. Auf einmal breitete sich in ihrem Innern eine nie gekannte Kälte aus. Überzog die Wut mit Eis, den Schmerz, die Angst, die Sehnsucht. All ihre Erinnerungen an das letzte Jahr. Und zum Schluss ihr Herz.

Babel erkannte die Kälte als das, was sie war.

Schuld.

*Und das wirst du nie wieder los.*

# *Nachbemerkung*

Die Zeilen *»Von den Elben wird verzaubert mancher Mann, So ist mir's durch Liebesmacht geschehn [...]«* stammen von dem Minnesänger Heinrich von Morungen – und das erwähnte Buch *Aradia – Die Lehren der Hexen* erschien 1899 in London. Sein Autor, Charles Godfrey Leland (1824–1903), war u. a. Journalist und Mythenforscher, dessen Studien über die Roma ihn in Kontakt mit der italienischen Wahrsagerin und Hexe Maddalena brachten, die ihn an ihrem Wissen um den im Verborgenen gepflegten Kult um die Göttin Diana teilhaben ließ.

An dieser Stelle geht außerdem ein herzliches Dankeschön an meine Erstleser. Meine Damen, es war mir wie immer ein Vergnügen, besonders bei folgenden Anmerkungen.

Franziska: »Da habe ich mal einen Bericht über Inder gesehen, die an einer Ziege [...]«; Annette S.: »Das Aphrodisiakum war aber nicht für den Hund, oder?«; Annette W.: »Schönes Beispiel für die tödlichen Folgen eines Kommamissbrauchs.«; Sandra: »Ich mag Frösche!«*; Mirjam: »In die Taschen eng anliegender Lederhosen kommt man nie und nimmer mit der ganzen Hand rein – Erfahrungswert.«, und meine Mutter: »Ach, die Männer sind doch beide ganz nett.«

Zu guter Letzt auch noch ein Dankeschön an Catherine und Boris, die beide eine Engelsgeduld aufgebracht haben – die eine während des Lektorats dieses Buches und der andere mit mir.

* Dieser empörte Ausruf erfolgte an der Stelle, an der Babel erklärt, es gäbe niemanden, der Frösche mag. Es sei hiermit also vermerkt, dass es doch jemanden gibt.